# 杜甫集校注

丙申夏一清

[唐]杜甫 著

謝思煒 校注

**圖書在版編目(CIP)數據**

杜甫集校注 / (唐) 杜甫著；謝思煒校注. —上海：上海古籍出版社，2016.8 (2023.7 重印)
(中國古典文學叢書〔典藏版〕)
ISBN 978-7-5325-8104-7

Ⅰ. ①杜… Ⅱ. ①杜… ②謝… Ⅲ. ①杜詩–注釋 Ⅳ. ①I222.742

中國版本圖書館 CIP 數據核字(2016)第 103818 號

中國古典文學叢書〔典藏版〕
**杜甫集校注**
(全七册)
[唐] 杜 甫 著
謝思煒 校注
上海古籍出版社出版發行
(上海市閔行區號景路 159 弄 1-5 號 A 座 5F 郵政編碼 201101)
(1) 網址：www.guji.com.cn
(2) E-mail：guji1@guji.com.cn
(3) 易文網網址：www.ewen.co
浙江新華數碼印務有限公司印刷
開本 890×1240 1/32 印張 102.25 插頁 39 字數 2,100,000
2016 年 8 月第 1 版 2023 年 7 月第 5 次印刷
印數：4,751—5,800
ISBN 978-7-5325-8104-7
I·3066 定價：798.00 元

典藏

2016 《叢書》出版達 136 種，并推出典藏版

2013 《叢書》入選首屆向全國推薦優秀古籍整理圖書目録

2009 《叢書》出版達 100 種

1978 一月一日，上海古籍出版社宣告成立
《叢書》首批出版《聊齋誌異會校會注會評本》《阮籍集》《李賀詩歌集注》《樊川文集》4 種

1977 十二月二十六日，國家出版事業管理局宣佈中華書局上海編輯所獨立爲上海古籍出版社

1958 六月一日，古典文學出版社改組爲中華書局上海編輯所

1957 《韓昌黎詩繫年集釋》《人境廬詩草箋注》《稼軒詞編年箋注》（後被列入《中國古典文學叢書》）出版

1956 十一月一日，古典文學出版社成立

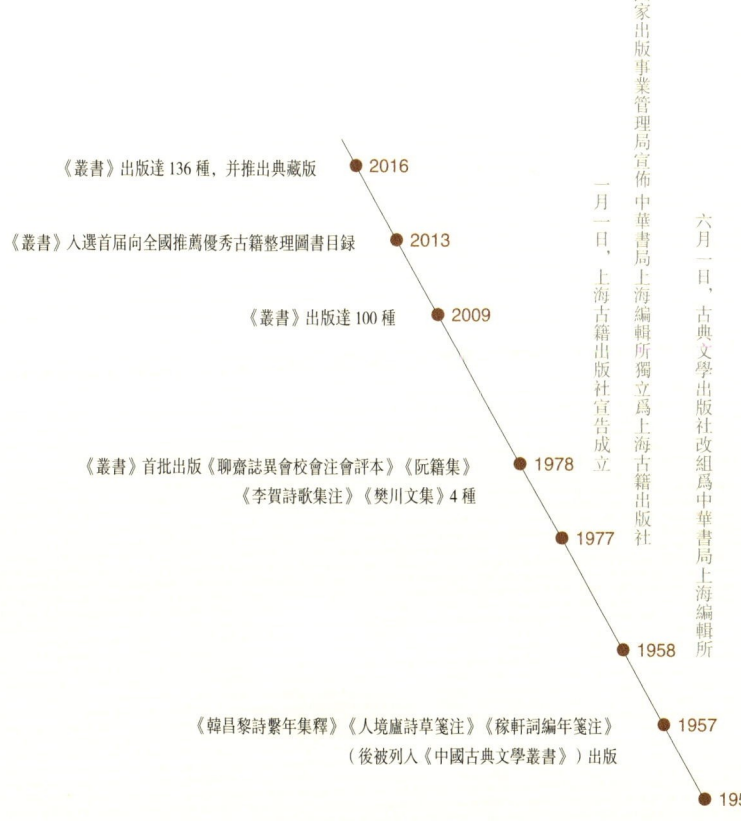

謝思煒，一九五四年生於北京，祖籍貴州習水。
清華大學中文系教授。

杜甫畫像（元趙孟頫繪）

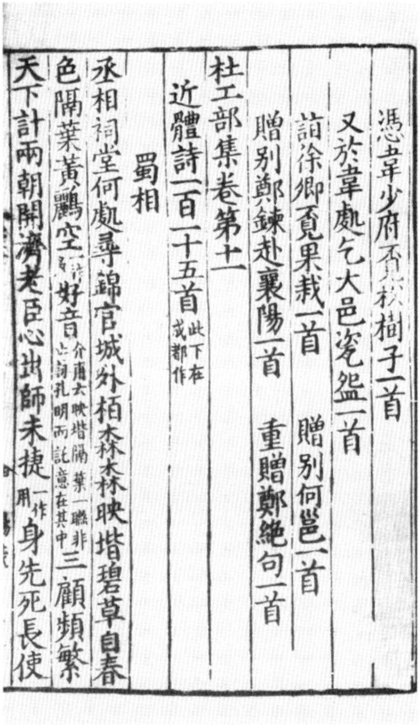
憑韋少府班覓松樹子一首
又於韋處乞大邑瓷盌一首
詣徐卿覓果栽一首　贈別何邕一首
贈別鄭鍊赴襄陽一首　重贈鄭絶句一首
杜工部集卷第十一
近體詩一百一十五首（此下在成都作）
蜀相
丞相祠堂何處尋錦官城外柏森森映堦碧草自春色隔葉黃鸝空（一作各）好音（介甫云映堦隔葉一聯非止詠孔明而託意在其中）三顧頻繁天下計兩朝開濟老臣心出師未捷（一作用）身先死長使

《續古逸叢書》據以影印之宋刻本《杜工部集》（上海圖書館藏）

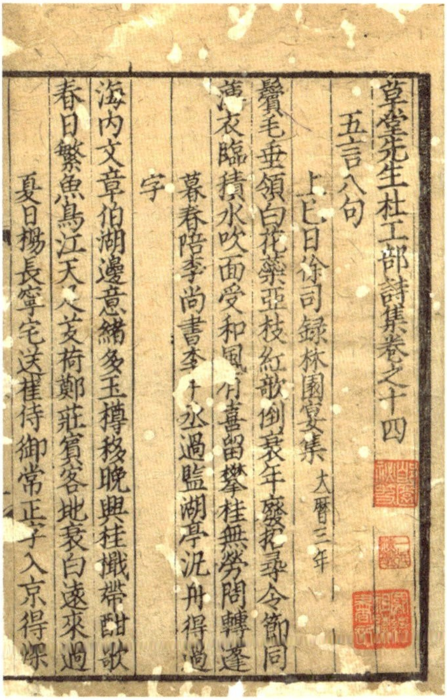

草堂先生杜工部詩集卷之十四

五言八句

上巳日徐司録林園宴集 大曆三年

鬢毛垂領白花藥亞枝紅欹倒衰年廢招尋令節同薄衣臨積水吹面受和風有喜留攀桂無勞問轉蓬

暮春陪李尚書李中丞過監湖亭汎舟得過字

海内文章伯湖邊意緒多玉樽移晚興桂檝帶酣歌春日繁魚鳥江天足芰荷鄭莊賓客地衰白遠來過

夏日楊長寧宅送崔侍御常正字入京得深

宋刻本《草堂先生杜工部詩集》（杜甫草堂博物館藏）

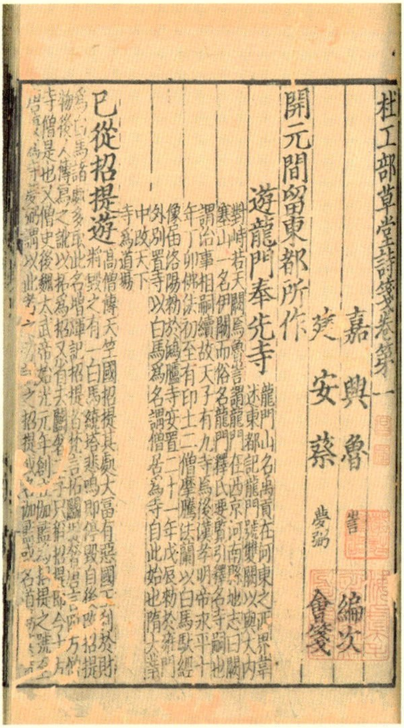

宋刻本《杜工部草堂詩箋》（杜甫草堂博物館藏）

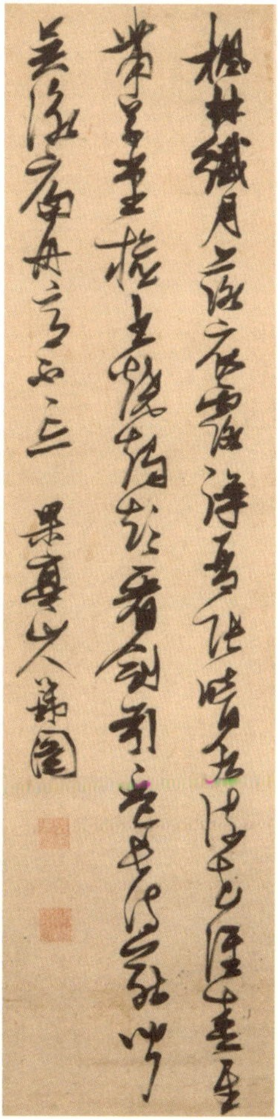

明張瑞圖書杜甫《夜宴左氏莊》詩（杜甫草堂博物館藏）

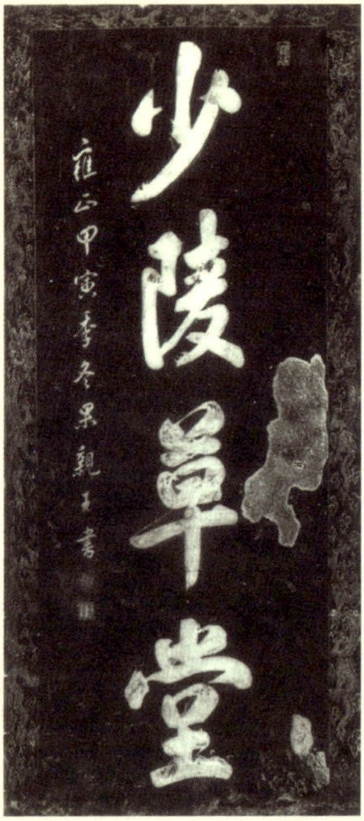


清雍正十二年（一七三四）果親王允禮「少陵草堂」題詞

少陵碑亭（圖片由杜甫草堂博物館提供）

# 前　言

一

自宋代以來，杜甫被奉爲詩歌集大成者，各種杜詩注本層出不窮，流傳至今的就有二百餘種①。除去各種不夠完整的批點、摘抄、選評本之外，注釋全面、影響較大的注本至少也有二三十種。目前仍在閱讀和參考的，主要是宋代的各種集注本和清人注本。清人注本中流傳最廣的兩種：仇兆鰲《杜詩詳注》與楊倫《杜詩鏡銓》，分别代表了較詳與較簡兩種注釋形式。簡注本要言不煩，可以在較短時間内通讀，頗便於一般閱讀需要。但它不如詳注本每詞必究，能夠提供大量背景知識，有助於讀者更深入地瞭解古典詩歌的語言用例和寫作習慣。本書作爲新校注本，仍采用詳注體，以便充分反映歷代以至最近的杜詩研究成果，同時也爲唐詩和唐語言研究提供必要的基礎性資料。讀者在理解文意的前提下，自然也可以跳過其中一些資料性内容，適當加快閱讀速度。本書没有采用集解會注和資料彙評形式，是因爲杜詩的有關資料太多，如果全書篇幅過大，頭緒過繁，勢必給閱讀帶來某種干擾。舊注有關詩歌作法、章法的一些繁瑣講解，未必適合今天讀者的需要，本書也不再保留。此外，詩歌用韻，尤其是古體詩用韻，以及某些詩律問題，需要專門探討，除非涉及文字正誤及解釋，本書在這方面也適當從略。

# 二

杜集版本極爲繁多，但版本系統簡單清晰，各種版本均源出於北宋王洙、王琪所編本（簡稱「二王本」）②，因此校勘工作的範圍也應當有所限制。一九五七年，張元濟主持印行原潘氏滂喜齋舊藏《宋本杜工部集》，列入《續古逸叢書》第四十七種，提供了一個最接近二王本原貌的本子。此本由兩個本子拼合而成，據張元濟跋考定，其中一本爲南宋初浙本翻刻北宋二王本，另一本爲紹興三年吴若在建康府學所刊本，即錢謙益所稱「吴若本」③。兩本又皆由宋槧殘本與毛扆抄補兩部分組成。今所見各種清人注本中，只有錢謙益《箋注》是以吴若本爲底本（但未加説明改動了原有編次），其他各家都無緣親睹二王本或吴若本，在底本選擇上不太講究，或没有清楚交代。本書的整理校勘，自然應以《續古逸叢書》本《宋本杜工部集》（簡稱「宋本」）爲底本，此外選擇以下三本爲主要參校本：

清錢謙益《箋注杜工部集》（清康熙六年静思堂刻本，簡稱「錢箋」）；

宋郭知達《新刊校定集注杜詩》（中華書局影印南宋寶慶元年曾噩刊本。此本一般稱《九家集注》，簡稱「《九家》」）；

宋蔡夢弼《杜工部草堂詩箋》(《古逸叢書》影印覆麻沙本，簡稱「《草堂》」)。這三個本子中，錢箋所據吴若本與《九家》本被認爲是最接近二王本的宋本，《草堂》本則歷來被視爲杜集的重要參校本，收録了比較多的杜集異文。本書並據以上三本及其他各本，補入二王本之外裴煜等各家所補佚詩，共收詩一千四百五十五首，文三十二篇④。

杜詩在流傳中産生了很多異文，這些異文的來源和性質有所不同。其中最早一批異文來自五代、北宋初的杜詩傳本，二王本校文及吴若本(借助錢箋所見)校文「樊作某」、「晋作某」等，即是這些異文的反映。此外，宋初所編《文苑英華》收杜甫詩文二百餘篇，其正文及初次校文(「一作某」)反映的也是這之前杜集傳本的情況(周必大所作二次校文「集作某」只反映南宋傳本的情況)，也被本書列爲重要參校本。這批早期異文來源有自，可采信度高，其文本價值與二王本正文幾乎等同。現在由於有《續古逸叢書》本作底本，我們可以把這些異文與這以後孳生的其他異文清楚地區分開來。

這以後出現的異文，包括《九家》本、《草堂》本及其他宋本中的大量異文，則出自宋人手筆。宋代有一些學者、詩人，往往根據知識的或鑒賞的理由改動杜詩字句。王安石、蘇軾等名家都曾參與其事，有他們本人的言説或他人記録爲證。明代胡震亨對此早有批評：

杜詩即不無誤字，然本無誤而後人以意妄改者亦有之。宋蔡興宗者爲《杜詩正異》，頗以意改定其字。朱晦庵嫌其未盡，欲改「風吹滄江樹」「樹」字爲「去」，「鼓角滿天東」「滿」字爲「漏」。以「漏天」對上句「燒棧」猶可也，「風吹滄江樹，雨洒石壁來」正謂風吹樹、雨隨來耳。若第云吹江去，豈復成句哉？亦恐天下無此逆風也。近代楊升庵更好改杜詩，如「航」爲「艇」、「照」爲「點」，不一而足。後賢因之爲然，爲疑未休。⑤

除蔡興宗之外，《草堂》本也以勇於改字著稱。這類改字，除少數有關事實考證、確有所據者可以訂正傳本訛字，其他絶大多數都只能當作杜詩讀解中的一種參考意見，不能作爲文本依據。但在《續古逸叢書》本面世之前，各種異文往往籠統排列在一起，使人無從判斷。某些後出異文產生了很大影響，反而成爲通行文本。杜詩的校勘工作，首先要盡量區分開這兩種不同來源的異文。

改字解杜之風在明清時期仍十分流行。錢謙益在清代注家中是比較嚴謹的，對底本極少改動，因此根據錢箋本也可以比較可靠地窺知吴若本原貌。但錢箋在大量過録《草堂》本校文時未加注明，與《文苑英華》等校文混雜在一起。仇兆鰲注本過録前代校文也多不加説明，而且與前人相比似乎更勇於改字，每有因錯會或不明史實而誤改之例（如改「南使宜天馬」「南使」爲「西使」），有時還任意調整詩句次序（如《催宗文樹雞柵》），甚至打亂某些組詩，重新編排（如《遣興五首》），實不足爲訓。令人遺憾的是，仇注的流行程度超過了錢箋和《全唐詩》，成爲事實上的杜詩通行文本，其中包含了歷代累積下來的很多改字，在相當程度上偏離了原始文本。另外，以《續古逸叢書》本對勘還可以發現，作爲二王本原有部分的很多小字夾注（應爲作者自

注），在後代傳本中多有變動，往往面目全非，到明清時期刊落尤多，文本原有的一些重要信息也因此丟失。由於明清時期新産生的異文過於紛雜，偏離杜集祖本愈遠，參考價值遠比不上宋代異文，所以本書一般不再過録，只酌情對某些影響較大、引起嚴重歧義的例子加以説明。

## 三

二王本杜集原爲分體編年本，即按古體、近體分編，每體内有大致編年。此後出現了完全的編年體杜集，最早爲宋代黄長睿所編本⑥，以後逐漸成爲杜詩注本的主流，現所見宋趙次公《杜詩先後解》、蔡夢弼《草堂詩箋》等均爲編年本。影響所及，近代在整理其他作家别集時人們也開始采用這一方法。學者稱：「讀杜詩須讀編年本，分門本最可恨。」⑦可以説代表了學界共識。不過，編年體本身的問題也因此被掩蓋了。作品編年如果出自作者本人（如明清人的一些文集），當然最可信賴。但唐人自編或委託他人代編文集，尚無如此習慣。通行的做法是像二王本那樣，分體並有大致編年。杜詩儘管時事性和自傳性很强，但仍有很多作品没有包含清晰的時地綫索。後人要將所有的杜詩依年編次，難免摻入編者個人的臆斷。錢謙益曾批評編年者：「年經月緯，若親與子美游從而籍記其筆札者，其無可援據，則穿鑿其詩之片言隻字而曲爲之説，其亦近於愚矣。」可謂深中其弊。自宋以來，爲杜詩編年者不下二三十家，但由於詩人某些生活階段本來缺少清楚記載，如長安時期以前、湖湘時期乃至臨終所在，因此有些問題始終争論不休，相關作品編年也難以求得一致。編年本固然方便閲讀，但面對這些問題時只能選擇一家之言，並把它固定下來。人們讀杜詩大多讀編年的仇注本或楊倫注本，難免不受到他們先入爲主意見的影響。

客觀地説，要爲杜詩所有作品作準確編年（指精確到某一年）是不大可能的。據筆者估計，杜詩中約有百分之五十的作品是可以準確編年的。詩人停留之地不超過一年，如秦州、同谷、江陵等地之作，自然没有問題。其他約有百分之三十到四十的作品只能大概確定作於某一時期，前後可能有一兩年或兩三年出入，長安、成都、夔州、湖湘等地有不少作品即是如此。此外，還有些作品的作地也存有疑問，有少量作品其出入時間可能達四五年，甚至更多。杜詩重要作品如《兵車行》、《麗人行》、《洗兵馬》、《風疾舟中伏枕書懷三十六韻》等，編年始終有分歧，實難求得一致。有些作品如《塞蘆子》，舊説編年基本一致，但據本書考察也有問題。

另一個問題是，相對於杜詩祖本，編年本完全改變原有編次，必然導致原有版本信息的丢失。從文獻存真的要求來看，這樣做是得不償失的。同樣的事情如果發生在經、史、子部文獻中，幾乎肯定會被視爲淆亂文獻。集部文獻由於本來是零散篇章的編集，所以纔會不斷有重編之事出現。但即便如此，對改動原書也必須十分慎重。即如錢箋雖以吴若本爲底本，但却不加説明大幅度改動原書編次，以致引起後人對吴若本真僞的懷疑。這種改編就如將《左傳》改編爲紀事本末，或將紀傳體史書改爲編年體，不能説没有意義，但嚴格來講，應將其視爲一種新著，不能用來替代原書。更何況由於杜詩編年意見不能統一，編年本杜集也就不可能有一個公認的定本。這對讀者來講又是不方便的。

宋代集注本大多保持了二王本原有編次，有的本子如《九家》本只有一些局部更動。注家中以黄鶴爲杜詩所作編年影響最大，但黄氏《補注》仍保持分體本編次，而另作《年譜辨疑》並在每篇作品下加編年説明。本書也仿照這種做法，維持原有編次而在每篇作品下加編年説明，同時附《年譜簡編》，這樣或許可以大致滿足編年閲讀的需要。

## 四

除經部文獻外，杜詩注釋可能是歷代注書中最爲詳盡的，文字量可能是最大的。這一方面大大方便了後人閲讀，但另一方面也使閲讀變得繁重艱難。詩歌語言本來具有歧義性和含混性，杜詩的語言追求尤其使其解讀空間較他人爲大。歷代杜詩注釋也因此包含很多歧解和争議，有時簡單一句詩也會有四五種解釋。本書不采用集注形式，不能把這些材料全部羅列出來，但應盡量擷取其中有代表性的意見，並加以辨析。重要注家如宋鄧忠臣（託名王洙，即僞洙注）、趙次公、黄希黄鶴父子、蔡夢弼，明王嗣奭，清錢謙益、朱鶴齡、盧元昌、黄生、仇兆鰲、浦起龍、楊倫、施鴻保等，本書皆徵引較繁。此外，還有很多有關杜詩的釋義、評論、考證，散見於歷代詩話、評點、筆記和文章中，本書也盡可能搜羅，並擇要選録。當然，因識見所限，其中難免會有遺珠之憾。

注書亦如積薪，後來者居上。清代注杜諸家成就顯著，前人有價值的意見大多被他們吸取。只是注家往往好立異，喜駁正前人，清人駁宋人難免對錯參互，所以學者又强調讀杜詩須重視宋人注。清代注家中錢謙益、盧元昌好鈎深穿鑿，附會史實，頗多争議。朱鶴齡、仇兆鰲持論較爲平允，注詞語典故較前人更爲全面細緻，仇注尤其具有總結性質。其後浦起龍、楊倫等人雖每有駁正，但大多依賴仇注所釋，長期没有更爲詳盡的注釋本出現。現在，由於有電子檢索等方便手段，我們有可能在舊注基礎上再作努力。對舊注所有詞語典故，本書首先檢查覆核其書面出處，改正其中明顯錯漏，然後對前人引用不當或釋義不明之處盡可能加以補充或更替。對舊注利用不够的釋道農醫卜算之類文獻，本書亦注意適當補充。

徵引不實或任意改動原文是舊注大弊，本書盡量予以指正。學者曾據《草堂詩箋》輯先唐詩，但孤證見於此書者往往不可信。如蔡夢弼注《自瀼西荆扉且移居東屯茅屋四首》引陸機詩「游賞愧牘客」，注《贈王二十四侍御契四十韻》引「謝鮑」詩「花蔓引藤輪」，皆不詳所出，實爲杜撰。仇注《客堂》引古詩「代馬思朔雲」，當是「代馬依北風」之誤記；注《柴門》引古詩「赴壑如長蛇」，其實是蘇軾詩，趙次公注曾引，並不誤。仇注又喜改動典籍原文以牽合杜詩字面，如注《寄題江外草堂》「顧惟魯鈍姿」引劉楨詩「小臣信頑鹵」而改「頑鹵」爲「魯鈍」，實際是以《文選》李善注文代替正文。《後漢書・逸民傳》「龐公」條章懷注引《襄陽記》龐德公事，造成唐人將二人相混。《遺興五首》詠「昔者龐德公」，僞洙注和仇注引《逸民傳》則徑將原文改爲「龐德公」。仇注中這種例子非止一二，很難完全歸爲記憶之誤，或是有意爲之。

還有因誤引而造成虚假故實之例。如仇注《新婚别》引蔡夢弼注「婦人嫁三日，告廟上墳，謂之成婚」，查《草堂》原文實爲「嫁三月」，所據爲《儀禮·士昏禮》鄭玄注謂舅姑亡乃三月廟見始成昏。宋代僞蘇注妄撰典故遭學者一再痛斥，而仇注此誤被楊倫等人輾轉抄襲，可見更不易被人發覺。此外，杜詩用經、用《選》，一般均嚴守傳注之義，而仇注却每轉取宋以後之説，或别出異解。如注《送長孫九侍御赴武威判官》「驄馬新鑿蹄」引宋人「攻鑿其蹄」之説，注《風疾舟中伏枕書懷三十六韻》「舟泊常依震」引先天八卦震爲東北之説，立説均不够嚴謹，存在學術概念的混亂。

由於受整體研究水平所限，舊注在官制、科舉、軍事等唐代專門史方面有較多知識局限，在涉及天文曆算等專門之學時也往往力不從心。例如錢箋注《入奏行》「西山檢察使」，引「劍南西山運糧使、檢校户部員外郎」，而不顧「檢校」與「檢察」完全是兩回事。注《塞蘆子》「岐有薛大夫」，引陳倉令薛景仙率衆收扶風郡，而不知縣令或太守不能兼御史大夫銜。對《唐興縣客館記》所記秋分「大餘小餘」，楊倫則直言「即觀朱釋亦未明」。又如《唐故范陽太君盧氏墓志銘》，杜甫實爲説明繼祖母不能與祖父合葬，舊注不知是否有所諱避，亦不予深究。對以上各類問題，本書均力求進一步予以澄清説明。

近代以來學術發展，杜詩研究所獲裨益主要來自兩方面，一是唐史各領域研究，一是唐語言研究。在文獻方面，除對各種舊有文獻細加梳理外（如《册府元龜》等大型文獻，舊注家極少有人利用），可獲利用的新材料也有兩大宗，一是新見大量唐人墓志，一是敦煌文獻。墓志及敦煌所見《歷代法寶記》等，提供了不少與杜詩相關人物的新綫索。本書盡可能利用這些材料和學界已有研究成果，對杜詩所涉及的背景、編年、地理、人物及語言運用等各方面問題加以探討。對杜詩語言運用，除核查各種書面成語出處外，還要根據見於敦煌文獻和其他材料的各種語言用例，説明大量俗語口語詞及社會流行語的用法；除對前人所謂「無一字無來歷」加以查證外，還有必要對杜詩中的自造語和一些特殊用法加以鑒識⑧。這樣才能全面瞭解杜詩的語言追求。

史實考察和語意解釋是否正確，一般來説有相對客觀的標準。但在此基礎之上的詩意理解，仍有很多争議，往往不得不以「詩無達詁」爲説辭。在杜詩中，除了詩意解讀所允許的較大模糊空間之外，很多争議都與所謂諷興之義有關，涉及詩歌主題的理解，其中言及較多的有天寶時事、玄肅矛盾、肅代朝政等問題。在傳統興寄詩説影響下，杜詩的諷刺比興之義曾被强調到荒謬的程度。例如「老妻畫紙爲棋局，稚子敲針作釣鈎」，被宋人解釋爲妻比臣、夫比君、稚子比幼君。清代錢謙益箋《洗兵馬》等詩，自謂「鑿開鴻蒙，手洗日月」，學者亦服其闡幽抉微，發人所未發。錢氏精熟唐史，自非惠洪輩可比。但他所肇端的是一種微言解碼式的詩史互證方法，在傳統詩學中淵源有自，却與近代史學迴異其趣。本書對錢箋各詩也有重點討論，力求給出較爲客觀的評價。

筆者三十年前初次通讀仇注杜詩，當時曾據《續古逸叢書》本和幾種宋本進行校勘，由此初步嘗試文獻工作基本方法，稍窺治學門徑。其後一直將杜詩作爲研究課題，也是因爲有校勘工作的基礎，在材料掌握上較之其他題目更有信心。但儘管如此，量力畏難，實未抱有注杜之夙願。數年前結束白居易詩文集的校理工作，收獲了一個重要經驗：注書是細讀原著的最好方式，當研究進展到一定程度，勢必要回到這項工作上來。很多被忽視的問題，在注釋工作中得以發現。一些問題看似已有成説，但在注釋中發現還有待推敲。借助本書工作過程而獲得學習進階，對筆者而言誠爲幸事。其中尚存之缺誤和疑難，敬祈方家教正。公元二〇一二年杜甫誕辰一千三百周年五月，謝思煒謹識於北京清華園。

本書完稿後，筆者有若干專題論文涉及其中内容，承蒙審閲稿件諸位專家惠予指正。收入《中國古典文學叢書（典藏版）》時，亦有少量增訂。謹向對原稿錯誤提出糾正的各刊物暨上海古籍出版社各位先生表示衷心感謝！　公元二〇一六年六月補記。

【注】

① 鄭慶篤等《杜集書目提要》著録「清前知見書目二百一十五種」，齊魯書社，一九八五年。

②有關杜集版本的權威論述，參見洪業《杜詩引得》序，哈佛燕京學社引得編纂處，一九四〇年；萬曼《唐集叙録》之《杜集叙録》，中華書局，一九八〇年。

③其後也有學者認爲後一本也是吴若本的翻刻本。見元方《談宋紹興刻王原叔〈杜工部集〉》，《文學遺産增刊》第十三輯，中華書局，一九六三年。與錢箋本對勘，可以發現此本有明顯變動：錢箋本列入補遺「他集互見」的《哭長孫侍御》一首及「見卞圜本」的《惠義寺園送辛員外》、《又送》二首，分别被移入此本卷一〇、卷一二。今《續古逸叢書》本（不含補遺）詩共計一千四百八首，而據王洙《杜工部集記》其本「所收定取千四百有五篇」，多出的正是這三首。

④有關杜集篇目，參見洪業《杜詩引得》「杜詩各本篇次表」。洪業序稱：「浸尋至清錢謙益，然後杜詩總數得一千四百五十六首。至朱鶴齡，得一千四百五十七首。」仇兆鰲續有所輯者一聯半首，則不足取。今人所言杜詩總數，皆當據此。較早的説法，見於《文獻通考》卷二三二著録黄伯思「校定杜工部集二十二卷」：「古律相間，凡一千四百四十七首。」《東觀餘論》卷下載此本李綱序，作「子美之詩凡千四百四十餘篇」。《直齋書録解題》著録此本則作「凡一千四百十七首」，或疑脱去一「四」字。本書逐首編號統計，實爲一千四百五十五首。平岡武夫《唐代的詩篇》（上海古籍出版社，一九九一年）據《全唐詩》卷二一六至卷二三四杜甫卷逐首編號，爲一千四百五十五首。《全唐詩》底本全同錢箋本，唯所增「九日登梓州城」一首，乃承刊本《文苑英華》之誤，以此題與張均詩合一。另據《合璧事類》收「闕題」一首，亦不足據。此兩首應不計。而朱鶴齡本所補《漢州王大録事宅作》一首，《全唐詩》補入卷八八二。原卷《夏夜李尚書筵送宇文石首赴縣聯句》一首，《全唐詩》移入卷七

八八聯句。以上除去二首，補入二首，仍爲一千四百五十五首，與本書統計數合。洪業所計數有誤。

⑤《唐音癸籤》卷三二，古典文學出版社，一九五七年。

⑥《直齋書録解題》卷一六「校定杜工部集二十二卷」。參萬曼《杜集叙録》。

⑦王國維《觀堂别集補遺》之《宋刊分類集注杜工部詩跋》，《王忠懿公遺書》初集第三册，海寧王氏排印本。

⑧這類自造語，《趙次公先後解》稱爲「新語」，舉出「腰領」（《荆南兵馬使太常卿趙公大食刀歌》）、「撇漩捎濆」、「欹帆側柁」（《最能行》）等例。汪師韓《詩學纂聞》稱爲「變文取意」，舉出「暖眼」（《與嚴二郎奉禮别》）、「抉眼」（《可歎》）等例。類似的新奇用法或自造語，在杜詩中不爲少見，如「覻豁」、「征憩」、「偃蹇」、「撑突」、「颯爽」、「奔茫」、「酷見」、「沉年」等，有些後來成爲習慣用語。

# 凡　例

一、本書以《續古逸叢書》影印《宋本杜工部集》爲底本，該本又由翻刻二王本的浙本與吴若建康府學刊本二本拼合而成。本書在相應卷次的校記中均予注明。對該本卷題格式等均未作改動，以求存真。該本除包含出自宋人之手的校文外，正文中還有大量小字夾注，歷來對其性質判斷不一。本書認爲除吴若本部分確實增加若干小注之外，二王本原有注文均應視爲出自杜甫之手的詩人自注。本書只將可以判定的吴若本所增注文及個别明顯淆誤文字移出，其他均保留原貌。

二、本書移録底本原有校文，同時列出參校各本異文及各自原有校文，因各本文字出校位置原有不同，本書所列校文容有前後交錯或部分重合之處。凡底本顯見形近訛誤或版刻變異字，除有疑義之處，則徑改不再出校記。

三、本書注釋部分徵引歷代注家及近人之説，凡成書者均舉其姓名，可與後附「引用書目」對照。宋人注多有見于集注本者，如趙次公注，有原著殘帙，又有從集注本輯出者，本書均予分别。見于文集和其他各類文獻以及近人論文者，則隨文注明卷次、刊期。

四、本書在部分作品之後裒集相關評説，有涉全篇大旨及疑義乃至諸家之説不一者，僅舉其要，必要時亦申明己見，不求詳備一律。

五、本書後附「年譜簡編」，采諸家成説有定論者，重要歧見亦予介紹。

# 目録

## 杜工部集卷第二

## 杜工部集卷第三

## 杜工部集卷第四

古詩三十六首初寓成都及至閬州作

## 杜工部集卷第五

## 杜工部集卷第六

古詩四十八首居雲安及至夔州作

## 杜工部集卷第七

## 杜工部集卷第八

古詩四十五首 居松陵公安及至湖南作

## 杜工部集卷第九

近體詩八十五首 天寶末亂及陷賊中作

## 杜工部集卷第十

近體詩一百二十二首避賊至鳳翔及收復京師在諫省出華州轉至秦州作

## 杜工部集卷第十一

近體詩一百一十五首 此下在成都作

## 杜工部集卷第十二

## 杜工部集卷第十三

近體詩一百首居閬州及再至成都作

## 杜工部集卷第十四

近體詩一百首行過戎渝州居雲安夔州作

## 杜工部集卷第十五

近體詩一百三十三首居夔州作

## 杜工部集卷第十六

近體詩一百三十二首居夔州作

## 杜工部集卷第十七

近體詩五十四首大曆三年正月起峽中至江陵及湖南作

## 杜工部集卷第十八

## 補遺

## 杜工部集卷第十九

## 杜工部集卷第二十



## 補遺

# 杜工部集卷第一

## 古詩五十首①天寶未亂時并陷賊中作②

### 奉贈韋左丞丈二十二韻③〔一〕

紈袴不餓死，儒冠多誤身〔二〕。丈人試靜聽，賤子請具陳。甫昔少年日④，早充觀國賓〔三〕。讀書破萬卷，下筆如有神〔四〕。賦料揚雄敵，詩看子建親〔五〕。李邕求識面，王翰願卜鄰⑤〔六〕。自謂頗挺出⑥，立登要路津〔七〕。致君堯舜上，再使風俗淳〔八〕。此意竟蕭條，行歌非隱淪〔九〕。騎驢三十載，旅食京華春⑦〔一〇〕。朝扣富兒門，暮隨肥馬塵。殘杯與冷炙，到處潛悲辛〔一一〕。主上頃見徵，欻然欲求伸〔一二〕。青冥却垂翅〔一三〕，蹭蹬無縱鱗〔一四〕。甚愧丈人厚，甚知丈人真。每於百寮上，猥誦佳句新〔一五〕。竊效貢公喜，難甘原憲貧〔一六〕。焉能心怏怏，祇是走踆踆〔一七〕。今欲東入海，即將西去秦。尚憐終南山，回首清渭濱。常擬報一飯⑧，況懷辭大臣〔一八〕。白鷗波浩蕩⑨，萬里誰能馴〔一九〕？（0001）

【校】

①卷題篇數均爲宋本原有數，未改動。後同。

②卷題注居止據錢箋過録，當爲吴若本原有。後同。

③《草堂》題下注：「見素。」

④少，錢箋校：「一作妙。」

⑤卜，錢箋校：「陳作爲。」

⑥出，錢箋校：「一作生。」

⑦旅食，《草堂》作「旅客」。

⑧報一飯，《草堂》作「一飯報」。

⑨波，錢箋作「没」，校：「宋作波。」《九家》同，校：「一作波。」

【注】

黄鶴注：當是天寶七載（七四八）所作。陳鐵民據韋濟墓志考爲天寶九載（七五〇）作。

〔一〕韋左丞：韋濟。嗣立子。《舊唐書・韋嗣立傳》附濟：「濟，早以辭翰聞。開元初，調補鄄城令。……三遷爲庫部員外郎。二十四年，爲尚書户部侍郎。累歲轉太原尹。……天寶七載，又爲河南尹。遷尚書左丞。三代爲省轄，衣冠榮之。濟從容雅度，所莅人推善政，後出爲馮翊太守。」嚴耕望《唐僕尚丞郎表》據杜甫詩，考濟自河南尹遷尚書左丞在天寶七載秋冬。陳鐵民《由新發現的韋濟墓志看杜甫天寶中的行止》（《文學遺産》一九九二年第四期）引西安市小雁塔藏韋述撰《大唐故正議大夫行儀王傅上柱國奉明縣開國子賜紫金魚袋京兆韋府君墓志銘》（《全唐文補遺》第二輯）：「君諱濟，字濟……天寶七載，轉河南尹，兼水陸運使。……九載，遷尚書左丞，累加正議大夫，封奉明縣子。十一載，出爲馮翊太守。」謂杜甫天寶九載冬在長安向韋濟投此詩。按，宋范温誤以韋左丞爲玄宗左丞相韋見素，故有《草堂》本之題注。

〔二〕紈袴二句：《漢書・叙傳》：「（班伯）出與王、許子弟爲群，在於綺襦紈絝之間，非其好也。」注：「師古曰：紈，素也。絝，今細綾也。並貴戚子弟之服。」《莊子・田子方》：「莊子曰：『周聞之，儒者冠圜冠者，知天時。』」《史記・酈生陸賈列傳》：「沛公不好儒，諸客冠儒冠來者，沛公輒解其冠，溲溺其中。」

〔三〕甫昔二句：此指杜甫開元二十三年應進士舉。《易・觀》：「六四，觀國之光，利用賓于王。」注：「居近得位，明習國儀者也，故曰利用賓于王也。」唐指應貢舉者。《新唐書・禮樂志》：「州貢明經、秀才、進士、身孝悌旌表門閭者，行鄉飲酒之禮，皆刺史爲主人。……主人曰：『吾子學優行高，應兹觀國，某日展禮，請吾子臨之。』」

〔四〕讀書二句：《隋書·明克讓傳》：「博涉書史，所覽將萬卷。」《柳䛒傳》：「好讀書，所覽將萬卷。」岑參《北庭貽宗學士道别》：「讀書破萬卷，何事來從戎。」破，蕭滌非釋爲「吃透」。按，破爲滿溢、超出義。杜甫《絶句漫興九首》：「二月已破三月來。」韓翃《送客歸廣平》：「孟月途中破，輕冰水上殘。」《太平廣記》卷一〇五《李惟燕》（出《廣異記》）：「半夕之後，忽聞船頭有流水聲，驚云：『塘闊數丈，何由得破？』久之，稍覺船浮，及明，河水已滿。」卷一七七《陳敬瑄》（出《北夢瑣言》）：「一月六設曲宴，即自有平生酒徒五人狎昵，焦菜一碗，破三十千。」是時日、數量、數目皆可言破。

〔五〕賦料二句：《文心雕龍·詮賦》：「子雲《甘泉》，構深偉之風。……凡此十家，並辭賦之英傑也。」子雲，揚雄。《文心雕龍·明詩》：「兼善則子建、仲宣，偏美則太沖、公幹。」子建，曹植。鍾嶸《詩品》卷上「魏陳思王植」：「其源出於《國風》。骨氣奇高，詞采華茂，情兼雅怨，體被文質，粲溢今古，卓爾不群。」看，蔣紹愚謂有比擬義，意爲可與之相比。鍾嶸《詩品》引《謝氏家録》：「康樂每對惠連，輒得佳語。後在永嘉西堂，思詩竟日不就，寤寐間忽見惠連，即成『池塘生春草』，故常云：『此語有神助，非吾語也。』」

〔六〕李邕二句：杜甫天寶四載在齊州見李邕，見本卷《陪李北海宴歷下亭》（0006）。《新唐書·杜甫傳》：「客吴越齊趙間，李邕奇其材，先往見之。」蓋據杜詩敷衍。《新唐書·王翰傳》：「王翰字子羽，并州晋陽人。……張説至，禮益加。復舉直言極諫，調昌樂尉。又舉超拔群類。方説輔政，故召爲秘書正字，擢通事舍人、駕部員外郎。家畜聲伎，目使頤令，自視王侯，人莫不惡之。説罷宰相，翰出爲汝州長史，徙仙州别駕。」翰卒年不詳，杜甫與其爲鄰事亦無可考。此蓋詩人誇言。

〔七〕要路津：《古詩十九首》：「何不策高足，先據要路津。」

〔八〕致君二句：應璩《與從弟君苗君胄書》：「昔伊尹輟耕，郅惲投竿，思致君於有虞，濟蒸人於塗炭。」《文選》李善注引《孟子·萬章上》：「伊尹耕於有莘之野……湯三使往聘之。既而幡然改曰：『與我處畎畝之中，由是以樂堯舜之道，吾豈若使是君爲堯舜之君哉？吾豈若使是民爲堯舜之民哉？』」

〔九〕隱淪：桓譚《新論·辨惑》：「天下神人五：一曰神仙，二曰隱淪，三曰使鬼物，四曰先知，五曰鑄凝。」《抱朴子·雜應》：「或問隱淪之道。抱朴子曰：『神道有五，坐在立亡其數焉。……鄭君云：服大隱符十日，欲隱則左轉，欲見則右回也。』」

〔一〇〕騎驢二句：盧元昌謂時杜甫年尚未四十。仇注謂杜甫初自開元二十三年赴京兆之貢，後以應詔到京在天寶六載，爲十三載，作「三十載」者斷誤。按，「三十」乃言成年之常數。陶淵明《辛丑歲七月赴假還江陵夜行塗口》：「閑居三十載，遂與塵事冥。」任昉《出郡傳舍哭范僕射》：「結歡三十載，生死一交情。」王維《偶然作六首》：「讀書三十年，腰間無尺組。」李白《安陸白兆山桃花岩寄劉侍御綰》：「雲卧三十年，好閑復愛仙。」皆不可拘泥。旅食，《儀禮·燕禮》：「尊士旅食於門西，兩圜壺。」注：「旅，衆也。士衆食，謂未得正禄，所謂庶人在官者也。」「此及《大射》尊士旅食無玄酒，鄭云賤也。」仇注又引鍾繇《薦關内侯季直表》「旅食許下」，曹丕《與吴質書》「旅食南館」，謂作旅寓之食解。按，《文選》卷四二《與吴質書》李善注仍引《儀禮》。杜詩用

《儀禮》義。

〔一一〕殘杯二句：《顔氏家訓・雜藝》：「見役勳貴，處之下坐，以取殘杯冷炙之辱。戴安道猶遭之，況爾曹乎！」

〔一二〕主上二句：元結《諭友》：「天寶丁亥中，詔徵天下士，人有一藝者，皆得詣京師就選。相國晉公林甫，以草野之士猥多，恐泄漏當時之機，議於朝廷曰：『舉人多卑賤愚聵，不識禮度，恐有俚言，污濁聖聽。』於是奏待制者悉令尚書長官考試，御史中丞監之，試如常例，如吏部試詩賦論策。已而布衣之士無有第者，遂表賀人主，以爲野無遺賢。元子時在舉中。」《新唐書・李林甫傳》所載略同。丁亥，天寶六載。黄鶴注等均謂杜甫此次應詔退下。按，《册府元龜》卷八六《帝王部・赦宥》：「（天寶）六載正月戊子，有事於南郊，禮畢，下制曰：……天下諸色人中，通明一藝已上，各任薦舉，仍委所在郡縣長官，精加試練，灼然超絶流輩，遠近所推者，具名送省，仍委尚書及左右丞諸司，委御史中丞，更加對試。務取名實相副，一時奏聞。」正月下詔，應試當在其後一兩月。此非正常禮部、吏部試，因無科名，且不限考試者資格，似與正常制舉亦不同（本年另有風雅古調科薛據及第，見《册府元龜》卷六四五《貢舉部・科目》）。《法華經・譬喻品》：「周匝俱時，欻然火起，焚燒舍宅。」《廣韻》：「欻，暴起。」

〔一三〕却：猶再也。其例又如本卷《高都護驄馬行》（0012）：「青絲絡頭爲君老，何由却出横門道。」《驄馬行》（0039）：「赤汗微生白雪毛，銀鞍却覆香羅帕。」見張相《詩詞曲語辭彙釋》。

〔一四〕蹭蹬句：木華《海賦》：「或乃蹭蹬窮波，陸死鹽田。」《文選》呂延濟注：「蹭蹬，失勢貌。」

〔一五〕猥誦：猶言謬誦、曲誦。諸葛亮《出師表》：「先帝不以臣卑鄙，猥自枉屈。」《文選》李善注：「猥，猶曲也。言己曲蒙先帝自枉屈而來也。」

〔一六〕竊效二句：《漢書・王吉傳》：「王吉字子陽……吉與貢禹爲友，世稱『王陽在位，貢公彈冠』，言其取捨同也。」劉孝標《廣絶交論》：「是以王陽登則貢公喜，罕生逝而國子悲。」《莊子・讓王》：「子貢乘大馬，中紺而表素，軒車不容巷，往見原憲。原憲華冠縱履，杖藜而應門。子貢曰：『嘻！先生何病？』原憲應之曰：『憲聞之，無財謂之貧，學而不能行謂之病。今憲貧也，非病也。』子貢逡巡而有愧色。」

〔一七〕踆踆：張衡《西京賦》：「怪獸陸梁，大雀踆踆。」《文選》劉良注：「陸梁、踆踆，皆行走貌。」

〔一八〕常擬二句：《左傳》宣公二年：「初，宣子田於首山，舍於翳桑。見靈輒餓，問其病，曰：『不食三日矣。』食之，捨其半。問之，曰：『宦三年矣，未知母之存否，今近焉，請以遺之。』使盡之，而爲之簞食與肉，置諸橐以與之。既而與爲公介，倒戟以禦公徒，而免之。問何故，對曰：『翳桑之餓人也。』」《史記・范雎蔡澤列傳》：「一飯之德必償，睚眥之怨必報。」《後漢書・李固傳》：「竊感古人一飯之報，況受顧遇而容不盡乎！」

〔一九〕白鷗二句：蘇軾《東坡志林》卷五：「杜子美云『白鷗没浩蕩，萬里誰能馴』，蓋滅没於烟波間耳。而宋敏求謂余云：『鷗不解没，改作「波」字。』二詩改此兩字，便覺一篇神氣索然矣。」胡仔《苕溪漁隱叢話》前集卷三：「《冷齋夜話》云：老杜『白鷗波没蕩』，今誤作『浩蕩』，非惟無氣，亦分外閑置『波』字。苕溪漁隱曰：《禽經》云：『鳧善浮，鷗善没。』以『没』字易『波』字，則東坡之言益有理。冷齋以『没』字易『浩』字，其理全不通。浩蕩謂烟波也，今云『波没蕩』，亦不成語，此言無足取。」吴曾《能改齋漫録》卷一〇：「東坡以杜詩『白鷗波浩蕩』，『波』乃『没』字，謂出没於浩蕩間耳。然予觀鮑照詩有『翻浪揚白鷗』，唐李頎詩有『滄浪雙白鷗』。二公言白鷗而繼以波浪，此又何耶？」王楙《野客叢書》卷二九：「僕謂善爲詩者，但形容渾涵氣象，初不露圭角。玩味『白鷗波浩蕩』之語，有以見滄浪不盡之意。且滄浪之中，見一白鷗，其浩蕩之意可想，又何待言其出没邪？改此一字，反覺意局。更與識者參之。或者又引鷗好没爲證。僕案《禽經》：『鳧好没，鷗好浮。』」按，冷齋説無版本根據，可不論。此句是否爲宋敏求所改，亦無旁證。錢箋校：「宋作『波』。」則其所據吴若本亦作「波」。今所見宋刻本唯《九家》據東坡説改爲「没」。胡仔、王楙二人引《禽經》，今本不載，而語相乖互。《九家》注兩引《禽經》，亦作「鳧善浮，鷗善没」，然其本據東坡、胡仔説立論。而王楙書屢引《禽經》，曹植《七啓》：「翔爾鴻翥，濈然鳧没。」其説似可據。

范温《潛溪詩眼》：「山谷言文章必謹布置，每見後學，多告以《原道》命意曲折。後予以此概考古人法度，如杜子美《贈韋見素詩》云：『紈袴不餓死，儒冠多誤身。』此一篇立意也，故使人静聽而具陳之耳。自『甫昔少年日』至『再使風俗淳』，皆儒冠事業也。自『此意竟蕭條』至『蹭蹬無縱鱗』，言誤身如此也，則意舉而文備。故已有是詩矣。然必言其所以見韋者，於是有厚愧、真知之句。所以真知者，謂傳誦其詩也。然宰相職在薦賢，不當徒愛人而已，士故不能無望，故曰：『竊效貢公喜，難甘原憲貧。』果不能薦賢，則去之可也，故曰：『焉能心怏怏，祇是走踆踆。』又將入海而去秦也。然其去也，必有遲遲不忍之意，故曰：『尚憐終南山，回首清渭濱。』則所知不可以不别，故曰：『常擬報一飯，況懷辭大臣。』夫如此是可以相忘於江湖之外，雖見素亦不得而見矣，故曰『白鷗波浩蕩，萬里誰能馴』終焉。此詩前賢録爲壓卷，蓋布置最得正體，如官府甲第，廳堂房室各有定處，不可亂也。」

## 送高三十五書記〔一〕

崆峒小麥熟，且願休王師①〔二〕。請公問主將，焉用窮荒爲〔三〕？飢鷹未飽肉，側翅隨人飛〔四〕。高生跨鞍馬，有似幽并兒②〔五〕。脱身簿尉中，始與捶楚辭〔六〕。借問今何官，觸熱向武威〔七〕？答云一書記③，所愧國士知。人實不易知，更須慎其儀④〔八〕。十年出幕府，自可持旌麾⑤。此行既特達，足以慰所思⑥。男兒功名遂，亦在老大時⑦〔九〕。常恨結歡淺，各在天一涯〔一〇〕。又如參與商〔一一〕，慘慘中腸悲。驚風吹鴻鵠⑧，不得相追隨。黄塵翳沙漠，念子何當歸⑨〔一二〕。邊城有餘力，早寄

## 從軍詩〔一三〕。（0002）

【校】

①且，錢箋、《九家》校：「一作吾。」

②幽并，錢箋校：「一作并州。」

③云，錢箋校：「一作言。」

④更，錢箋校：「一作尤。」　儀，錢箋、《九家》校：「一作宜。」

⑤麾，錢箋、《九家》校：「一作旗。」

⑥足以慰所思，錢箋、《九家》校：「一云『亦足慰遠思』。」

⑦大，錢箋校：「唐佐切。《夜歸》詩『明星當空大』同。」按，此爲吴若本注。

⑧吹，錢箋、《九家》校：「一作飄。」

⑨當，錢箋校：「一作時。」

【注】

仇注繫於天寶十一載（七五二）。陳鐵民考訂爲天寶十二載（七五三）送高適初入幕時作。

〔一〕高三十五書記：高適。《舊唐書·高適傳》：「高適者，渤海蓨人也。……適少濩落，不事生業。家貧，客於梁宋，以求丐取給。天寶中，海内事干進者注意文詞，適年過五十，始留意詩什，數年之間，體格漸變。以氣質自高，每吟一篇，已爲好事者稱誦。宋州刺史張九皐深奇之，薦舉有道科。時右相李林甫擅權，薄於文雅，唯以舉子待之。解褐汴州封丘尉，非其好也，乃去位，客游河右。河西節度哥舒翰見而異之，表爲左驍衛兵曹，充翰府掌書記。從翰入朝，盛稱之於上前。」《哥舒翰傳》載，天寶十一載冬，翰與安祿山、安思順並入朝。仇注謂適蓋從翰同入京。據陳鐵民《高適何時入河西幕》（《中華文史論叢》一九七九年第三輯）、周勛初《高適年譜》考證，適天寶十二載方得哥舒翰僚佐田良丘推薦赴河西，轉至隴右入幕。參本書卷九《贈田九判官梁丘》（0446）。《資治通鑑》天寶十三載三月：「哥舒翰亦爲其部將論功……翰又奏……前封丘尉高適爲掌書記。」此爲正式奏授。蓋適初入幕即被聘爲掌書記。

〔二〕崆峒二句：高適蓋以收麥時赴河西，故杜詩言麥熟，且及休兵。崆峒，黄希注謂指臨洮之崆峒。《元和郡縣圖志》卷三九隴右道岷州溢樂縣：「崆峒山，在縣西二十里。」又：「洮州，臨洮。……武德二年復於此置洮州。……神策軍，在州西八十里。天寶十三年哥舒翰置，在洮河南岸。」《舊唐書·哥舒翰傳》：「天寶六載，擢授右武衛員外將軍，充隴西節度副使、都知關西兵馬使、河源軍使。先是，吐蕃每至麥熟時，即率部衆至積石軍獲取之，共呼爲『吐蕃麥莊』。前後無敢拒之者。至是，翰使王難得、楊景暉等潛引兵至積石軍，設伏以待之。吐蕃以五千騎至，翰於城中率驍勇馳擊，殺之略盡，餘或挺走，伏兵邀擊，匹馬不還。」

〔三〕請公二句：主將謂哥舒翰。《舊唐書·玄宗紀》：「（天寶八載六月）隴右節度使哥舒翰攻吐蕃石堡城，拔之。」《王忠嗣傳》：「玄宗方事石堡城，詔問以攻取之略，忠嗣奏云：『石堡險固，吐蕃舉國而守之，若頓兵堅城之下，必死者數萬，然後事可圖也。臣恐所得不如所失，請休兵秣馬，觀釁而取之，計之上者。』玄宗因不快。李林甫尤忌忠嗣，日求其過。六載，會董延光獻策請下石堡城，詔忠嗣分兵應接之。忠嗣黽勉而從，延光不悦。……其後哥舒翰大舉兵伐石堡城，拔之，死者大半，竟如忠嗣之言，當代稱之爲名將。」錢箋：「玄宗有事於西戎，垂二十年，用哥舒翰於隴右，始克石堡，而靡敝中國多矣。此詩以窮荒爲戒，亦以見哥舒之謀國不如忠嗣也。」仇注：「首戒邊將窮兵。天寶之亂，由當時黷武所致，公已先見其兆矣。」按，錢、仇謂此詩有諷諭意，當與本卷《兵車行》(〇〇一一)等參看。

〔四〕飢鷹二句：《三國志·魏書·呂布傳》陳登對呂布言：「登見曹公言：『待將軍譬如養虎，當飽其肉，不飽則將噬人。』公曰：『不如卿言也。譬如養鷹，飢即爲用，飽則颺去。』其言如此。」《晋書·慕容垂載記》：「且垂猶鷹也，飢則附人，飽便高颺。」仇注：「此原其遠行之故，窮而依人，有似飢鷹。」

〔五〕高生二句：曹植《白馬篇》：「白馬飾金羈，連翩西北馳。借問誰家子，幽并游俠兒。」《文選》李善注：「幽、并，二州名。」鮑照《擬古》：「幽并重騎射，少年好馳逐。」

〔六〕脱身二句：高適罷封丘尉，抵長安，在天寶十一載秋。參周勛初《高適年譜》。邵博《邵氏聞見後録》卷一八：「杜子美《贈高適詩》云：『脱身簿尉中，始與捶楚辭。』退之《贈張功曹詩》云：『判司卑官不堪説，未免捶楚塵埃間。』杜牧之《寄侄阿宜詩》云：『一語不中治，鞭捶身滿瘡。』蓋唐參軍簿尉有罪加撻罰，如今之胥吏也。高子勉親見山谷云爾。予初疑其不然，因讀《唐史》：代宗命劉晏考所部官善惡，刺史有罪者，五品以上劾治，六品以下杖訖奏。參軍簿尉不足道也。」《九家》鮑注：「謂唐時參軍簿尉受杖，非也。今詳杜詩所言，捶有罪者也。」王楙《野客叢書》卷二〇引鮑注，謂：「僕謂不然，子美之意正謂屬吏受官長之杖，非謂杖有罪者。官屬受杖，其來久矣。且前漢王嘉爲宰相，裸躬受笞，其他可知。……唐猶庶幾，漢時尤甚。自入國朝，官守上下之分雖嚴，然此例削矣。」高適《封丘作》：「拜迎官長心欲碎，鞭撻黎庶令人悲。」仇注謂杜詩即用高適詩意，作捶楚他人爲是。

〔七〕武威：涼州。《元和郡縣圖志》卷四〇隴右道：「涼州，武威。中府。……武德二年，討平李軌，改爲涼州，置河西節度使。……天寶元年，改爲武威郡。乾元元年，復爲涼州。」敦煌殘卷高適《自武威赴臨洮謁大夫不及因書即事寄河西隴右幕下諸公》：「浩蕩去鄉縣，飄飖瞻節旄。揚鞭發武威，落日至臨洮。……立馬眺洪河，驚風吹白蒿。雲屯寒色苦，雪合群山高。」又《武威作二首》：「匈奴終不滅，寒山徒草草。惟見鴻雁飛，令人傷懷抱。」二詩秋冬作。高適蓋以五、六月間離長安，秋冬在武威，以未遇哥舒翰，故轉赴臨洮。

〔八〕人實二句：《史記·范睢蔡澤列傳》：「人固未易知，知人亦未易也。」《詩·大雅·抑》：「敬慎威儀，維民之則。」疏：「此言宜用賢者，使之慎儀。」《左傳》文公三年：「小國受命大國，敢不慎儀。」仇注：「不易知，見事人之難；慎其儀，見行己之難。此朋友規箴之義也。」

〔九〕大：吴若本注：「唐佐切。」《禮記·曲禮上》：「童子不衣裘裳。」鄭玄注：「裘大温。」《釋文》：「大音泰。徐他佐反。」《集韻》去聲三十九過他佐切：「大，太也。何休曰：約誓大甚。」白居易

《老熱》：「亦無別言語，多道大悠悠。」金澤文庫本注：「音拖。」此皆作副詞。敦煌文書P. 3125闕題詩：「春來分付與日頭，冬天没衣總獨卧。連竹色湊三個婦，數内最他阿林大。」大作形容詞，亦讀過韻。

〔一〇〕常恨二句：《古詩十九首》：「相去萬餘里，各在天一涯。」《文選》李善注：「《廣雅》曰：涯，方也。」

〔一一〕又如句：《左傳》昭公元年：「昔高辛氏有二子，伯曰閼伯，季曰實沈，居于曠林，不相能也。日尋干戈，以相征討。后帝不臧，遷閼伯于商丘，主辰，商人是因，故辰爲商星。遷實沈于大夏，主參，唐人是因，以服事夏、商。」曹植《與吴季重書》：「面有逸量之速，别有參商之闊。」陸機《爲顧彦先贈婦二首》：「形影參商隔，音息曠不達。」

〔一二〕黄塵二句：《文選》蘇武詩：「欲展清商曲，念子不能歸。」

〔一三〕從軍詩：《文選》卷二七收王粲《從軍詩》五首。蕭繹有《和王僧辯從軍詩》。庾信有《和盧記室從軍詩》。

## 贈李白〔一〕

二年客東都〔二〕，所歷厭機巧。野人對羶腥，蔬食常不飽〔三〕。豈無青精飯①，使我顏色好〔四〕？ 苦乏大藥資②，山林跡如掃〔五〕。 李侯金閨彦③〔六〕，脱身事幽討。亦有梁宋游④，方期拾瑶草〔七〕。（0003）

【校】

① 精，錢箋校：「一作粇，亦作䬺。」

② 大，錢箋校：「一作買。」

③ 彦，錢箋校：「陳浩然本作深。」

④ 亦，錢箋校：「一作未。」

【注】

朱鶴齡繫於天寶三載（七四四），仇注、聞一多《會箋》同。 詹鍈、耿元瑞等考李、杜初會在天寶四載（七四五）。

〔一〕李白：李陽冰《草堂集序》：「李白，字太白，隴西成紀人，涼武昭王暠九世孫。……天寶中，皇祖下詔，徵就金馬，降輦步迎，如見綺皓。以七寶床賜食，御手調羹以飯之……置於金鑾殿，出入翰林中，問以國政，潛草詔誥，人無知者。醜正同列，害能成謗，格言不入，帝用疏之。公乃浪跡縱酒，以自昏穢。詠歌之際，屢稱東山。……天子知其不可留，乃賜金歸之，遂就從祖陳留采訪大使彦允，請北海高天師授道籙于齊州紫極宫。」聞一多《會箋》天寶三載：「是年夏，初遇李白於東都。《贈李白》詩當是本年初遇白時作。」詹鍈《李白詩文繫年》移李、杜會面於天寶四載，然爲揣度之詞。耿元瑞《有關李杜交游的幾個問題》（《文學遺産增刊》第十三輯）、郁賢皓《李杜交游新考》（《草堂》第五期）考二人會面在天寶四載，其地在梁宋。

〔二〕二年句：天寶元年杜甫在洛陽，爲姑萬年縣君撰《唐故萬年縣君京兆杜氏墓志》（本書卷二〇1482），是時至東都。

〔三〕野人二句：潘岳《秋興賦序》：「僕，野人也。偃息不過茅屋茂林之下，談話不過農夫田父之客。」仇注：「野人，公自謂。」《抱朴子・明本》：「山林之中非有道也，而爲道者必入山林，誠欲遠彼腥羶，而即此清浄也。」《雲笈七籤》卷七七《南岳真人鄭披雲傳授五行七味丸方》：「服藥之法，忌雞犬穢惡腥羶葷血，莫非潔浄處精專心修制。」《孟子・萬章下》：「雖蔬食菜羹，未嘗不飽。」此反用其意，二句言己對羶腥、飯蔬食而不飽，蓋表示對李白服藥訪道之羡慕。

〔四〕豈無二句：《真誥》卷一四《稽神樞》：「霍山中有學道者鄧伯元、王玄甫，受服青精石飯、吞日丹景之法，用思洞房已來，積三十四年，乃内見五藏，冥中夜書。以今年正月五日，太帝遣羽車見迎，伯元、玄甫以其日，遂乘雲駕龍，白日登天。」《雲笈七籤》卷七四《太極真人青精乾石䭀飯上仙靈方》：「南燭草木葉五斤……生嵩高少室、抱犢雞頭山，名山皆有之，非但數處而已，江左吴越尤多……煮取汁極令清冷，以溲米水釋炊之，洒護皆用此汁，當令飯正作紺青之色乃止。預作高格，暴令乾。若不辨得他藥者，但作此亦可服。日二升，勿服血食。亦以填胃補髓，消滅三蟲，爲益小遲，但當不及衆和者耳，亦神仙食也。」方以智《通雅》卷三九：「青䭀飯，烏飯也。今釋家四月八日作，或以烏桕，或以楓。一曰青精飯。《綱目》作䬯飯，乃䭀訛也。智謂因青精而造耳。吴曾曰：《神仙王褒傳》：太極真人以太極青精飯方授之，褒煉服五季，色如少女。杜詩『惜無青精飯，使我顔色好』是也。青精用南天燭葉染之，所謂烏飯樹也。林洪以南燭即旱蓮草，誤矣。沈括云：今人家種之天竹有紅子者。智按不然。《登真隱訣》『䭀飯』，方始創『䭀』字。」

〔五〕苦乏二句：《南史·陶弘景傳》：「弘景既得神符秘訣，以爲神丹可成，而苦無藥物，帝給黄金、朱砂、曾青、雄黄等。後合飛丹，色如霜雪，服之體輕。」此句暗用其事。大藥，金丹。《抱朴子·釋滯》：「一塗之道士，或欲專守交接之術，以規神仙，而不作金丹大藥，此愚之甚也。」

〔六〕李侯句：江淹《别賦》：「金閨之諸彦，蘭臺之群英。」《文選》李善注：「金閨，金馬門也。《史記》曰：金馬門，宦者署。」錢箋：「東方朔、公孫弘待詔金馬門。白供奉翰林，故云。」

〔七〕亦有二句：本書卷七《遣懷》(0360)：「昔我游宋中，惟梁孝王都。……憶與高李輩，論交入酒壚。」卷六《昔游》(0288)：「昔者與高李，晚登單父臺。」即此時事。梁、宋，指汴州、宋州。《元和郡縣圖志》卷七河南道：「汴州，陳留。……戰國魏都，《史記》魏惠王自安邑徙理大梁，即今浚儀縣也。」「宋州，睢陽。……隋於睢陽置宋州，大業三年又改爲梁郡。隋亂陷賊，武德四年討平王世充，又爲宋州。」東方朔《與友人書》：「脱去十洲三島，相期拾瑶草，吞日月之光華，共輕舉耳。」江淹《從冠軍建平王登廬山香爐峰》：「瑶草正翕赩，玉樹信葱青。」《文選》李善注：「瑶草，玉芝也。」

# 游龍門奉先寺〔一〕

已從招提游〔二〕，更宿招提境。陰壑生虛籟①〔三〕，月林散清影。天闕象緯逼②，雲卧衣裳冷〔四〕。欲覺聞晨鍾，令人發深省〔五〕。（0004）

【校】

① 虛，錢箋、《草堂》校：「一作靈。」

② 闕，錢箋校：「一作闊。荆作閲。蔡興宗《考異》作闕。」

【注】

黄鶴注：當是開元二十四年（七三六）後游東都時作。

〔一〕龍門奉先寺：遺址在今洛陽龍門西山南口魏灣村北阜。參温玉成《〈河洛上都龍門之陽大盧舍那像龕記〉注釋》（《中原文物》一九八四年第三期）。龍門，即伊闕。《史記·秦本紀》正義引《括地志》：「伊闕在洛州南十九里。《注水經》云：昔大禹鑿龍門以通水，兩山相對，望之若闕，伊水歷其間，故謂之伊闕。按，今洛南猶謂之龍門也。」《全唐文》卷九八七闕名《河洛上都龍門之陽大盧舍那像龕記》：「調露元年己卯八月十五日，奉敕於大像南置大奉先寺，簡召高僧行解兼備者二七人，闕即續填。創基住持範法，英律而爲上首。至二年正月十五日，大帝書額。」

〔二〕從：徐仁甫釋爲就。信應舉釋爲向，義較長。招提：佛寺。玄應《一切經音義》卷一六：「招提，譯云四方也。招此云四，提此云方，謂四方僧也。一云招提者訛也，正言拓鬭提奢，此云四方。譯人去鬭去奢。拓，經誤作『招』。以拓、招相似，遂有斯誤也。」謝靈運《山居賦》自注：「招提，謂僧不能常住者，可持作坐處也，所謂息肩。」王應麟《困學紀聞》卷二〇：「《通鑑考異》云：《會要》：『元和二年，薛平奏請賜中條山蘭若額，爲大和寺。』蓋官賜額者爲寺，私造者爲招提、蘭若，杜牧所謂『山臺野邑』是也。」

〔三〕陰壑句：謝莊《月賦》：「聲林虛籟，淪池滅波。」《文選》李善注：「此言風將息也。聲林而籟管虛，淪池而大波滅。」化用《莊子》「厲風濟，則衆竅爲虛」，郭象注：「烈風作則衆竅實，及其止則衆竅虛。」按，《月賦》「虛」用作動詞，杜詩用爲形容詞。

〔四〕天闕二句：陳岩肖《庚溪詩話》卷上釋此句：「此寺在洛陽之龍門。按韋述《東都記》：『龍門號雙闕，以與大内對，屹若天闕然。』此詩天闕指龍門也。後人爲其屬對不切，改爲『天關』，王介甫改爲『天閲』，蔡興宗又謂世傳古本作『天窺』，引《莊子》『用管窺天』爲證。以余觀之，皆臆説也。且『天闕象緯逼，雲卧衣裳冷』，乃此寺中即事耳。以彼天闕之高，則勢逼象緯；以我雲卧之幽，則冷侵衣裳，語自混成，何必屑屑較瑣碎，失大體哉？」《苕溪漁隱叢話》前集卷八引

《西清詩話》説略同。程大昌《演繁露》續集卷四：「杜詩『天闕象緯逼』，王介父曰『闕』當作『閱』，非也。《水經》紀穀水曰：『《漢官·典職》曰：偃師去洛西四十五里，望朱雀闕，其上鬱然與天連，明其峻極之至也。』《白虎通》曰：『今閶闔門外夾建巨闕，以應天宿。』」錢箋：「韋應物《龍門游眺》詩云：『鑿山導伊流，中斷若天闕。』又云：『南山鬱相對。』此杜詩注脚也。宋人妄改，削之何疑？」王夫之《夕堂永日緒論·内編》：「盡人解一『卧』字不得，只作人卧雲中，故于『闕』字生許多胡猜亂度。此等下字法，乃子美早年未醇處，從陰鏗、何遜來。向後脱卸乃盡，豈黄魯直所知邪？」浦起龍云：「此詩中四，却非散體。……雲卧正形容宿處之高迥，定屬虚用。而雲自與天對，卧自與闕對，正以不執死法爲文家妙用。」象緯，天象。《宋書·王僧達傳》：「搜詳妖圖，覘察象緯。」

〔五〕欲覺二句：《法苑珠林》卷九九鳴鐘部引別經偈：「洪鐘震響覺群生，聲遍十方無量土。含識群生普聞知，拔除衆生長夜苦。六識常昏終夜苦，無明被覆久迷情。晝夜聞鐘開覺悟，怡神淨刹得神通。」

## 望岳〔一〕

岱宗夫如何，齊魯青未了〔二〕。造化鍾神秀，陰陽割昏曉〔三〕。盪胸生曾雲，決

皆入歸鳥〔四〕。會當凌絶頂，一覽衆山小〔五〕。（0005）

**【注】**

黄鶴注：當作於開元二十四年（七三六）後游齊趙時。

〔一〕岳：指東岳泰山。《爾雅·釋山》：「泰山爲東岳，華山爲西岳，霍山爲南岳，恒山爲北岳，嵩高爲中岳。」《史記·秦始皇本紀》：「乃遂上泰山，立石，封，祠祀。」正義：「泰山一曰岱宗，東岳也，在兖州博城縣西北三十里。」集解：「瓚曰：古者聖王封泰山，禪亭亭或梁父。」《舊唐書·玄宗紀》：「（開元十三年十月）辛酉，東封泰山，發自東都。……封泰山神爲天齊王，禮秩加三公一等，近山十里，禁其樵采。」

〔二〕岱宗二句：仇注：「岱宗如何，意中遥想之詞。自齊至魯，其青未了。」《書·舜典》：「東巡守，至於岱宗。」傳：「岱宗，泰山，爲四岳所宗。」《白虎通義》卷五：「岳者何謂也？岳之爲言捔，捔功德。東方爲岱宗者，言萬物更相代於東方也。」《史記·貨殖列傳》：「故泰山之陽則魯，其陰則齊。」

〔三〕造化二句：《左傳》昭公二十八年：「天鍾美於是。」杜預注：「鍾，聚也。」孫綽《游天台山賦》：「天台山者，蓋山岳之神秀者也。」楊炯《少室山少姨廟碑銘》：「少室山者，山岳之神秀者也。」李邕《五臺山清涼寺碑》：「五峰對聳，四望崇崇，蓄陰陽之神秀，含造化之奇特。」《草堂》夢弼注：「陰陽謂日月也，割者分也，言泰山之高大，日月出没相隱避，迭爲昏曉也。」朱鶴齡注：

「割昏曉，言陰陽之氣爲昏曉之所分也。」仇注引徐增云：「山後爲陰，日光不到故易昏。山前爲陽，日光先臨故易曉。」按，陰陽謂山之南北，昏曉謂光照懸殊。然杜詩亦自李邕文意化出，陰陽語含雙關，與造化鈎連。

〔四〕盪胸二句：張衡《南都賦》：「湯谷涌其後，淯水盪其胸。」曾，同層。陸機《園葵詩》：「曾雲無温液，嚴霜有凝威。」《文選》李善注：「鄭玄《毛詩箋》：曾，重也。」司馬相如《子虛賦》：「弓不虛發，中必決眥。」《文選》李善注：「《説文》曰：眥，目匡也。」《苕溪漁隱叢話》前集卷九引《三山老人語録》：「(二句)借用二賦(《南都賦》、《子虛賦》)中字也，胸與眥當於山言之，或以人言之，非也。」按，杜詩未必拘泥原賦，胸或可就山言之，眥就山言之成何語？

〔五〕會當二句：《孟子·盡心下》：「孔子登東山而小魯，登太山而小天下。」會當，信應舉釋爲將要。按，有意料、預想之義。竺僧度《答苕華》：「巨石會當竭，芥子豈云多。」李白《古風》：「雌雄終不隔，神物會當逢。」

范温《潛溪詩眼》：「老杜詩凡一篇皆工拙相半，古人文章類如此。皆拙固無取，使其皆工，則峭急而無古氣，如李賀之流是也。……《望岳》詩無第二句，而云『岱宗夫如何』，雖曰亂道可也。」

汪師韓《詩學纂聞》：「詩至少陵，謂之集大成，然不必無一字一句之可議也。……即如

『岱宗夫如何，齊魯青未了』，起輕佻失體。」
施補華《峴傭説詩》：「《望岳》一題，若他人入手，不知作多少語。少陵只以四韻了之，彌見簡勁。『齊魯青未了』五字，囊括數千里，可謂雄闊。後來唯退之『荆山已去華山來』七字，足以敵之。」

## 陪李北海宴歷下亭〔一〕時邑人蹇處士等在座①。

東藩駐皂蓋，北渚凌清河②〔二〕。海内此亭古③，濟南名士多〔三〕。雲山已發興，玉佩仍當歌〔四〕。修竹不受暑，交流空涌波〔五〕。蘊真愜所遇，落日將如何〔六〕？貴賤俱物役〔七〕，從公難重過。（0006）

**【校】**

① 在座，錢箋其下有「李公序」三字。

② 清河，宋本校：「一作青荷。」錢箋作「青荷」，校：「一作河。」

③ 海内，《九家》、《草堂》作「海右」。宋本校：「一作海右。」錢箋校「内」字：「一作右。」

【注】

黄鶴注：當是天寶四載（七四五）作。

〔一〕李北海：李邕。《舊唐書·李邕傳》：「李邕，廣陵江都人。父善，嘗受《文選》於同郡人曹憲。……邕少知名，長安初，内史李嶠及監察御史張廷珪並薦邕詞高行直，堪爲諫諍之官，由是召拜左拾遺。……開元三年，擢爲户部郎中。……十三年，玄宗車駕東封回，邕於汴州謁見，累獻詞賦，甚稱上旨。由是頗自矜炫，自云當居相位。張説爲中書令，甚惡之。俄而陳州贓污事發，下獄鞫訊，罪當死……貶爲欽州遵化縣尉……又累轉括、淄、滑三州刺史，上計京師。邕素負美名，頻被貶斥，皆以邕能文養士，賈生、信陵之流，執事忌勝，剥落在外。人間素有聲稱，後進不識，京洛阡陌聚觀，以爲古人。……天寶初，爲汲郡、北海二太守。邕性豪侈，不拘細行，所在縱求財貨，馳獵自恣。五載，奸贓事發。又嘗與左驍衛兵曹柳勣馬一匹，及勣下獄，吉温令勣引邕議及休咎，厚相賂遺，詞狀連引，敕刑部員外郎祁順之、監察御史羅希奭馳往就郡決殺之，時年七十餘。」歷下：齊州。《元和郡縣圖志》卷一〇河南道下齊州條：「漢分齊郡立濟南國，今州即濟南國之歷城縣理也。……州理城，古歷下城也。」歷下亭，指客亭。《水經注》濟水：「濟水又東北，濼水入焉。水出歷城縣故城西南，泉源上奮，水涌若輪。……其水北爲大明湖，西即大明寺，寺東北兩面側湖，此水便成淨池也。池上有客亭，左右楸桐，負日俯仰，目對魚鳥，水木明瑟，可謂濠梁之性，物我無違矣。」《齊乘》卷五歷下亭：「府城驛邸内歷山臺上，面山背湖，實爲勝絶。少陵有《陪李北海宴歷下亭》詩。」同卷北渚亭引《水經注》濼水條。錢箋謂客亭當爲歷下古亭，以北渚亭當之。

〔二〕東藩二句：東藩，齊地。司馬相如《上林賦》：「今齊列爲東藩。」皂蓋，此指齊郡長官太守。《後漢書·輿服志》：「中二千石、二千石皆皂蓋，朱兩轓。」太守秩二千石。北渚，北岸。《楚辭·湘君》：「夕弭節兮北渚。」王逸注：「渚，水涯也。」清河，唐時謂濟水。《元和郡縣圖志》卷五河南府濟源縣濟水：「然濟水因王莽末旱，渠涸，不復截河南過。今東平、濟南、淄川、北海界中有水流入於海，謂之清河，實菏澤、汶水合流，亦曰濟河，蓋因舊名，非本濟水也。」仇注謂北渚切北海，蕭滌非謂此句言自北渚乘舟經清河往游歷下亭。按，此句不過謂亭在北岸，下臨清河。錢箋作「青荷」，謂與皂蓋對。又或説作「青菏」，菏爲濟之別名。皆不足據。

〔三〕濟南句：濟南，齊州。《舊唐書·地理志》：「齊州上，漢濟南郡。……天寶元年，改爲臨淄郡。五載，爲濟南郡。乾元元年，復爲齊州。」仇注引《漢書·儒林傳》濟南伏生傳《尚書》，其時張生、歐陽生、林尊傳其學，皆濟南人，謂「此亦名士多之一證」。按，此句意屬蹇處士等人。

〔四〕玉佩句：王容《大堤曲》：「寶髻耀明璫，香羅鳴玉佩。」仇注引此，謂玉佩「指侑酒者」。當歌，仇注謂當筵而歌，引楊慎説：此是對當之當，非合當之當，與魏武「對酒當歌」不同。趙翼《陔餘叢考》卷二四：「曹孟德樂府『對酒當歌，人生幾何』，『當』字今作『宜』字解，然詩與『對』字並言，則其意義相類。《世説新語》王長史語『不大當對』，言其非敵手也。元微之《寄白香山書》有『當花對酒』之語。《學齋佔畢》載《古鏡銘》有云：『當眉寫翠，對臉傳紅。』是『當』字皆作『對』字解，曹詩正同此例。今俗尚有『門當户對』之語。」李白《把酒問月》：「唯願當歌對酒時，月光長照金樽裏。」是唐人用曹詩亦作對當解。

〔五〕交流句：《水經注》濟水：「（大明）湖水引瀆，東入西郭，東至歷城西而側城北注陂，水上承東城歷祠下泉，泉源競發，其水北流，逕歷城東，又北，引水爲流杯池，州僚賓燕，公私多萃其上。分爲二水，右水北出，左水西逕歷城北，西北爲陂，謂之歷水，與濼水會。」《太平寰宇記》卷一九引《三齊記》：歷水出歷祠下，泉源競發，與濼水同入鵲山湖。錢箋引此，謂「此所謂交流也」。

〔六〕藴真二句：謝靈運《登江中孤嶼》：「表靈物莫賞，藴真誰爲傳。」仇注：「藴真，亭含真趣。」按，指亭上所見。

〔七〕貴賤句：《荀子·修身》：「内省而外物輕矣。傳曰：君子役物，小人役於物。此之謂矣。」謝瞻《答康樂秋霽詩》：「獨夜無物役，寢者亦云寧。」仇注：「物役，各役於事。」

## 登歷下古城員外孫新亭①時李之芳自尚書郎出齊州司馬，製此亭②〔一〕。

北海太守李邕

吾宗固神秀，體物寫謀長③〔二〕。形制開古跡〔三〕，曾冰延樂方〔四〕。太山雄地理④，巨壑眇雲莊〔五〕。高興泊煩促⑤，永懷清典常〔六〕。含弘知四大，出入見三光〔七〕。負郭喜粳稻，安時歌吉祥。

【校】

① 登歷下古城員外孫新亭，錢箋、《九家》無「孫」字。

② 時李之芳自尚書郎出齊州司馬製此亭，錢箋以此爲吴若本注，作：「本傳云：天寶初，爲汲郡、北海郡太守。時李之芳自尚書郎出爲齊州司馬，作此亭。」《分門》以此注爲「洙曰」。

③ 長，《草堂》作「良」。

④ 地理，宋本作「地里」，據他本改。

⑤ 泊，錢箋校：「陳浩然本作洎。」

【注】

〔一〕李之芳：《舊唐書·太宗諸子傳》：「蔣王惲，太宗第七子也。……惲子煌，蔡國公。煌孫之芳，幼有令譽，頗善五言詩，宗室推之。開元末爲駕部員外郎。天寶十三載，安禄山奏爲范陽司馬。及禄山起逆，自拔歸西京，授右司郎中，歷工部侍郎、太子右庶子。廣德元年，兵革未清，吐蕃又犯邊，侵軼原、會。乃遣之芳兼御史大夫，使吐蕃，被留境上，二年而歸。」按，邕爲江夏人，其以之芳爲同宗從孫，蓋唐人附會認宗之習。

〔二〕體物句：陸機《文賦》：「賦體物而瀏亮。」寫，摹寫。《史記·秦始皇本紀》：「秦每破諸侯，寫放其宮室，作之咸陽北坂上。」潘岳《西征賦》：「乃摹寫舊豐，制造新邑。」《書・盤庚中》：「汝不謀長，以思乃災。」傳：「汝不謀長久之計，思汝不徙之災。」

〔三〕開古跡：仇注：「謂開拓舊基。」

〔四〕曾冰句：仇注：「此言夏時置冰，乃引樂之方也。」曾同層。《楚辭・招魂》：「增冰峨峨，飛雪千里些。」王逸注：「言北方常寒，其冰重累，峨峨如山。」曹植《鬬雞詩》：「主人寂無爲，衆賓進樂方。」傅毅《舞賦》：「動朱脣，紆清陽，亢音高歌爲樂方。」

〔五〕太山二句：曹植《與吴季重書》：「食若填巨壑。」仇注：「巨壑，即鵲湖。」「此謂遠望莊舍，渺在雲間也。」

〔六〕高興二句：張華《答何劭二首》：「恬曠苦不足，煩促每有餘。」仇注：「泊煩促，言塵思頓蠲。」《書・微子之命》：「慎乃服命，率由典常。」傳：「循用舊典，無失其常。」仇注：「清典常，言清静可法。」

〔七〕含弘二句：仇注：「含弘以下，舉亭前景象，以形容德化。」《易・坤・彖》：「含弘光大，品物咸亨。」《老子》二十五章：「道大，天大，地大，王大。域中有四大，而王處一。」《史記・天官書》：「太微，三光之廷。」索隱：「宋均曰：三光，日、月、五星也。」班固《典引》：「經緯乾坤，出入三光。」

## 同李太守登歷下古城員外新亭①亭對鵲湖〔一〕。

新亭結構罷，隱見清湖陰〔二〕。跡藉臺觀舊，氣冥海岳深②〔三〕。圓荷想自昔，遺堞感至今〔四〕。芳宴此時具，哀絲千古心③〔五〕。主稱壽尊客，筵秩宴北林④〔六〕。不阻蓬篳興，得兼梁甫吟⑤〔七〕。（0007）

【校】

①同李太守登歷下古城員外新亭，宋本、錢箋、《九家》作「同前」，承前李邕詩題。據《草堂》本等改。

②藉，錢箋作「籍」。　冥，錢箋、《九家》作「溟」。

③具，《九家》作「俱」。　錢箋校：「一作俱。」　絲，錢箋校：「一作絃。」

④北，錢箋校：「北一作密。」

⑤得兼，錢箋校：「一作兼得。」

【注】

黃鶴注：當是天寶四載（七四五）作。

〔一〕鵲湖：鵲山湖。《太平寰宇記》卷一九齊州歷城縣：「《三齊記》云：歷水出歷祠下，泉源競發，與濼水同入鵲山湖。」《齊乘》卷五：「鵲山亭，城北鵲山湖上。少陵詩序『登歷下員外新亭，亭對鵲山湖者』是也。今廢。」

〔二〕隱見：或隱或見。蕭綱《詠梔子花》：「日斜光隱見，風還影合離。」

〔三〕跡藉二句：《九家》趙注：「亭之形跡憑藉臺觀之舊製，『籍』字言圖籍所載舊有臺觀之跡，於義皆通。」朱鶴齡、仇注皆取前説。氣冥海岳，《百家注》趙曰：「言東海、太山之氣相與冥接也。」鮑照《喜雨詩》：「平洒周海岳，曲潦溢山莊。」

〔四〕圓荷二句：李嶠《荷》：「新溜滿澄陂，圓荷影若規。」沈佺期《初冬從幸漢故青門應制》：「故基仍岳立，遺堞尚雲屯。」錢箋：「歷城，古齊歷下，城對歷山之下，韓信渡河，破齊歷下之師，即此也。城東有譚國城，故云遺堞感至今也。」

〔五〕哀絲句：《禮記·樂記》：「絲聲哀，哀以立廉。」

〔六〕主稱二句：曹植《野田黄雀行》：「主稱千金壽，賓奉萬年酬。」《禮記·曲禮上》：「尊客之前不叱狗。」《詩·小雅·賓之初筵》：「賓之初筵，左右秩秩。」傳：「秩秩然肅敬也。」《詩·秦風·晨風》：「鴥彼晨風，鬱彼北林。」

〔七〕不阻二句：仇注：「蓬蓽興，公自謂。梁甫吟，在歷下也。」《禮記·儒行》：「儒有一畝之宫，環堵之室，篳門圭窬，蓬户甕牖。」注：「言貧窮屈道，仕爲小官也。……篳門，荆竹織門也。」釋文：「蓬户，以蓬爲户也。」《三國志·蜀書·諸葛亮傳》：「亮躬耕隴畝，好爲《梁父吟》。」《樂府詩集》卷四一《相和歌辭》引《古今樂録》：「李勉《琴説》曰：《梁甫吟》，曾子撰。《琴操》曰：曾子耕泰山之下，天雨雪冰，旬月不得歸，思其父母，作《梁山歌》。蔡邕《琴頌》曰：梁甫悲吟，周公越裳。按，梁甫，山名，在泰山下。《梁甫吟》，蓋言人死葬此山，亦葬歌也。」《太平寰宇記》卷一八青州臨淄縣：「蕩陰里，《郡國志》云在縣東，有三冢焉，即諸葛亮《梁甫吟》云：步出齊城門，遥望蕩陰里。里中有三墓，累累皆相似。借問誰家冢，田疆古冶子。」錢箋引此，謂臨淄屬北海郡，故詩云「得兼梁甫吟」。

## 玄都壇歌寄元逸人①〔一〕

故人昔隱東蒙峯〔二〕，已佩含景蒼精龍〔三〕。故人今居子午谷〔四〕，獨在陰崖結茅屋②。屋前太古玄都壇，青石漠漠常風寒。子規夜啼山竹裂，王母晝下雲旗翻③〔五〕。知君此計誠長往④，芝草琅玕日應長〔六〕。鐵鎖高垂不可攀，致身福地何蕭爽〔七〕。（0008）

【校】

① 寄元逸人，錢箋作小字題注。

②在，錢箋、《九家》校：「一作並。」　結，錢箋、《九家》校：「一作白。」
③翻，錢箋校：「一作蟠。」
④誠，宋本作「試」，乃「誠」之誤。據《九家》等改。錢箋作「成」，校：「或作誠。」

【注】

黄鶴注：天寶十一載（七五二）作。

〔一〕玄都壇：《九家》趙注謂：據詩意，壇在子午谷，然宋敏求《長安志》不載谷中所有古跡名稱，故壇無可考。《草堂》夢弼注：「玄都壇，漢武帝所築，在長安南山子午谷中。」或有附會。玉京玄都，爲道教所稱天闕。《雲笈七籤》卷二一天地部《四梵三界三十二天》：「四天之上則爲梵行，梵行之上則是上清之天，玉京玄都紫微宫也，乃太上道君所治，真人所登也。」元逸人：盧世㴶以爲即與李白同游之元丹丘。

〔二〕故人句：《水經注》沂水・蒙山熊會貞疏：「《注》蒙山與下東蒙分載，似是二山。《通典》遂謂費縣有蒙山，又有東蒙山。《元和志》：蒙山在費縣西北八十里，東蒙山在縣西北七十五里。《寰宇記》同。王氏《詩地理考》六、《地理通釋》五亦同。然考《禹貢》蒙羽之蒙，《魯頌》龜蒙之蒙，《論語》謂之東蒙。何晏《論語集解》引孔安國《論語訓解》：以爲東蒙主，使主祭蒙山也。邢昺疏：山在東魯，故曰東蒙。《通鑑》梁天監五年胡注：蒙山即東蒙。則蒙山、東蒙實一山也。蓋古統名蒙山，或名東蒙，後人分爲二山耳。」錢箋引陸游《老學庵筆記》，以東蒙爲終南山峰名。仇注謂未足信。杜甫約天寶四載在魯地初遇元逸人及董煉師，本書卷六《昔游》（0288）：「東蒙赴舊隱，尚憶同志樂。伏事董先生，於今獨蕭索。」即此詩所謂「昔隱」。

〔三〕含景蒼精龍：指劍。《藝文類聚》卷六〇士孫瑞《劍銘》：「天生五材，金德惟剛。從革庚辛，含景吐商。」含景謂含日月之景。《春秋繁露・服制像》：「劍之在左，青龍之象也。」《史記・天官書》索隱：「《文耀鈎》云：東宮蒼龍，其精爲龍。」劉向《九歎・怨思》：「佩蒼龍之蚴虬兮，帶隱虹之逶蛇。」《九家》趙注：「或曰蒼精龍應是符籙名。蓋道家有蒼龍精，東方甲乙木；赤鳳髓，南方丙丁火。」仇注據《史記》索隱引《文耀鈎》，謂指道書青龍符。

〔四〕子午谷：《史記・樊酈滕灌列傳》索隱引《三秦記》：「長安正南，山名秦嶺，谷名子午，一名樊川，一名御宿。」《長安志》卷一二：「子午關在縣南　百里。……師古曰：子北方也，午南方也。言通南北道相當，故謂之子午耳。今京城通南山，有谷通梁漢道者，名子午谷。」

〔五〕子規二句：《九家》趙注：「子規啼而竹裂，言啼之苦也。」黄鶴注引劉曰：「嫌其夜啼聲哀怨，故燒竹爆裂以驚飛也。」張邦基《墨莊漫録》卷一：「言其聲清越如竹裂也。」王母，《九家》杜《正謬》：「王母，鳥名也，以對子規。」引《酉陽雜俎》卷一六《廣動植》：「齊郡函山有鳥，足青，觜赤，黄素翼，絳顙，名王母使者。」又《墨莊漫録》卷一：「中官陳彦和言，頃在宣和間掌禽苑，四方所貢珍禽不可殫舉，蜀中貢一種鳥，狀如燕，色紺，翠尾甚多而長，飛則尾開嫋嫋如兩旗，名曰王母，則子美所言，乃此禽也。」《九家》趙注：「雲旗者，神仙之儀衛也。《離騷》云：『載雲旗之逶迤。』……詩以元逸人爲仙者，則王母降之有是理，何必泥以鳥名。」

〔六〕芝草：《漢武内傳》：「太上之藥：風實雲子，玉津金漿，月精萬壽，碧海琅玕……」《書·禹貢》傳：「琅玕，石而似珠。」《抱朴子·金丹》：「是以古之道士，合作神藥，必入名山……上皆生芝草，可以避大兵大難，不但於中可合藥也。」

〔七〕鐵鎖二句：《九家》趙注引綿州彰明縣竇崮山有二鐵鎖垂於山際，竇氏兄弟三人白日仙去，又乾州金精山女仙張麗英昇仙之地有鐵鎖垂焉。《千家注》引《道藏經》：「晉時有戍卒屯於子午谷，入谷之西，澗水窮處，忽見鐵鎖下垂，約有百餘丈，戍卒欲挽引而上，有虎蹲踞焉。」錢箋引《法苑珠林》卷三九：「終南山大秦嶺竹林寺者，至貞觀初，采蜜人山行，聞有鐘聲，尋而往至焉。寺舍二間，有人住處。傍大竹林，可有二頃。其人斷二節竹以盛蜜，可得五升許。兩人負下，尋路而至大秦戍，具告防人，以林至此可十五里。戍主利其大竹，將往伐取，遣人依言往覓，過小竹谷，達於崖下，有鐵鎖長三丈許，防人曳鎖，掣之大牢，將上，有二大虎踞崖頭，向下大呼。其人怖，急返走。又將十人重尋，值大洪雨，便返。」福地，《長安志》卷一一引《關中記》：「終南太一左右三十里内，名福地。」程大昌《雍録》卷五亦引，謂「福地、地肺，皆道家言」。

張謙宜《絸齋詩談》卷四：「『子規夜啼山竹裂，王母晝下雲旗翻。』虚景實寫，此得之《離騷》。」

葉矯然《龍性堂詩話》初集：「至杜云『白摧朽骨龍虎死，黑入太陰雷雨垂』、『子規夜啼山竹裂，王母晝下雲旗翻』，語以奇勝而帶幽。」

## 今夕行①

今夕何夕歲云徂，更長燭明不可孤〔一〕。咸陽客舍一事無，相與博塞爲歡娛②〔二〕。馮陵大叫呼五白，袒跣不肯成梟盧③〔三〕。英雄有時亦如此，邂逅豈即非良圖？君莫笑劉毅從來布衣願，家無儋石輸百萬〔四〕。（0009）

【校】

① 今夕行，錢箋題下注：「自齊趙西歸至咸陽作。」

② 博塞，錢箋、《九家》校：「一云賭博。」

③ 盧，錢箋、《九家》校：「一作牟。」

【注】

黄鶴注：當是天寶五載（七四六）自齊趙西歸至長安時作。

〔一〕今夕二句：《詩·唐風·綢繆》：「今夕何夕，見此良人。」箋：「言此夕何月之夕乎，而女以見良人。言非其時。」《詩·唐風·蟋蟀》：「蟋蟀在堂，歲聿其莫。」又《小雅·小明》：「曷云其還，歲聿云莫。」潘岳《寡婦賦》：「歲云暮兮日西頹。」《文選》李善注：「《毛詩》曰：歲聿其暮。古詩曰：凜凜歲云暮。」《爾雅·釋詁》：「徂、逝，往也。」韋孟《諷諫詩》：「歲月其徂，年其逮耇。」不可孤，《九家》趙注：「孤乃孤負之孤。李陵書『陵雖孤恩，漢亦負德』是也。」更長，更深。敦煌詞《五更轉》：「四更長，太子苦行萬里香。」

〔二〕咸陽二句：咸陽，指長安。《元和郡縣圖志》卷一京兆府咸陽縣：「本秦舊縣也，孝公十二年於渭北城咸陽，自汧、隴徙都焉。……縣在北山之南、渭水之北，故曰咸陽。」李白《君子有所思》：「紫閣連終南，青冥天倪色。憑崖望咸陽，宮闕羅北極。」《莊子·駢拇》：「問穀奚事，則博塞以游。」《說文》：「簙，局戲也，六箸十二棊也。」「簺，行棊相塞謂之簺。」

〔三〕馮陵二句：《左傳》襄公二年：「以憑陵我敝邑。」《楚辭·招魂》：「成梟而牟，呼五白些。」王逸注：「倍勝爲牟。五白，簙齒也。言己棊已梟，當成牟勝。射張食棊，下逃於窟，故呼五白，以助投也。」《史記·魏世家》：「王獨不見夫博者之所以貴梟者？便則食，不便則止矣。」正義：「博頭有刻爲梟鳥形者，擲得梟者合食其子，若不便，則爲餘行也。」《唐國史補》卷下：「今之博戲，有長行最盛。其具有局有子，子有黄、黑各十五，擲彩之骰有二。其法生於握槊，變於雙陸。」「洛陽令崔師本，又好爲古之摴蒱。其法三分其子，三百六十，限以二關，人執六馬，其骰五枚，分上爲黑、下爲白，黑者刻二爲犢，白者刻二爲雉。擲之全黑者爲盧，其彩十六。二雉三黑爲雉，其彩十四。二犢三白爲犢，其彩十。全白爲白，其彩八。四者貴彩也。開爲十二，塞爲十一，塔爲五，秃爲四，撅爲三，梟爲二。六者雜彩也。貴彩得連擲，得打馬，得過關，餘彩則否。新加進九、退六兩彩。」

〔四〕君莫笑二句：《晉書·劉毅傳》：「後於東府聚樗蒱大擲，一判應至數百萬，餘人並黑犢以還，唯劉裕及毅在後。毅次擲得雉，大喜，褰衣繞床，叫謂同坐曰：『非不能盧，不事此耳。』裕惡之，因挼五木久之，曰：『老兄試爲卿答。』既而四子俱黑，其一子轉躍未定，裕厲聲喝之，即成盧焉。毅意殊不快。」《宋書·武帝紀》桓玄語：「劉毅家無儋石之儲，摴蒲一擲百萬。」

王嗣奭《杜臆》：「此詩真有英雄氣。最妙在『邂逅』一句，邂逅謂偶然遇時也，窮人妄想，往往如此，又妙在結語，謂擲輸百萬，未嘗非英雄也。」

## 貧交行

翻手作雲覆手雨，紛紛輕薄何須數〔一〕。君不見管鮑貧時交，此道今人弃如土〔二〕。（0010）

【注】

黄鶴注：師云「公作此詩爲嚴武者」，非。意是公獻賦後寓京華，故人莫有念之者，故有此作。所以梁權道從舊次編在天寶十一載（七五二）爲是，又疑爲高適作。按，此詩當作於長安時期，然疑因高適作亦無據。

〔一〕翻手二句：《史記·酈生陸賈列傳》：「越殺王降漢，如反覆手耳。」杜弼《檄梁文》：「趨利改圖，速如覆手。」

〔二〕君不見二句：《史記·管晏列傳》：「管仲夷吾者，潁上人也。少時常與鮑叔牙游，鮑叔知其賢。管仲貧困，常欺鮑叔，鮑叔終善遇之，不以爲言。已而鮑叔事齊公子小白，管仲事公子糾。及小白立爲桓公，公子糾死，管仲囚焉。鮑叔遂進管仲。……管仲曰：『吾始困時，嘗與鮑叔賈，分財利多自與，鮑叔不以我爲貪，知我貧也。吾嘗爲鮑叔謀事而更窮困，鮑叔不以我爲愚，知時有利不利也。吾嘗三仕三見逐於君，鮑叔不以我爲不肖，知我不遭時也。吾嘗三戰三走，鮑叔不以我怯，知我有老母也。公子糾敗，召忽死之，吾幽囚受辱，鮑叔不以我爲無恥，知我不羞小節而恥功名不顯於天下也。生我者父母，知我者鮑子也。』」

## 兵車行

古樂府云：不聞耶娘哭子聲，但聞黃河流水鳴濺濺①〔一〕。

車轔轔，馬蕭蕭〔二〕，行人弓箭各在腰。耶娘妻子走相送②〔三〕，塵埃不見咸陽橋〔四〕。牽衣頓足攔道哭③，哭聲直上干雲霄。道傍過者問行人，行人但云點行頻〔五〕。或從十五北防河，便至四十西營田〔六〕。去時里正與裹頭〔七〕，歸來頭白還戍邊④。邊亭流血成海水⑤，武皇開邊意未已⑥〔八〕。君不聞漢家山東二百州，千村萬落生荆杞〔九〕。縱有健婦把鋤犁，禾生隴畝無東西〔一〇〕。況復秦兵耐苦戰，被驅不異犬與雞〔一一〕。長者雖有問，役夫敢申恨？且如今年冬，未休關西卒⑦〔一二〕。縣官急索租⑧，租税從何出〔一三〕？信知生男惡，反是生女好。生女猶是嫁比鄰⑨，生男埋没隨百草⑩〔一四〕。君不見青海頭，古來白骨無人收。新鬼煩冤舊鬼哭，天陰雨濕聲啾啾⑪〔一五〕。（0011）

【校】

① 古樂府云不聞耶娘哭子聲但聞黄河流水鳴濺濺，錢箋以此注爲吴若本注，《分門》彦輔曰以爲「杜元注」，《千家注》以爲「公自注」。鳴，宋本作短綫，據錢箋改。

② 耶娘，《文苑英華》作「爺娘」。

③ 攔，宋本、《草堂》作「欄」，據錢箋等改。唐人手書「扌」「木」每不分。錢箋校：「一作欄。」下徑改不再出校。

④ 還，《文苑英華》校：「集作猶。」

⑤亭，《九家》作「庭」。錢箋校：「一作庭。」

⑥武，錢箋校：「一作我。」《文苑英華》校：「集作我。」

⑦關，錢箋、《九家》校：「一作隴。」《文苑英華》校：「集作隴。」以上三句錢箋校：「一云『役夫心益憤，如今縱得休，還爲隴西卒』。」宋本校同，缺「還」字。《九家》「還」作「休」。

⑧縣官急索租，錢箋校：「《草堂》本作『縣官云急索』。」

⑨是，錢箋校：「一作得。」《文苑英華》作「得」，校：「集作是。」

⑩男，錢箋校：「一作兒。」

⑪聲，錢箋、《九家》校：「一作悲。」《文苑英華》校：「集作悲。」

【注】

黄鶴注：吕公、梁權道皆爲天寶十一載（七五二）作，然以「且如今年冬，未休關西卒」，當是九載（七五〇）。蕭滌非據錢箋，繫於天寶十載（七五一）。

〔一〕古樂府云：《樂府詩集》卷二五《梁鼓角横吹曲》：「按歌辭有《木蘭》一曲，不知起於何代也。」録《木蘭詩》「古辭」及韋元甫續作，引《古今樂録》：「木蘭不知名。浙江西道觀察使兼御史中丞韋元甫續附入。」《九家》趙注：「黄魯直《跋木蘭歌後》云：杜子美《兵車行》引此詩，推『耶娘』字所出，以知古人用字，其與俗書不同，皆有所本。」按，此注爲杜甫自注，韋元甫約與杜甫同時，則當時已視《木蘭詩》爲古樂府辭。

〔二〕車轔二句：《詩・秦風・車鄰》：「有車鄰鄰，有馬白顛。」傳：「鄰鄰，衆車聲也。」鄰同轔。《玉篇》：「轔，力陳切，衆車。」《詩・小雅・車攻》：「蕭蕭馬鳴，悠悠旆旌。」疏：「唯聞蕭蕭然馬鳴之聲。」

〔三〕耶娘：即爺娘。《太平廣記》卷二四六《王絢》（出《啓顔録》）：「晋王絢，彧之子，六歲，外祖何尚之特加賞異。受《論語》，至『郁郁乎文哉』，尚之戲曰：『可改爲耶耶乎文哉。』吴蜀之人，呼父爲耶。絢捧手對曰：『尊者之名，安得爲戲？亦可道草翁之風必舅。』《論語》云『草上之風必偃』。翁即王絢外祖何尚之，舅即尚之子偃也。」吴景旭《歷代詩話》卷五七引此以證古樂府「不聞耶娘唤女聲」、杜詩「耶娘妻子走相送」、「見耶背面啼」義。

〔四〕咸陽橋：錢箋謂即中渭橋，仇注以爲便橋。《元和郡縣圖志》卷一京兆府咸陽縣：「中渭橋，在縣東南二十二里，本名横橋，架渭水上。」「便橋，在縣西南十里，架渭水上。武帝建元三年，初作便門，橋在長安北、茂陵東，去長安二十里。長安城西門曰便門，此橋與門相對，因號便橋。」按，中渭橋及便橋架渭水上，相距不甚遠。自長安西行逾隴坂至西域，或西北赴奉天至朔方，或西南出散關往劍南、雲南，皆須渡渭水，出開遠門當走中渭橋，出便門則經便橋。錢、仇對詩意理解有異，故其説不同，然實無關二橋所取路。喬潭《中渭橋記》：「連横門，抵禁苑，南馳終於商洛，北走滇池鄽時。」《舊唐書・玄宗紀》：「將謀幸蜀，乃下詔親征……平明渡便橋，國忠欲斷橋。」

〔五〕點行：按名簿徵點。《唐六典》卷五尚書兵部：「凡兵士隸衛……皆取六品已下子孫及白丁無職役者點充。凡三年一簡點，成丁而入，六十而免。……凡衛士各立名簿，具三年已來征防若差遣。」《王梵志詩校注》二八八首：「兒在愁他役，又恐點著征。」

〔六〕或從二句：北防河，此指防止西北游牧民族進犯。張鷟《龍筋鳳髓判·將軍宋敬狀被差防河恐冰合賊過請差州兵上下數千里椎冰庶存通鎮》：「祇如千尋紫塞，遠接天山；萬里黄河，遥通瀚海。」馬戴《關山曲》：「木落防河急，軍孤受敵偏。」西營田，謂在西部駐軍屯田，防禦吐蕃。《唐六典》卷七屯田郎中：「凡軍、州邊防鎮守轉運不給，則設屯田以益軍儲。……凡天下諸軍、州管屯，總九百九十有二，大者五十頃，小者二十頃。」屯田亦稱營田。《朝野僉載》卷五：「納言婁師德……檢校營田，往梁州。」

〔七〕去時句：《通典》卷三《食貨·鄉黨》：「大唐令：諸户以百户爲里，五里爲鄉，四家爲鄰，五家爲保。每里置正一人，掌按比户口，課植農桑，檢察非違，催驅賦役。……諸里正，縣司選勳官六品以下、白丁清平强幹者充。」裹頭，以巾幞纏頭。《封氏聞見記》卷五「巾幞」：「近古用幅巾，周武帝裁出脚，向後幞髮，故俗謂之幞頭。至尊、皇太子、諸王及仗内供奉以羅爲之，其脚稍長。士庶多以紗縵，而脚稍短。幞頭下别施巾，象古冠下之幘也。……兵部尚書嚴武裹頭至緊，將裹，先以幞頭曳於盤水之上，然後裹之，名爲水裹，攦兩翅皆有褶數，流俗多效焉。」

〔八〕邊亭二句：邊亭，邊塞。亭謂亭塞。《漢書·貢禹傳》：「令代關東戍卒，乘北邊亭塞候望。」鮑照《出自薊北門行》：「羽檄起邊亭，烽火入咸陽。」武皇，漢武帝。《漢書·地理志》：「武帝開廣三邊。」《九家》王深父云：「此詩蓋託於漢以刺玄宗。」錢箋：「唐人詩稱明皇多云武皇。王昌齡：『白馬金鞍從武皇。』韋應物：『少事武皇帝。』」

〔九〕君不聞二句：黄氏《補注》彦輔曰：「按《十道四番志》，關以東七道，凡二百一十一州。」《九家》趙注：「山東者，太行山之東也。《漢史》所謂『山東出相』。」《老子》三十章：「師之所處，荆棘生。」

〔一〇〕縱有二句：樂府《隴西行》：「健婦持門户，亦勝一丈夫。」《史記·秦本紀》：「爲田開阡陌。」索隱：「《風俗通》曰：南北曰阡，東西曰陌。河東以東西爲阡，南北爲陌。」鄧魁英云：「無東西即阡陌不分，言耕種不善。」

〔一一〕況復二句：王嗣奭《杜臆》：「秦兵即關中之兵，正此時點行者。秦兵堅勁耐戰，故驅之尤迫。」

〔一二〕且如二句：黄鶴注引《資治通鑑》天寶九載十二月：「關西游奕使王難得擊吐蕃，克五橋，拔樹敦城。」

〔一三〕縣官二句：《史記·絳侯周勃世家》：「庸知其盜買縣官器。」索隱：「縣官謂天子也。所以謂國家爲縣官者，《夏官》王畿内縣即國都也。王者官天下，故曰縣官也。」《舊唐書·食貨志》：「賦役之法：每丁歲入租粟二石，調則隨鄉土所産，綾絹絁各二丈，布加五分之一。輸綾絹絁者兼調綿三兩，輸布者麻三斤。凡丁，歲役二旬。若不役，則收其傭，每日三尺。」《通典》卷六《食貨·賦税》：「自開元中及於天寶，開拓邊境，多立功勳，每歲軍用日增，其費糴米粟則三百六十萬疋段……而錫賚之數，此不與焉。其時錢穀之司唯務割剥，回殘剩利，名目萬端。府藏雖豐，閭閻困矣。」

〔一四〕信知四句：《水經注》河水引楊泉《物理論》：「秦始皇使蒙恬築長城，死者相屬。民歌曰：『生男慎勿舉，生女哺用餔。不見長城下，屍骸相支柱。』其冤痛如此矣。」

〔一五〕君不見四句：《通典》卷一九〇《邊防·吐谷渾》：「其青海，周回千餘里。海中有小山，每冬冰合後，以良牝置此山，至來春收之，馬有孕，所生得駒，號曰龍種。」唐高宗龍朔三年，其地没於吐蕃。錢箋：「唐自儀鳳中，李敬玄與吐蕃戰，敗于青海。開元中，王君㚟、張景順、張忠亮、崔希逸、皇甫惟明、王忠嗣先後破吐蕃，皆在青海西。天寶中，哥舒翰築神威軍于青海上，又築城龍駒島，吐蕃始不敢近青海。」

元稹《樂府古題序》：「況自風雅至於樂流，莫非諷興當時之事，以貽後代之人。沿襲古題，唱和重複，於文或有短長，於義咸爲贅剩。尚不如寓意古題，刺美見事，猶有詩人引古以諷之義焉。曹、劉、沈、鮑之徒，時得如此，亦復稀少。近代唯詩人杜甫《悲陳陶》、《哀江頭》、《兵車》、《麗人》等，凡所歌行，率皆即事名篇，無復依傍。」

錢箋：「天寶十載，鮮于仲通討南詔蠻，士卒死者六萬。楊國忠掩其敗狀，反以捷聞，制大募兩京及河北兵，以擊南詔。人聞雲南瘴癘，士卒未戰而死者十八九，莫肯應募，國忠遣御史分道捕人，連枷送軍所。於是行者愁怨，父母妻子送之，所在哭聲震野。此詩序南征之苦，設爲役夫問答之詞。……不言南詔，而言山東，言關西，言隴右，其詞哀怨而不迫如此。曰『君不聞』、『君不見』，有詩人呼祈父之意焉。是時國忠方貴盛，未敢斥言之，雜舉河隴之事，錯互其詞，若不爲南詔而發者，此作者之深意也。」

朱鶴齡注引《杜詩博議》：「玄宗季年，窮兵吐蕃，征戍驛騷，内郡幾遍。當時點行愁怨者不獨征南一役，故公託爲征夫自愬之詞，以譏切之。若云懼楊國忠貴盛而詭其詞於關西，則尤不然。太白《古風》云：『渡瀘及五月，將赴雲南征。怯卒非壯士，南方難遠行。長號別嚴親，日月慘光晶。泣盡繼以血，心摧兩無聲。』已明刺之矣。太白胡獨不畏國忠耶？」

按，此詩所寫民間騷動之狀，與史載征南詔事更相吻合，錢箋不爲無見。《資治通鑑》天寶十三載六月：「侍御史、劍南留後李宓將兵七萬擊南詔。閤羅鳳誘之深入，至太和城，閉壁不戰。宓糧盡，士卒罹瘴疫及飢死什七八，乃引還。蠻追擊之，宓被擒，全軍皆没。楊國忠隱其敗，更以捷聞，益發中國兵討之，前後死者幾二十萬人，無敢言者。」此再討南詔事。李白《古風》「渡瀘及五月」，亦作於此後。《資治通鑑》天寶十載記鮮于仲通討南詔大敗之後，「楊國忠遣御史分道捕人，連枷送詣軍所」，當爲再征南詔前事，《通鑑》記事乃探後言。舊注繫此詩於天寶十載或十一載，均不確。此詩當作於天寶十三載。至於詩不言雲南，而言北防河、西營田及青海頭，蓋因邊塞詩之場景一向集中於西北，唐之對外作戰亦以西北更爲持久。南詔戰事入詩，僅見於李白《古風》。杜甫亦以此詩表達對天寶屢興兵役之譴責，所謂「託於漢以刺玄宗」，非有意避言國忠。

## 高都護驄馬行〔一〕

安西都護胡青驄，聲價欻然來向東〔二〕。此馬臨陣久無敵，與人一心成大功。功成惠養隨所致〔三〕，飄飄遠自流沙至①。雄姿未受伏櫪恩〔四〕，猛氣猶思戰場利。腕促蹄高如踣鐵〔五〕，交河幾蹴曾冰裂〔六〕。五花散作雲滿身，萬里方看汗流血〔七〕。長安壯兒不敢騎，走過掣電傾城知〔八〕。青絲絡頭爲君老，何由却出横門道〔九〕？

（0012）

【校】

① 飄飄，第二字，錢箋、《九家》、《文苑英華》校：「一作飆。」

【注】

黄鶴注：此詩當作於天寶七載（七四八）。梁權道雖知高都護非高適，編之於天寶十一載（七五二）。然仙芝九載已入朝，拜開府儀同三司，又爲羽林大將軍，不應詩題尚曰高都護。仇注繫於天寶八載（七四九），以八載仙芝入朝。

〔一〕高都護：高仙芝。《舊唐書・高仙芝傳》：「高仙芝，本高麗人也。父舍雞，初從河西軍，累勞至四鎮十將、諸衛將軍。仙芝美姿容，善騎射，勇決驍果，少隨父至安西，以父有功授游擊將軍……開元末，爲安西副都護、四鎮都知兵馬使。……天寶六載八月，仙芝虜勃律王及公主趣赤佛堂路班師。……其年六月，制授仙芝鴻臚卿、攝御史中丞，代夫蒙靈詧爲四鎮節度使，征靈詧入朝。……八載，入朝，加特進，兼左金吾衛大將軍同正員，仍與一子五品官。九載，將兵討石國，平之，獲其國王以歸。……其載入朝，拜開府儀同三司，尋除武威太守、河西節度使，代安思順。……制復留思順，以仙芝爲右羽林大將軍。」據同書《封常清傳》，仙芝代靈詧爲安西節度使在天寶六載十二月。

〔二〕安西二句：《通典》卷三二《職官・都護》：「大唐永徽中，始於邊方置安東、安西、安南、安北四大都護府，後又加單于北庭都護府。府置都護一人，副都護二人。」《舊唐書・地理志》：「開元二十一年，分天下爲十五道，每道置采訪使……又於邊境置節度、經略使，式遏四夷。凡節度使十，經略守捉使三。……安西節度使撫寧西域，統龜茲、焉耆、于闐、疏勒四國。安西都護府治所，在龜茲國城内。」時以安西節度使兼都護職，《高仙芝傳》等並省略其都護銜。《説文》：「驄，馬青白雜毛也。」段注：「白毛與青毛相間則爲淺青，俗所謂葱白色。」《隋書・五行志》：「陳初有童謡曰：『黄班青驄馬，發自壽陽涘。來時冬氣末，去日春風始。』其後陳主果爲韓擒所敗。擒本名擒虎，黄班之謂也。破建康之始，復乘青驄馬。」胡青驄則出自胡地，仇注以《隋書・西域傳・吐谷渾》所稱青海驄當之。顔延之《赭白馬賦》：「齒算延長，聲價隆振。」《漢書·禮樂志》天馬歌：「天馬徠，從西極，涉流沙，九夷服。……徑千里，循東道。」

〔三〕功成句：顔延之《赭白馬賦》：「願終惠養，蔭本枝兮。」

〔四〕雄姿句：《赭白馬賦》：「弭雄姿以奉引，婉柔心而待御。」《漢書·李尋傳》：「馬不伏歷，不可以趨道。」注：「師古曰：伏歷，謂伏槽歷而秣之也。」曹操《步出夏門行》：「老驥伏櫪，志在千里。」

〔五〕腕促句：《齊民要術》卷六：「相馬……腕欲促而大，其間纔容靽。」「四蹄欲厚且大。」戎昱《塞下曲》：「高蹄戰馬三千匹，落日平原秋草中。」《説文》：「踣，僵也。」段注：「僵，却偃也。……踣與仆音義皆同。孫炎曰：前覆曰仆。《左傳正義》曰：前覆謂之踣。」此爲踏義。仇注引邵注：「踣鐵，言馬蹄之堅。」

〔六〕交河：《漢書·西域志下》：「車師前國，王治交河城。河水分流繞城下，故號交河。」《元和郡縣圖志》卷四〇隴右道：「西州，交河，安西都護。……交河縣，中下。東南至州八十里。本漢車師前王庭也。……貞觀十四年於此置交河縣，與州同置。」《神異經》：「北方層冰萬里，厚百丈。」

〔七〕五花二句：《唐朝名畫録》：「自後内厩有飛黄、照夜、浮雲、五花之乘，奇毛異狀，筋骨既圓，蹄甲皆厚。」又《畫繼》卷三：「李公麟……尤好畫馬，飛龍狀質，噴玉圖形，五花散身。」則五花指馬身毛紋。李白《將進酒》：「五花馬，千金裘。」王琦注：「謂馬之毛色作五花文者。」《史記·大宛列傳》：「多善馬，馬汗血，其先天馬子也。」同書《樂書》集解：「應劭曰：大宛舊有天馬種，蹋石汗血，汗從前肩髆出如血，號一日千里。」《唐會要》卷七二《馬》：「康國馬，康居國也，是大宛馬種，形容極大。」

〔八〕走過句：蕭綱《金錞賦》：「壯士被犀，良馬絡鐵。野曠塵昏，星流電掣。」《敦煌變文集・伍子胥變文》：「馬乃掣電奔星，行至子胥妻舍。」《王陵變文》：「人如電掣，馬似流星。」

〔九〕青絲二句：《陌上桑》：「青絲繫馬尾，黄金絡馬頭。」蕭綱《采桑》：「可憐黄金絡，復以青絲繫。」却，參本卷《奉贈韋左丞丈二十二韻》（〇〇一）注。《三輔黄圖》卷一：「長安城北出西頭第一門曰横門。」程大昌《雍録》卷二引此詩：「自横門渡渭而西，即是趨西域之路。」「言兵不北出，則此馬之能無地以施也。」

## 天育驃騎歌①〔一〕

吾聞天子之馬走千里〔二〕，今之畫圖無乃是。是何意態雄且傑，駿尾蕭梢朔風起②〔三〕。毛爲緑縹兩耳黄③，眼有紫焰雙瞳方〔四〕。矯矯龍性合變化④，卓立天骨森開張〔五〕。伊昔太僕張景順，監牧攻駒閲清峻⑤〔六〕。遂令大奴守天育⑥，别養驥子憐神俊〔七〕。當時四十萬匹馬，張公歎其材盡下。故獨寫真傳世人，見之座右久更新。年多物化空形影，嗚呼健步無由騁。如今豈無騕褭與驊騮，時無王良伯樂

死即休〔八〕。《周穆王傳》：驊騮、騄耳日馳三萬里。（0013）

【校】

①騎，《文苑英華》作「圖」，校：「集作騎。」

②駿，錢箋校：「一作駿。」

③縹，《文苑英華》作「驃」，校：「集作縹。」

④矯矯，錢箋校：「一作矯然。」《文苑英華》作「矯然」。　矯矯龍性，錢箋校：「一云『逸龍性矯』。」合，《草堂》校：「東坡書作含。」《文苑英華》作「含」，校：「集作合。」

⑤監牧攻駒，「攻」宋本作「收」，據錢箋等改。宋本校：「一作『老牧神駒』。」《九家》校：「一云『考牧攻駒』。」錢箋校：「一云『考牧攻駒』。一云『考牧神駒』。」《文苑英華》作「考牧攻駒」，校：「集作『監收神（駒）』。」

⑥守，錢箋：「一作字。」《文苑英華》作「字」。

【注】

黄鶴注：當是天寶末年作，梁權道編在天寶十一載（七五二）。

〔一〕天育：黄希注：「洙曰：天育，馬厩名。……按新舊史、《唐會要》諸書，唐無天育名厩。」仇注：「當是云天子所育之馬而已。」按，當取天育萬物之義。施鴻保謂：「疑天育或厩名，惟不久即廢，《唐志》遂失載也。」

〔二〕吾聞句：《穆天子傳》卷一：「天子之馬走千里，勝人猛獸。」《九家》趙注：「蓋所謂八駿者。」

〔三〕是何二句：《穆天子傳》卷一「天子之馬」郭璞注：「言炁勢傑駭也。」蕭梢，風動草木貌。此形容馬尾。江淹《待罪江南思北歸賦》：「木蕭梢而可哀，草林離而欲暮。」張鼎《古銅雀臺賦》：「露窟吒兮泣蒼蘚，風蕭梢兮悲白楊。」

〔四〕毛爲二句：緑縹，緑色和縹色。縹色即碧色。《説文》：「緑，帛青黄色也。」「縹，帛青白色也。」段注：「縹，《禮記》正義謂之碧。《釋名》：縹猶漂。漂，淺青色也。有碧縹，有天縹，有骨縹。各以其色所象言之也。」《穆天子傳》卷一「八駿」郭璞注：「魏時鮮卑獻千里馬，白色而兩耳黄，名曰黄耳。」紫焰，火焰。《玄怪録》卷一：「中有藥爐，高九尺餘，紫焰光發。」《齊民要術》卷六：「馬眼欲得高，眶欲得成三角，睛欲得如懸鈴，紫艷光。」喬彝《渥洼馬賦》：「睛射紫焰，梢垂緑絲。」顔延之《赭白馬賦》：「雙瞳夾鏡，兩權協月。」方瞳爲異人之相。《太平御覽》卷六六三引劉向《列仙傳》：「偓佺，槐山采藥野父也。好食松實，體生毛，目方瞳，能飛行。」

〔五〕矯矯二句：《説苑·復恩》介之推從者書：「有龍矯矯，頃失其所。」《魏書·吐谷渾傳》：「青海周回千餘里，海内有小山，每冬冰合後，以良牝馬置此山，到來春收之，馬皆有孕，所生得駒，號爲龍種，必多駿異。」《論衡·無形》：「龍之爲性也，變化斯須，輒復非常。」徐成《相馬書·王良百一歌》「筋骨」：「烙蹄蹄不發，漸漸骨開張。」

〔六〕伊昔二句：《唐代墓志彙編續集》天寶〇八九敬括《大唐故朝議郎行河南府士曹參軍燉煌張公墓志銘》：「父景順，皇太中大夫、守太僕卿。」張説《大唐開元十三年隴右監牧頌德碑》：「大唐接周隋亂離之後，承天下征戰之弊，鳩括殘燼，僅得牝牡三千，從赤岸澤徙之隴右，始命太僕張萬歲葺其政焉。而奕代載德，纂修其緒，肇自貞觀，成於麟德四十年，閑馬至七十萬六千匹，置八使以董之，設四十八監以掌之。跨隴西、金城、平涼、天水四郡之地，幅員千里，猶爲隘狹，更析八監，布於河曲豐曠之野，乃能容之。……張氏中廢，馬官亂職，或夷狄外攻，或師圉内寇，垂拱之後，二十餘年，潛耗大半，所存蓋寡。……（開元）二年春，帝乃簡心腑善畜之將，卜福祐宜生之長，俾領内外閑廄使焉，即開府霍國公其人也。公名毛仲，姓王氏，開元佐命之元勳，東國亡王之後裔。……元年牧馬二十四萬匹，十三年乃四十三萬匹。初有牛三萬五千頭，是年亦五萬頭。初有羊十一萬二千口，是年乃亦二十八萬六千口。皇帝東巡狩，封岱岳……回衡飲至，朝廷宴樂，上顧謂太僕少卿兼秦州都督監牧副使張景順曰：『吾馬幾何？其蕃育卿之力也。』對曰：『帝之福也，仲之令也，臣何力之有？』因具上其狀，帝用嘉焉。」《唐六典》卷一七：「太僕寺，卿一人，從三品。……太僕卿之職，掌邦國廄牧、車輿之政令，總乘黄、典廄、典牧、車府四署及諸監牧之官屬，少卿爲之貳。」《周禮・夏官・廋人》：「廋人掌十有二閑之政教，以阜馬、佚特、教駣、攻駒及祭馬祖。」注：「攻駒，制其蹄齧者。」《禮記・月令》：「仲夏之月……游牝别群，則縶騰駒。」注：「爲其牡氣有餘，相蹄齧也。」此制蹄齧之義。

〔七〕遂令二句：《九家》趙注：「大奴，王毛仲也。毛仲，高麗人，父坐事，没爲官奴。」《舊唐書・王毛仲傳》：「王毛仲，本高麗人也。父游擊將軍職事求婁，犯事没官，生毛仲，因隸于玄宗。……毛仲專知東宫駝馬鷹狗等坊，未逾年，已至大將軍，階三品矣。及先天二年七月，毛仲預誅蕭、岑等功，授輔國大將軍、左武衛大將軍、檢校内外閑厩兼知監牧使，進封霍國公，實封五百户。毛仲奉公正直，不避權貴，兩營萬騎功臣、閑厩官吏皆懼其威，人不敢犯。苑中營田草萊常收，率皆豐溢，玄宗以爲能。……毛仲部統嚴整，群牧孳息，遂數倍其初。芻粟之類，不敢盜竊，每歲回殘，常致數萬斛。不三年，扈從東封，以諸牧馬數萬匹從，每色爲一隊，望如雲錦，玄宗益喜。」開元十九年被貶賜死。胡震亨《唐音癸籤》卷二二：「毛仲即起自奴隸，時以霍國公領内外閑厩，景順實爲之屬，嘗對玄宗云：『臣稟仲之令。』其語見張説《監牧頌德碑》中可考。此大奴，第牧馬監奴耳。」按，以「大奴」稱奴罕見。令奴守監牧，亦不合唐制。顧炎武《日知録》卷二七：「是景順特毛仲之副爾。今斥毛仲爲大奴，而歸其功于景順，殆以詩人之筆而追黜陟之權乎？」按，王毛仲爲罪人，此詩所以諱其名，而代以不甚著名之張景順。「遂令」句非蒙上，蓋言毛仲受命爲監牧使。胡仔《苕溪漁隱叢話》前集卷一四：「東坡題此歌於《天育驃騎圖》後，寫作『大奴字天育』，則天育爲大奴字也。」錢箋引郄昂《岐邠涇寧馬坊頌碑》：「唐初得馬於赤岸澤，命張萬歲傍隴右馴字之。」「字」作字孕解。胡説顯謬。左思《蜀都賦》：「並乘驥子，俱服魚文。」《文選》劉逵注：「桓公《新論》曰：善相馬者曰薛公，得馬，惡貌而正走，名驥子。」《世説新語·言語》：「支道林常養數匹馬，或言：『道人畜馬不韻。』支曰：『貧道重其神駿。』」

〔八〕如今二句：《藝文類聚》卷九九引《瑞應圖》：「騕褭者，神馬也，與飛兔同，以明君有德則至也。」《初學記》卷二九引《漢書音義》：「騕褭者，神馬也，赤喙黑身。」《穆天子傳》卷一：「天子之駿：赤驥、盜驪、白義、逾輪、山子、渠黄、華騮、緑耳。」郭璞注：「華騮，色如華而赤，今名驃赤者爲棗騮。騮，赤馬也。」《孟子·滕文公下》：「昔者趙簡子使王良與嬖奚乘，終日而不獲一禽。」《左傳》哀公二年：「郵無恤御簡子。」杜預注：「郵無恤，王良也。」《荀子·王霸》：「王良、造父者，善服馭者也。」《莊子·馬蹄》：「及至伯樂，曰：『我善治馬。』」《荀子·君道》：「故伯樂不可欺以馬，而君子不可欺以人。」《戰國策·楚策四》：「夫驥之齒至矣，服鹽車而上太行……伯樂遭之，下車攀而哭之，解紵衣以冪之，驥於是俯而噴，仰而鳴，聲達於天，若出金石聲者，何也？彼見伯樂之知己也。」

《九家》趙注：「韓退之有言曰：『世有伯樂，然後有千里馬。千里馬常有，伯樂不常有。』此乃『豈無騕褭與驊騮，時無王良伯樂死即休』之意。」

張謙宜《絸齋詩談》卷四：「《天育驃騎歌》：『如今豈無騕褭與驊騮，時無王良伯樂死即休。』此跨出局外結法。」

趙翼《甌北詩話》卷二：「或謂詩必窮而後工，此亦不然。觀集中《重經昭陵》、《高都護驄馬》、《劉少府山水障》、《天育驃騎》、《玉華宮》、《九成宮》、《曹霸丹青》、《韋偃雙松》諸傑作，皆在不甚飢窘時。氣壯力厚，有此巨觀，則又未必真以窮而後工也。」

# 白絲行〔一〕

繅絲須長不須白，越羅蜀錦金粟尺①〔二〕。象床玉手亂殷紅②，萬草千花動凝碧〔三〕。已悲素質隨時染③，裂下鳴機色相射〔四〕。美人細意熨帖平〔五〕，裁縫滅盡針綫跡。春天衣著爲君舞，蛺蝶飛來黄鸝語。落絮游絲亦有情〔六〕，隨風照日宜輕舉④。香汗輕塵污顔色⑤，開新合故置何許⑥〔七〕？君不見才士汲引難⑦，恐懼弃捐忍羈旅〔八〕。（0014）

【校】

① 金粟尺，《文苑英華》校：「集作矜赫燡。」

② 象，錢箋校：「一作牙。」

③ 染，錢箋、《九家》校：「一作改。」《文苑英華》作「改」，校：「集作染。」

④ 宜，錢箋校：「一作疑。」《九家》校：「趙作同。」《草堂》校：「或作同。」《文苑英華》校：「集作疑。」

⑤ 輕，《九家》、《草堂》作「清」。此句宋本、《九家》校：「一作『香汗清塵似微污』。」錢箋校：「一作『香汗清塵似微污』。又云『香汗清塵污不着』。陳浩然本：一云『香汗清塵似顔色』。」《文苑英華》作

「香汗清塵似微污」，校：「集作『輕塵污顔色』。」

⑥何，錢箋、《九家》校：「一作相。」

⑦才，錢箋校：「一作志。」《文苑英華》作「志」，校：「集作才。」

【注】

黄鶴注編在天寶十一載（七五二）。

〔一〕白絲行：《文選》郭泰機《答傅咸一首》李善注引《傅咸集》：「河南郭泰機，寒素後門之士，不知余無能爲益，以詩見激切可施用之才，而況沉淪不能自拔於世。余雖心知之，而未如之何。此屈非復文辭所了，故直戲以答其詩云。」郭詩云：「皦皦白素絲，織爲寒女衣。寒女雖巧妙，不得秉杼機。天寒知運速，況復雁南飛。衣工秉刀尺，弃我忽若遺。人不取諸身，世士焉所希？況復已朝餐，曷由知我飢？」黄氏《補注》洙曰引此。錢箋：「此詩用泰機之言而反之。泰機以白絲寒女自喻，而致憾於衣工之弃我，以冀咸之相薦。公此詩謂白絲素質隨時染裂，有香汗輕塵之污，有開新合故之置，所以深思汲引之難，恐懼弃捐，而忍於羈旅也。」

〔二〕繰絲二句：《禮記·祭義》：「夫人繰，三盆手。」注：「三盆手者，三淹也。凡繰，每淹大總，而手振之，以出緒也。」《説文》：「繰，繹繭爲絲也。」段注：「俗作繅，乃帛如紺色之字。」《舊唐書·韋堅傳》：「會稽郡船，即銅器、羅、吴綾、絳紗。」《新唐書·地理志》「越州會稽郡」：「土貢：寶花、花紋等羅，白編、交梭、十樣花紋等綾，輕容、生縠、花紗、吴絹。」左思《蜀都賦》：「貝錦斐成，濯色江波。」《文選》劉逵注引譙周《益州志》：「成都織錦既成，濯於江水，其文分明，勝於初成。」《藝文類聚》卷八五魏文帝詔：「前後每得蜀錦，殊不相似。」《初學記》卷二七引《丹陽記》：「歷代尚未有錦，而成都獨稱妙。故三國時，魏則市于蜀，吴亦資西蜀，至是始乃有之。」金粟尺，謂以黄金飾尺。李端《聽箏》：「鳴箏金粟柱，素手玉房前。」仇注：「尺以金粟飾之，富貴家之物。」

〔三〕象床二句：《戰國策・齊策三》：「孟嘗君出行國，至楚，獻象床。」徐幹《七喻》：「華蓐布乎象床。」仇注：「象床，指機床。」殷紅，鮮紅。周朴《桃花》：「可憐狂風吹落後，殷紅片片點莓苔。」《太平廣記》卷三七二《賈耽》（出《芝田録》）：「其尼施朱傅粉，冶容艷佚，如娼人之婦。其内服殷紅，下飾亦紅。」仇注：「亂殷紅，謂經緯錯綜。」凝碧，濃緑。工勃《青苔賦》：「泛回塘而積翠，縈修樹而凝碧。」按，殷紅、凝碧皆言染絲之色彩。

〔四〕已悲二句：《吕氏春秋・當染》：「墨子見染素絲者而歎曰：『染於蒼則蒼，染於黄則黄，所以入者變，其色亦變，五入而以爲五色矣。』」鳴機，織機。鮑照《夢歸鄉詩》：「孀婦當户歎，繅絲復鳴機。」

〔五〕熨：《太平御覽》卷七一二引《通俗文》：「火斗曰熨。」

〔六〕落絮句：沈約《會圃臨春風》：「游絲暖如網，落花雰似霧。」徐陵《長相思》：「柳絮飛還聚，游絲斷復結。」

〔七〕香汗二句：蕭綱《詠内人晝眠詩》：「簟文生玉腕，香汗浸經紗。」蕭繹《後園看騎馬詩》：「鳴珂隨蹋駛，輕塵逐影移。」開新合故，仇注：「衣裳在笥，故有開合。」

〔八〕君不見二句：《漢書·劉向傳》：「禹稷與臯陶傳相汲引，不爲比周。」《左傳》莊公二十二年：「羈旅之臣，幸若獲宥。」杜預注：「羈，寄也。旅，客也。」

王嗣奭《杜臆》：「此詩本墨子悲絲來，大指謂士人改易素履，委蛇隨俗，少有點染，人便捐弃。所以忍於羈旅，無限躊躇，無限感慨。『不須白』就世情立論，乃憤激語。下云『隨時染』、『色相射』、『污顔色』，脈理相貫。士得時媸亦成妍，故云『滅盡針綫跡』；依附者衆，故云『蛺蝶飛來黄鸝語』。此一段造語妍麗，與《舟前看落花》詩相似。束語自道，具見品格。」按、「滅盡針綫跡」不過形容裁剪巧妙，「蛺蝶飛來黄鸝語」則襯托得意之態。王説過鑿。

## 秋雨歎三首〔一〕

雨中百草秋爛死，階下決明顔色鮮〔二〕。著葉滿枝翠羽蓋，開花無數黄金錢〔三〕。涼風蕭蕭吹汝急，恐汝後時難獨立。堂上書生空白頭，臨風三嗅馨香泣〔四〕。（0015）

【注】

黄鶴注：天寶十三載(七五四)作。

〔一〕秋雨歎：《舊唐書·玄宗紀》：「(天寶十三載)秋八月丁亥，以久雨，左相、許國公陳希烈爲太子太師，罷知政事。……是秋，霖雨積六十餘日，京城垣屋頽壞殆盡，物價暴貴，人多乏食，令出太倉米一百萬石，開十場賤糶以濟貧民。」《資治通鑑》天寶十四載：「自去歲水旱相繼，關中大饑。楊國忠惡京兆尹李峴不附己，以災沴歸咎於峴，九月，貶長沙太守。……上憂雨傷稼，國忠取禾之善者獻之，曰：『雨雖多，不害稼也。』上以爲然。扶風太守房琯言所部水災，國忠使御史推之。是歲，天下無敢言災者。高力士侍側，上曰：『淫雨不已，卿可盡言。』對曰：『自陛下以權假宰相，賞罰無章，陰陽失度，臣何敢言。』上默然。」

〔二〕雨中二句：《政和證類本草》卷七引《圖經》：「決明子，生龍門川澤，今處處有之。人家園圃所蒔，夏初生苗，高三四尺許，根帶紫色，葉似苜蓿而大，七月有花，黄白色，其子作穗，如青菉豆而鋭。按，《爾雅》：薢茩芵茪。釋曰：藥草芵明也。郭璞注曰：葉黄鋭，赤華，實如山茱萸。關西謂之薢茩。與此種頗不類。又有一種馬蹄決明，葉如豇豆，子形似馬蹄。」史鑄《百菊集譜》卷五：「(《秋雨歎》之決明)説者以爲即《本草》決明子。此物乃七月作花，形如白扁豆，葉極稀疏，焉得有翠羽蓋與黄金錢也？彼蓋不知甘菊一名石決，爲其明目去翳，與石決明同功，故吴越間呼爲石決。子美所歎，正此花耳。」按，甘菊花或似黄金錢，然其葉亦不類翠蓋。詩人之言，不可過泥。

〔三〕著葉二句：潘尼《芙蓉賦》：「或擢莖以高立，似雕輦之翠蓋。」辛德源《東飛伯勞歌》：「犀栧蘭橈翠羽蓋，雲羅霧縠蓮花帶。」張翰《雜詩三首》：「青條若總翠，黃華如散金。」楊方《合歡詩五首》：「黃華如沓金，白花如散銀。」

〔四〕臨風句：《論語・鄉黨》：「子路共之，三嗅而作。」集解：「非本意，不苟食，故三嗅而作。作，起也。」揚雄《劇秦美新》：「臭馨香，含甘實。」《文選》李善注：「言明德比於馨香甘實，故臭而含之。」

闌風伏雨秋紛紛①，四海八荒同一雲②〔一〕。去馬來牛不復辨③，濁涇清渭何當分〔二〕？禾頭生耳黍穗黑〔三〕，農夫田父無消息④。城中斗米换衾裯⑤，相許寧論兩相直〔四〕。（0016）

【校】

①闌，錢箋校：「一作蘭。」伏，錢箋作「長」，校：「一作伏。荆公作仗。」《九家》校：「一作長。」闌風伏雨，錢箋、《九家》校：「一作『東風細雨』。」

②四海，錢箋、《九家》校：「一作萬里。」八荒，宋本校：「一作萬里。」蓋有訛互。

③辨，宋本作「辯」，據錢箋、《九家》、《草堂》改。
④禾，錢箋校：「一作木。」《九家》作「木」，校：「一作禾。」　父，錢箋作「婦」，校：「一作父。」
⑤換，錢箋校：「一作抱。」

【注】

〔一〕闌風二句：李治《敬齋古今黈》卷九：「偶讀《文選》詩，謝靈運《初發都》云：『述職期闌暑，理棹變金素。』翰曰：『闌暑，夏末暑闌也。』闌風當作此語，謂薰風闌盡，將變而爲涼風也。」《苕溪漁隱叢話》後集卷八：「《東皋雜録》云：杜詩『闌風伏雨秋紛紛』，『伏』乃『仗』字之誤。闌姗之風，冗仗之雨也。苕溪漁隱曰：《世説》：『王忱求簟於王恭，恭曰：丈人不悉恭，恭作人無長物。』則『冗仗』用此『長』字爲是。《集韻》去聲，與『仗』字同音。杜詩舊本作『長雨』，《東皋雜録》謂『伏乃仗之誤』，非也。」《九家》趙注：「伏，如《左傳》『夏無伏陰』之『伏』，其久可知也。」按，伏雨爲入伏之雨，諸説誤。周賀《城中秋作》：「寒燈隨故病，伏雨接秋霖。」黄滔《游東林寺》：「寺寒三伏雨，松偃數朝枝。」《説苑・辨物》：「八荒之内有四海，四海之内有九州。」《詩・小雅・信南山》：「上天同雲，雨雪雰雰。」

〔二〕去馬二句：《莊子・秋水》：「秋水時至，百川灌河，涇流之大，兩涘渚崖之間，不辨牛馬。」《詩・邶風・谷風》：「涇以渭濁，湜湜其沚。」箋：「涇水以有渭，故見渭濁。」疏：「見渭濁，言人見渭，己涇之濁，由與清濁相入故也。定本『涇水以有渭，故見其濁』，《漢書・溝洫志》云『涇水一碩，其泥數斗』，潘岳《西征賦》云『清渭濁涇』是也。」

〔三〕禾頭句：《朝野僉載》卷一：「諺云：春雨甲子，赤地千里。夏雨甲子，乘船入市。秋雨甲子，禾頭生耳。冬雨甲子，鵲巢下地。」錢箋引戴寂云：「久雨則禾生耳，謂牙蘖卷攣如耳形也。」

〔四〕城中二句：《詩・召南・小星》：「肅肅宵征，抱衾與裯。」傳：「衾，被也。裯，襌被也。」箋：「裯，床帳也。」《舊唐書・李峴傳》：「天寶十三載，連雨六十餘日，宰臣楊國忠惡其不附己，以雨災歸咎京兆尹，乃出爲長沙郡太守。時京師米麥踊貴，百姓謡曰：『欲得米粟賤，無過追李峴。』」

長安布衣誰比數，反鎖衡門守環堵〔一〕。老夫不出長蓬蒿〔二〕，稚子無憂走風雨。雨聲颼颼催早寒，胡雁翅濕高飛難〔三〕。秋來未曾見白日①，埿污后土何時乾②〔四〕？（0017）

【校】

① 曾，錢箋校：「陳浩然本作省。」

② 后，錢箋、《九家》校：「一作厚。」

## 【注】

〔一〕長安二句：比數，比類，數亦比義。司馬遷《報任少卿書》：「刑餘之人，無所比數。」蔣紹愚釋爲「視爲同列」，「誰比數」其義即無人看得起。《詩・陳風・衡門》：「衡門之下，可以栖遲。」傳：「衡門，横木爲門，言淺陋也。」《禮記・儒行》：「儒有一畝之宫，環堵之室。」注：「言貧窮屈道，仕爲小官也。宫，爲牆垣也。環堵，面一堵也。五版爲堵，五堵爲雉。」

〔二〕老夫句：皇甫謐《高士傳》卷中：「張仲蔚，平陵人也。……常居窮素，所處蓬蒿没人，閉門養性，不治榮名，時人莫識。」

〔三〕雨聲二句：趙壹《迅風賦》：「啾啾飀飀，吟嘯相求。」《初學記》卷一引《風俗通》：「小風曰飀。」胡雁，北雁。鮑照《擬古》：「河畔草未黄，胡雁已矯翼。」李白《鳴雁行》：「胡雁鳴，辭燕山，昨發委羽朝度關。」

〔四〕秋來二句：《楚辭・九辯》：「皇天淫溢而秋霖兮，后土何時而得乾？」

仇注：「三章各有諷刺。房琯上言水災，國忠使御史按之。故曰『恐汝後時難獨立』。國忠惡言災異，而四方匿不以聞，故曰『農夫田父無消息』。帝以國事付宰相，而國忠每事務爲蒙蔽，故曰『秋來未嘗見白日』。語雖微婉，而寓意深切，非泛然作也。」按，仇説穿鑿時事，曲解詩意，不可據。

## 歎庭前甘菊花〔一〕

簷前甘菊移時晚①，青蘂重陽不堪摘〔二〕。明日蕭條醉盡醒②，殘花爛漫開何益〔三〕？籬邊野外多衆芳，采擷細瑣升中堂〔四〕。念兹空長大枝葉，結根失所埋風霜③〔五〕。（0018）

【校】

①簷，錢箋校：「一作階。一作庭。」《九家》校：「一作庭。」

②醉盡醒，《九家》作「盡醉醒」。錢箋校：「一作盡醉醒。」

③埋，錢箋作「纏」，校：「一作埋。」

【注】

黄鶴注：天寶十三載（七五四）長安作，公蓋自傷見用之晚，當是獻《封西岳賦》後。

〔一〕甘菊：劉蒙《劉氏菊譜》：「甘菊生雍州川澤，開以九月，深黄單葉，閭巷小人且能識之，固不待記而後見也。然余竊謂古菊未有瓌異如今者，而陶淵明、張景陽、謝希逸、潘安仁等，或愛其香，或詠其色，或采之於東籬，或泛之於酒斝，疑皆今之甘菊花也。」范成大《范村菊譜》：「甘菊，一名家菊。人家種以供蔬茹。凡菊葉皆深緑而厚，味極苦，或有毛。惟此葉淡緑柔瑩，味微甘，咀嚼香味俱勝，擷以作羹及泛茶，極有風致。天隨子所賦，即此種。花差勝野菊，甚本不繫花。」

〔二〕簷前二句：移時晚，仇注：「言移植後時。」按，詩言「結根失所」，則非移植。移時晚即晚於時序之義。移時，既可言時辰，亦可言時序。孫逖《祭亡弟故左羽林軍兵曹參軍文》：「今也來斯，驟移時律。」《太平御覽》卷三二引《齊人月令》：「重陽之日，必以糕酒登高眺迴，爲時宴之游賞，以暢秋志。酒必采茱萸甘菊以泛之，既醉而還。」

〔三〕爛漫：分散，散亂。《莊子·在宥》：「大德不同，而性命爛漫矣。」沈約《行園詩》：「紫茄紛爛漫，緑芋鬱參差。」庾信《和宇文内史入重陽閣詩》：「舊蘭憔悴長，殘花爛漫舒。」

〔四〕籬邊二句：《楚辭·離騷》：「雖萎絶其亦何傷兮，哀衆芳之蕪穢。」沈約《詠杜若詩》：「不願逢采擷，本欲芳幽人。」

〔五〕結根句：劉楨《遂志賦》：「伊天皇之樹葉，必結根於仁方。」盧諶《菊花賦》：「浸三泉而結根，晞九陽而擢莖。」《南史·宋宗室彦節傳》彦節子俁賦詩：「城上草，植根非不高，所恨風霜早。」

## 醉時歌 贈廣文館博士鄭虔①〔一〕。

諸公袞袞登臺省②，廣文先生官獨冷〔二〕。甲第紛紛厭粱肉〔三〕，廣文先生飯不足。先生有道出羲皇，先生有才過屈宋③〔四〕。德尊一代常坎軻④〔五〕，名垂萬古知何用？杜陵野客人更嗤⑤，被褐短窄鬢如絲⑥〔六〕。日糴太倉五升米⑦，時赴鄭老同襟期〔七〕。得錢即相覓，沽酒不復疑。忘形到爾汝，痛飲真吾師⑧〔八〕。清夜沉沉動春酌，燈前細雨簷花落⑨〔九〕。但覺高歌有鬼神⑩，焉知餓死填溝壑〔一〇〕。相如逸才親滌器，子雲識字終投閣〔一一〕。先生早賦歸去來，石田茅屋荒蒼苔〔一二〕。儒術於我何有哉，孔丘盜跖俱塵埃〔一三〕。不須聞此意慘愴，生前相遇且銜杯〔一四〕。

（0019）

【校】

① 醉時歌，《文苑英華》作「醉歌行」，校：「一作『醉時歌贈廣文館鄭博士虔』。」　博士，《草堂》作「學士」。

② 臺，錢箋、《九家》校：「一作華。」《文苑英華》校：「集作華。」

③ 有才，錢箋校：「一作所談。一作所該。一作所抱。」《九家》校：「一作所談。」《文苑英華》校：「集作有政。又作所抱。」　才，《九家》校：「一作文。」　有才過屈宋，宋本校：「一云『所談或屈宋』。」錢箋校：「一云『有才或屈宋』。」

④ 軻，錢箋校：「一作壈。」《文苑英華》校：「集作壈。」

⑤更，錢箋校：「一作見。」

⑥窄，錢箋校：「一作穴。」

⑦太，錢箋校：「一作泰。」

⑧真，錢箋校：「一作直。」

⑨燈前細雨簷花落，錢箋校：「一作『簷前細雨燈花落』。」《九家》校同。　燈，《文苑英華》校：「集作簷。」　簷，《文苑英華》校：「集作燈。」

⑩有，錢箋校：「一作感。」《文苑英華》校：「集作感。」

**【注】**

黃鶴注：天寶十二載（七五三）作。蓋公詩云「日糴太倉五升米」，事在十二載之秋也。仇注：當是十三載（七五四）春作。蕭滌非繫於天寶十四載（七五五）春。按，《舊唐書・玄宗紀》：「（天寶十二載）八月，京城霖雨，米貴，令出太倉米十萬石，減價糶與貧人。」「（天寶十三載）是秋，霖雨積六十餘日……令出太倉米一百萬石，開十場賤糶以濟貧民。」是十三載秋亦開太倉糶米。然糶米非能延續至來年春，仍當爲秋作。

〔一〕鄭虔：《新唐書・文藝傳》有傳。《舊唐書・玄宗紀》：「（天寶九載）秋七月己亥，國子監置廣文館，領生徒爲進士業者。」《唐語林》卷二：「天寶中，國學增置廣文館，以領詞藻之士。滎陽鄭虔久被貶謫，是歲始還京師參選，除廣文館博士。虔茫然曰：『不知廣文曹司何在？』執政謂曰：『廣文館新置，總領文詞，故以公名賢處之。且令後代稱廣文博士自鄭虔始，不亦美乎？』遂拜職。」《全唐文補遺・千唐志齋新藏專輯》盧季長《大唐故著作郎貶台州司户滎陽鄭府君并夫人瑯琊王氏墓志銘》：「公諱虔，字趨庭，滎陽人也。……曾父道瑗，隨朗州司法參軍。大父懷節，皇澧州司馬、贈衛州刺史。父鏡思，皇秘書郎、贈主客郎中、秘書少監。公則秘書之次子。……弱冠秀才，進士高第。主司拔其秀逸，翰林推其獨步。又工於草隸，善於丹青，明於陰陽，邃於算術。百家諸子，如指掌焉。家國以爲一寶，朝野謂之三絶。解褐補率更司主簿，二轉監門衛録事參軍，三改尚乘直長，四除太常寺協律郎，五授左清道率府長史，六移廣文館博士，七遷著作郎。無何，狂寇憑陵，二京失守，公奔竄不暇，遂陷身戎虜。初脅授兵部郎中，次國子司業。國家克復日，貶公台州司户，非其罪也，國之憲也。經一考，遘疾於台州官舍，終於官舍，享年六十有九。時乾元二年九月廿日也。」

〔二〕諸公二句：袞袞，謂諸公之服。《詩・小雅・采菽》：「又何予之，玄袞及黼。」箋：「玄袞，玄衣而畫以卷龍也。黼，黼黻，謂絺衣也。諸公之服自袞冕而下，侯伯自鷩冕而下，子男自毳冕而下。」《藝文類聚》卷四引《竹林七賢論》：「裴逸民叙前言往行，袞袞可聽。」乃連綿充盈之義。杜詩蓋混用。皮日休《補九夏歌・鶩夏》：「桓桓其珪，袞袞其衣。」用同杜詩。臺省，唐指御史臺及尚書、中書、門下三省。《唐會要》卷五一《識量上》陸贄言：「今之臺省長官，皆是當朝華選，孰肯徇私妄舉，以傷名取利耶！所謂臺省長官，即僕射、尚書、左右丞、侍郎及御史大夫、中丞是也。」《北齊書・王晞傳》：「非不愛作熱官，但思之爛熟耳。」張籍《早春閑游》：「年長身多病，獨宜作冷官。」白居易《寄楊六》：「青宮官冷靜，赤縣事繁劇。」黃希注：「世以宗正卿爲冷卿，是亦冷官之意。」

〔三〕甲第句：《史記·孝武本紀》：「賜列侯甲第，僮千人。」集解：「《漢書音義》曰：有甲乙第次，故曰第。」張衡《西京賦》：「北闕甲第，當道直啓。」《文選》李善注：「第，館也。甲，言第一也。」《禮記·喪大記》：「不避粱肉。」疏：「就稻粱之内，粱貴而稻賤，是稻人所常種，粱是穀中之美。」《曲禮下》：「歲凶……大夫不食粱。」注：「粱，加食也。」《史記·孟嘗君列傳》：「僕妾餘粱肉，而士不厭糟糠。」

〔四〕先生二句：揚雄《劇秦美新》：「上罔顯於羲皇。」《文選》李善注：「伏羲爲三皇，故曰羲皇。」陶淵明《與子儼等書》：「自謂是羲皇上人。」屈宋，屈原、宋玉。《文心雕龍·辨騷》：「屈宋逸步，莫之能追。」江淹《燈賦》：「屈原才華，宋玉英人。」

〔五〕德尊句：《禮記·中庸》：「故君子尊德性而道問學。」《孟子·公孫丑下》：「天下有達尊三：爵一，齒一，德一。」《楚辭·七諫》：「年既已過太半兮，然埳軻而留滯。」王逸注：「埳軻，不遇也。埳，一作轗，一作坎。」

〔六〕杜陵二句：杜陵野客，杜甫自稱。《元和姓纂》卷六京兆杜：「漢御史大夫周，本居南陽，以豪族徙茂陵。子延年，又徙杜陵。延年孫篤，入《後漢·文苑傳》。篤曾孫畿，河東太守。生恕，弘農太守。生元凱，晋荆州刺史、征南大將軍、當陽侯。」《史記·高祖本紀》正義引《括地志》：「杜陵故城在雍州萬年縣東南十五里。漢杜陵縣，宣帝陵邑也，北去宣帝陵五里。廟記云故杜伯國。」聞一多《會箋》謂：杜甫天寶十三載自東都移家至長安，居南城之下杜城，其自稱「杜陵野老」，實因嘗居其地，非徒循族望之舊稱。參本卷《橋陵詩三十韻因呈縣内諸官》(0037)注。《墨子·尚賢》：「傅説被褐帶索。」《史記·商君列傳》：「夫五羖大夫……自粥於秦客，被褐食牛。」《孟子·滕文公上》「許子衣褐」趙岐注：「以毳織之，若今馬衣也。或曰：褐，枲衣也。一曰粗布衣也。」

〔七〕同襟期：同襟之情，言友情。《真誥》卷二雲林右英夫人詩：「携手同襟帶，何爲人事間。」高澄《與侯景書》：「繾綣襟期，綢繆素分。」李嶠《與夏縣崔少府書》：「以爲天下襟期，四海兄弟。」

〔八〕忘形二句：《晋書·阮籍傳》：「當其得意，忽忘形骸。」《殷芸小説》卷四：「禰正平年少與孔文舉作爾汝交。時衡年未滿二十，而融已五十餘矣。」按，鄭虔年長杜甫二十餘歲。《北史·李元忠傳》：「阮步兵吾師也，孔少府豈欺我哉。」

〔九〕清夜二句：應璩《與從弟君苗君胄書》：「酌彼春酒，接武茅茨。」陶淵明《讀山海經》：「歡言酌春酒，摘我園中蔬。」春酒蓋指春時所釀。《齊民要術》卷七：「十月桑落初凍則收水釀者爲上時，春酒正月晦日收水爲中時。春酒，河南地暖，二月作；河北地寒，三月作。大率用清明節前後耳。」丘遲《答徐侍中爲人贈婦詩》：「俱看依井蝶，共取落簷花。」劉邈《見人織聊爲之詠》：「簷花照初月，洞户垂朱帷。」仇注謂此皆實指簷前之花。王嗣奭《杜臆》：「簷水落而燈光映之如銀花，余親見之，始知其妙。今注者謂近簷之花，有何意味？」按，王説自出機杼，杜詩未必有此造語法。

〔一〇〕但覺二句：《韓非子·十過》：「昔者衛靈公將之晉，至濮水之上……夜分而聞鼓新聲者而説之，使人問左右，盡報弗聞。乃召師涓而告之曰：『有鼓新聲者……其狀似鬼神，子爲我聽而寫之。』」《毛詩序》：「故正得失，動天地，感鬼神，莫近於詩。」《戰國策·趙策四》：「願及未填溝壑而託之。」《史記·范睢蔡澤列傳》：「使臣卒然填溝壑。」

〔一一〕相如二句：《史記·司馬相如列傳》：「司馬相如者，蜀郡成都人也，字長卿。……是時卓王孫有女文君新寡，好音，故相如繆與令相重，而以琴心挑之。……文君夜亡奔相如，相如乃與馳歸成都。家徒四壁立……相如與俱之臨邛，盡賣其車騎，買一酒舍酤酒，而令文君當壚。相如身自著犢鼻褌，與保庸雜作滌器於市中。」《漢書·揚雄傳》：「揚雄字子雲，蜀郡成都人也。……王莽時，劉歆、甄豐皆爲上公，莽既以符命自立，即位之後，欲絶其原以神前事，而豐子尋、歆子棻復獻之。莽誅豐父子，投棻四裔，辭所連及，便收不請。時雄校書天禄閣上，治獄使者來，欲收雄，雄恐不能自免，乃從閣上自投下，幾死。莽聞之曰：『雄素不與事，何故在此？』間請問其故，乃劉棻嘗從雄學作奇字，雄不知情。有詔勿問。然京師爲之語曰：『惟寂寞，自投閣；爰清静，作符命。』」

〔一二〕先生二句：蕭統《陶淵明傳》：「後爲鎮軍、建威參軍，謂親朋曰：『聊欲絃歌，以爲三徑之資，可乎？』執事者聞之，以爲彭澤令。……歲終，會郡遣督郵至，縣吏請曰：『應束帶見之。』淵明歎曰：『我豈能爲五斗米折腰向鄉里小兒！』即日解綬去職，賦《歸去來》。」《史記·吴太伯世家》：「今得志於齊，猶石田，無所用。」集解：「王肅曰：石田不可耕。」

〔一三〕儒術二句：《荀子·富國》：「故儒術誠行，則天下大而富。」《史記·平津侯主父列傳》：「習文法吏事，而又緣以儒術。」《太平御覽》卷一八九引《帝王世紀》：「堯時老人擊壤於路而歌曰：『鑿井而飲，耕田而食，帝力於我何有哉？』」《莊子·盜跖》：「孔子與柳下季爲友，柳下季之弟，名曰盜跖。盜跖從卒九千人横行天下，侵暴諸侯。……盜跖大怒曰：『丘來前！……今子修文武之道，掌天下之辯，以教後世，縫衣淺帶，矯言僞行，以迷惑天下之主，而欲求富貴焉。盜莫大於子。天下何故不謂子爲盜丘，而乃謂我爲盜跖？……子之道，狂狂汲汲，詐巧虚僞事也，非可以全真也，奚足論哉！』」又《駢拇》：「伯夷死名於首陽之下，盜跖死利於東陵之上，二人者，所死不同，其於殘生傷性均也，奚必伯夷之是而盜跖之非乎！」

〔一四〕不須二句：《世説新語·任誕》：「張季鷹縱任不拘……或謂之曰：『卿乃可縱適一時，獨不爲身後名邪？』答曰：『使我有身後名，不如即時一杯酒。』」

王楙《野客叢書》卷一九：「子美詩：『孔丘盜跖俱塵埃。』杜牧詩：『堯舜周孔皆爲灰。』《隋書·五行志》和士開云：『自古帝王，盡爲灰土。堯舜桀紂，竟復何異？』」

范晞文《對床夜語》卷一：「『干戈猶在眼，儒術豈謀身』、『紈袴不餓死，儒冠多誤身』，感憤之作也，曾何傷？若『儒術於我何有哉，孔丘盜跖俱塵埃』，叱聖人之名，而使之與盜賊同列，嘻！得罪於名教亦甚焉。或謂《孟子》曰舜跖之徒，舜與跖豈可徒耶？然爲利爲善之別，亦昭然矣。」

王嗣奭《杜臆》：「此篇總是不平之鳴，無可奈何之詞，非真謂垂名無用，非真薄儒術，非真齊孔跖，亦非真以酒爲樂也。杜詩『沉醉聊自遣，放歌頗愁絶』，即此詩之解，而他詩可以旁通。」

## 醉歌行 別從侄勤落第歸①〔一〕。

陸機二十作文賦，汝更小年能綴文〔二〕。總角草書又神速，世上兒子徒紛紛〔三〕。驊騮作駒已汗血，鷙鳥舉翮連青雲〔四〕。詞源倒流三峽水②，筆陣獨掃千人軍〔五〕。只今年纔十六七③，射策君門期第一〔六〕。舊穿楊葉真自知，暫蹶霜蹄未爲失〔七〕。偶然擢秀非難取，會是排風有毛質〔八〕。汝身已見唾成珠④，汝伯何由髮如漆〔九〕？春光淡沲秦東亭⑤，渚蒲牙白水荇青⑥〔一〇〕。風吹客衣日杲杲，樹攪離思花冥冥〔一一〕。酒盡沙頭雙玉瓶，衆賓皆醉我獨醒⑦〔一二〕。乃知貧賤別更苦，吞聲躑躅涕淚零〔一三〕。（0020）

【校】

①勤，《九家》作「勸」。　第，宋本作「弟」，據錢箋等改。兩字古通，下不另出校。

②源，錢箋校：「一作賦。」

③年，錢箋校：「陳浩然本作生。」《文苑英華》校：「集作生。」

④已，錢箋、《文苑英華》校：「一作即。」

⑤淡淹，錢箋校：「《草堂》本作潭淹。淹，徒可切。」

⑥牙，錢箋作「芽」。

⑦皆，錢箋校：「一作已。」《文苑英華》校：「集作已。」

【注】

黄鶴注：當是天寶十四載（七五五）春在長安作，「按史，十三載秋八月，上御勤政樓，試四科制舉人。前此十二載秋七月，詔天下舉人不得鄉貢，須補國子學生，然後貢舉。」按，唐人言落第，通常指禮部進士、明經諸科，杜勤所應亦禮部試。天寶十二載、十三載，諸科並正常舉行。參徐松《登科記考》卷九。鶴注所言十三載八月試四科，乃制舉，與禮部試非一事。故不能據此判斷杜勤落第於十四載春。

〔一〕杜勤：甫從侄，事迹無見。

〔二〕陸機二句：《文選》陸機《文賦》李善注引臧榮緒《晉書》：「機字士衡，吴郡人。……年二十而吴滅，退臨舊里，與弟雲勤學，積十一年。譽流京華，聲溢四表，被徵爲太子洗馬，與弟雲俱入洛。……機妙解情理，心識文體，故作《文賦》。」錢鍾書《管錐編》第一二〇七頁引周振甫言：「機年二十而吴滅，積十一年入洛，爲張華所賞，作《文賦》。必非如杜詩所謂『二十作文賦』。陸雲與兄書之九稱《文賦》『甚有辭』，又曰『《感逝賦》愈前』云云；當指機之《歎逝賦》，其賦明言『余年方四十』，則《文賦》爲機四十後作。」《漢書·劉向傳》贊：「自孔子後，綴文之士衆矣。」

〔三〕總角二句：《詩·衛風·氓》：「總角之宴，言笑晏晏。」傳：「總角，結髮也。」疏：「以無笄，直結其髮，聚之爲兩角。」衛恒《四體書勢》：「漢興而有草書，不知作者姓名。至章帝時，齊相杜度號善作篇。後有崔瑗、崔寔，亦皆稱工。杜氏殺字甚安，而書體微瘦。崔氏甚得筆勢，而結字小疏。弘農張伯英者，因而轉精其巧……下筆必爲楷則，號匆匆不暇草書。」趙壹《非草書》：「夫草書之興也，其於近古乎？……蓋秦之末，刑峻網密，官書煩冗，戰攻並作，軍書交馳，羽檄分飛，故爲隸草，趣急速耳。示簡易之旨，非聖人之業也。但貴删難省煩，損複爲單，務取易爲易知，非常儀也。故其贊曰：『臨事從宜。』而今之學草書者，不思其簡易之旨，以爲杜、崔之法，龜蛇所見也……私書相與，猶謂就書適迫遽，故不及草。草本易而速，今反難而遲，失指多矣。」《九家》趙注：「草書以遲爲工，所謂匆匆不及草書也。以速爲神，所謂一筆變化書是也。」兒子，嬰兒，此指年幼者。《墨子·公孟》：「夫嬰兒子之知，獨慕父母而已。」《莊子·庚桑楚》：「老子曰：……能侗然乎？能兒子乎？」《老子》十章作「能嬰兒」。鮑照《行路難》：「長袖紛紛徒競世，非我昔時千金軀。」

〔四〕驊騮二句：《史記·大宛列傳》集解引《漢書音義》：「大宛國有高山，其上有馬，不可得，因取五色母馬置其下，與交，生駒汗血，因號曰天馬子。」《楚辭·離騷》：「鷙鳥之不群兮，自前世而固然。」班固《擬連珠》：「臣聞鸞鳳養六翮以凌雲。」陶淵明《乙巳歲三月爲建威參軍使都經錢溪》：「微雨洗高林，清飆矯雲翮。」

〔五〕詞源二句：蕭統《文選序》：「篇辭引序，碑碣志狀，衆制鋒起，源流間出。」木華《海賦》：「吹澇則百川倒流。」《水經注》江水「自三峽七百里中，兩岸連山，略無闕處。……有時朝發白帝，暮到江陵，其間千二百里，雖乘奔御風，不以疾也。」筆陣，指書法。傳衛夫人作《筆陣圖》。王羲之《題衛夫人筆陣圖後》：「夫紙者陣也，筆者刀槊也，墨者鍪甲也，水硯者城池也，心意者將軍也。」用筆稱掃。敦煌殘卷馬雲奇《懷素師草書歌》：「興來索筆縱橫掃，滿坐詞人皆道好。」

〔六〕射策：《漢書·儒林傳》贊：「自武帝立五經博士，開弟子員，設科射策，勸以官禄。」《蕭望之傳》注：「師古曰：射策者，謂爲難問疑義，書之於策，量其大小，署爲甲乙之科，列而置之，不使彰顯，有欲射者，隨其所取，得而釋之，以知優劣。射之言投射也。對策者，顯問以政事經義，令各對之，而觀其文辭定高下也。」唐人稱禮部試及制舉，均可言射策。獨孤及《唐故朝散大夫中書舍人秘書少監頓丘李公墓志》：「開元三年舉進士，十年舉茂才，十七年舉文學，皆射策取甲科。」

〔七〕舊穿二句：《戰國策·西周策》：「楚有養由基者，善射，去柳葉者百步而射之，百發百中。」《論衡·儒增》：「儒書稱：楚養由基善射，射一楊葉，百發能百中之。」《淮南子·修務訓》：「夫馬之爲草駒之時……蹶蹄足以破顱陷匈。」沈炯《詠老馬詩》：「渡水頻傷骨，翻霜屢損蹄。」

〔八〕偶然二句：趙至《與嵇茂齊書》：「吾子植根芳苑，擢秀清流。」武平一《請追贈杜審言官表》：「是以升榮粉署，擢秀蘭臺。」陸雲《與陸典書書》：「排金風於太微。」鮑照《登大雷岸與妹書》：「浴雨排風，吹澇弄翮。」毛質，毛羽。鮑照《舞鶴賦》：「烟交霧凝，若無毛質。」《文選》李善注：「毛羽與烟霧同色，故云若無。」

〔九〕汝身二句：《莊子・秋水》：「子不見夫唾者乎？噴則大者如珠，小者如霧。」趙壹《刺世疾邪賦》：「勢家多所宜，咳唾自成珠。」《宋書・謝晦傳》：「眉目分明，鬢髮如點漆。」

〔一〇〕春光二句：吴曾《能改齋漫録》卷六：「淡沲當是潭陁。見富嘉謨《明水篇》曰：『陽春二月朝始暾，春光潭陁度千門，明水時出御至尊。』而富又本梁簡文《和湘東王陽雲樓簷柳》詩曰：『潭陁青帷閉，玲瓏朱扇開。』第『陁』一字不同。《文選・江賦》：『隨風猗萎，與波潭沲。』注曰：『潭沲，隨波之貌。』『沲，徒我切。』簡文與富，皆本乎此。」仇注引何氏曰：「潭沲，即淡蕩也。」按，潭沲乃漫延摇曳之貌，或以言水波，或以言春光。秦東亭，長安東亭。張説有《謝京城東亭子宴送表》。李遠《送賀著作憑出宰永新序》：「乃相與賦詩送别秦東亭。」《説文》：「芽，萌也。」段注：「古多以牙爲芽。」《詩・周南・關雎》：「參差荇菜，左右流之。」傳：「荇，接余也。」陸璣《疏》：「接余，白莖，葉紫赤色，正員，徑寸餘，浮在水上，根在水底，與水深淺等，大如釵股，上青下白，鬻其白莖，以苦酒浸之，肥美可案酒。」《九家》趙注：「蒲有牙而白，荇在水而青，此春時也。」

〔一一〕風吹二句：《詩・衛風・伯兮》：「其雨其雨，杲杲出日。」《説文》：「杲，明也。」冥冥，昏暗貌，又言茂盛。《詩・小雅・無將大車》：「無將大車，維塵冥冥。」箋：「冥冥者，蔽人目明，令無所見也。」《楚辭・九章・涉江》：「深林杳以冥冥兮，猨狖之所居。」王逸注：「山林草木茂盛。」

〔一二〕衆賓句：《楚辭・漁父》：「舉世皆濁我獨清，衆人皆醉我獨醒。」

〔一三〕吞聲句：鮑照《擬行路難》：「心非木石豈無感，吞聲躑躅不敢言。」

## 贈衛八處士〔一〕

人生不相見，動如參與商〔二〕。今夕復何夕①，共此燈燭光②〔三〕？少壯能幾時，鬢髮各已蒼〔四〕。訪舊半爲鬼③，驚呼熱中腸〔五〕。焉知二十載，重上君子堂。昔別君未婚，兒女忽成行。怡然敬父執〔六〕，問我來何方。問答乃未已④，兒女羅酒漿⑤。夜雨剪春韭，新炊間黄粱⑥〔七〕。主稱會面難〔八〕，一舉累十觴⑦。十觴亦不醉⑧，感子故意長。明日隔山岳，世事兩茫茫〔九〕。（0021）

【校】

① 何夕，錢箋校「夕」字：「一作此。」

② 共此燈燭光，宋本、錢箋、《九家》、《草堂》校：「一云『共宿此燈光』。」

③舊，錢箋、《草堂》校：「魯作問。」

④乃未已，錢箋、《草堂》校：「陳浩然作未及已。」　未已，《文苑英華》校：「集作未及。」

⑤兒女，宋本、錢箋、《九家》校：「一作驅兒。」《草堂》、《文苑英華》作「驅兒」。

⑥新，錢箋、《草堂》校：「一作晨。」　間，錢箋校：「一作聞。」

⑦累，錢箋校：「一作蒙。」《草堂》作「蒙」。

⑧十觴，錢箋校：「一云百觴。」　醉，錢箋校：「一作辭。」

**【注】**

黄鶴注：天寶九載（七五〇）作。仇注繫於乾元二年（七五九）在華州作。按，黄鶴注等以此詩「山岳」指華岳，實難指實。高適《酬衛八雪中見寄》有「季冬憶淇上」句，若其人即此衛八，則當居相州、衛州一帶。杜甫蓋開元間與其相識，乾元二年歸東都陸渾莊固有可能與其重逢，然其時戰事迫遽，與此詩氣氛不類。此詩當作於天寶九載之後杜甫歸東都時。

〔一〕衛八處士：《千家注》師曰：「按《唐史拾遺》，公與李白、高適、衛賓相友善，時賓年最少，號小友。」朱鶴齡謂《唐史拾遺》乃僞書杜撰，不可據。黄鶴注：「唐有隱士衛大經，居蒲州，衛八亦稱處士，或其族子，蒲至華止百四十里，或是公在華州時至其家。」亦屬臆斷。高適有《酬衛八雪中見寄》、《同衛八題陸少府書齋》，據詩意，亦隱居之士。周勛初《高適年譜》疑與此詩衛八爲同一人。

〔二〕人生二句：見本卷《送高三十五書記》(0002)注。

〔三〕今夕二句：見本卷《今夕行》(0009)注。

〔四〕少壯二句：漢武帝《秋風辭》：「歡樂極兮哀情多，少壯幾時兮奈老何。」陶淵明《飲酒》：「歲月相催逼，鬢邊早已白。」《晋書·劉聰載記》：「容貌毁悴，鬢髮蒼然。」

〔五〕訪舊二句：曹丕《又與吴質書》：「觀其姓名，已爲鬼録，追思昔游，猶在心目。」曹丕《雜詩二首》：「向風長歎息，斷絶我中腸。」謝靈運《廬陵王墓下作》：「眷言懷君子，沉痛切中腸。」錢箋引胡儼曰：「常於内閣見子美親書《贈衛八處士》詩，字甚怪偉，『驚呼熱中腸』作『嗚呼熱中腸』。」錢泳《履園叢話》卷一〇：「嘉慶丁卯歲，粤東李載園太守來吴門，携有杜少陵《贈衛八處士》詩墨迹卷，其書皆狂草，如張長史筆意。」

〔六〕怡然句：《禮記·曲禮上》：「見父之執，不謂之進不敢進，不謂之退不敢退。」注：「敬父同志，如事父。」疏：「父之執謂執友，與父同志者也。」

〔七〕夜雨二句：《禮記·王制》：「庶人春薦韭，夏薦麥。」《楚辭·招魂》：「稻粢穱麥，挐黄粱些。」王逸注：「挐，糅也。言飯則以秔稻糅稷，擇新麥糅以黄粱，和而柔濡，且香滑也。」洪興祖補注：「《本草》：黄粱出蜀、漢，商、浙間亦種之，香美逾于諸粱，號爲竹根黄。」錢箋：「此詩間黄粱，即挐字之義。」仇注引胡夏客説：「北人炊飯雜米菽，故用『間』字。」

〔八〕主稱句：曹植《野田黄雀行》：「主稱千金壽，賓奉萬年酬。」

〔九〕茫茫：《古詩十九首》：「四顧何茫茫，東風摇百草。」按，茫茫原以言空間之遼遠，杜詩用以言世事、人生之渺茫。

## 苦雨奉寄隴西公兼呈王徵士 隴西公即漢中王瑀。徵士，瑯琊王澈〔一〕。

今秋乃淫雨〔二〕，仲月來寒風。羣木水光下，萬象雲氣中①。所思礙行潦〔三〕，九里信不通。悄悄素滻路，迢迢天漢東〔四〕。願騰六尺馬②，背若孤征鴻〔五〕。劃見公子面③〔六〕，超然歡笑同。奮飛既胡越，局促傷樊籠〔七〕。一飯四五起，憑軒心力窮〔八〕。嘉蔬没溷濁，時菊碎榛叢〔九〕。鷹隼亦屈猛，烏鳶何所蒙〔一〇〕？式瞻北鄰居，取適南巷翁〔一一〕。挂席釣川漲，焉知清興終④〔一二〕。（0022）

**【校】**

① 萬象，宋本校：「一作萬家。」錢箋、《九家》校同。

② 馬，錢箋、《九家》校：「一作駒。」

③ 公，錢箋、《九家》校：「一作君。」

④ 釣，宋本作「鈎」，據錢箋、《草堂》等改。　終，《草堂》作「窮」。

【注】

黄鶴注：此亦天寶十三載（七五四）秋作。

〔一〕隴西公：讓皇帝憲第六子瑀。《舊唐書·睿宗諸子傳》：「瑀早有才望，偉儀表。初爲隴西郡公。天寶十五載，從玄宗幸蜀，至漢中，因封漢中王，仍加銀青光禄大夫、漢中郡太守。」按，此題注爲作者後來所加，故言其即漢中王。施鴻保謂：「此自注是十五載後所補，可見公詩後亦仍自點檢，非必皆初稿矣。」王瀓：事迹未詳。

〔二〕淫雨：《爾雅·釋天》：「久雨謂之淫。」

〔三〕所思句：漢樂府《鼓吹曲辭·有所思》：「有所思，乃在大海南。」《詩·召南·采蘋》：「于以采藻，于彼行潦。」傳：「行潦，流潦也。」疏：「《説文》云：潦，雨水也。然則行潦，道路之上流行之水。」

〔四〕悄悄二句：《詩·邶風·柏舟》：「憂心悄悄，愠於羣小。」傳：「悄悄，憂貌。」潘岳《西征賦》：「南有玄灞素滻，湯井温谷。」《文選》李善注：「玄、素，水色也。灞、滻，二水名也。」《長安志》卷六：「京城即隋文帝開皇二年自故都徙，其地……南侵終南山子午谷，北據渭水，東臨灞、滻，西枕龍首原。」卷一一：「滻水在（萬年）縣東，北流四十里入渭。」《古詩十九首》：「迢迢牽牛星，皎皎河漢女。」《九家》趙注：「天漢，則中渭橋之所。」引《三輔黄圖》卷一：「渭水貫都，以象天漢；横橋南渡，以法牽牛。」按，天漢指渭水。此稱隴西公所在「天漢東」，又近滻水，則其居所在長安城東。《大唐傳載》：「漢中王瑀爲太常卿，早起朝，聞永興里人吹笛，問是太常樂人否。」永興里在朱雀門街東第三街從北第四坊，參徐松《唐兩京城坊考》卷三。瑀入朝經永興里，蓋自東來。

〔五〕願騰二句：《周禮·夏官·廋人》：「馬八尺以上爲龍，七尺以上爲騋，六尺以上爲馬。」《莊子·逍遥游》：「有鳥焉，其名爲鵬，背若太山。」仇注引劉孝綽《答張左西詩》「持此連枝樹，暫作背飛鴻」，謂「此言身跨馬背，若飛鴻孤征也」。按，《莊子》喻鵬背若太山，此則喻馬背如飛鴻，蓋展轉爲喻，比類旁通。仇注不確。

〔六〕劃見句：劃見，忽見，乍見。《敦煌變文集·伍子胥變文》：「劃見知是自家夫，即欲發言相識認。」任華《寄李白》：「手下忽然片雲飛，眼前劃見孤峰出。」公子，仇注：「李宗室，故稱公子。」

〔七〕奮飛二句：二句以籠鳥爲喻。禰衡《鸚鵡賦》：「何今日之兩絶，若胡越之異區。順籠檻以俯仰，窺户牖以踟躕。」《九家》趙注：「言如胡與越之隔也。」湛方生《弔鶴文》：「軒天衢而奔想，顧樊籠而心驚。」

〔八〕一飯二句：《九家》舊注：「此言思見君子而不可得也。」趙注：「亦劉公幹『一日三四遷』之勢也。」劉楨《贈徐幹詩》：「誰謂相去遠，隔此西掖垣。拘限清切禁，中情無由宣。思子沉心曲，長歎不能言。起坐失次第，一日三四遷。」

〔九〕嘉蔬二句：《禮記·曲禮下》：「凡祭宗廟之禮……稻曰嘉蔬。」注：「稻，菰蔬之屬也。」郭璞《江賦》：「播匪藝之芒種，挺自然之嘉蔬。」仇注謂與本書卷六《園官送菜并序》(0285)，「皆以嘉蔬爲菜，義可兼用耳」。《楚辭·離騷》：「世溷濁而不分兮，好蔽美而嫉妒。」王逸注：「溷，亂也。濁，貪也。」此指泥水。馬融《廣成頌》：「獵徒縱，赴榛叢。」

〔一〇〕鷹隼二句：張華《鷦鷯賦》：「屈猛志以服養，塊幽縶於九重。……雖蒙幸於今日，未若疇昔之從容。」《九家》趙注：「鷹隼以苦雨猶屈其猛志，不能奮飛，況瑣瑣如烏鳶，何所蒙賴乎？」

〔一一〕式瞻二句：任昉《出郡傳舍哭范僕射》：「平生禮數絶，式瞻在國楨。」《文選》李善注：「《女史》曰：式瞻清懿。」式，語辭。謝靈運《山居賦》：「夏涼寒燠，隨時取適。」浦起龍謂北居即指隴西，南翁當指徵士，遥想兩人不時還往，以形己之岑寂也。楊倫謂北鄰謂王，南翁自指，四句欲約王同游以遣愁寂。當以楊説爲是。

〔一二〕挂席句：謝靈運《游赤石進帆海詩》：「揚帆采石華，挂席拾海月。」《文選》李善注：「揚帆、挂席，其義一也。」曹植《豫章行》：「太公未遭文，漁釣終渭川。」

## 同諸公登慈恩寺塔〔一〕時高適、薛據先有此作〔二〕。

高標跨蒼天①，烈風無時休〔三〕。自非曠士懷②，登兹翻百憂〔四〕。方知象教力，足可追冥搜③〔五〕。仰穿龍蛇窟，始出枝撑幽④〔六〕。七星在北户⑤，河漢聲西流〔七〕。羲和鞭白日，少昊行清秋〔八〕。秦山忽破碎⑥，涇渭不可求〔九〕。俯視但一氣，焉能辨皇州〔一〇〕。回首叫虞舜，蒼梧雲正愁〔一一〕。惜哉瑶池飲⑦，日晏崑崙丘〔一二〕。黄鵠去不息，哀鳴何所投？君看隨陽雁，各有稻粱謀〔一三〕。（0023）

【校】

①天，錢箋、《文苑英華》校：「一作穹。」

②曠，錢箋校：「一作壯。」

③足，錢箋校：「一作立。」《文苑英華》作「立」，校：「集作足。」

④出，錢箋校：「一作驚。」《文苑英華》作「驚」，校：「集作出。」

⑤北户，錢箋校：「一云户北。」

⑥秦，錢箋校：「一作泰，非。」

⑦飲，錢箋校：「一作燕。」《文苑英華》作「宴」，校：「集作飲。」

【注】

黄鶴注：應在禄山陷京師之前、天寶十載（七五一）奏賦之後作。聞一多《岑嘉州繫年會箋》考杜甫、岑參諸人同登慈恩寺塔，必在天寶十一載（七五二）秋。

〔一〕慈恩寺塔：《唐會要》卷四八《寺》：「慈恩寺，晋昌坊。隋無漏廢寺。貞觀二十二年十二月二十四日，高宗在春宫，爲文德皇后立爲寺，故以『慈恩』爲名。寺内浮圖，永徽三年沙門玄奘所立。」《唐國史補》卷下：「進士爲時所尚久矣。……既捷，列書其姓名於慈恩寺塔，謂之『題名』。」《長安志》卷八晋昌坊「半以東大慈恩寺，寺西院浮圖六級，崇三百尺，永徽三年沙門玄奘所立，初唯五層，崇一百九十尺，磚表土心，仿西域窣堵波制度，以置西域經像。後浮圖心内卉木鑽出，漸以頹毁，長安中更拆改造，依東夏刹表舊式，特崇於前。」

〔二〕高適：見本卷《送高三十五書記》(〇〇〇二)注。據周勛初《高適年譜》考證，適天寶十一載秋自封丘尉去職抵長安，與杜甫等唱酬。薛據：薛播兄。《舊唐書·薛播傳》：「播伯父元暧終於隰城丞，其妻濟南林氏……元暧卒後，其子彦輔、彦國、彦偉、彦雲及播兄據、揔並早孤幼，悉爲林氏所訓導，以至成立，咸致文學之名。開元、天寶中二十年間，彦輔、據等七人並舉進士，連中科名，衣冠榮之。」《唐會要》卷六《制科舉》：「(天寶)六載，風雅古調科，薛璩及第。」薛璩即薛據。是時同登賦詩諸公尚有儲光羲、岑參，唯薛據詩不傳。

〔三〕高標二句：左思《蜀都賦》：「羲和假道於峻岅，陽烏回翼乎高標。」《文選》劉逵注：「言山木之高也。」此言塔。《相和歌辭·滿歌行》：「暮秋烈風起，西蹈滄海。」

〔四〕自非二句：自非，徐仁甫釋爲若非。鮑照《代放歌行》：「小人自齷齪，安知曠士懷。」《詩·王風·兔爰》：「我生之後，逢此百憂。」王粲《登樓賦》：「登兹樓以四望兮，聊暇日以銷憂。」仇注：「此云翻百憂，蓋翻其語也。」

〔五〕方知二句：謂象教之力足可達於處處。象教，佛教。王中《頭陀寺碑》：「正法既没，象教陵夷。」《文選》李周翰注：「象教，謂爲形象以教人也。」孫綽《游天台山賦》：「非夫遠寄冥搜，篤信通神者，何肯遥想而存之。」《文選》李善注：「寄情遐遠，搜訪幽冥。」

〔六〕仰穿二句：佛教有龍窟傳説。《大唐西域記》卷五「憍賞彌國」：「城西南八九里毒龍石窟，昔者如來伏此毒龍，於中留影。」又卷一二：「請得……金佛像一軀，通光，座高尺有六寸，擬摩揭陀國前正覺山龍窟影像。」蕭綱《上菩提樹頌啓》：「弘龍窟之威，紹鷲山之法。」王延壽《魯靈光殿賦》：「枝撐杈枒而斜據。」《文選》李周翰注：「枝撐，梁上交木也。」黄庭堅《杜詩箋》：「慈恩塔下數級，皆枝撐洞黑，出上級乃明。」

〔七〕七星二句：《史記・天官書》：「北斗七星，所謂璇璣玉衡，以齊七政。」北户，此謂北窗。張纘《秋雨賦》：「褰南帷以寓目，徹北户而披襟。」河漢，天河。《初學記》卷一引《纂要》：「天河謂之天漢。亦曰雲漢、星漢、河漢、清漢、銀漢……」

〔八〕羲和二句：《楚辭・離騷》：「吾令羲和弭節兮，望崦嵫而勿迫。」王逸注：「羲和，日御也。」《禮記・月令》：「孟秋之月……其帝少皞，其神蓐收。」注：「少皞，金天氏。」《漢書・律曆志》作「少昊」。

〔九〕秦山二句：秦山，朱鶴齡注：「指終南諸山。」宋之問《藍田山莊》：「獨與秦山老，相歡春酒前。」李華《含元殿賦》：「靡迤秦山，陂陀漢陵。」《三輔黄圖》卷六：「關中八水，皆出入上林苑。……涇水出安定涇陽笄頭山，東至陽陵入渭。渭水出隴西首陽縣鳥鼠同穴山，東北至華陰入河。」

〔一〇〕皇州：鮑照《代結客少年場行》：「升高臨四關，表裏望皇州。」《文選》李善注引陸機《洛陽記》：「洛陽有四關。」此指京城。

〔一一〕回首二句：《漢書·武帝紀》：「五年冬，行南巡狩，至於盛唐。望祀虞舜於九嶷。」注：「應劭曰：舜葬蒼梧，九嶷，山名。今在零陵營道。」《九家》趙注：「南望而遠想蒼梧，則託虞舜而思高宗之晏駕。蓋帝王之孝，莫大於虞舜也。」黄鶴注：「中、睿宗已晏駕，所以有『回首叫虞舜，蒼梧雲正愁』之句。」錢注引《列女傳》舜陟死於蒼梧、二妃死於江湘之間事。朱鶴齡注：「《西京新記》載：慈恩寺浮屠前階，立太宗《三藏聖教序碑》。回首叫舜，寓意在太宗。」又引《杜詩博議》：「高祖號神堯皇帝，太宗受内禪，故以虞舜方之。」仇注：「以虞舜蒼梧比太宗昭陵也。」蕭滌非謂：「和屈原的『濟沅湘以南征兮，就重華而陳辭』同一苦心。」按，此二句出劉向《九歎·遠游》：「旋車逝於崇山兮，奏虞舜於蒼梧。」王逸注：「至蒼梧告愬聖舜，已行忠直，而遇斥弃。」《九家》趙注已引。

〔一二〕惜哉二句：《穆天子傳》卷三：「穆王十七年，西征，至崑崙丘，見西王母。……乙丑，天子觴西王母瑶池之上。」《九家》趙注：「西望而遠想瑶池，則託西王母而思文德（皇后）不留，蓋以女仙之尊者名之也。」錢箋引程嘉燧曰：「玄宗游宴，貴妃皆從幸，『蒼梧雲正愁』，暗指二妃之事也，故以瑶池日晏惜之。」仇注：「以王母瑶池比太真温泉也。」蕭滌非説略同。

〔一三〕黄鵠四句：《韓詩外傳》卷二：田饒去魯適燕，謂哀公曰：「夫黄鵠一舉千里，止君園池，食君魚鱉，啄君黍粱，無此五者，君猶貴之，以其所從來者遠矣。臣將去君，黄鵠舉矣。」劉峻《廣絶交論》：「分雁鶩之稻粱。」《文選》李善注引《韓詩外傳》作「黄鵠止君園池，啄君稻粱」。《書·

禹貢》：「陽鳥攸居。」傳：「隨陽之鳥，鴻雁之屬。」《九家》趙注：「黄鵠之遠去，雖若高舉遠引之士，然無所投止，而我之俯世徇身，則未免若雁之謀稻粱也。」

《苕溪漁隱叢話》前集卷一二引《三山老人語録》：「《登慈恩寺塔詩》，譏天寶時事也。山者，人君之象，『秦山忽破碎』，則人君失道矣。賢不肖混淆而清濁不分，故曰『涇渭不可求』。天下無綱紀文章，上都亦然，故曰『俯視但一氣，焉能辨皇州』。於是思古之聖君不可得，故曰『回首叫虞舜，蒼梧雲正愁』。是時明皇方耽于淫樂而不已，故曰『惜哉瑶池飲，日晏崑崙丘』。賢人君子，多去朝廷，故曰『黄鵠去不息，哀鳴何所投』。惟小人貪竊禄位者在朝，故曰『君看隨陽雁，各有稻粱謀』。」

錢箋：「高標烈風，登兹百憂，岌岌乎有漂摇崩析之恐，正起興也。『涇渭不可求』，長安不可辨，所以回首而思叫虞舜。『蒼梧雲正愁』，猶太白云『長安不見使人愁』也。唐人多以王母喻貴妃，瑶池日晏，言天下將亂，而宴樂不可以爲常也。」

浦起龍云：「説是詩者，三山謂譏切時事，邵長蘅非之，謂只是登高警語。愚則以爲憂危所迫也。譏切則輕薄，憂危則忠厚。毫芒之辨，心術天淵矣。若泛作登高寫景，則語意又太涉荒淼。楚既失之，齊亦未爲得也。」

厲志《白華山人詩説》卷二：「昔時觀杜、岑二公《慈恩寺塔》詩，覺杜不如岑。又數年，覺杜亦不下於岑。比來細觀之，岑只極題中之妙，而杜之所包者甚廣。凡人平素鬱抱，每值登臨，輒欲抒寫。少陵胸中所積無盡，所歷又極高妙，寫登高境界，只題面耳。故其前半曰翻百憂，曰追冥搜，至回首以下，皆其憂也，皆其冥搜也。其生平皆於此而會也。叫虞舜者，觸於蒼梧也。其下若可解若不可解，非解所能解，是即三間大夫之苦衷也。中間用羲和、少昊，與虞舜隱隱相關動，讀之了若無意，吾恐其皆有苦心在也。若以嘉州之作方之，不誠有小大之殊乎？」

按，杜詩譏刺楊國忠兄妹實在天寶十三載以後，此詩「瑤池日晏」所指，殊難遽斷。蓋杜甫之前唐詩人用此典，皆頌美帝后、貴主等，僅陳子昂《感遇詩》詠周穆王事一例除外。李白《秋夜獨坐懷故山》：「入侍瑤池宴，出陪玉輦行。」亦炫耀其供奉翰林之經歷。「虞舜」「蒼梧」固以喻帝王晏駕，但亦有意指太宗、高宗或中宗、睿宗之歧説。三山句句鑿實，實不可取。謂詩人憂危所迫，皆有苦心，「即三間大夫之苦衷」，或爲通達之論。

## 示從孫濟〔一〕

平明跨驢出，未知適誰門①。權門多噂㗴，且復尋諸孫〔二〕。諸孫貧無事，宅舍如荒村。堂前自生竹，堂後自生萱〔三〕。萱草秋已死，竹枝霜不蕃②。淘米少汲水，汲多井水渾〔四〕。刈葵莫放手，放手傷葵根〔五〕。阿翁懶惰久③，覺兒行步奔〔六〕。所來爲宗族④，亦不爲盤飧〔七〕。小人利口實〔八〕，薄俗難可論⑤。勿受外嫌猜，同姓古所敦〔九〕。（0024）

**【校】**

① 知，錢箋校：「一作委。」

② 蕃，錢箋、《九家》校：「一作翻。」

③ 惰，宋本作「墮」，據錢箋、《九家》、《草堂》改。

④ 來，錢箋、《九家》校：「一作求。」

⑤ 小人利口實，錢箋校：「一云『小人實利口』。」 可，錢箋校：「一作具。」

**【注】**

黄鶴注：濟所居在長安，當是天寶十三載（七五四）作。按，或作於天寶十二載（七五三）。

〔一〕杜濟：顔真卿《京兆尹御史中丞梓遂杭三州刺史劍南東川使杜公神道碑銘》：「公諱濟，字應物，京兆杜陵人。晋征南大將軍、當陽侯元凱十四代孫。……高陵令、贈太子少保惠之第三子也。……早歲以寢郎從調，書判超等，爲李吏部彭年所賞，補梁州南鄭主簿。州主司馬垂爲山南西道采訪使，引在幕下。俄丁内艱，終制，轉許州長社尉。楊光翽都督隴西，奏公爲法曹。皇甫佚采訪江西，奏公爲推官。授大理司直，攝殿中侍御史，賜緋魚袋。」又《唐代墓志彙編》大曆〇五五有顔真卿《唐京兆尹兼中丞杭州刺史劍南東川節度使杜公墓志銘》。濟生於開元八年，小甫八歲。按，濟爲京兆杜氏，甫爲襄陽杜氏，相隔懸遠。甫自稱當陽侯十三葉孫，濟則爲元凱十四代孫。此詩稱從孫濟，有出入。李彭年天寶二載爲吏部侍郎，至八載猶在任。參嚴耕望《唐僕尚丞郎表》。楊光翽天寶十四載十一月時爲太原尹，被安禄山所殺。其年二月，曾由楊國忠提議除河東節度使，見《舊唐書·玄宗紀》及《資治通鑑》。其都督隴西，必在此前。杜濟此時當丁内艱，居長安。其轉長社尉，再授隴西都督法曹，恐非止數月間事。從孫：《國語·周語下》：「共之從孫，四岳佐之。」賈逵注：「從孫，同姓末嗣之孫。」

〔二〕平明四句：陶淵明《乞食》：「飢來驅我去，不知竟何之。行行至斯里，叩門拙言辭。」王嗣奭《杜臆》：「起語自陶靖節《乞食》詩脱來，亦其情同也。」《詩·小雅·十月之交》：「噂沓背憎，職競由人。」傳：「噂猶噂噂，沓猶沓沓。」箋：「噂噂沓沓相對談語，背則相憎。」噂沓同噂沓，言噂沓即意指背憎，此歇後語。

〔三〕堂後句：《詩·衛風·伯兮》：「焉得諼草，言樹之背。」傳：「諼草令人善忘。背，北堂也。」《釋文》：「諼，本又作萱。」施鴻保謂：「萱草古人多以比母，或濟母方死，故云。」按，杜濟此時居喪，此可備一説。

〔四〕淘米二句：《九家》趙注：「族之有宗，猶水之有源，葵之有根也。水有源勿渾之而已，葵有根勿傷之而已，族有宗亦勿疏之而已。受外嫌猜者，亦猶汲水之多也。」按，多汲喻求取於人。蕭繹《答劉縮求述制旨義書》：「叩而必應，已謝懸鍾。汲而無竭，復乖井養。」

〔五〕刈葵二句：《藝文類聚》卷八二《古詩》：「采葵莫傷根，傷根葵不生。結交莫羞貧，羞貧友不成。」《後漢書·孝明帝紀》：「權門請託，殘吏放手。」注：「謂貪縱爲非也。」黄庭堅《杜詩箋》謂用此。《九家》趙注：「苟以嫌猜而不敦同姓，亦猶放縱其手於采葵也。」

〔六〕阿翁二句：阿翁，祖父，亦稱年老者。《晋書·張憑傳》：「祖鎮，蒼梧太守。憑年數歲，鎮謂其父曰：『我不知汝有佳兒。』憑曰：『阿翁豈宜以子戲父邪？』」此甫自稱。仇注：「盧注謂公欲警覺兒輩，故奔走而來。此説未合。公本跨驢而出，非步行而至者。行步，當就濟而言。」按，此二句謂因己懶惰行遲，而感覺兒輩行步如奔。甫當携兒往訪。

〔七〕盤飧：《左傳》僖公二十三年：「乃饋盤飧，置璧焉。」《説文》：「飧，餔也。」段注：「饔、飧皆謂孰食，分别之，則謂朝食、夕食。」

〔八〕小人句：《書·仲虺之誥》：「成湯放桀于南巢，惟有慚德，曰：『予恐來世以台爲口實。』」傳：「恐來世論道我放天子，常不去口。」仇注謂：若照下「外嫌」，口實用此，指口舌讒間；若承上「盤飧」，指口腹貪饕，則用《易·頤》「自求口實」義，以前説爲確。

〔九〕勿受二句：鮑照《代放歌行》：「明慮自天斷，不受外嫌猜。」《左傳》隱公十一年：「周之宗盟，異姓爲後。」杜預注：「盟載書皆先同姓。」曹植《求通親親表》：「《傳》曰：周之宗盟，異姓爲後。誠骨肉之恩，爽而不離；親親之義，實在敦固。」仇注謂此敦字所本。

張表臣《珊瑚鈎詩話》卷三：「萱忘憂而已死，竹可愛而不蕃，則荒落甚矣。水濁而不復其清源，葵傷而不庇其根本，則宗族乖離之況也。此詩人因物而興。」

王嗣奭《杜臆》：「淘米四句，是家人語。因其汲水、刈葵，而示以作家之法如此，亦知其留款止有米飯葵羹耳。以爲比興，恐未然。」

浦起龍云：「中入比體，似歌似謡，只是家常話，直入兩漢風格矣。」

## 九日寄岑參〔一〕

出門復入門，兩脚但如舊①〔二〕。所向泥活活②，思君令人瘦〔三〕。沉吟坐西軒③，飲食錯昏晝④。寸步曲江頭〔四〕，難爲一相就。吁嗟呼蒼生⑤，稼穡不可救。安得誅雲師，疇能補天漏〔五〕？大明韜日月，曠野號禽獸〔六〕。君子强逶迤，小人困馳驟〔七〕。維南有崇山，恐與川浸溜⑥〔八〕。是節東籬菊⑦，紛披爲誰秀〔九〕？岑生多新詩⑧，性亦嗜醇酎〔一〇〕。采采黄金花〔一一〕，何由滿衣袖⑨？（0025）

【校】

①兩脚，宋本校：「一作雨脚。」錢箋校「兩」字：「陳作雨。」《九家》作「雨脚」，校：「一作兩。」　但，錢箋校：「一作仍。」　但如，錢箋、《九家》校：「一作但仍。」

②活活，宋本、錢箋、《九家》校：「一作浩浩。」

③西，錢箋校：「一作秋。」　沉吟坐西軒，錢箋校：「一云『吟卧軒窗下』。」

④飲，錢箋校：「一作飯。」

⑤呼，錢箋校：「一作乎。」

⑥恐，宋本、錢箋、《九家》校：「一作漭。」

⑦節，錢箋校：「一作時。」

⑧岑生，《草堂》作「岑參」。　詩，錢箋校：「一作語。」

⑨滿，錢箋校：「一作洒。」

【注】

黄鶴注：詩中言雨傷稼，當是天寶十三載（七五四）作。按，當作於天寶十二載（七五三）九月。

〔一〕岑參：杜確《岑嘉州集序》：「南陽岑公，聲稱尤著。公諱參，代爲本州冠族。曾太公文本，大父長倩，伯父羲，皆以學術德望，官至台輔。……天寶三載進士高第，解褐右内率府兵曹參軍，轉右威衛録事參軍，又遷大理評事兼監察御史，充安西節度判官，入爲右補闕。頻上封章，指述權佞，改爲起居郎，尋出虢州長史，又改太子中允兼殿中侍御史，充關西節度判官。」據聞一多《岑嘉州繫年考證》，岑參天寶八載赴安西四鎮節度高仙芝幕下任掌書記，天寶十載東歸。天寶十三載再赴安西四鎮節度、北庭都護封常清幕下，充安西北庭節度判官。是年五月常清出師西征，六月受降回軍，岑參有《北庭西郊候封大夫受降回軍獻上》等詩。可知天寶十三載九月，岑參已不在長安。《舊唐書·玄宗紀》：「（天寶十二載）八月，京城霖雨，米貴，令出太倉米十萬石，減價糶與貧人。」知天寶十二載京師亦秋霖米貴，甫寄岑參詩當在此時。

〔二〕雨脚：《九家》趙注：「蓋雨脚，《選》詩雨足之義，而語是方言。公詩又云『雨脚如麻未斷絶』，亦此也。若人雨脚，則無義。」按，雨脚如舊，謂既出門雙脚沾濕如舊。

〔三〕所向二句：《詩·衛風·碩人》：「河水洋洋，北流活活。」傳：「活活，流也。」釋文：「活，古闊反，又如字。」《九家》趙注：「活活雖水流聲，而泥之深多則行爲有聲也。」《寒山詩注》一八六首：「買肉血[氵聒][氵聒]，買魚跳鱍鱍。」[氵聒][氵聒]即活活，可知活活爲流水聲，亦可形容泥、血等。《古詩十九首》：「思君令人老，歲月忽已晚。」

〔四〕曲江：《太平寰宇記》卷二五長安縣：「曲江池，漢武帝所造，名爲宜春苑。其水曲折，有似廣陵之江，故名之。」康駢《劇談録》卷下：「曲江池，本秦隑洲。開元中疏鑿，遂爲勝境。其南有紫雲樓、芙蓉苑，其西有杏園、慈恩寺。花卉環周，烟水明媚，都人游玩，盛於中和、上巳之節，綵幄翠幬，匝於堤岸，鮮車健馬，比肩擊轂。上巳即賜宴臣僚，京兆府大陳筵席。」《長安志》卷九昇道坊：「西北隅龍華尼寺……寺南曲江。」《分門》卷三《哀江頭》注引《兩京新記》：「昇道坊龍華尼寺南有流水屈曲，謂之曲江。」曲江在長安東南隅，甫居所與此稍近。

〔五〕安得二句：司馬相如《大人賦》：「召屏翳，誅風伯，刑雨師。」張衡《思玄賦》：「雲師黮以交集兮，涷雨沛其灑塗。」《文選》舊注：「雲師，雨師也。」《淮南子・覽冥訓》：「女媧煉五色石以補蒼天。」《蜀中廣記》卷五六引《梁益志》：「大小漏天在雅州西北，山谷高深，沉晦多雨。」

〔六〕大明二句：《禮記・禮器》：「大明生於東，月生於西，此陰陽之分。」注：「大明，日也。」《九家》趙注：「大明之下言韜日月，則晝夜皆雨，而日不見乎晝，月不見乎夜。」按，大明下言日月，語複。《楚辭・九章・悲回風》：「鳥獸鳴以號群兮，草苴比而不芳。」王逸注：「號，呼也。」

〔七〕君子二句：《九家》趙注：「以雨淫於上，泥汩于下，君子雖有車馬，亦强逶迤而已。小人艱於行李之往來，故困馳驟。」按，馳驟言馬，唐人未有以言步行者。《詩・召南・羔羊》：「退食自公，委蛇委蛇。」箋：「委蛇，委曲自得之貌。」此言君子退食尚可委曲自得，小人則不得不冒雨馳逐。

〔八〕維南二句：《九家》趙注：「上句言南山也。」《詩・召南・草蟲》：「陟彼南山，言采其蕨。」傳：「南山，周南山也。」即終南山。《周禮・夏官・職方氏》：「其川三江，其浸五湖。」注：「浸，可以爲陂灌溉者。」潘岳《射雉賦》：「天泱泱以垂雲，泉涓涓而吐溜。」《文選》李善注：「溜，水流貌也。」傅玄《雨詩》：「屯雲結不解，長溜周四阿。」庾肩吾《過建章故臺詩》：「圖雲仍溜雨，畫水即生苔。」

〔九〕是節二句：陶淵明《飲酒》：「采菊東籬下，悠然見南山。」紛披，草木分散貌。劉勝《文木賦》：

「花葉分披，條枝摧折。」蕭繹《秋風摇落》：「樹參差兮稍密，紫荷紛披兮疏且黄。」

〔一〇〕醇酎：《禮記·月令》「孟夏之月」：「是月也，天子飲酎。」注：「酎之言醇也，謂重釀之酒也。春酒至此始成。」《西京雜記》卷一：「漢制，宗廟八月飲酎，用九醖太牢，皇帝侍祠。以正月旦作酒，八月成，名曰酎，一曰九醖，一名醇酎。」左思《魏都賦》：「醇酎中山，流緬千日。」

〔一一〕采采：禰衡《鸚鵡賦》：「采采麗容，咬咬好音。」《文選》李善注：「《韓詩》曰：采采衣服。薛君曰：采采，盛貌也。」陶淵明《榮木》：「采采榮木，結根於兹。」

## 送孔巢父謝病歸游江東兼呈李白〔一〕

巢父掉頭不肯住〔二〕，東將入海隨烟霧。詩卷長留天地間，釣竿欲拂珊瑚樹①〔三〕。深山大澤龍蛇遠，春寒野陰風景暮②〔四〕。蓬萊織女回雲車，指點虚無是征路③〔五〕。自是君身有仙骨〔六〕，世人那得知其故。惜君只欲苦死留，富貴何如草頭露④〔七〕。蔡侯静者意有餘，清夜置酒臨前除〔八〕。罷琴惆悵月照席⑤，幾歲寄我空中書〔九〕？南尋禹穴見李白⑥〔一〇〕，道甫問信今何如⑦。（0026）

【校】

①珊瑚樹，宋本校：「一云三珠樹。」錢箋、《九家》同。

②春寒野陰風景暮，錢箋、《九家》校：「一云『花繁草青春日暮』。」

③是征路，錢箋、《九家》校：「一作引歸路。」

④惜君只欲苦死留富貴何如草頭露，宋本、錢箋校：「一云『我欲苦留君富貴，何如草頭易晞露』。」

⑤照，錢箋校：「荆作點。」

⑥南尋禹穴見李白，《文苑英華》校：「一作『若逢李白騎鯨魚』。」

⑦今何如，此下宋本、《九家》校：「一云『深山大澤龍蛇遠，華繁草青風景暮。仙人玉女回雲車，指點虛無引歸路。若逢李白騎鯨魚，道甫問信今何如』。」錢箋校：「一本云『巢父掉頭不肯住，東將入海隨烟霧。書卷長携天地間，釣竿欲拂珊瑚樹。我擬把袂苦留君，富貴何如草頭露。深山大澤龍蛇遠，花繁草青風景暮。仙人玉女回雲車，指點虛無引歸路。若逢李白騎鯨魚，道甫問信今何如』。」

【注】

黄鶴注：梁權道編在天寶十三載（七五四），當是巢父至德二載（七五七）逃歸彭澤時作。朱鶴齡注：此詩乃天寶中在京師作。仇注編在天寶五載（七四六）。川《譜》編在天寶六載（七四七）。

〔一〕孔巢父：《舊唐書·孔巢父傳》：「孔巢父，冀州人，字弱翁。父如珪，海州司户參軍，以巢父贈工部郎中。巢父早勤文史，少時與韓準、裴政、李白、張叔明、陶沔隱於徂徠山，時號『竹溪六逸』。永王璘起兵江淮，聞其賢，以從事辟之。巢父知其必敗，側身潛遁，由是知名。廣德中，李季卿爲江淮宣撫使，薦巢父，授左衛兵曹參軍。」杜甫《雜述》（本書卷一九1468）：「則魯之張叔卿、孔巢父二才士者，聰明深察，博辯閎大……嗟乎巢父！執雌守常，吾無所贈若矣。太山冥冥崒以高，泗水瀰瀰瀰以清。悠悠友生，復何時會於王鎬之京？」亦與其相別所作。

〔二〕掉頭：搖頭。《説文》：「掉，搖也。」李白《答王十二寒夜獨酌有懷》：「世人聞此皆掉頭，有如東風射馬耳。」

〔三〕釣竿句：《莊子·外物》：「任公子爲大鈎巨緇，五十犗爲餌，蹲於會稽，投竿東海，旦旦而釣，期年不得魚。已而大魚食之，牽巨鈎，陷没而下，鶩揚而奮鬐，白波若山，海水震盪。」此用其意。《史記·司馬相如列傳》正義引郭璞注：「珊瑚生水底石邊，大者樹高三尺餘，枝格交錯，無有葉。」

〔四〕深山二句：《左傳》襄公二十一年：「深山大澤，實生龍蛇。」楊素《贈薛播州詩》：「野陰冒叢灌，幽氣含蘭芷。悲哉暮秋別，春草復萋矣。」

〔五〕蓬萊二句：《漢書·郊祀志》：「自威、宣、燕昭使人入海求蓬萊、方丈、瀛州。此三神山者，其傳在勃海中，去人不遠。蓋嘗有到者，諸仙人及不死之藥皆在焉。」《史記·天官書》：「織女，天女孫也。」《博物志》卷八：「七月七日夜漏七刻，王母乘紫雲車而至於殿西。」《九家》趙注：「蓬萊，海中三山之一，織女係之無義。」仇注：「蓬萊在東海之中，織女爲吴越分野，故用之。」按，《太平御覽》卷八引《博物志》：「舊説天河與海通，近世有居海者，年年八月有浮槎來，甚大，往反不失期，此人乃多齎糧，乘槎去，忽忽不覺晝夜，奄至一處，有城郭屋舍，望室中多見織婦。見一丈夫牽牛渚次飲之，牽牛人驚問此人何由至此，此人即問爲何處，答曰：『君可詣蜀郡訪嚴君平，則知之。』此人還問嚴君平，君平曰：『此織女支機石也。某年某日有客星犯斗牛。』即此人到天河也。」詩化用此，謂織女爲其指路。

〔六〕仙骨：《抱朴子·金丹》：「無神仙之骨，亦不可得見此道也。」《神仙傳》卷八《劉根傳》：「神人曰：……汝有仙骨，故得見我。」

〔七〕惜君二句：苦死，苦苦地。《寒山詩注》〇三四首：「一蟲從傍來，苦死欲求寄。」盧仝《常州孟諫議座上聞韓員外職方貶國子博士有感五首》：「孤宦心肝直，天王苦死嗔。」敦煌詞《禪門十二時》：「正南午，正南午，人命猶如草頭露。」

〔八〕蔡侯二句：蔡侯，名未詳。前除，仇注：「庭前階除也。」王績《薛記室收過莊見尋率題古意以贈》：「曳裾出門迎，握手登前除。」王勃《觀佛跡寺》：「頹華臨曲磴，傾影赴前除。」

〔九〕幾歲：姚寬《西溪叢語》卷上：「老杜《送孔巢父》『幾歲寄我空中書』，用史宗引小兒騰空覺脚下有波濤寄書事，乃蓬萊仙人也。洪慶善云空中書乃雁足書，非也。」事見《高僧傳》卷一〇《晋上虞龍山史宗傳》，謂史宗世號麻衣道士，隱廣陵白土埭，後有一道人不知姓名，詣海鹽令，暫借一守鵝鴨小兒，至一山上。小兒聞屋中人問道人：「知史宗所在否？」便作書與道人，道人以書付小兒。便至縣，令問小兒所經，小兒云：「道人令其捉杖，飄然而去，或聞足下波浪耳。」山中人寄書猶在小兒衣帶。令封書送小兒至白土埭，宗開書大驚云：「汝那得蓬萊道人書耶？」傳又謂：「或云有商人海行，於孤洲上見一沙門，求寄書於史宗，置書於船中，同侶欲看書，書著船不脱。及至白土埭，書飛起就宗，宗接而將去。」按，此故事與「空中書」尚有隔，唯「蓬萊道人」名與詩句偶合，詩人意中未必有此典。

〔一〇〕南尋句：《史記·太史公自序》：「二十而南游江淮，上會稽，探禹穴。」集解：「張晏曰：禹巡狩至會稽而崩，因葬焉。上有孔穴，民間云禹入此穴。」索隱引張勃《吴録》：「本名苗山，一名覆釜，禹會諸侯計功，改曰會稽。上有孔，號曰禹穴。」《嘉泰會稽志》卷九：「宛委山即禹穴，號陽明洞天。」「宛委山在（會稽）縣東南一十五里。」李白，見本卷《贈李白》（0003）注。據諸家年譜，天寶五、六載及天寶十二、十三載，李白游江東，天寶六載游越中，亦以杜甫此詩及《春日憶李白》（本書卷九0441）爲佐證。

施補華《峴傭説詩》：「少陵七古，學問才力性情俱臻絶頂，爲自有七古以來之極盛。故五古以少陵爲變體，七古以少陵爲正宗。《送孔巢父謝病歸江東兼呈李白》一首，巢父本是竹溪六逸之一，又值其謝病而歸，故語多帶仙靈氣，所謂與題稱也。起筆『巢父掉頭不肯住，東將入海隨烟霧』，突兀可喜。下接『詩卷長留天地間，釣竿欲拂珊瑚樹』，一句應不肯住，一句應入海，整束有力，自此便順流而下矣。直起不裝頭之詩，此最可法。收筆『南尋禹穴見李白，道甫問訊今何如』，只作一點，確是兼呈，題中賓主分明。」

## 飲中八仙歌〔一〕

知章騎馬似乘船〔二〕，眼花落井水底眠。汝陽三斗始朝天，道逢麴車口流涎①，恨不移封向酒泉〔三〕。左相日興費萬錢，飲如長鯨吸百川，銜杯樂聖稱世賢②〔四〕。宗之瀟洒美少年，舉觴白眼望青天，皎如玉樹臨風前〔五〕。蘇晉長齋繡佛前，醉中往往愛逃禪〔六〕。李白一斗詩百篇，長安市上酒家眠。天子呼來不上船，自稱臣是酒中仙〔七〕。張旭三杯草聖傳，脱帽露頂王公前，揮毫落紙如雲烟〔八〕。焦遂五斗方卓然〔九〕，高談雄辯驚四筵。（0027）

【校】

①逢，錢箋校：「《白氏長慶集》注逢作見。」

②世，錢箋校：「邵刊作避。」《九家》作「避」。

【注】

黃鶴注：按史，汝陽王天寶九載已薨，賀知章天寶三載、李適之天寶五載、蘇晉開元二十二年並已死。此詩當是天寶間追舊事而賦之，未詳何年。按，詩引李適之銜杯樂聖語，必作於天寶五載（七四六）後。川《譜》繫於天寶三載，誤。

〔一〕飲中八仙：李陽冰《草堂集序》：「格言不入，帝用疏之。公乃浪跡縱酒，以自昏穢。詠歌之際，屢稱東山。又與賀知章、崔宗之等自爲八仙之游，謂公謫仙人。」范傳正《唐左拾遺翰林學士李公新墓碑》：「在長安時，秘書監賀知章號公爲謫仙人，吟公《烏栖曲》云：此詩可以哭鬼神矣。時人又以公及賀監、汝陽王、崔宗之、裴周南等八人爲酒中八仙。」《新唐書·李白傳》：「白自知不爲親近所容，益鶩放不自修，與知章、李適之、汝陽王璡、崔宗之、蘇晋、張旭、焦遂爲酒八仙人。」錢箋：「此因杜詩附會耳。且既云天寶初供奉，又云與蘇晋同游，何自相矛盾也？」盧綸《和裴延齡尚書寄題果州謝舍人仙居》：「飄然去謁八仙翁，自地從天香滿空。」《太平廣記》卷二一四《八仙圖》（出《野人閑話》）「西蜀道士張素卿，神仙人也。……或有收得素卿所畫八仙真形八幅，以獻孟昶。」注：「八仙者，李己、容成、董仲舒、張道陵、嚴君平、李八百、長壽、葛永璝。」按，李八百即李寬，見《抱朴子·道意》。李己、長壽、葛永璝三人不詳。蓋唐時已有八仙之説，杜甫借用。

〔二〕知章：《舊唐書·賀知章傳》：「賀知章，會稽永興人，太子洗馬德仁之族孫也。少以文詞知名，舉進士。初授國子四門博士，又遷太常博士，皆陸象先在中書引薦也。……（開元）十三年，遷禮部侍郎，加集賢院學士，又充皇太子侍讀。……俄遷太子賓客、銀青光禄大夫兼正授秘書監。……知章晚年尤加縱誕，無復規檢，自號四明狂客，又稱秘書外監，遨游里巷，醉後屬詞，動成卷軸，文不加點，咸有可觀。……天寶三載，知章因病恍惚，乃上疏請度爲道士，求還鄉里，仍舍本鄉宅爲觀。上許之……至鄉無幾壽終，年八十六。」

〔三〕汝陽三句：《舊唐書·睿宗諸子傳》讓皇帝憲長子璡：「璡，封汝陽郡王，歷太僕卿，與賀知章、褚庭誨爲詩酒之交。天寶初，終喪，加特進。九載卒，贈太子太師。」本書卷七有《八哀詩·汝陽王璡》（0333）。《太平廣記》卷七二《葉静能》（出《河東記》）：「唐汝陽王好飲，終日不亂。客有至者，莫不留連旦夕。」又卷二〇五《玄宗》（出《羯鼓録》）：「汝陽王璡，寧王長子也，姿容妍美，秀出藩邸。玄宗特鍾愛焉，自傳授之。又以其聰悟敏慧，妙達其旨，每隨游幸，頃刻不舍。」《藝文類聚》卷八七引魏文帝詔：「（蒲萄）又釀以爲酒，甘於麴米，善醉而易醒，道之固已流涎咽唾，況親食之耶。」又卷九引應劭《漢官儀》：「酒泉城下有金泉，泉味如酒，故曰酒泉。」又卷一八引班超上疏：「但願生入玉門關，不敢望封酒泉郡。」王嘉《拾遺記》：「（姚馥）好啜濁糟，常言渴於醇酒。群輩嘗弄狎之，呼爲渴羌。及晋武踐位，忽思，見馥立於階下，帝奇其倜儻，擢爲朝歌邑宰……馥於階下高聲而對曰：『馬圉老羌，漸染皇化，溥天夷貊皆爲王臣，今若歡酒池之樂，更爲殷紂之民乎？』帝撫几大悦，即遷酒泉太守。地有清泉，其味若酒。馥乘醉而拜受之，遂爲善政。」向，蔣紹愚謂義同之或至。

〔四〕左相三句：左相，李適之。《舊唐書·李適之傳》：「李適之，一名昌，恒山王承乾之孫也。父象，官至懷州別駕。……適之雅好賓友，飲酒一斗不亂，夜則宴賞，晝決公務，庭無留事。天寶元年，代牛仙客爲左相，累封清河縣公。與李林甫争權不叶，適之性疏，爲其陰中。……隴右節度皇甫惟明、刑部尚書韋堅、户部尚書裴寬、京兆尹韓朝宗，悉與適之善，林甫皆中傷之，構成其罪，相繼放逐。適之懼不自安，求爲散職。五載，罷知政事，守太子少保。遽命親故歡會，賦詩曰：『避賢初罷相，樂聖且銜杯。爲問門前客，今朝幾個來？』竟坐與韋堅等相善，貶宜春太守。後御史羅希奭奉使殺韋堅、盧幼臨、裴敦復、李邕等於貶所，州縣聞希奭到，無不惶駭。希奭過宜春，適之聞其來，仰藥而死。」木華《海賦》：「魚則横海之鯨，突兀孤游。戛岩嶅，偃高濤。茹鱗甲，吞龍舟。噏波則洪漣踧蹜，吹澇則百川倒流。」邵博《邵氏聞見後録》卷一八：「杜子美《飲中八仙歌》……『世賢』二字，殆不可曉。或云『世』字當作『避』字，寫本誤也。……子美『銜杯樂聖稱避賢』者，正用適之詩語也。」吴曾《能改齋漫録》卷三引韓子蒼言，説同。洪邁《容齋三筆》卷六「杜詩誤字」：「今所行本誤以『避賢』爲『世賢』，絶無意義，兼『世』字是太宗諱，豈敢用哉？」按，杜甫《入衡州》（本書卷八0403）：「我師嵇叔夜，世賢張子房。」《秋日夔府詠懷奉寄鄭監李賓客一百韻》（卷一五1030）：「側聽中興主，長吟不世賢。」凡兩用之，「世」字唐人本不盡諱。此句用適之語，直切時事。然用「避賢」，則直刺當朝者，詩人或有所顧忌乎？

〔五〕宗之三句：崔宗之，日用子，襲封齊國公。見《舊唐書·崔日用傳》。開元初，爲禮部員外郎。見《禮儀志》。《舊唐書·李白傳》：「時侍御史崔宗之謫官金陵，與白詩酒唱和。嘗月夜乘舟，自采石達金陵，白衣宫錦袍，于舟中顧瞻笑傲，傍若無人。」《晋書·阮籍傳》：「籍又能爲青白眼，見禮俗之士，以白眼對之。」《世説新語·容止》：「魏明帝使后弟毛曾與夏侯玄共坐，時人謂蒹葭倚玉樹。」蕭綱《與廣信侯書》：「金池動月，玉樹含風。」

〔六〕蘇晉二句：蘇晉，珦子。《舊唐書·蘇珦傳》：「子晉，亦知名。晉數歲能屬文……弱冠舉進士，又應大禮舉，皆居上第。先天中，累遷中書舍人，兼崇文館學士。玄宗監國，每有制命，皆令晉及賈曾爲之。晉亦數進讜言，深見嘉納。俄出爲泗州刺史，以父老乞辭職歸侍，許之。父卒後，歷户部侍郎，襲爵河内郡公。開元十四年，遷吏部侍郎。……出爲汝州刺史，三遷魏州刺史，加銀青光禄大夫，入爲太子左庶子。二十二年卒，年五十九。」馮贄《雲仙雜記》卷四引《醉仙圖記》：「蘇晉作曲室爲飲所，名酒窟。又地上每一磚鋪一甌酒，計磚約五萬枚。晉日率友朋次第飲之，取盡而已。」此蓋附會。繡佛，繡像佛。張説《鄎國長公主神道碑》：「躬繡彩絲佛像二鋪。」《九家》趙注：「逃禪，言逃去而禪坐耳。此蘇東坡所謂蒲褐禪、同夜禪者也。以晉好佛，故戲之云爾。」李治《敬齋古今黈》卷三：「或者云：逃禪之逃，即逃楊、逃墨之逃。逃，畔也。杜詩此言謂逃禪而醉也。或者之論非是。逃固畔也，而謂此詩爲畔禪而醉，則誤矣。逃禪者，大抵言破戒也。子美意謂蘇晉尋常齋於繡佛之前，及其既醉，則往往盡破前日之戒。蓋逃禪者，又是醉後事耳。若謂畔禪而醉，何得先言醉中乎？又有人説云：逃禪者，逃於禪，謂竄投於禪也。如其説，則大與《孟子》逃楊、逃墨之逃異矣。」王嗣奭《杜臆》：「逃禪，蓋學浮屠術而喜飲酒，自悖其教，故云。而今人以學佛者爲逃禪，誤矣。」

〔七〕李白四句：范傳正《唐左拾遺翰林學士李公新墓碑》：「他日泛白蓮池，公不在宴，皇歡既洽，召公作序。時公已被酒于翰苑中，仍命高將軍扶以登舟，優寵如是。」《舊唐書·李白傳》：「白既嗜酒，日與飲徒醉於酒肆。玄宗度曲，欲造樂府新詞，亟召白，白已卧於酒肆矣。召入，以水洒面，即令秉筆，頃之成十餘章，帝頗嘉之。」此皆一時傳説，或據杜詩敷衍。王績《醉鄉記》：「阮嗣宗、陶淵明等十數人，並游於醉鄉，没身不返，死葬其壤，中國以爲酒仙云。」

〔八〕張旭三句：李肇《唐國史補》卷上：「張旭草書得筆法，後傳崔邈、顔真卿。旭言：『始吾見公主擔夫争路，而得筆法之意。後見公孫氏舞劍器，而得其神。』旭飲酒輒草書，揮筆而大叫，以頭揾水墨中而書之。天下呼爲『張顛』。醒後自視，以爲神異，不可復得。」《舊唐書・賀知章傳》：「時有吴郡張旭，亦與知章相善。旭善草書，而好酒，每醉後號呼狂走，索筆揮洒，變化無窮，若有神助，時人號爲『張顛』。」衛恒《四體書勢》：「漢興而有草書，不知作者姓名。……弘農張伯英者，因而轉精其巧，凡家之衣帛，必書而後練之，臨池學書，池水盡黑。下筆必爲楷則，號怱怱不暇草書。寸紙不見遺，至今世尤寶其書，韋仲將謂之草聖。」

〔九〕焦遂：袁郊《甘澤謡》：「陶峴者，彭澤之孫也。開元中，家於崑山。……自製三舟，備極堅巧，一舟自載，一舟置賓，一舟貯飲饌。客有前進士孟彦深、進士孟雲卿、布衣焦遂，各置僕妾共載。」王應麟《困學紀聞》卷一八：「飲中八仙，其名氏皆見於唐史，唯焦遂事迹僅見於《甘澤謡》。」

《苕溪漁隱叢話》前集卷一七引山谷云：「老杜《飲中八仙歌》『船』字、『眠』字、『天』字韻各再押，前字韻凡三押，此歌分八篇，人人各異，雖重用韻無害，亦周《詩》分章之意耳。」又引

《學林新編》：「此歌三十二句，而押二『船』字、二『眠』字、二『天』字、三『前』字。近時論詩者曰：『此歌一首是八段，不嫌於重用韻也。』某案，子美此歌以『飲中八仙歌』五字爲題，則是一歌也。此歌首尾於『船』字韻中押，未嘗移別韻，則非分爲八段。蓋子美古律詩重用韻者亦多，況於歌乎？……雖然，子美非創意爲此者。蓋有所本也。……古人詩自有體格，杜子美亦效古人之作耳。」

陸時雍《詩鏡總論》：「太白七古，想落意外，局自變生，真所謂驅走風雲，鞭撻海岳。其殆天授，非人力也。少陵《哀江頭》、《哀王孫》作法最古，然琢削磨礱，力盡此矣。《飲中八仙》格力超拔，庶足當之。」

王嗣奭《杜臆》：「此創格，前無所因，後不能學。描寫八公都帶仙氣，而或兩句、三句、四句，如雲在晴空，捲舒自如，亦詩中之仙也。」

浦起龍云：「此格亦從季札觀樂、羊欣論書及詩之柏梁臺體化出。其寫各人醉趣，語亦不浪下。知章必有醉而忘險之事，如公異日之醉爲馬墜也，以其爲南人，故以乘船比之。汝陽，封號也，故以移封酒泉爲點綴。左相有罷政詩，即用其語。宗之少年，故曰玉樹臨風。蘇晉耽禪，故繫之繡佛。李白詩仙也，故寓於詩。張旭草聖也，故寓於書。焦遂國史無傳，而卓然雄辯之爲實録，可以例推矣。即此識移掇不去之法。」

## 曲江三章章五句〔一〕

曲江蕭條秋氣高，菱荷枯折隨風濤，游子空嗟垂二毛〔二〕。白石素沙亦相蕩，哀鴻獨叫求其曹〔三〕。

即事非今亦非古，長歌激越梢林莽，比屋豪華固難數〔四〕。吾人甘作心似灰〔五〕，弟侄何傷淚如雨。

自斷此生休問天，杜曲幸有桑麻田，故將移住南山邊〔六〕。短衣匹馬隨李廣，看射猛虎終殘年〔七〕。（0028）

**【注】**

黄鶴注：至德元載（七五六）陷賊中作。仇注：詩旨乃自歎失意，初無憂亂之詞，當是天寶十一載（七五二）獻賦不遇後，有感而作。川《譜》同。

〔一〕曲江：見本卷《九日寄岑參》（0025）注。

〔二〕曲江三句：《楚辭·九章·遠游》：「山蕭條而無獸兮，野寂漠而無人。」《説文》：「菱，芰也。

楚謂之芰，秦謂之薢茩。」羅願《爾雅翼》卷六：「菱生水中，實兩角，或四角。一名芰。……菱葉覆被水上，其花黄白色，其食餌之可以斷穀。」《左傳》僖公二十二年：「君子不重傷，不禽二毛。」杜預注：「二毛，頭白有二色。」

〔三〕哀鴻句：《詩·小雅·鴻雁》：「鴻雁于飛，哀鳴嗷嗷。」謝惠連《泛湖歸出樓中玩月》：「哀鴻鳴沙渚，悲猿響山椒。」《楚辭·招隱士》：「虎豹鬬兮熊羆咆，禽獸駭兮亡其曹。」王逸注：「違離黨輩，失群偶也。」

〔四〕即事三句：《九家》舊注：「公游此之時，曲江方盛，無可歎者，此即事之非今古也。」仇注引王嗣奭《杜臆》：「即事吟詩，體雜古今。其五句成章有似古體，七言成句又似今體。」《文選》蘇武詩：「長歌正激烈，中心愴以摧。」宋玉《風賦》：「蹶石伐木，梢殺林莽。」《文選》李善注：「韋昭曰：梢，擊也。」《列子·湯問》：「薛譚學謳於秦青，未窮青之技，自謂盡之，遂辭歸。秦青弗止，餞於郊衢，撫節悲歌，聲振林木，響遏行雲。」《九家》趙注：「梢林莽，言歌之聲。其義則《列子》云秦青撫節悲歌，聲振林木。」難數，難計數，謂豪華者甚多。楊苕華《贈竺度詩》：「巨石故叵消，芥子亦難數。」《六度集經》卷三：「財富難數，貴賤無違。」

〔五〕吾人句：《莊子·齊物論》：「形固可使如槁木，而心固可使如死灰乎？」《法苑珠林》卷四五引《佛説太子沐魄經》：「志若死灰，身如枯木。」

〔六〕自斷三句：《論語·顔淵》：「死生有命，富貴在天。」《三國志·魏志·管輅傳》：「始輅過魏郡太守鍾毓，共論《易》義。輅因言卜可知君生死之日，毓使筮其生日月，如言無蹉跌。毓大愕，曰：『君可畏也。死以付天，不以付君。』遂不復筮。」此翻用其意。程大昌《雍録》卷七引吕《圖》：「韋曲在明德門外，韋后家在此，蓋皇子陂之西也。所謂『城南韋杜，去天尺五』者也。杜曲在啓夏門外，向西即少陵原也。」長安外郭城南面三門，東曰啓夏門。南山，終南山。

〔七〕短衣二句：《史記·李將軍列傳》：「廣家與故潁陰侯孫屏野居藍田南山中射獵，嘗夜從一騎出，從人田間飲，還至霸陵亭，霸陵尉醉，呵止廣。廣騎曰：『故李將軍。』尉曰：『今將軍尚不得夜行，何乃故也！』」又：「廣所居郡聞有虎，嘗自射之。及居右北平射虎，虎騰傷廣，廣亦竟射殺之。」

王嗣奭《杜臆》：「先言鳥求曹，以起次章弟侄之傷。次言心似灰，以起末章南山之隱。雖分三章，氣脈相屬。總以九回之苦心，發清商之怨曲，意沉鬱而氣憤張，慷慨悲悽，直與楚騷爲匹，非唐人所能及也。」

## 麗人行〔一〕

三月三日天氣新，長安水邊多麗人〔二〕。態濃意遠淑且真，肌理細膩骨肉匀〔三〕。繡羅衣裳照暮春①，蹙金孔雀銀麒麟〔四〕。頭上何所有，翠微㔩葉垂鬢脣②〔五〕。背後何所見③，珠壓腰衱穩稱身④〔六〕。就中雲幕椒房親，賜名大國虢與秦〔七〕。紫駝之峰出翠釜⑤，水精之盤行素鱗〔八〕。犀筯厭飫久未下，鑾刀縷切空紛綸⑥〔九〕。黄門飛鞚不動塵，御厨絲絡送八珍⑦〔一〇〕。簫鼓哀吟感鬼神⑧，賓從雜遝實要津⑨〔一一〕。後來鞍馬何逡巡，當軒下馬入錦茵⑩〔一二〕。楊花雪落覆白蘋，青鳥飛去銜紅巾〔一三〕。炙手可熱勢絶倫⑪〔一四〕，慎莫近前丞相嗔⑫。（0029）

【校】

① 繡，宋本、錢箋、《九家》校：「一作畫。」

② 微，宋本、錢箋、《九家》校：「一作爲。」　匐，宋本、錢箋、《九家》校：「一作匌。」又錢箋校：「烏合反。」《文苑英華》作「匌」，校：「集作匐。」　匐葉，錢箋校：「一作匌匐。」

③ 背，錢箋校：「一作身。」

④ 衱，錢箋校：「其輒切。一作襻。」《文苑英華》作「支」，校：「集作衱。」

⑤ 峰，宋本、錢箋校：「一作珍。」

⑥ 鑾，《草堂》作「鸞」。　空，錢箋校：「一作坐。」

⑦ 絲絡，宋本、《九家》校：「一作駱驛。」錢箋作「絡繹」，校：「一作絲絡。」《文苑英華》校：「集作絡繹。」

⑧鼓，宋本、錢箋、《九家》校：「一作管。」
⑨雜，錢箋校：「一作合。」《文苑英華》作「合」。
⑩軒，宋本、錢箋、《九家》校：「一作道。」《文苑英華》作「道」，校：「集作軒。」
⑪勢，宋本、錢箋、《九家》校：「一作世。」
⑫近，宋本、錢箋、《九家》校：「一作向。」《文苑英華》作「向」，校：「集作近。」

【注】

黄鶴注：梁權道編在天寶十四載（七五五）。末句云丞相者，謂楊國忠。按史與《通鑑》，十一載李林甫死，而國忠以十一月庚申爲左相。當是十三載作。仇注：當是十二年春作。川《譜》同。按，天寶十二載杜甫有《奉贈鮮于京兆二十韻》，方寄望於國忠，不當於此年春即作詩諷刺。此詩當作於天寶十三載或十四載春。

〔一〕麗人行：《舊唐書·后妃傳》楊貴妃：「有姊三人，皆有才貌，玄宗並封國夫人之號。長曰大姨，封韓國。三姨，封虢國。八姨，封秦國。並承恩澤，出入宫掖，勢傾天下。妃父玄琰，累贈太尉、齊國公。母封涼國夫人。叔玄珪，光禄卿。再從兄銛，鴻臚卿。錡，侍御史，尚武惠妃女太華公主，以母愛，禮遇過於諸公主。賜甲第，連於宫禁。韓、虢、秦三夫人與銛、錡等五家，每有請託，府縣承迎，峻如詔敕，四方賂遺，其門如市。……玄宗每年十月幸華清宫，國忠姊妹五家扈從，每家爲一隊，著一色衣，五家合隊，照映如百花之焕發，而遺鈿墜舄，瑟瑟珠翠，燦爛芳馥於路。而國忠私於虢國而不避雄狐之刺，每入朝或聯鑣方駕，不施帷幔。每三朝慶賀，五鼓待漏，艷妝盈巷，蠟炬如晝，而十宅諸王、百孫院婚嫁，皆因韓、虢爲紹介，仍先納賂千貫而奏請，罔不稱旨。」據《玄宗紀》，封韓國、虢國夫人在天寶七載十月。沈約《麗人賦》：「狹斜才女，銅街麗人。亭亭似月，嬿婉如春。」

〔二〕三月二句：《後漢書·禮儀志》：「是月（三月）上巳，官民皆潔於東流水上，曰洗濯祓除、去宿垢疢爲大潔。」《宋書·禮志》：「舊説後漢有郭虞者，有三女，以三月上辰産二女，上巳産一女。二日之中，而三女並亡，俗以爲大忌。至此月此日，不敢止家，皆於東流水上爲祈禳，自潔濯，謂之禊祠。分流行觴，遂成曲水。……《月令》：『暮春，天子始乘舟。』蔡邕《章句》曰：『陽氣和暖，鮪魚時至，將取以薦寢廟，故因是乘舟禊於名川也。《論語》：「暮春浴乎沂。」自上及下，古有此禮。今三月上巳，祓於水濱，蓋出於此。』邕之言然。……自魏以後，但用三日，不以巳也。」康駢《劇談録》卷下：「曲江池，本秦隑洲。開元中疏鑿，遂爲勝境。……都人游玩，盛於中和、上巳之節，綵幄翠幬，匝於堤岸，鮮車健馬，比肩擊轂。上巳即賜宴臣僚，京兆府大陳筵席。」

〔三〕態濃二句：《楚辭·招魂》：「容態好比，順彌代些。弱顔固植，謇其有意些。」王逸注：「態，姿也。」王粲《神女賦》：「惟天地之普化，何産氣之淑真。」張衡《西京賦》：「剖析毫釐，擘肌分理。」《楚辭·招魂》：「靡顔膩理，遺視矊些。」王逸注：「膩，滑也。言諸美女容顔脂細，身體夷滑。」

〔四〕繡羅二句：李白《宫中行樂辭》：「山花插寶髻，石竹繡羅衣。」《敦煌變文集·醜女因緣》：「金釵玉釧滿頭妝，錦繡羅衣覆鼻香。」蹙金銀，以金、銀絲綫鑲嵌。蹙爲盤蹙隆起之義。《朝野僉載》卷六：「又得金荆榴數十斤，木色如真金，密緻而文彩盤蹙，有如美錦。」《北里志》：「東鄰起樣裙腰闊，刺蹙黄金綫幾條。」

〔五〕頭上二句：《玉篇》：「匐綵，婦人頭花髻飾也。」木華《海賦》：「潤泊柏而迤颺，磊匌匌而相逐。」《文選》李善注：「匌匌，重疊也。」《九家》趙注：「翠微匐葉，則翡翠微布於匐綵之葉。翠爲匌葉，則以翠爲匌匝之葉也。」仇注：「鬢脣，鬢邊也。」

〔六〕背後二句：《爾雅·釋器》：「衱謂之裾。」郭璞注：「衣後襟也。」《九家》趙注：「謂之腰衱，則裙腰耳。以珠綴之，故言珠壓腰衱。」「頭上、背後之句，此亦曹子建《美女篇》『頭上金雀釵，腰佩翠琅玕』之勢也。蓋舉頭與腰之飾，而一身之服備矣。」「詳玩語句，蓋特見麗人之後耳。」按，曹詩亦仿辛延年《羽林郎》：「長裾連理帶，廣袖合歡襦。頭上藍田玉，耳後大秦珠。」

〔七〕就中二句：《西京雜記》卷一：「成帝設雲帳、雲幄、雲幕於甘泉紫殿，世謂爲三雲殿。」班固《西都賦》：「後宫則有掖庭椒房，后妃之室。」《文選》李善注引《三輔黄圖》：「長樂宫有椒房殿。」《藝文類聚》卷一五引應劭《漢官儀》：「皇后稱椒房，取其實蔓延盈升，以椒塗室，取温暖，除惡氣也。」《九家》趙注：「秦、虢乃玉真之姊妹，故曰雲幕椒房親也。」

〔八〕紫駝二句：《酉陽雜俎》卷七《酒食》：「將軍曲良翰，能爲駿鬃駝峰炙。」《東京夢華録》卷九：「凡御宴至第三盞，方有下酒肉，鹹豉爆肉、雙下駝峰角子。」周密《癸辛雜識》續集卷上：「駝峰之雋，列於八珍。然駝之壯者兩峰堅聳，其味甘脆，如熊白奶房而尤勝。若駝之老者，兩峰偏觶，其味淡韌，如嚼敗絮。然所烹者皆老而不任負重者，而壯有力者未始以爲饌也。」王績《游北山賦》：「拭丹爐而調石髓，裛翠釜而出金精。」《太平御覽》卷七五八引《交州雜事》：「太康四年，刺史陶璜表送林邑王范熊所獻縹、紺水精盤各一枚。」《舊唐書·西域傳》：康國「開元六年，遣使貢獻鎖子甲、水精杯、馬腦瓶、駝鳥卵及越諾之類。」王肅之《蘭亭詩》：「吟詠曲水瀨，渌波轉素鱗。」

〔九〕犀筯二句：《趙飛燕外傳》昭儀上皇后書：「謹奏上二十六物以賀：……文犀避毒箸一雙。」《酉陽雜俎》卷一：「安禄山恩寵莫比，錫賚無數。其所賜品目有：……金平脱犀頭匙箸。」《説文》：「𩚬，燕食也。」段注：「燕同宴，安也。安食者，無事之食也。無事食則充腹而已，故語曰厭飫……今字作『飫』。」《詩·小雅·信南山》：「執其鸞刀，以啓其毛。」疏：「鸞即鈴也。謂刀環有鈴，其聲中節。」鸞刀亦作鑾刀。潘岳《西征賦》：「饔人縷切，鸞刀若飛。」《史記·司馬相如列傳》相如《封禪文》：「紛綸葳蕤。」索隱：「張揖云：亂貌。」

〔一〇〕黄門二句：黄門指宦者。《漢書·百官公卿表》：「諸僕射、署長、中黄門皆屬焉。」注：「師古曰：中黄門，謂奄人居禁中，在黄門之内給事者也。」鮑照《擬古》：「獸肥春草短，飛鞚越平陸。」《文選》李善注：「《埤蒼》曰：鞚，馬勒鞚。」《明皇雜録》卷下：「虢國每入禁中，常乘驄馬，使小黄門御，紫驄之駿健，黄門之端秀，皆冠絶一時。」《九家》薛注：「尚膳貴嚴，故以絲絡護衛之。絲絡，如絲疏也。」趙注：「駱驛，相繼不斷之義。……若駱驛以言寵予之隆，義自分明。若絲絡，亦天子御物常事耳，何足道也。」按，吴均《贈別新林詩》：「風亂青絲絡，霧染黄金羈。」

絲絡指馬韁。唐人言絲絡同此。此言走馬送食，與飛鞚義互見。鮑照《數詩》：「八珍盈雕俎，綺肴紛錯重。」《文選》李善注：「《周禮》：食醫掌和王八珍。」《周禮·天官·食醫》：「食醫掌和王之六食、六飲、六膳、百羞、百醬、八珍之齊。」

〔一一〕賓從句：《三國志·魏書·嵇康傳》注引《魏氏春秋》：「乘肥衣輕，賓從如雲。」左思《蜀都賦》：「輿輦雜遝，冠帶混並。」《文選》呂周翰注：「雜遝，衆多貌。」要津，要路。《古詩十九首》：「何不策高足，先據要路津。」楊綰《條奏貢舉疏》：「投刺干謁，驅馳於要津。」

〔一二〕後來句：司馬相如《上林賦》：「超若自失，逡巡避席。」《文選》李善注：「《廣雅》曰：逡巡，却退也。」《九家》趙注：「言其氣勢洋洋，旁若無人。」

〔一三〕楊花二句：《梁書·楊華傳》：「華少有勇力，容貌雄偉，魏胡太后逼通之，華懼及禍，乃率其部曲來降。胡太后追思之不能已，爲作《楊白華》歌辭，使宫人晝夜連臂蹋足歌之，辭甚悽惋焉。」《雜曲歌辭·楊白花》：「陽春二三月，楊柳齊作花。春風一夜入閨闥，楊花飄蕩落南家。含情出户脚無力，拾得楊花淚沾臆。秋去春還雙燕子，願銜楊花入窠裏。」錢箋：「此句亦寓諷于楊氏也。」《爾雅·釋草》：「萍，蓱，其大者蘋。」《埤雅》卷四〇：「世説楊花入水化爲浮萍。」《漢武故事》：「七月七日，上於承華殿齋，日正中，忽見有青鳥從西方來集殿前。……王母至，乘紫車……有二青鳥如烏，夾侍母旁。」沈約《華陽先生登樓不復下贈呈》：「銜書必青鳥，佳客信龍鑣。」王勃《落花落》：「綺閣青臺静且閑，羅袂紅巾復往還。」《九家》趙注：「青鳥應如鸚鵡之類，豢養馴熟，飛銜紅巾。此正借用西王母青鳥爲使名之，且以託言昵戲之事矣。紅巾蓋婦人之飾。」蕭滌非謂此二句用楊花雙關楊氏兄妹,「以楊花覆蘋,影射兄妹苟且」,「飛去銜紅巾,爲楊氏傳遞消息」。

〔一四〕炙手可熱: 崔顥《長安道》:「莫言炙手手可熱,須臾火盡灰亦滅。」《九家》趙注:「炙手可熱,言勢焰之薰灼也。」

蘇軾《續麗人行》:「深宮無人春日長,沉香亭北百花香。美人睡起薄梳洗,燕舞鶯啼空斷腸。畫工欲畫無窮意,背立東風初破睡。若教回首却嫣然,陽城下蔡俱風靡。杜陵飢客眠長寒,蹇驢破帽隨金鞍。隔花臨水時一見,只許腰肢背後看。心醉歸來茅屋底,方信人間有西子。君不見孟光舉案與眉齊,何曾背面傷春啼。」

陸時雍《詩境總論》:「張籍、王建詩有三病,言之盡也,意之醜也,韻之痺也。言窮則盡,意褻則醜,韻軟則痺。杜少陵《麗人行》、李太白《楊叛兒》,一以雅道行之,故君子言有則也。」

鍾惺《唐詩歸》:「本是諷刺,而詩中直叙富麗,若深羨不容口者。妙!妙!」

賀貽孫《詩筏》:「楊升庵譏少陵《麗人行》云:『《詩》刺淫亂,第曰「雝雝鳴雁」、「旭日始旦」而已,不必曰「慎莫近前丞相嗔」也。』蓋謂少陵無含蓄耳。王元美駁之云:『彼所稱者,興比耳。詩固有賦,以述情切事爲快,不必盡含蓄也。』元美辨則辨矣,而未盡也。就『雝雝鳴雁』本章言之,雉鳴求其牡,非比興乎? 何嘗含蓄。且鄭衛刺淫,至於『期我桑中』、『車來賄遷』等語，皆無含蓄。姑不必盡舉，即如同一刺衛宣姜也，有直陳者……有隱諷者，《君子偕老》一篇，但述其象翟之盛、鬒髮之美、眉額之晳，至於『胡天胡帝』而猶未已，且綴以『蒙彼縐絺，是紲袢也』，則並其褻衣之纖媚而形容之，而以『邦之媛也』四字結之。羨美中有憐惜慨歎、愛莫能助之意，略無一語及其淫亂。少陵《麗人行》，全從此詩得之。首贊其態濃意遠，肌理細膩，乃至頭上、背後、足下種種殊妙，富貴氣焰，無不動人，而『青鳥飛去銜紅巾』，則與『蒙彼縐絺』語同一生動矣。惟《君子偕老》篇首章微露『子之不淑』四字，而後章不復補綴。少陵則末語微露『慎莫近前丞相嗔』七字，而前此全不指破，手法微換耳。彼其意以爲如此人、如此事，與其直指其穢，徒令人鄙，不若悉舉其美，乃令人恨也。……蓋嘲笑甚於駡詈，而憐惜尤甚於嘲笑也。吾方謂少陵含蓄太深，不爲《牆茨》、《新臺》，而爲《君子偕老》，用修乃謂其不肯含蓄乎？」

張謙宜《絸齋詩談》卷四：「古人有盛稱其衣服車馬之美，不下斷語，而譏刺最深，如《麗人行》是也。」

## 樂游園歌〔一〕晦日賀蘭楊長史筵醉中作①〔二〕。

樂游古園崒森爽②，烟綿碧草萋萋長〔三〕。公子華筵勢最高，秦川對酒平如掌〔四〕。長生木瓢示真率，更調鞍馬狂歡賞③〔五〕。青春波浪芙蓉園，白日雷霆甲城仗④〔六〕。閶闔晴開昳蕩蕩⑤，曲江翠幕排銀牓〔七〕。拂水低徊舞袖翻，緣雲清切歌聲上。却憶年年人醉時，只今未醉已先悲。數莖白髮那拋得，百罰深杯亦不辭⑥〔八〕。聖朝亦知賤士醜⑦，一物自荷皇天慈⑧〔九〕。此身飲罷無歸處，獨立蒼茫自詠詩。（0030）

**【校】**

① 樂游園歌晦日賀蘭楊長史筵醉中作，《文苑英華》題作「晦日賀蘭傳楊長史筵醉歌」。

② 崒，錢箋校：「一作萃。」《文苑英華》作「萃」。

③ 狂，《文苑英華》作「雄」，校：「集作狂。」

④ 甲，錢箋作「夾」，校：「一作甲。」《九家》校：「當作夾。」《文苑英華》作「夾」。

⑤ 昳，宋本、《九家》作「映」，蓋形訛。據錢箋改。錢箋校：「一作詄。」《九家》校：「趙作詄。」《文苑英華》作「詄」，校：「集作昳。」

⑥ 罰，宋本、錢箋、《九家》校：「一作刻。」　亦，《文苑英華》校：「一作辭。」

⑦ 亦，錢箋、《文苑英華》校：「一作已。」

⑧ 自，錢箋校：「一作但。」《文苑英華》作「但」，校：「集作自。」　慈，錢箋校：「一作私。」

【注】

黄鶴注：梁權道編在天寶十四載（七五五）。詳味詩句，皆未經禄山之亂前所作。仇注編在天寶十載（七五一）。川《譜》同。

〔一〕樂游園：《三輔黄圖》卷五：「宣帝廟，號樂游，在杜陵西北。」注：「神爵三年，宣帝立廟於曲池之北，號樂游。按其處則今呼樂游園是也，因樂游苑而得名。」《雍録》卷六：「唐曲江本秦隑洲，至漢爲宣帝樂游廟，亦名樂游苑，亦名樂游原。基地最高，四望寬敞。隋營京城，宇文愷以其地在京城東南隅，地高不便，故闕此地，不爲居人坊巷，而鑿之爲池，以厭勝之。又會黄渠水自城外南來，可以穿城而入，故隋世遂從城外包之，入城爲芙蓉池，且爲芙蓉園也。……長安中，太平公主於原上置亭游賞，後賜寧、申、岐、薛王。正月晦日、三月三日、九月九日，京城士女咸即此祓禊，帟幕雲布，車馬填塞，詞人樂飲歌詩。」

〔二〕晦日句：《唐會要》卷二九《追賞》：「（貞元）四年九月二日敕：正月晦日、三月三日、九月九日，前件三節日，宜任文武百僚擇地追賞爲樂。」同卷《節日》：「（貞元）五年正月十一日敕：……自今以後，以二月一日爲中和節，内外官司，並休假一日。先敕百僚以三令節集會，今宜吉制嘉節以徵之，更晦日於往月之終，揆明辰於來月之始。」是舊以正月晦日爲節日。賀蘭楊長史：事迹未見。《文苑英華》此詩題作「賀蘭傳楊長史」，則其名賀蘭傳楊。或謂賀蘭傳與楊長史爲二人，則未必。按，詩稱公子，當爲貴介子弟。《唐代墓志彙編》開元一一二七李升期

《唐故正議大夫使持節相州諸軍事守相州刺史上柱國河南賀蘭公墓志銘》：「公諱務温，字茂弘，河南洛陽人也。……祖師仁，皇朝銀青光禄大夫、散騎常侍、應山公。父越石，朝散大夫、洛州長史。……載初中，應大禮舉，召問前殿，天子異其册，拜家令丞。時中書令岑公雅所歎伏，特薦公知制誥。……屬太后親政，獄連皇枝。公婚結河間，官因左退。……入拜少府監丞，仍加朝散。累遷主客員外、祠部郎中。……因而左出，拜儀州刺史。未幾，除揚州司馬。……拜相州諸軍事相州刺史。……有子晋、臨、賁、恒等……粤以開元九年十月廿三日遷厝於邙山之原。」據同書天寶〇七九蔣涣《大唐皇四從姑故正議大夫使持節鄴郡諸軍事守鄴郡太守上柱國賀蘭府君夫人金城郡君隴西李氏墓志銘》，知務温婚河間元王孝恭孫、河間公晦女。又據《舊唐書·武承嗣傳》，務温父賀蘭越石娶武士彠女，即則天姊，封韓國夫人。韓國夫人女賀蘭氏在宮中頗承恩寵，則天毒之，而歸罪於武惟良等。乃以韓國夫人子敏之爲士彠嗣，改姓武氏，即武敏之，襲爵周國公，配流雷州，自縊死。則務温與敏之爲兄弟。此賀蘭氏之顯貴者。疑此賀蘭長史亦越石之族。

〔三〕樂游二句：《詩·小雅·十月》：「百川沸騰，山冢崒崩。」箋：「崒者，崔嵬。」烟綿，綿延貌。鮑照《春羈詩》：「岫遠雲烟綿，谷屈泉靡迤。」宋之問《送趙司馬赴蜀州》：「餞子西南望，烟綿劍道微。」

〔四〕秦川句：《長安志》卷一一：「《三秦記》曰：長安正南秦嶺嶺根水流爲秦川，一名樊川。」《雍録》卷七引此詩，謂：「秦川即樊川也。坐中得見秦川，則可知其高矣。」沈佺期《長安道》：「秦地平如掌，層城出雲漢。」

〔五〕長生二句：以木瓢飲酒，以示真樸。《藝文類聚》卷八九引《鄴中記》：「金華殿後有皇后浴室，種雙長生樹，枝條交於棟上，團團車蓋形，冬日不凋，葉大如掌，至八九月乃生華，華色白，子赤，大如橡子，不中啖也，世人謂之西王母長生樹。」程大昌《演繁露》卷一一謂長生樹：「雖有異名，亦不解何物。」《太平御覽》卷五七一引《古今樂録》：「（許由）每以手捧水而飲之，人有見其飲無杯，以瓢遺之，許由受以操，飲畢輒掛於樹枝。風吹樹，瓢摇動，歷歷有聲，許由尚以爲繁擾，取而弃之。」更調鞍馬，仇注：「酌瓢之後，調馬而行，得以盡覽諸勝。」施鴻保《讀杜詩説》引白居易詩，謂：「疑『鞍馬』是酒令名，『調』則『調笑』之『調』。『更』，亦言諸人更易也。」白居易《東南行一百韻》：「鞍馬呼教住，骰盤喝遣輸。長驅波卷白，連擲彩成盧。」自注：「骰盤、卷白波、莫走、鞍馬，皆當時酒令。」按，《唐語林》卷八：「酒令之設，本骰子、卷白波律令。自後聞以鞍馬、香毬或調笑，抛打時上酒。」可知鞍馬令興起在後。詩言狂歡賞，則以觀賞爲主，與酒令游戲有别。此言調馬，疑與舞馬表演近同，俟更考。

〔六〕青春二句：芙蓉園，見注〔一〕。甲城，諸家注取夾城，引玄宗築夾城入芙蓉園事。然「仗」字無解。按，甲城仗者謂城列甲仗，甲用如動詞，即列甲之義。此杜詩句法。此句謂城列甲仗，喧呼聲震，如白日雷霆。若夾城則形如閣道，築垣牆如街巷，來往外人不知，豈見如白日雷霆之隊仗？

〔七〕閶闔二句：《楚辭·離騷》：「吾令帝閽開關兮，倚閶闔而望予。」王逸注：「閶闔，天門也。」《漢書・郊祀志》郊祀歌《天門》：「天門開，詄蕩蕩。」注：「如淳曰：詄讀如迭。詄蕩蕩，天體堅清之狀也。」《文選・七哀詩》李善注引《通俗文》：「日陰曰昳。」杜詩蓋音義同詄。此句言天晴。《開元天寶遺事》卷下：「長安貴家子弟，每至春時，游宴供帳於園圃中，隨行載以油幕，或遇陰雨，以幕覆之，盡歡而歸。」白居易《代書詩一百韻寄微之》：「幄幕侵堤布，盤筵占地施。」《太平御覽》卷一七三引《神異經》：「東方有宮……門有銀榜，以青石碧鏤，題曰『天地長男之宮』。……南方有宮，以赤石爲牆，赤銅爲門，闕有銀榜，曰『天地中女之宮』。」六朝、唐人以指太子、公主所居。宗楚客《奉和幸安樂公主山莊應制》：「玉樓銀榜枕嚴城，翠蓋紅旂列禁營。」《舊唐書・郭子儀傳》：「儷崇銀榜，攄美金章。」據此句，賀蘭長史當亦婚皇室。

〔八〕百罰句：唐彦謙《夏日訪友》：「流連送深杯，賓主共忘醉。」「百罰深杯」，其義又如白居易《早飲湖州酒寄崔使君》：「十分蘸甲酌，瀲灧滿銀盂。」《九家》趙注以爲「百罰」當作「百刻」，「十而分之以斟酒者，則百刻之狀乃細分之矣」。或可備一説。

〔九〕聖朝二句：蕭統《錦帶書十二月啓》：「但某衡門賤士，甕牖微生。」「某種瓜賤士，賣餅貧生。」乃書啓自稱之詞。仇注：「一物指酒，猶陶公云杯中物。」施鴻保謂：「一物乃自謂。」按，《呂氏春秋・貴公》：「陰陽之和，不長一類；甘露時雨，不私一物。……天地大矣，生而弗子，成而弗有，萬物皆被其澤，得其利，而莫知其所由始。」不私一物，即物物皆被其澤。《楚辭・離騷》：「皇天無私阿兮，覽民德焉錯輔。」

葉燮《原詩》内篇下：「千古詩人推杜甫。其詩隨所遇之人之境之事之物，無處不發其思君王、憂禍亂、悲時日、念友朋、弔古人、懷遠道，凡歡愉幽愁、離合今昔之感，一一觸類而起，因遇得題，因題達情，因情敷句，皆因甫有其胸襟以爲基。如星宿之海，萬源從出。如鑽燧之火，無處不發。如肥土沃壤，時雨一過，夭矯百物，隨類而興，生意各别，而無不具足。即如甫集中《樂游園》七古一篇，時甫年才三十餘，而當開、寶盛時，使今人爲此，必鋪陳揚頌，藻麗雕績，無所不極。身在少年場中，功名事業，來日未苦短也，何有乎身世之感？乃甫此詩，前半即景事無多排場，忽轉年年人醉一段，悲白髮，荷皇天，而終之以獨立蒼茫。此其胸襟之所寄託何如也。」

# 渼陂行〔一〕

岑參兄弟皆好奇〔二〕，携我遠來游渼陂。天地黤慘忽異色，波濤萬頃堆琉璃〔三〕。琉璃漫汗泛舟入〔四〕，事殊興極憂思集。鼉作鯨吞不復知〔五〕，惡風白浪何嗟及。主人錦帆相爲開，舟子喜甚無氛埃〔六〕。鳧鷖散亂棹謳發，絲管啁啾空翠來〔七〕。沈竿續蔓深莫測，菱葉荷花静如拭①〔八〕。宛在中流渤澥清，下歸無極終南黑②〔九〕。半陂以南純浸山，動影裹窕沖融間③〔一〇〕。船舷暝戛雲際寺，水面月出藍田關〔一一〕。此時驪龍亦吐珠，馮夷擊鼓羣龍趨〔一二〕。湘妃漢女出歌舞，金支翠旗光有無〔一三〕。咫尺但愁雷雨至，蒼茫不曉神靈意。少壯幾時奈老何，向來哀樂何其多〔一四〕。（0031）

【校】

① 静，《九家》作「浄」。錢箋校：「一作浄。」

② 下歸無極，錢箋校：「一云『下臨無地』。」

③ 裹，《九家》、《草堂》作「裊」。

【注】

黄鶴注：天寶十三載（七五四）未授官時作。按，岑參天寶十三載不在長安，當作於天寶十一載（七五二）或十二載（七五三）夏。

〔一〕渼陂：《長安志》卷一五鄠縣：「渼陂在縣西五里，出終南山諸谷，合朝公泉爲陂。《十道志》曰：有五味陂，陂魚甚美，因誤名之。本屬奉天。又《説文》曰：渼陂在京兆鄠縣，其周一十四里，北流入澇水。」

〔二〕岑参：見本卷《九日寄岑参》（0025）注。岑参有《送二十二兄北游尋羅中》及《太白東溪張老舍即事寄舍弟侄等》，其名均不詳。又有《與鄠縣群官泛渼陂》、《與鄠縣源少府泛渼陂》二首五律，或爲同時作。

〔三〕天地二句：《楚辭·遠游》：「時曖曃其曭莽兮，召玄武而奔屬。」王逸注：「日月晻黮而無光。」補注：「曖曃一作晻曀，一作黤黮。黤，音晻，深黑色。黮，徒感切，黑也。」黤慘，亦昏黑義。慘同黪。《説文》：「黪，淺青黑色也。」段注：「淺青之黑也。《通俗文》曰：暗色曰黪。《玉篇》曰：今謂物將敗時顔色黪也。」沈約《登北固樓詩》：「夜月琉璃水，春風柳色天。」

〔四〕漫汗：張衡《南都賦》：「布濩漫汗，漭沆洋溢。」《文選》李善注：「言廣大也。」

〔五〕鼉作句：言風浪之大。左思《吴都賦》：「長鯨吞航，修鯢吐浪。」

〔六〕舟子句：《楚辭·遠游》：「風伯爲余先驅兮，氛埃辟而清涼。」王逸注：「掃除霧霾與塵埃也。」

〔七〕凫鷖二句：揚雄《羽獵賦》：「凫鷖振鷺，上下砰磕。」左思《蜀都賦》：「吹洞簫，發棹謳。」《文選》劉逵注：「棹謳，鼓棹而歌也。」《荀子·禮論》：「小者是燕爵，猶有啁噍之頃焉。」啁噍同啁啾，鳥雀鳴聲。王維《黄雀癡》：「到大啁啾解游颺，各自東西南北飛。」杜詩以言音樂。空翠，指山色。謝靈運《過白岸亭詩》：「遠山映疏木，空翠難强名。」

〔八〕沈竿二句：續蔓，仇注作續縵，謂：「絲絃也。」按，續蔓當指水草之類。黄庭堅《杜詩箋》：「拭訓淨。《雜記》：『雍人拭羊。』注：『拭，淨也。』」《禮記·雜記》注作「静也」。拭訓淨（静），謂拭之用。其義則仍爲拂拭、掃拭。《九家》趙注：「淨如拭三字，蓋如王僧孺《至牛渚憶魏少英詩》

有『沙岸浄如掃』。」

〔九〕宛在二句：司馬相如《子虚賦》：「浮渤澥，游孟諸。」《文選》李善注：「應劭曰：渤澥，海别枝也。」《老子》二十八章：「常得無忒，復歸於無極。」《九家》趙注：「終南山在陂之上流，去之遠，則視之黑也。」仇注：「下無極，言山峰倒映。」其説未確，下歸者言水流之遠。下句之「純浸山」，乃言水中倒影。

〔一〇〕半陂二句：蕭綱《和湘東王後園回文詩》：「枝雲間石峰，脈水浸山岸。」戎昱《題嚴氏竹亭》：「溪水浸山影，嵐烟向竹陰。」褭，同裊。王延壽《王孫賦》：「攀窈裊之長枝。」陸機《壯哉行》：「夭裊桃始榮。」謝莊《竹贊》：「杳裊人表。」窈裊、杳裊、夭裊、褭窕，爲同一詞。《莊子・外物》：「螴蜳不得成。」注：「司馬云：螴蜳讀曰沖融，言怖畏之氣沖融兩溢，不安定也。」木華《海賦》：「沖瀜沆瀁，渺瀰湠漫。」《文選》李善注：「沖瀜沆瀁，深廣之貌。」沖融同沖融。閻朝隱《晴虹賦》：「上下明媚，表裏沖融。」高適《酬秘書弟兼寄幕下諸公》：「司業志應徐，雅度思沖融。」

〔一一〕船舷二句：《説文》：「戛，戟也。」段注：「《皋陶謨》戛擊鳴球，《明堂位》作『揩擊』，揚雄賦作『拮隔』。此謂『戛』同『扴』，皆六書中之假借也。」此言船舷與水相擊。岑參《終南雲際精舍尋法澄上人不遇歸高冠東潭石淙》：「昨夜雲際宿，旦從西峰回。」《長安志》卷一五鄠縣：「雲際山大定寺，在縣東南六十里。隋仁壽元年置爲居賢捧日寺，本朝太平興國三年改。」《長安志》卷一六藍田縣：「藍田關在縣東南九十八里，即秦嶢關也。……後周明帝武成元年，徙青泥故城側，改曰青泥關。武帝建德三年，改曰藍田關，因縣爲名。隋煬帝大業元年，徙復舊所，即今關是。」

〔一二〕此時二句：《莊子·列御寇》：「夫千金之珠，必在九重之淵而驪龍頷下，子能得珠者，必遭其睡也。」《楚辭·遠游》：「使湘靈鼓瑟兮，令海若舞馮夷。」王逸注：「馮夷，水仙人。」郭璞《馮夷贊》：「稟華之精，食惟八石。乘龍隱淪，往來海客。若是水仙，號曰河伯。」

〔一三〕湘妃二句：《楚辭·九歌·湘夫人》王逸注：「言堯二女娥皇、女英，隨舜不反，没於湘水之渚，因爲湘夫人。」《列仙傳》卷上：「江妃二女者，不知何所人也。出游江漢之湄，逢鄭交甫。見而悦之，不知其神人也。謂其僕曰：『我欲下請其佩。』……遂手解佩與交甫。交甫悦，受而懷之中當心。趨去數十步，視佩，空懷無佩。顧二女，忽然不見。」《漢書·禮樂志》載《安世房中歌》：「金支秀華，庶旄翠旌。」注：「臣瓚曰：樂上衆飾，有流遡羽葆，以黄金爲支，其首敷散，若草木之秀華也。師古曰：……庶旄翠旌，謂析五彩羽注翠旄之首，而爲旌耳。」

〔一四〕少壯二句：漢武帝《秋風辭》：「横中流兮揚素波，簫鼓鳴兮發棹歌。歡樂極兮哀情多，少壯幾時兮奈老何。」

張謙宜《絸齋詩談》卷一：「真見其故，能發得出，不拘常格，此是豪放。若作怪支離，夾雜不倫，此是放肆，非豪放也。杜陵《渼陂》、《麗人》諸篇，是好樣。」又卷四：「《渼陂行》筆力如渴龍攪海。『船舷暝戛雲際寺，水面月出藍田關』，山與關影浸陂中，船行其上，故曰『暝戛』。關頭之月，亦在波間，故曰『水面月出』。皆蒙上『純浸山』而言。此險中取巧法。寫影中諸山如在鏡面上浮動，亦是虛景實描法。」

翁方綱《石洲詩話》卷一：「漢武《秋風辭》……至老杜《渼陂行》竟用其辭而並不相犯，乃尤妙也。此即詞場祖述，可覘古人之變化。」

## 渼陂西南臺

高臺面蒼陂，六月風日冷。蒹葭離披去〔一〕，天水相與永。懷新目似擊，接要心已領①〔二〕。仿像識鮫人，空蒙辨魚艇②〔三〕。錯磨終南翠，顛倒白閣影〔四〕。崷崒增光輝③，乘陵惜俄頃〔五〕。勞生愧嚴鄭，外物慕張邴〔六〕。世復輕驊騮，吾甘雜鼁黽〔七〕。知歸俗可忽，取適事莫並④〔八〕。身退豈待官，老來苦便靜〔九〕。況資菱芡足，庶結茅茨迥〔一〇〕。從此具扁舟〔一一〕，彌年逐清景。白閣，山名。（0032）

【校】

① 接要，宋本、《九家》校：「一作接惡。」

②蒙，錢箋作「濛」。
③輝，錢箋、《九家》校：「一作陰。」
④適，錢箋、《九家》校：「一作足。」

【注】

黄鶴注：同上年作。

〔一〕蒹葭句：《詩·秦風·蒹葭》：「蒹葭蒼蒼，白露爲霜。」傳：「蒹，薕也。葭，蘆也。」陸璣《疏》：「蒹，水草也。堅實，牛食令牛肥彊。青徐人謂之蒹。兖州、遼東通語也。葭，一名蘆菼，一名薍。」《爾雅·釋草》郭璞注：「蒹似萑而細，高數尺。蘆，葦也。」《楚辭·九辯》：「白露既下百草兮，奄離披此梧楸。」補注：「離披，分散貌。」

〔二〕懷新二句：謝靈運《登江中孤嶼詩》：「懷新道轉回，尋異景不延。」《莊子·田子方》：「仲尼曰：若夫人者，目擊而道存矣。」謝敷《安般守意經序》：「苟厝心領要，觸有悟理者，則不假外以静内。」

〔三〕仿像二句：仿像，仿佛其形像。木華《海賦》：「故可仿像其色，靉靅其形。」《文選》李善注：「仿像、靉靅，不審之貌。」左思《吴都賦》：「泉室潛織而卷綃，淵客慷慨而泣珠。」《文選》劉逵注：「俗傳鮫人從水中出，曾寄寓人家，積日賣綃。綃者，竹孚俞也。鮫人臨去，從主人索器，泣而出珠滿盤，以與主人。」謝朓《觀朝雨詩》：「空濛如薄霧，散漫似輕埃。」

〔四〕錯磨二句：錯磨即磨，錯亦磨意。皎然《桃花石枕歌贈康從事》：「莫言昨日因錯磨，看取從來無點缺。」白居易《答箭鏃》：「精在利其鏃，錯磨鋒鏑成。」岑參《因假歸白閣西草堂》：「雷聲傍太白，雨在八九峰。東望白閣雲，半入紫閣松。」清《陝西通志》卷九鄠縣：「紫閣峰、白閣峰、黄閣峰，俱在縣東南三十里。」

〔五〕嶒崒二句：班固《西都賦》：「岩峻嶒崒，金石峥嶸。」《文選》李善注：「嶒，高貌也。」謝靈運《入華子岡是麻源第三谷》：「恒克俄頃用，豈爲古今然。」

〔六〕勞生二句：《漢書·王貢兩龔鮑傳》序：「其後谷口有鄭子真，蜀有嚴君平，皆修身自保，非其服弗服，非其食弗食。成帝時，元舅大將軍王鳳以禮聘子真，子真遂不出而終。君平卜筮於成都市，以爲卜筮者賤業，而可以惠衆人。有邪惡非正之問，則依蓍龜爲言利害。……裁日閲數人，得百錢足自養，則閉肆下簾而授《老子》。」嵇康《幽憤詩》：「仰慕嚴鄭，樂道閑居。」《莊子·大宗師》：「已外天下矣，吾又守之，七日而後能外物。」謝靈運《還舊園作見顏范二中書》：「偶與張邴合，久欲還東山。」《文選》李善注引《漢書》張良願弃人間事，從赤松子學道輕舉；又琅邪邴漢，兄子曼容，亦養志自修，爲官不肯過六百石，輒自免去。仇注引邵注，謂張、邴皆漢人，張仲蔚所居蓬蒿没人。

〔七〕世復二句：驊騮，見本卷《天育驃騎歌》(0013)注。《國語·越語下》：「昔吾先君固周室之不成子也，故濱於東海之陂，黿鼉魚鱉之與處，而鼃黽之與同渚。」

〔八〕知歸二句：謝靈運《游赤石進帆海》：「矜名道不足，適己物可忽。」又《山居賦》：「夏涼寒燠，隨時取適。」又《齋中讀書》：「萬事難並歡，達生幸可託。」

〔九〕身退二句：謝靈運《還舊園作見顏范二中書》：「辭滿豈多秩，謝病不待年。」又《過始寧墅》：「拙疾相倚薄，還得靜者便。」仇注：「謝以便靜爲安閑，此以便靜爲闃寂，故覺其苦，而欲行樂陂間也。」浦起龍云：「苦便猶云苦愛。」徐仁甫云：「苦猶深，甚詞。老來苦便靜，謂老來最宜靜也。」浦、徐説近是。

〔一〇〕況資二句：《周禮・天官・籩人》：「加籩之食，菱芡栗脯。」注：「菱，芰也。芡，雞頭也。」《韓非子・五蠹》：「堯之王天下也，茅茨不翦，采椽不斫。」

〔一一〕從此句：《史記・貨殖列傳》：「（范蠡）乃乘扁舟，浮於江湖。」

朱鶴齡云：「此詩俱本謝康樂。『懷新目似擊』，即謝詩『懷新道轉回』也。『乘陵惜俄頃』，即謝詩『恒克俄頃用』也。『外物慕張邴』，即謝詩『外物徒龍蠖』，又詩『偶與張邴合，久欲還東山』也。『知歸俗可忽』，即謝詩『適己物可忽』也。『取適事莫並』，即謝《山居賦》『隨時取適』，又詩『萬事難並歡』也。『身退豈待官』，即謝詩『辭滿豈多秩，謝病不待年』也。『老來苦便靜』，即謝詩『拙疾相倚薄，還得靜者便』也。公云『熟精《文選》理』，真不誣耳。」

## 戲簡鄭廣文虔兼呈蘇司業源明①〔一〕

廣文到官舍，置馬堂階下②。醉則騎馬歸③，頗遭官長罵。才名四十年④，坐

客寒無氈〔二〕。賴有蘇司業⑤，時時與酒錢⑥。（0033）

【校】

① 虔、源明，錢箋、《九家》爲小字。

② 置，宋本校：「一作繫。」錢箋、《九家》作「繫」，校：「一作置。」

③ 則，錢箋校：「一作即。」《文苑英華》作「即」，校：「集作則。」

④ 四，錢箋校：「一作三。」《九家》作「三」。

⑤ 賴，錢箋校：「一作近。」《文苑英華》作「近」，校：「集作賴。」

⑥ 與，錢箋、《九家》校：「一作乞。」

【注】

黄鶴注：天寶十四載（七五五）作。

〔一〕鄭廣文虔：見本卷《醉時歌》（0019）注。蘇司業源明：《新唐書·文藝傳》：「蘇源明，京兆武功人，初名預，字弱夫。少孤，寓居徐、兖。工文辭，有名天寶間。及進士第，更試集賢院。累遷太子諭德。出爲東平太守。是時，濟陽郡太守李倰以郡瀕河，請增領宿城、中都二縣以紓民力。二縣隸東平、魯郡者也。於是源明議廢濟陽，析三縣分隸濟南、東平、濮陽。……既而卒廢濟陽，以縣皆隸東平。召源明爲國子司業。」據《玄宗紀》，天寶十三載七月廢濟陽郡。源明召爲國子司業在此後。《新唐書・文藝傳》：「初，（鄭）虔追紬故書可志者得四十餘篇，國子司業蘇源明名其書爲《會粹》。」

〔二〕坐客句：《晉書・吴隱之傳》：「尋拜度支尚書、太常，以竹篷爲屏風，坐無氈席。」

## 夏日李公見訪①〔一〕

遠林暑氣薄，公子過我游。貧居類村塢，僻近城南樓〔二〕。傍舍頗淳朴，所願亦易求②。隔屋喚西家，借問有酒不？牆頭過濁醪，展席俯長流〔三〕。清風左右至，客意已驚秋。巢多衆鳥鬬③，葉密鳴蟬稠。苦道此物聒④，孰謂吾廬幽⑤？水花晚色静⑥〔四〕，庶足充淹留。預恐樽中盡，更起爲君謀。（0034）

【校】

①李公，錢箋、《九家》校：「一作李家令。」錢箋題下注：「李時爲太子家令。」《草堂》此注爲大字。

②願，錢箋校：「樊、陳並作須。」

③鬬，錢箋校：「一作喧。」

④道，錢箋校：「一作遭。」

⑤ 謂，錢箋校：「陳作語。」

⑥ 静，錢箋校：「樊作浄。」

## 【注】

黄鶴注：天寶十四載（七五五）作。按，疑爲天寶十三載夏作。是年秋，甫寄家奉先。至十四載夏秋，則多次來往於長安、奉先。

〔一〕李公：黄鶴注：「按《宗室世系表》，唯蔡王房有炎爲太子家令，讓皇帝房有平爲太子家令、嗣寧王。然平去讓皇帝五世，不與公同時。疑是李炎。」按，賈至《授李椿光禄少卿制》：「堂侄守太子家令開國男椿，恭儉温良，宗枝擢秀。」亦曾爲太子家令。《世系表》多有遺漏。

〔二〕貧居二句：時杜甫居長安城南下杜，參本卷《橋陵詩三十韻因呈縣内諸官》（0037）注。

〔三〕墻頭二句：左思《魏都賦》：「清酤如濟，濁醪如河。」《九家》趙注：「杜陵之樊鄉有樊川，而潏水則自樊川西北流經下杜城。豈其居當此地？」

〔四〕水花：何遜《寄江州褚咨議》：「林葉下仍飛，水花披未落。」張正見有《賦得魚躍水花生》。錢箋引崔豹《古今注》：「芙蓉，一名荷花，生池澤中，一名澤芝，一名水花。」本書卷八《送重表侄王砅評事使南海》（0386）：「水花笑白首，春草隨青袍。」卷一六《獨坐二首》（1247）：「水花寒落岸，山鳥暮過庭。」疑此爲泛指。

## 奉同郭給事湯東靈湫作〔一〕

東山氣濛鴻①〔二〕，宫殿居上頭。君來必十月，樹羽臨九州〔三〕。陰火煮玉泉〔四〕，噴薄漲岩幽。有時浴赤日，光抱空中樓〔五〕。閬風入轍跡，廣原延冥搜〔六〕。原，崑崙東北脚名也②。沸天萬乘動③，觀水百丈湫〔七〕。幽靈斯可佳④，王命官屬休〔八〕。初聞龍用壯〔九〕，擘石摧林丘。中夜窟宅改，移因風雨秋〔一〇〕。倒懸瑶池影，屈注蒼江流⑤〔一一〕。味如甘露漿，揮弄滑且柔〔一二〕。翠旗淡偃蹇，雲車紛少留〔一三〕。簫鼓蕩四溟，異香泱漭浮〔一四〕。蛟人獻微綃⑥，曾祝沉豪牛〔一五〕。百祥奔盛明，古先莫能儔〔一六〕。坡陁金蝦蟆，出見蓋有由。至尊顧之笑，王母不遺收⑦。復歸虚無底，化作長黄虬⑧〔一七〕。飄飄青瑣郎⑨，文采珊瑚鈎〔一八〕。浩歌渌水曲〔一九〕，清絶聽者愁。（0035）

【校】

① 濛鴻，錢箋、《草堂》作「鴻濛」。

②廣，錢箋作「曠」，校：「一作廣。」　原，錢箋、《九家》、《草堂》校：「一作野。」　原崑崙東北脚名也，錢箋以此八字爲吴若本注。《分門》謂「洙曰」，則吴若本之前已有此注。

③沸，宋本、錢箋、《九家》、《草堂》校：「一作拂。」

④幽靈，錢箋、《九家》、《草堂》校：「一作靈湫。」　斯，錢箋校：「一作新。」　佳，錢箋校：「一作怪。」《草堂》作「怪」。

⑤蒼江，《九家》作「滄江」。

⑥蛟，錢箋、《草堂》作「鮫」。　微，錢箋、《九家》校：「一作徵。」

⑦遣，《草堂》校：「一作肯。」錢箋作「肯」，校：「一作遣。」

⑧長黄虬，《九家》作「黄長虬」。宋本、錢箋校：「一云龍與虬。」《草堂》校：「一云龍似虬。」

⑨飄飄，後一「飄」字錢箋、《草堂》校：「一作飖。」

## 【注】

黄鶴注：梁權道編在天寶十四載（七五五）。然是年之二月，禄山反狀已著，公十一月往奉先，有《詠懷》詩，歷言驪山游幸之弊矣。此詩未必在其年作，當在十三載。仇注：安禄山反，在天寶十四載十一月，此詩當是其年十月作。川《譜》同。按，天寶十三載秋杜甫送家屬寄居奉先，復返長安。此後，蓋多次往返於兩地，途經驪山。此詩當作於其間，然應在天寶十四載十月前。

〔一〕郭給事：陶敏謂是郭納。天寶十四載與王維同在給事中任。王維有《酬郭給事》。《元和姓纂》卷一〇郭：「納，給事中，陳留采訪使。」按，《舊唐書·趙曄傳》：「河東采訪使韋陟以曄履操清直，頗推敬之，表爲賓僚。陟罷，陳留采訪使郭納復奏曄爲支使。」《玄宗紀》：「（天寶十三載）冬十月壬寅，幸華清宫。貶河東太守韋陟爲桂嶺尉。」郭納自給事中出爲陳留采訪使亦在此前後。湯東靈湫：黄鶴注：「靈湫在驪山温湯之東。」《長安志》卷一五臨潼縣：「温湯在縣南一百五十步驪山之西北。……貞觀十八年，詔左屯衛大將軍姜行本、將作少匠閻立德營建宫殿，御賜名湯泉宫。太宗因幸製碑。咸亨二年名温泉宫。天寶六載，改爲華清宫。驪山上下，益治湯井爲池，臺殿環列山谷。明皇歲幸焉。又築會昌城，即於湯所置百司及公卿邸第焉。」

〔二〕東山句：東山指驪山。《長安志》卷一五引述征記：「長安東則驪山，西則白鹿原，北望雲陽，悉見山阜之形，而恒若雲霧之中。」《淮南子·俶直訓》：「提挈天地而委萬物，以鴻濛爲景柱，而浮揚乎無畛崖之際。」揚雄《羽獵賦》：「鴻濛沆茫，揭以崇山。」《文選》注：「韋昭曰：鴻濛沆茫，水草廣大貌也。」

〔三〕君來二句：《舊唐書·楊國忠傳》：「玄宗每年冬十月幸華清宫，常經冬還宫。國忠山第在宫東門之南，與虢國相對，韓國、秦國甍棟相接，天子幸其第，必過五家，賞賜宴樂。每扈從驪山，五家合隊，國忠以劍南幢節引於前，出有餞路，還有軟脚，遠近餉遺，珍玩狗馬，閹侍歌兒，相望於道。」《玄宗諸子傳》：「每歲幸華清宫，宫側亦有十王院、百孫院。宫人每院四百，百孫院三四十人。」《詩·周頌·有瞽》：「設業設虡，崇牙樹羽。」傳：「樹羽，置羽也。」翁方綱《石洲詩話》卷六：「老杜頻用『樹羽』字，皆未妥。」蓋謂其與原義有出入。

〔四〕陰火句：木華《海賦》：「陽冰不冶，陰火潛然。」《九家》趙注：「今公以其水温，故假陰火煮之以爲美。」王嗣奭《杜臆》：「本題是湯東靈湫，乃湯泉東之靈湫，非湯泉也。故篇中詳述湫之改移與龍之靈怪，而詠湯泉者止有『陰火』數語，引起靈湫耳。」

〔五〕有時二句：《山海經·海外東經》：「湯谷上有扶桑，十日所浴。」《淮南子·天文訓》：「日出於暘谷，浴於咸池，拂於扶桑。」《九家》趙注：「蓋言日色出，光照樓閣，此泉正是咸池耳。」

〔六〕閶風二句：《淮南子·墬形訓》：「崑崙之丘，或上倍之，是謂涼風之山，登之而不死。」《穆天子傳》郭璞注作「閶風」。《穆天子傳》卷四：「自西王母之邦，北至於曠原之野，飛鳥之所解其羽，千有九百里。宗周至於西北大曠原，萬四千里。」《九家》趙注：「自驪山而出，若將訪崑崙而游廣原，此所以言其欲冥搜也。《老子》：『善行無轍跡。』而義則周穆王欲車轍馬跡遍天下之意。」

〔七〕沸天二句：鮑照《蕪城賦》：「歌吹沸天。」《九家》趙注：「言其聲之多也。」《長安志》卷一五臨潼縣：「泠水在縣東三十五里，來自渭南縣界，亦曰百丈水。」《太平寰宇記》卷二七新豐縣：「百丈水即泠泉之别名，歷陰盤、新豐兩原之間，北流於渭。」《九家》趙注引《水經注》渭水，謂泠水、戲水皆出驪山之下，「惜乎地志不載『百丈湫』字」。

〔八〕王命句：《九家》趙注：「言乘輿既至湫傍，遂休官屬，休乃百工休之休。」王嗣奭《杜臆》：「謂休沐以致祭。」

〔九〕初聞句：《易·大壯》：「小人用壯，君子用罔。」《長安志》卷一五：「湯泉水，陰盤故城東門外，去昭應十五里。故城，漢高祖與太上皇所置新豐邑。漢靈帝改封段熲盤侯，即此是。陰盤城高一丈三尺，東西南北各三千一百步，往來大路，必由此城。行人憧憧，無所留礙。近古帝王未嘗經過，必迂回城西，別開御路。貞觀中，乘輿將自東門入，湯泉水岸深數丈，時水暴漲平岸，又見物狀如豬，出臨門，命有司致祭，其物起向北，因失所在。開元八年冬，乘輿自南入，行至半城，黑氣自城東北角起，倏忽滿城，從官皆相失，上策馬逾城赴官路，下至渭川，雲氣稍解，侍臣分散，尋求乘輿所在，既謁見，悲喜迸涕，上亦悵然。自是還宮，數日不出。翰林學士、通事舍人王翰作《答客問》上之，詞曰：『龍躍湯泉雲漸回，龍飛香殿氣還來。龍潛龍見雲皆應，天道常然何問哉。』」《九家》趙注引此，謂「乃直指爲龍所在」。

〔一〇〕中夜二句：指移湫之事。如《劇談録》卷上：「咸通九年春，華陰縣南十餘里，一夕風雷暴作，有龍移湫，自遠而至。先是，崖壟高亞，無貯水之所。此夕徙開數十丈小山，從東西直南北，峰巒草樹，一無所傷，碧波回塘，湛若疏鑿。京洛符旅，無不枉道而觀。」

〔一一〕倒懸二句：瑶池，見本卷《同諸公登慈恩寺塔》(0023)注。《九家》趙注謂此瑶池亦指驪山溫泉，句意謂湫移之時於空中倒映其影。屈注，猶《水經注》所謂「河水屈而流，白渠水注之」，「(濟水)又屈而北注」。仇注：「謂泉水奔赴。」

〔一二〕味如二句：《禮記·內則》：「旨甘柔滑。」

〔一三〕翠旗二句：司馬相如《上林賦》：「建翠華之旗，樹靈鼉之鼓。」司馬相如《長門賦》：「澹偃蹇而待曙兮，荒亭亭而復明。」《文選》李善注：「李奇曰：澹，猶動也。偃蹇，停立貌也。」雲車，見本卷《送孔巢父謝病歸游江東兼呈李白》(0026)注。

〔一四〕簫鼓二句：張協《雜詩》：「雲根臨八極，雨足洒四溟。」《文選》李善注：「四溟，四海也。」張衡《西京賦》：「山谷原隰，泱漭無疆。」《文選》薛綜注：「泱漭，無限域之貌。」

〔一五〕蛟人二句：蛟人同鮫人，見本卷《渼陂西南臺》(0032)注。《穆天子傳》卷一：「天子大朝于燕然之山，河水之阿……曾祝佐之。」郭璞注：「曾，重也。《傳》曰曾臣偃。」又同卷：「天子之豪馬、豪牛、尨狗、豪羊，以三十祭文山。」注：「豪，猶髦也。《山海經》云：髦馬如馬，足四節，皆有毛。」

〔一六〕百祥二句：《書·伊訓》：「作善，降之百祥。」傳：「祥，善也。」《後漢書·竇武傳》：「臣幸得遭盛明之世。」嵇康《幽憤詩》：「嗟我憤歎，曾莫能儔。」《宋書·王弘傳》：「功實盛大，莫之與儔。」

〔一七〕坡陁六句：司馬相如《哀秦二世賦》：「登陂陁之長坂兮，坌入曾宮之嵯峨。」《楚辭·招魂》王逸注：「陂陁，長陛也。」《九家》趙注引《新唐書·五行志》載「蝦蟆色如金者」，謂：「此金蝦蟆蓋是實事，或云驪山上有碑載之。」「王母言貴妃也。上既以湫比瑶池，則此用王母尤宜。」錢箋引《酉陽雜俎》「金背蝦蟆，疑是月中者」，謂：「月中之精，后妃之象。禄山諂約楊妃……方諸蝦蟆之入月，詩人之託諭，不亦婉而章乎。」又引《安禄山事迹》「禄山醉卧，化爲一黑猪而龍首」，謂：「續遺歸范陽，禄山遂反，豈非『復歸虚無底，化爲長黄虬』乎？」仇注潘鴻曰引《新唐書·五行志》「神龍中，渭水有蝦蟆大如鼎，里人聚觀，數日而失，是歲大水」，謂：「『坡陁金蝦蟆』，蓋其類也。禄山濁亂宮闈，故有此應。」按，諸家徵引，皆附會貴妃、禄山事，然情節皆不甚合。《説郛》卷三三《瀟湘録》：「高宗承祧後，多患頭風，召醫於四方，終不得瘳。有一宫人忽自陳世業醫術，請修合藥餌，高宗初未之信，及堅論奏，遂令宦者監之修其藥。宫人開坎作藥爐，比藥中有燒香者，穿地方一二尺，忽有一蝦蟆跳出，如黄金色，背上有朱書『武』字。宫人不敢匿其事，乃進於高宗，不曉其兆，遽命弃於後苑内。宫人遂别擇地穿藥爐，方深一尺，復得前金色蝦蟆。又聞於上，上惡之，以爲不祥，命殺而弃之。至夜，其修藥宫人及宦者皆無疾而卒。」鈕琇《觚乘》卷七引此，謂：「拾遺所詠，是當年實事。乃錢虞山箋注援《酉陽雜俎》所載月光屬林、尋化金背蝦蟆事……似近附會。」此乃高宗時事，「武」者隱指武后，然其事非出驪山。驪山所傳金蝦蟆事，疑與此類似。至尊、王母，蓋指高宗、武后。傳言驪山有碑載之，則其説出於杜甫前。情節爲傳説固有，謂詩人杜撰以影射貴妃、禄山，似無可能。又郭納亦爲朝中顯宦，此奉和之作固不應横生枝蔓，醜詆當朝。

〔一八〕飄飄二句：青瑣郎，此指給事中。《初學記》卷一二黄門侍郎引應劭曰：「黄門郎每日暮向青瑣門拜，謂之夕郎。」又引《齊職儀》：「初，秦有給事黄門之職，漢因之。」唐門下省設黄門侍郎二人，給事中四人。珊瑚鈎，仇注引吴注：「《纂典》記相如見枚叔文，稱曰：『如珊瑚之鈎，璠璵之器，非世間尋常可見。』」按，《太平御覽》卷八〇七引孫氏《瑞應圖》：「珊瑚鈎者，王者恭信則見。」則非以珊瑚爲鈎，乃自然成形者。

〔一九〕渌水曲：《樂府詩集》卷五九《琴曲歌辭・蔡氏五弄》引《琴集》：「五弄：游春、渌水、幽居、坐愁、秋思，並宫調，蔡邕所作也。」又卷五六《舞曲歌辭・齊明王歌辭七首》：「《齊明王歌辭》七曲，王融應司徒教而作也。一曰明王曲，二曰聖君曲，三曰淥水曲……」

## 夜聽許十誦詩愛而有作①〔一〕

許生五臺賓，業白出石壁〔二〕。余亦師粲可，身猶縛禪寂〔三〕。何階子方便，謬引爲匹敵〔四〕。離索晚相逢，包蒙欣有擊〔五〕。誦詩渾游衍②，四座皆辟易③〔六〕。應手看捶鉤，清心聽鳴鏑〔七〕。精微穿溟涬，飛動摧霹靂〔八〕。陶謝不枝梧，風騷共推激〔九〕。紫鸞自超詣④，翠駮誰翦剔〔一〇〕？君意人莫知，人間夜寥闃〔一一〕。（0036）

【校】

① 許十，錢箋其下有「損」字，校：「一本作許十一。一本作許十，無『損』字。」

② 渾，錢箋校：「一作混。」

③ 皆，錢箋校：「一作俱。」

④ 鸞，錢箋、《九家》、《草堂》作「燕」。《九家》校：「一作鸞。」《草堂》校：「舊作鸞，非。歐作燕，今從之。」錢箋校：「舊作鸞，非。」

四載。

【注】

黄鶴注：天寶十四載（七五五）長安作，依舊次。仇注、川《譜》同。按，當作於長安期間，未必即十四載。

〔一〕許十：事迹不詳。或謂與本書卷九《對雨書懷走邀許十一簿公》（0432）之許十一爲同一人。

〔二〕許生二句：謂許生修行浄土。《元和郡縣圖志》卷一四河東道代州五臺縣：「五臺山，在縣東北百四十里。道經以爲紫府山，内經以爲清涼山。」《續高僧傳》卷六《曇鸞傳》：「釋曇鸞，或爲巒。未詳其氏。雁門人。家近五臺山。……魏主重之，號爲神鸞焉。下令住并州大寺，晚復移住汾州北山石壁玄中寺。時往介山之陰，聚徒授業，今號鸞公岩是也。……又撰《禮浄土》十二偈，續《龍樹偈》。後又撰《安樂集》兩卷等，廣流於世。」《法苑珠林》卷一九引《大悲經》：「所有白業得白報，黑業得黑報。」《中阿含經》卷三：「謂此十種不善業道，黑有黑報。」「謂此十善業道，白有白報。」道綽《安樂集》卷下：「是故《涅槃經》云：作業時黑，果報亦黑；作業時白，果報亦白。浄雜亦爾。」曇鸞、道綽爲浄土宗初祖、二祖，均居石壁玄中寺行化。

〔三〕余亦二句：張説《唐玉泉寺大通禪師碑銘》：「自菩提達磨天竺東來，以法傳惠可，惠可傳僧璨，僧璨傳道信，道信傳弘忍，繼明重跡，相承五光。」禪宗以達摩爲初祖，惠（亦作慧）可爲二祖，僧粲（亦作璨）爲三祖。《維摩經·方便品》：「一心禪寂，攝諸亂意。」又《文殊師利問疾品》：「何謂縛？何謂解？貪著禪味是菩薩縛，以方便生是菩薩解。又無方便慧縛，有方便慧解，無慧方便縛，有慧方便解。」呂澂、陳允吉等謂，此句杜甫自謂修行北宗禪法。按，「縛禪寂」亦用《維摩經》語，故有下何階方便句。

〔四〕何階二句：《禪法要解》卷上：「第四禪名爲真禪，餘三禪者方便階梯。」《諸法集要經》卷一○：「善法爲階梯，智者能昇蹈。」《九家》趙注：「有何因階得子垂方便之行，而以之爲匹也。」按，二人修行不同，然皆爲方便之階，故引爲匹敵。

〔五〕離索二句：離索，別離。潘尼《贈汲郡太守李茂彦》：「離索何惆悵，後會未可希。」《魏書·蕭寶夤傳》：「或具僚離索，或同事凋零。」《易·蒙》：「九二，包蒙，吉。」「上九，擊蒙，不利爲寇，利禦寇。」王弼注：「以剛居中，童蒙所歸，包而不距則遠近咸至，故包蒙吉也。」「處蒙之終，以剛居上，能擊去童蒙，以發其昧者也，故曰擊蒙也。」仇注：「待其啓發也。」

〔六〕誦詩二句：《詩·大雅·板》：「昊天曰旦，及爾游衍。」傳：「游，行；衍，溢也。」疏釋爲「馳驅自恣」。謝朓《和伏武昌登孫權故城》：「于役倘有期，鄂渚同游衍。」《史記·項羽本紀》：「赤泉侯人馬俱驚，辟易數里。」

〔七〕應手二句：《莊子·知北游》：「大馬之捶鉤者，年八十矣，而不失豪芒。大馬曰：『子巧與？有道與？』曰：『臣有守也。臣之年二十而好捶鉤，於物無視也，非鉤無察也。』」郭象注：「玷捶鉤之輕重，而無毫芒之差也。」《史記·匈奴列傳》：「冒頓乃作爲鳴鏑。」集解：「《漢書音義》曰：鏑，箭也，如今鳴箭也。」

〔八〕精微二句：《淮南子·本經訓》：「舜之時，共工振滔洪水，以薄空桑，龍門未開，呂梁未發，江淮通流，四海溟涬。」《太平御覽》卷一引《三五曆記》：「未有天地之時，混沌狀如雞子，溟涬始牙，濛鴻滋萌。」《華嚴經》卷七：「甍棟相承，勢如飛動。」《文心雕龍・詮賦》：「延壽靈光，含飛動之勢。」

〔九〕陶謝二句：陶謝，陶淵明、謝靈運。前人以顔、謝並稱，稱陶、謝者始於杜甫。《史記・項羽本紀》：「諸將皆慴服，莫敢枝梧。」集解：「如淳曰：枝梧猶枝捍也。」《宋書・謝靈運傳》論：「自漢至魏，四百餘年，辭人才子，文體三變。……原其飆流所始，莫不同祖風騷。」

〔一〇〕紫鸞二句：陳子昂《與東方左史虬修竹篇》：「驅馳翠虬駕，伊郁紫鸞笙。」李白《古風》：「兩兩白玉童，雙吹紫鸞笙。」《九家》趙注：「鸞鳳之名，雖曰色多丹者曰鳳，故每曰丹鳳，色多青者曰鸞，故每曰青鸞，如鳳五色而多紫者曰鸑鷟，但杜公未嘗言紫鸑鷟，而杜公於《北征》詩曰『天吴及紫鳳』……今曰『紫鸞自超詣』，固亦如紫鳳之稱。……蔡伯世《正異》作『紫鷰』，如此則平側不相連，又兩句皆言馬，不亦拙乎。」《爾雅・釋獸》：「駮如馬，倨牙，食虎豹。」張衡《西京賦》：「天子乃駕雕軫，六駿駮。」《文選》薛綜注：「天子駕六馬。駮，白馬而黑，畫爲文如虎者。」仇注：「此云翠駮，即翠黄、翠龍之意。」按，翠駮亦如陳詩之「翠虬」，皆詩人自鑄詞。《莊子・馬蹄》：「及至伯樂，曰我善治馬。燒之，剔之，刻之，雒之。」集解司馬云：「剔謂剪其毛。」

〔一一〕寥闃：蕭子範《直坊賦》：「何坊禁之寥闃，對長庭之蕪永。」《九家》趙注：「寂静之義。」葛立方《韻語陽秋》卷三：「詩人贊美同志詩篇之善，多比珠璣碧玉、錦繡花草之類。至杜子美則豈肯作此陳腐語邪？《寄岑參詩》云：『意愜關飛動，篇終接混茫。』《夜聽許十一誦詩》云：『精微穿溟涬，飛動摧霹靂。』《贈盧琚詩》曰：『藻翰惟牽率，湖山合動摇。』《贈鄭諫議詩》云：『毫髮無遺憾，波瀾獨老成。』《寄李白詩》云：『筆落驚風雨，詩成泣鬼神。』《贈高適詩》云：『美名人不及，佳句法如何。』皆驚人語也。視餘子其神芝之與腐菌哉！」

## 橋陵詩三十韻因呈縣内諸官〔一〕

先帝昔晏駕，茲山朝百靈〔二〕。崇岡擁象設，沃野開天庭〔三〕。即事壯重險，論功超五丁〔四〕。坡陁因厚地①，却略羅峻屏〔五〕。雲闕虚冉冉，風松肅泠泠〔六〕。石門霜露白②，玉殿莓苔青〔七〕。宫女晚知曙③，祠官朝見星〔八〕。空梁簇畫戟，陰井敲銅瓶〔九〕。中使日夜繼④，惟王心不寧〔一〇〕。豈徒卹備享，尚謂求無形〔一一〕。孝理敦國政，神凝推道經〔一二〕。瑞芝産廟柱，好鳥鳴岩扃⑤〔一三〕。高岳前嵂崒，洪河左瀅濙〔一四〕。金城蓄峻趾，沙苑交回汀〔一五〕。永與奥區固，川原紛眇冥〔一六〕。居然赤縣立，臺榭争岧亭〔一七〕。官屬果稱是，聲華真可聽⑥〔一八〕。王劉美竹潤，裴李春蘭馨。鄭氏才振古，啖侯筆不停〔一九〕。遣詞必中律，利物常發硎〔二〇〕。綺繡相展轉，琳琅愈青熒⑦〔二一〕。側聞魯恭化，秉德崔瑗銘〔二二〕。太史候鳧影，王喬隨鶴翎〔二三〕。朝儀限霄漢，客思回林坰〔二四〕。轗軻辭下杜，飄颻陵濁涇〔二五〕。諸生舊短褐，旅泛一浮萍〔二六〕。荒歲兒女瘦，暮途涕泗零。主人念老馬，廨署容秋螢⑧〔二七〕。流寓理豈愜，窮愁醉未醒〔二八〕。何當擺俗累，浩蕩乘滄溟〔二九〕？

（0037）

【校】

①因，錢箋校：「一作用。」　地，錢箋校：「一作力。」

②露，錢箋校：「一作霧。」

③晚，錢箋校：「一作曉。」《九家》作「曉」，校：「趙作晚。」

④日夜繼，錢箋校：「一云日繼夜。《正異》云日相繼。」《九家》校：「趙作日繼夜。蔡作日相繼。」

⑤鳴，錢箋校：「一作巢。一作宿。」《九家》校：「一作巢。」

⑥真，錢箋校：「一作宜。」

⑦愈，錢箋、《九家》校：「一作逾。」

⑧署，《九家》作「宇」。錢箋校：「一作宇。」　容，錢箋校：「一作客。」

**【注】**

黄鶴注：當是天寶十三載（七五四）物價暴貴，人多乏食時，往見諸官而作此詩。仇注、川《譜》同。按，時初寄家奉先。

〔一〕橋陵：《舊唐書·玄宗紀》：「（開元四年十月）庚午，葬睿宗大聖貞皇帝于橋陵。以同州蒲城縣爲奉先縣，隸京兆府。」「（開元十七年十一月）丙申，謁橋陵。上望陵涕泣，左右並哀感。制奉先縣同赤縣，以所管萬三百户供陵寢，三府兵馬供宿衛，曲赦縣内大辟罪已下。」《長安志》卷一八蒲城縣：「唐睿宗橋陵，在縣西北二十里豐山宣化鄉積善村。封内四十里，陪葬太子三，公主三。」

〔二〕先帝二句：《史記·范雎蔡澤列傳》：「宫車一日晏駕。」集解：「應劭曰：天子當晨起早作，如方崩殞，故稱晏駕。韋昭曰：凡初崩爲晏駕者，臣子之心猶謂宫車當駕而晚出。」班固《東都賦》：「禮神祇，懷百靈。」《文選》李善注：「《毛詩》曰：懷柔百神。」

〔三〕崇岡二句：《楚辭·招魂》：「像設君室，静閑安些。」王逸注：「像，法也。言乃爲君造設第室，法像舊廬。」揚雄《甘泉賦》：「選巫咸兮叫帝閽，開天庭兮延群神。」

〔四〕論功句：《華陽國志》卷三：「時蜀有五丁力士，能移山，舉萬鈞。每王薨，輒立大石，長三丈，重千鈞，爲墓志，今石笋是也。」

〔五〕坡陁二句：坡陁，見本卷《奉同郭給事湯東靈湫作》（0035）注。《詩·小雅·正月》：「謂地蓋厚，不敢不蹐。」却略，退後。《相和歌辭・隴西行》：「却略再拜跪，然後持一杯。」劉禹錫《楚望賦》：「薦誠致祝，却略躨跜。」《九家》趙注：「却略乃退身之義也，山之退而在後，其勢亦然。」

〔六〕雲闕二句：《晋書・滕修傳》：「瞻望雲闕，實懷痛裂。」冉冉，此言雲霧繚繞。陳希烈《省試白雲起封中》：「冉冉排空上，依依疊影重。」韋丹《思歸寄東林澈上人》：「王事紛紛無暇日，浮生冉冉只如雲。」庾信《周大將軍琅邪壯公司馬裔墓志銘》：「風松雲蓋，白水山衣。」宋玉《風賦》：「清清泠泠，愈病析酲。」《文選》李善注：「清清泠泠，清涼之貌也。」

〔七〕石門二句：石門、玉殿，指陵寢。《禮記・祭義》：「霜露既降，君子履之，必有悽愴之心。」劉峻《辨命論》：「設令忽如過隙，溘死霜露。」楊炯《青苔賦》：「王孫逝兮山之隈，披薜荔兮踐莓苔。」

〔八〕宫女二句：《資治通鑑》大中十二年胡三省注：「宋白曰：凡諸帝升遐，宫人無子者悉遣詣山陵供奉朝夕，具盥櫛，治衾枕，事死如事生。」韓愈《豐陵行》：「設官置衛鎖嬪妓，供養朝夕象平居。」白居易《新樂府・陵園妾》：「陵園妾，顔色如花命如葉。命如葉薄將奈何，一奉寢宫年月多。」《九家》趙注：「以其無事，晚而後知曉也。」《唐會要》卷二一《緣陵禮物》：「神龍二年二月，太常博士彭景直以爲諸陵每日奠祭，乖於古禮，上疏……疏奏，上謂侍臣曰：『……乾陵宜依舊，朝晡進奠，昭、獻二陵，每日一進，必若所司供辦辛苦，可減朕膳，以爲常式。』」「（開元）二十三年四月，敕獻、昭、乾、定、橋、恭六陵，朔望上食，歲冬至、寒食日，各設一祭。如節祭共朔望日相逢，依節祭料。橋陵除此日外，仍每日進半口羊食。」《九家》趙注：「以其勤恪而虔於從事也。」

〔九〕空梁二句：簇，《六書故》：「簇，小竹叢密簇簇也。」引申爲簇聚義。孟浩然《雲門寺西六七里聞符公蘭若最幽與薛八同往》：「雲簇興座隅，天空落階下。」晝戟：唐諸陵設門戟。《唐會要》卷一七《廟災變》：「元和十七年正月，宗正寺奏：『建陵黄堂南面丹景門，去年十一月被賊斫破門戟四十七竿。』」井亦稱陰井。韋應物《題鄭拾遺草堂》：「陰井夕蟲亂，高林霜果稀。」盧綸《春日陪李庶子遵善寺東院曉望》：「陽峰高對寺，陰井下通雲。」仇注：「宫女奉盥，故銅瓶汲井。」

〔一〇〕中使二句：《舊唐書·玄宗紀》：「（天寶十載正月甲午）太廟置内官，供洒掃諸陵廟。」《唐會要》卷二〇《公卿巡陵》：「景龍二年三月……手敕答曰：『乾陵每歲正旦、冬至、寒食遣外使去，二忌日遣内使去，其諸陵並依來表。』」《詩·大雅·江漢》：「時靡有争，王心載寧。」

〔一一〕豈徒二句：《左傳》僖公三十一年：「國君，文足昭也，武可畏也，則有備物之饗以象其德。」《禮記·曲禮上》：「食饗不爲概，祭祀不爲尸。聽於無聲，視於無形。」疏：「謂視而不見父母之形，雖無聲無形，恒常於心想像，似見形聞聲，謂父母將有教使己然也。」

〔一二〕孝理二句：《孝經》孝治章：「子曰：昔者明王之以孝治天下，不敢遺小國之臣。」此避唐諱作「孝理」。《莊子·逍遥游》：「其神凝，使物不疵癘而年穀熟。」道經，指《老子》。《舊唐書·玄宗紀》：「（開元）二十一年春正月庚子朔，制令士庶家藏《老子》一本，每年貢舉人量減《尚書》、《論語》兩條策，加《老子》策。」「二十九年春正月丁丑，制兩京、諸州各置玄元皇帝廟並崇玄學，置生徒，令習《老子》、《莊子》、《列子》、《文子》，每年准明經例考試。」

〔一三〕瑞芝二句：《舊唐書·玄宗紀》：「（天寶七載）三月乙酉，大同殿柱産玉芝，有神光照殿。」「（八載）六月，大同殿又産玉芝一莖。」此事近同。宋之問《游雲門寺》：「摇摇不安寐，待月詠岩扃。」

〔一四〕高岳二句：高岳，《九家》趙注謂指嵩高山，仇注謂指華岳。司馬相如《子虛賦》：「其山則盤紆岪鬱，隆崇嵂崒。」《類篇》：「崒嵂，山高貌。」洪河，黄河。班固《西都賦》：「右界褒斜隴首之險，帶以洪河涇渭之川。」《水經注》河水：「河水又南，蒲川水出石樓山，南逕蒲城東，即重耳所奔之處也。」瀅濙，錢箋謂「濙」當作「瀠」，仇注作「濴」。《類篇》：「瀅，吉成切。絶小水也。」則上字作「瀅」亦誤。郭璞《江賦》：「漩澴滎瀯。」《文選》李善注：「皆波浪回旋濆涌而起之貌也。」《類篇》：「瀯、瀠、濴、濚，維傾切。澴瀯，水回貌。或從縈、從熒、從滎。濴又玄扃切，回波曰濴。」則作瀯濴、瀯滎、瀯瀠，皆同於滎瀯。

〔一五〕金城二句：金城，《九家》杜《正謬》謂地名，指漢之金城武威，唐蘭州郡。錢箋謂指沙苑長城。《太平寰宇記》卷二八同州蒲城縣：「塹洛，《史記》：秦孝公九年築長城，簡公二年塹洛。故云自鄭濱洛。今沙苑長城是也。又按《三秦記》云：在蒲城東五十里，秦築長城，即是塹洛也。」《史記·秦本紀》：「楚、魏與秦接界，魏築長城，自鄭濱洛以北，有上郡。」正義：「魏西界與秦相接，南自華州鄭縣，西北過渭水，濱洛水東岸，向北有上郡鄜州之地，皆築長城以界秦境。」賈誼《過秦論》：「自以爲關中之固，金城千里。」此指長城。左思《魏都賦》：「藐藐標危，亭亭峻趾。」《文選》李善注引《説文》：「阯，基也。」沙苑，在同州郡。參本卷《沙苑行》（0038）注。陳子昂《于長史山池三日曲水宴》：「摘蘭藉芳月，袚宴坐回汀。」

〔一六〕永與二句：班固《西都賦》：「防禦之阻，則天地之奥區焉。」《文選》李善注引《説文》：「奥，四方之土，可定居者。」眇冥，渺無邊際。趙居貞《雲門山投龍詩》：「大壑静不波，渺溟無際極。」尚顔《述懷》：「坐與幽期遇，何湖心渺冥。」義同。

〔一七〕居然二句：居然，蔣紹愚謂作顯然解。《通典》卷三三《職官・縣令》：「大唐縣有赤、畿、望、緊、上、中、下七等之差。京都所治爲赤縣，京之旁邑爲畿縣。」奉先縣升赤縣，見注〔一〕。岧亭，高貌。謝朓《雜詩・鏡臺》：「玲瓏類丹檻，苕亭似玄闕。」江淹《雜體詩・謝法曹惠連贈别》：「泛濫北湖游，岧亭南樓期。」

〔一八〕聲華句：任昉《宣德皇后令》：「客游梁朝，則聲華籍甚。」

〔一九〕王劉四句：王、劉等六人，皆爲縣内諸公。劉即劉單。參卷二《奉先劉少府新畫山水障歌》（0080）注。朱鶴齡疑啖侯即啖助，無確證。《新唐書・儒學傳》「啖助」：「啖助，字叔佐，趙州人，後徙關中。淹該經術。天寶末，調臨海尉，丹陽主簿。秩滿，屏居。」梁武帝《浄業賦》：「如玉有潤，如竹有筠。」嵇康《贈秀才入軍》：「仰慕同趣，其馨若蘭。」

〔二〇〕遣詞二句：《文心雕龍・章表》：「必使繁約得正，華實相勝，唇吻不滯，則中律矣。」《易・乾・文言》：「利者，義之和也。」「利物，足以和義。」《莊子・養生主》：「庖丁爲文惠君解牛……刀刃若新發於硎。」

〔二一〕綺繡二句：陸機《文賦》：「或藻思綺合，清麗千眠。炳若縟繡，淒若繁絃。」張説《洛州張司馬集序》：「發言而宫商應，摇筆而綺繡飛。」《書·禹貢》「雍州」：「厥貢惟球琳琅玕。」傳：「球、琳皆玉名。琅玕，石而似珠。」揚雄《羽獵賦》：「玉山嶜崟，眩燿青熒。」《文選》李善注：「青熒，光明貌。」

〔二二〕側聞二句：《後漢書·魯恭傳》：「拜中牟令，恭專以德化爲理，不任刑罰。訟人許伯等争田，累守令不能決，恭爲平理曲直，皆退而自責，輟耕相讓。」《後漢書·崔瑗傳》：「瑗字子玉，早孤，鋭志好學。……瑗高於文辭，尤善爲書、記、箴、銘。」《文選》卷五六崔瑗《座右銘》吕延濟注：「瑗兄璋爲人所殺，瑗遂手刃其仇，亡命。蒙赦而出，作此銘以自戒，嘗置座右，故曰座右銘。」

〔二三〕太史二句：《後漢書·方術傳》：「王喬者，河東人也。顯宗時，爲葉令。喬有神術，每月朔望，常自縣詣臺朝。帝怪其來數，而不見車騎，密令太史伺望之。言其臨至，輒有雙鳧從東南飛來。于是候鳧至，舉羅張之，但得一隻舄焉。」《列仙傳》卷上：「王子喬者，周靈王太子晋也。好吹笙，作鳳鳴，游伊洛之間。道士浮丘公接以上嵩高山。三十餘年後，求之於山上，見桓良曰：『告我家，七月七日待我於緱氏山巔。』至時，果乘白鶴駐山頭。望之不得到，舉手謝時人，數日而去。」《九家》趙注：「後漢王喬……無鶴事，今却云『王喬隨鶴翎』，因更用周靈王太子王子喬事貼之也。」

〔二四〕朝儀二句：陳琳《爲曹洪與魏文帝書》：「夫緑驥垂耳於林坰，鴻雀戢翼於污池。」《爾雅·釋地》：「野外謂之林，林外謂之坰。」《九家》趙注：「知縣入朝而公不得預，此所以自歎也。」

〔二五〕轆軻二句：轆軻，見本卷《醉時歌》（0019）「坎軻」注。《水經注》渭水：「（長安）南出東頭第一門，本名覆盎門……其南有下杜城。應劭曰：故杜陵之下聚落也，故曰下杜門。」《長安志》卷一二長安縣：「下杜城在縣南一十五里……《廟記》曰：下杜城，杜伯所築，東有杜原城，在底下，故曰下杜。」飄飖，蔣紹愚謂有漂泊、輾轉義。濁涇，見本卷《秋雨歎三首》之二（0016）注。仇注：「涇水在長安之北，公自杜陵往奉先，故渡此水。」

〔二六〕諸生二句：諸生，甫自謂。任昉《天監三年策秀才文》：「朕本白諸生，弱齡有志。」賈誼《過秦論》：「夫寒者利裋褐。」《史記》索隱：「趙岐曰：『褐以毛毳織之，若馬衣，或以褐編衣也。』裋，一音豎。謂褐布豎裁，爲勞役之衣，短而且狹，故謂之短褐，亦曰豎褐。」班彪《王命論》：「思有短褐之襲，擔石之蓄。」《文選》李善注：「韋昭曰：短爲裋。裋，襦也。毛布曰褐。」曹植《雜詩》：「寄松爲女蘿，依水如浮萍。」

〔二七〕主人二句：《韓詩外傳》卷八：「昔者田子方出見老馬於道……曰：『少盡其力，而老去其身，仁者不爲也。』束帛而贖之。窮士聞之，知所歸心矣。」《九家》趙注：「公多以老馬自況。」「秋螢乃車胤聚螢事，豈言客於縣宇而容其讀書乎？」

〔二八〕流寓二句：謝靈運《擬魏太子鄴中集·王粲》序：「家本秦川貴公子孫，遭亂流寓，自傷情多。」《史記·平原君虞卿列傳》：「然虞卿非窮愁，亦不能著書以自見於後世云。」

〔二九〕何當二句：擺，擺落，擺脱。陶淵明《飲酒》：「擺落悠悠談，請從余所之。」《梁書·謝朏傳》：「簪紱未褫，而風塵擺落。」王彪之《游仙詩》：「遠游絶塵霧，輕舉觀滄溟。」

# 沙苑行〔一〕

君不見左輔白沙如白水①，繚以周墻百餘里〔二〕。龍媒昔是渥洼生，汗血今稱獻於此〔三〕。苑中騋牝三千匹〔四〕，豐草青青寒不死。食之豪健西域無，每歲攻駒冠邊鄙②〔五〕。王有虎臣司苑門，入門天厩皆雲屯〔六〕。驌驦一骨獨當御〔七〕，春秋二時歸至尊③。至尊内外馬盈億④，伏櫪在坰空大存〔八〕。逸羣絶足信殊傑，倜儻權奇難具論〔九〕。累累塠阜藏奔突⑤，往往坡陁縱超越〔一〇〕。角壯翻同麇鹿游⑥，浮深簸蕩黿鼉窟〔一一〕。泉出巨魚長比人⑦〔一二〕，丹砂作尾黄金鱗。豈知異物同精氣，雖未成龍亦有神〔一三〕。（0038）

【校】

① 如白水，錢箋校：「一作白如水。」《草堂》校：「一作白如水。一作遠如水。」《文苑英華》校：「集作白如水。」

② 西域無，錢箋校：「一云騰西域。」　攻，宋本、《九家》、《草堂》、《文苑英華》校：「一作收。」錢箋校：

「一作收。一作牧。」

③ 歸，錢箋、《草堂》校：「一作朝。」

④ 至尊内外馬盈億，錢箋、《草堂》校：「鮑作『内外馬數將盈億』。」

⑤ 塠，宋本作「搥」，據錢箋、《草堂》、《九家》改。

⑥ 同，錢箋校：「一作騰。」

⑦ 泉，錢箋校：「一作海。」

**【注】**

黄鶴注：當是天寶十三載（七五四）羣牧都使奏就羣牧交點馬時作。盧元昌注：時安禄山知總監事，公作《沙苑行》疑諷之。按，此詩當與前詩作於同時。時杜甫在奉先，道近沙苑。

〔一〕沙苑：《元和郡縣圖志》卷二同州馮翊縣：「沙苑，一名沙阜，在縣南十二里。東西八十里，南北三十里。……今以其處宜六畜，置沙苑監。」《唐六典》卷一七：「沙苑監，掌牧養隴右諸牧牛羊，以供其宴會祭祀及尚食所用。每歲與典牧分月以供之。」

〔二〕君不見二句：左輔，同州。《舊唐書・地理志》關内道：「同州上輔，隋馮翊郡。……天寶元年，改同州爲馮翊郡。乾元元年，復爲同州。」《魏書・景穆十二王傳》：「竊見馮翊古城，羌魏兩民之交，許洛水陸之際，先漢之左輔，皇魏之右翼。」《太平寰宇記》卷二八同州白水縣：「後魏和平三年，分澄城郡，於此置白水縣及白水郡。南臨白水，因以立名。」「沮水，按道元《水經注》云：『洛水東南，沮水入焉。』故洛水亦名漆沮水。蓋其境東南，谷多白土，因曰白水。」班固

《西都賦》：「西郊則有上囿禁苑，林麓藪澤，陂池連乎蜀漢，繚以周牆，四百餘里。」

〔三〕龍媒二句：《史記·樂書》：「又嘗得神馬渥洼水中，復次以爲太一之歌。」集解：「李斐曰：南陽新野有暴利長，當武帝時遭刑，屯田敦煌界。人數於此水旁見群野馬中有奇異者，與凡馬異，來飲此水旁。利長先爲土人持勒靽於水旁，後馬玩習久之，代土人持勒靽，收得其馬，獻之。欲神異此馬，云從水中出。」《漢書·禮樂志》郊祀歌《天馬》：「天馬徠，龍之媒。」汗血，見本卷《高都護驄馬行》(0012)注。

〔四〕苑中句：《詩·鄘風·定之方中》：「秉心塞淵，騋牝三千。」傳：「馬七尺以上曰騋。騋馬與牝馬也。」

〔五〕攻駒：見本卷《天育驃騎歌》(0013)注。

〔六〕王有二句：《詩·大雅·常武》：「王奮厥武，如震如怒。進厥虎臣，闞如虓虎。」陸機《從軍行》：「胡馬如雲屯，越旗亦星羅。」

〔七〕驌驦句：左思《吴都賦》：「吴王乃巾玉輅，軺驌驦。」《文選》劉逵注：「驌驦，馬也。《左氏傳》曰：唐成公如楚，有兩驌驦馬，子常欲之，不與，三年止之。唐人竊馬而獻子常，子常歸唐侯。馬融曰：驌驦，鳥也。馬似之。」《左傳》定公三年作「肅爽」。

〔八〕至尊二句：《詩·魏風·伐檀》傳：「萬萬曰億。」箋：「十萬曰億。」此從十萬説。《天育驃騎歌》云：「當時四十萬匹馬。」《詩·魯頌·駉》：「駉駉牡馬，在坰之野。」傳：「坰，遠野也。邑外曰郊，郊外曰野，野外曰林，林外曰坰。」《九家》趙注：「言櫪中野外空大存之，而不如驌驦之貴也。」

〔九〕逸羣二句：傅玄《馳射馬賦》：「何逸羣之奇駿，生濛汜之遐濱。」孔融《薦禰衡疏》：「飛兔騕褭，絶足奔放。」《漢書·禮樂志》郊祀歌《天馬》：「志俶儻，精權奇。」《文選》卷一四《赭白馬賦》李善注引《廣雅》：「倜儻，卓異也。」王先謙《漢書補注》：「權奇者，奇譎非常之意。」

〔一〇〕累累二句：塠，同堆。王中《頭陀寺碑》：「溝池湘漢，堆阜衡霍。」梁武帝《撰孔子正言竟述懷》：「白水凝澗溪，黄落散堆阜。」班固《西都賦》：「窮虎奔突，狂兕觸蹶。」坡陁，見本卷《奉同郭給事湯東靈湫作》(0035)注。

〔一一〕角壯二句：顔延之《赭白馬賦》：「分馳迴場，角壯永埒。」翻，同反，反而。虞世南《門有車馬客》：「如何守直道，翻使谷名愚。」盧照鄰《哭金部韋郎中》：「翻同五日尹，遽見一星亡。」木華《海賦》：「群飛侶浴，戲廣浮深。」簸蕩，飄蕩、摇蕩。鮑照《行路難》：「陽春妖冶二三月，從風簸蕩落西家。」《九家》趙注：「言馬之角鬪其壯，可與麋鹿並其能，以麋鹿善走險故也。言馬浴時浮於深處，直至摇動黿鼉穴。」

〔一二〕泉出句：錢箋謂「泉出」當從吴若本作「海出」。荀悦《前漢紀》卷二八：「有大魚出於東萊，長八丈，高丈一尺，七枚皆死。京房《易傳》曰：……海出巨魚，邪人進，賢人疏。」朱鶴齡注引《留花門》(本書卷二0068)「泉香草豐潔」，謂泉即沙苑之泉。仇注謂唐諱淵，故改泉。

〔一三〕豈知二句：朱翌《猗覺寮雜記》卷上：「《同州志》云：沙苑有泉，泉多大魚。杜意魚與馬皆可成龍。」《九家》趙注：「龍或魚所化，或馬所爲，故異物同精氣也。」

盧元昌曰：「《沙苑行》諷朝廷不宜使禄山兼知苑總監事。天寶十三載正月禄山入朝，求兼領閑厩羣牧，又求兼總監，隨知總監事。禄山選健馬堪戰者驅歸范陽。篇中曰『王有虎臣司苑門』，以見不須禄山也。曰『春秋二時歸至尊』，以見非禄山所得私畜也。結處巨魚，正指禄山。禄山羯奴，尾大已見，巨魚雖不成龍，而砂尾金鱗，似有神彩，禄山以猪龍僭擬真龍。」

按，《分門》、黄氏《補注》引師曰已謂此篇「寫意於禄山」，「既以馬比禄山，又以魚比史思明」。其説穿鑿附會，繫年不確，趙次公、蔡夢弼、黄鶴等皆不取。錢箋引京房《易傳》「海出巨魚」，似欲抉微而補充其説，然亦未曾斷然揭櫫。浦起龍亦謂此篇「危詞」、「以巨魚比禄山」。如從盧、浦之説，則杜甫於天寶十三載已逆料禄山必反，于情于理固不能斷言獨詩人具此神明，且如此隱晦其旨、旁敲側擊，亦不合當時寫作慣例。楊倫謂：「後半亦似紀異之篇，他本必欲牽入禄山，殊覺無味。」要爲通達之論。

## 驄馬行

太常梁卿勅賜馬也。李鄧公愛而有之，命甫製詩〔一〕。

鄧公馬癖人共知，初得花驄大宛種〔二〕。夙昔傳聞思一見，牽來左右神皆竦。雄姿逸態何崷崒〔三〕，顧影驕嘶自矜寵。隅目青熒夾鏡懸，肉騣碨礧連錢動①〔四〕。

朝來久試華軒下②，未覺千金滿高價。赤汗微生白雪毛，銀鞍却覆香羅帕。卿家舊賜公能取③，天厩真龍此其亞。晝洗須騰涇渭深，朝趨可刷幽并夜④〔五〕。吾聞良驥老始成，此馬數年人更驚〔六〕。豈有四蹄疾於鳥，不與八駿俱先鳴〔七〕。時俗造次那得致，雲霧晦冥方降精〔八〕。近聞下詔喧都邑，肯使騏驎地上行⑤〔九〕？

（0039）

【校】

① 騣，錢箋、《九家》作「駿」。錢箋校：「荆作騣。」

② 久，錢箋校：「《草堂》作少。」

③ 能取，宋本、《九家》、《草堂》校：「一作有之。」錢箋作「取之」，校：「一云能取。一云有之。」

④ 朝，錢箋校：「荆作夕。一作晨。」《文苑英華》校：「一作晨。」

⑤ 肯使，宋本、錢箋、《文苑英華》校：「一作知有。」　騏驎，《草堂》作「騹騮」。

【注】

黄鶴注：天寶十四載（七五五）作。按，李行休卒於天寶九載（七五〇）前，詩亦作於此前。

〔一〕太常梁卿：疑爲梁載言。《唐代墓志彙編》天寶一二八《唐故處士河東裴府君夫人祖氏墓志銘》：「府君諱珣，以才行見稱，爲太常卿梁載言表薦。」《舊唐書・文苑傳》梁載言：「梁載言，博州聊城人。歷鳳閣舍人，專知制誥。撰《具員故事》十卷，《十道志》十六卷，並傳于時。中宗時爲懷州刺史。」按，此言驄馬爲梁公舊有，李鄧公得之。梁公乃舊任太常卿者。李鄧公：陶敏疑爲李行休。《新唐書・宗室世系表》紀王房：紀王慎孫、義陽郡王琮子：「鄧國公、汝州刺史行休。」《太宗諸子傳》：「琮三子：行遠、行芳、行休。始，琮與二弟同死桂林。開元四年，行休請身迎柩。」《唐代墓志彙編》天寶一六六《大唐故汝州刺史李府君夫人鄧國夫人韋氏墓志銘》：「以天寶九載六月廿八日寢疾，終於洛陽縣履順里之私第。以其載十一月十一日合祔於汝州府君之舊塋。」此鄧國夫人即李行休之妻。杜甫《祭外祖祖母文》（本書卷二〇1485）：「紀國則夫人之門。」杜甫外祖母乃紀王慎孫、義陽王琮女，參該篇注。行休乃杜甫外舅公。

〔二〕鄧公二句：《晉書・杜預傳》：「時王濟解相馬，又甚愛之，而和嶠頗聚斂，預常稱濟有馬癖，嶠有錢癖。」大宛種，見本卷《高都護驄馬行》(0012)注。

〔三〕雄姿句：傅玄《鷹賦》：「雄姿邈世，逸氣橫生。」崷崒，見本卷《渼陂西南臺》(0032)注。

〔四〕隅目二句：張衡《西京賦》：「及其猛毅髬髵，隅目高匡。」《文選》薛綜注：「隅目，角眼視也。高匡，深瞳子也。皆謂猛獸作怒可畏者。」青熒，見本卷《橋陵詩三十韻因呈縣内諸官》(0037)注。顔延之《赭白馬賦》：「雙瞳夾鏡，兩權協月。」《文選》李善注：「《相馬經》曰：目成人者行千里。注云：成人者，視童子中人頭足皆見，言目中清明如鏡。或云兩目中央旋毛爲鏡。」《類篇》：「騣，馬鬣也。」蘇軾《東坡志林》卷一：「余在岐下見秦州進一馬，騣如牛頷下垂胡，側立倒項，毛生肉端。番人云：此肉駿馬也。乃知《鄧公驄馬行》云『肉駿碨礧連錢動』當作『肉駿』。」木華《海賦》：「澎濞灪䃶，碨磊山壟。」《文選》李善注：「碨磊，不平貌。」《爾雅・釋畜》：「青驪驎，驒。」郭璞注：「色有深淺，斑駁隱粼，今之連錢驄。」吴均《從軍行》：「陣頭橫却月，馬腹帶連錢。」

〔五〕朝趨句：《赭白馬賦》：「旦刷幽燕，晝秣荆越。」《文選》李善注引《説文》：「刷，刮也。」

〔六〕吾聞二句：《唐代墓志彙編》景龍〇三二《大唐故朝議大夫行洋州長史上柱國王府君墓志銘》撰於景龍三年（七〇九），署「使持節懷州刺史梁載言撰」。載言卒於懷州刺史任，見《朝野僉載》卷六。其卒年即在此前後。疑甫此詩作於開元末年，梁卿之馬至此至少應三十餘歲。《晋書・慕容儁載記》：「初，廆有駿馬曰赭白……至是，四十九歲矣，而駿逸不虧，儁比之於鮑氏驄。」鮑氏驄事見《太平御覽》卷二五〇引《列異傳》。

〔七〕豈有二句：蔣紹愚謂唐詩中「豈」有時用同豈必、何必。此「豈有」亦作何必有解。《穆天子傳》卷一：「天子之駿：赤驥、盜驪、白義、踰輪、山子、渠黄、華騮、緑耳。」稱「八駿」。

〔八〕時俗二句：造次，輕易、隨便。孟郊《弔元魯山》：「遠階無近級，造次不可升。」《大唐傳載》：「此事有天性，非可造次爲傳。」《史記・天官書》：「房爲府，曰天駟。」正義：「房星，君之位，亦主左驂，亦主良馬，故爲駟。王者恒祠之，是馬祖也。」又《太平御覽》卷八九三引《春秋考異郵》：「月精爲馬。月數十二，故馬十二月而生。」

〔九〕肯使句：東方朔《答驃騎難》：「騏驎、緑耳、蜚鴻、驊騮，天下良馬也。將以捕鼠於深宮之中，曾不如跛貓。」羅願《爾雅翼》卷一八：「麒麟善走，故良馬因之，亦名爲騏驎也。」

# 去矣行

君不見韝上鷹，一飽則飛掣〔一〕。焉能作堂上燕，銜泥附炎熱〔二〕。野人曠蕩無靦顔〔三〕，豈可久在王侯間？未試囊中餐玉法，明朝且入藍田山〔四〕。（0040）

## 【注】

《九家》鮑云：天寶十四載（七五五），公在率府，數上賦頌，不蒙采録，欲辭職，遂作《去矣行》。黄鶴注：公在長安，上賦投詩，唯恐君相莫我知，豈類韝鷹之飽？當是廣德二年（七六四）在嚴武幕中作。按，杜甫十四載十月乃就職率府，在職月餘即逢禄山之難，並無欲辭職事。詩所言不過憤激之詞。黄鶴説亦不足據。

〔一〕君不見二句：鮑照《代東武吟》：「昔如韝上鷹，今似檻中猿。」隋煬帝《詠鷹》：「雖蒙韝上榮，無復淩雲志。」《史記·滑稽列傳》集解：「韝，臂捍也。」本卷《送高三十五書記》（0002）：「飢鷹未飽肉，側翅隨人飛。」參該篇注。

〔二〕焉能二句：《相和歌辭·艷歌行》：「翩翩堂前燕，冬藏夏來見。」《古詩十九首》：「思爲雙飛燕，銜泥巢君屋。」

〔三〕野人二句：曠蕩，寬廣。孔融《聖人優劣論》：「曠蕩出於無外，沉微出於無內。」丘遲《與陳伯之書》：「將軍獨靦顔借命。」《文選》李善注：「《毛詩》曰：有靦面目。」《詩・小雅・何人斯》：「有靦面目，視人罔極。」傳：「靦，姡也。」《説文》：「靦，面見人也。」段注：「面見人，謂但有面相對自覺可憎也。」靦顔猶云厚着臉皮。《九家》趙注：「有靦顔則能忍慚者，能忍慚則局促佞媚，無所不至。」

〔四〕未試二句：《抱朴子・仙藥》：「《玉經》曰：服金者壽如金，服玉者壽如玉也。又曰：服玄真者，其命不極。玄真者，玉之別名也。令人身飛輕舉，不但地仙而已。然其道遲成，服一二百斤，乃可知耳。」《魏書・李子預傳》：「府解罷郡，遂居長安。每羡古人餐玉之法，乃采訪藍田，躬往攻掘。得若環璧雜器形者大小百餘……預乃椎七十枚爲屑，日服食之，餘多惠人。」《漢書・地理志》：「藍田，山出美玉，有虎候山祠，秦孝公置也。」《初學記》卷二七引《京兆記》：「藍田出美玉如藍，故曰藍田。」

## 自京赴奉先縣詠懷五百字〔一〕天寶十四載十一月初作。

杜陵有布衣，老大意轉拙〔二〕。許身一何愚①，竊比稷與契〔三〕。居然成濩落，白首甘契闊②〔四〕。蓋棺事則已，此志常覬豁〔五〕。窮年憂黎元，歎息腸内熱③〔六〕。取笑同學翁，浩歌彌激烈〔七〕。非無江海志，瀟洒送日月④〔八〕。生逢堯舜君⑤，不忍便永訣〔九〕。當今廊廟具，構廈豈云缺〔一〇〕？葵藿傾太陽，物性固莫奪⑥〔一一〕。顧惟螻蟻輩，但自求其穴〔一二〕。胡爲慕大鯨，輒擬偃溟渤〔一三〕？以兹悟生理⑦，獨恥事干謁〔一四〕。兀兀遂至今，忍爲塵埃没〔一五〕。終愧巢與由，未能易其節〔一六〕。沉飲聊自遣⑧，放歌頗愁絶⑨〔一七〕。歲暮百草零〔一八〕，疾風高岡裂。天衢陰崢嶸，客子中夜發〔一九〕。霜嚴衣帶斷〔二〇〕，指直不得結。凌晨過驪山，御榻在嵽嵲〔二一〕。蚩尤塞寒空〔二二〕，蹴踏崖谷滑〔二三〕。瑶池氣鬱律，羽林相摩戛〔二四〕。君臣留歡娱⑩，樂動殷嶱嵑⑪〔二五〕。賜浴皆長纓，與宴非短褐⑫〔二六〕。彤廷所分帛⑬〔二七〕，本自寒女出。鞭撻其夫家⑭，聚斂貢城闕〔二八〕。聖人筐篚恩，實欲邦國活⑮〔二九〕。臣如忽至理，君豈弃此物〔三〇〕？多士盈朝廷，仁者宜戰慄〔三一〕。况聞内金盤，盡在衛霍室〔三二〕。中堂舞神仙⑯，烟霧散玉質⑰〔三三〕。暖客貂鼠裘⑱，悲管逐清瑟〔三四〕。勸客駝蹄羹，霜橙壓香橘〔三五〕。朱門酒肉臭⑲，路有凍死骨〔三六〕。榮枯咫尺異，惆悵難再述〔三七〕。北轅就涇渭，官渡又改轍〔三八〕。羣冰從西下⑳，極目高崒兀〔三九〕。

疑是崆峒來，恐觸天柱折〔四〇〕。河梁幸未拆㉑，枝撐聲窸窣〔四一〕。行旅相攀援，川廣不可越㉒〔四二〕。老妻既異縣㉓，十口隔風雪。誰能久不顧，庶往共飢渴。入門聞號咷，幼子飢已卒㉔。吾寧捨一哀〔四三〕，里巷亦嗚咽㉕。所愧爲人父，無食致夭折。豈知秋未登㉖，貧窶有倉卒〔四四〕。生常免租税㉗〔四五〕，名不隸征伐。撫迹猶酸辛㉘，平人固騷屑〔四六〕。默思失業途㉙，因念遠戍卒。憂端齊終南㉚，澒洞不可掇〔四七〕。

(0041)

【校】

① 愚，錢箋校：「樊作過。」

② 甘，錢箋校：「一云苦。」

③ 腸，錢箋、《九家》校：「一作腹。」

④ 送，錢箋校：「一作迭。」

⑤ 堯舜君，錢箋、《九家》校：「一云堯爲君。」

⑥ 莫，錢箋、《九家》校：「一作難。」

⑦ 悟，《草堂》作「誤」。

⑧ 遺，錢箋作「適」，校：「一作遺。」

⑨ 頗，仇注作「破」。

⑩ 君臣，錢箋、《九家》校：「一云聖君。」

⑪ 嶱嵑，宋本作「湯嶱」，錢箋、《九家》作「樛嶱」，錢箋校：「荆作膠葛。一作嶱嵑。一作福嵑嶱。一作湯嶱。」仇注作「膠葛」。據錢箋校改。

⑫ 宴，錢箋、《九家》校：「一作讌。」

⑬ 廷，《九家》、《草堂》作「庭」。两字古通，下不另出校。

⑭ 撻，錢箋、《九家》校：「一作箠。」

⑮ 欲，錢箋、《九家》校：「一作願。」

⑯ 舞，錢箋校：「一作有。」

⑰ 散，錢箋校：「一作蒙。」

⑱ 客，錢箋、《九家》校：「一云蒙。」

⑲ 肉，錢箋校：「一作禽。」

⑳ 冰，錢箋校：「一作水。」《九家》作「水」。

㉑ 拆，錢箋作「坼」。

㉒ 不，錢箋、《九家》校：「一作且。」

㉓ 既，錢箋作「寄」，校：「荆作既。」

㉔ 飢，錢箋校：「一作餓。」

㉕ 亦，錢箋校：「陳作猶。」
㉖ 未，錢箋、《九家》校：「一作禾。」
㉗ 常，錢箋、《草堂》校：「陳作當。」
㉘ 猶，錢箋、《九家》校：「一作獨。」
㉙ 途，宋本、《九家》校：「一作徒。」錢箋作「徒」。
㉚ 齊，錢箋、《九家》校：「一作際。」

【注】

黄鶴注：呂汲公等諸家皆曰天寶十四載（七五五）十一月作。詩中但言遠戍之卒及述歡娱、聚斂以致亂之因，而不及禄山之事，豈非禄山反書未至時賦此？錢箋、仇注略同。按，宋本此詩題下注乃甫自注。據《舊唐書·玄宗紀》，十一月丙寅（九日）安禄山反，壬申（十五日）聞於行在所。據《資治通鑑》，十一月甲子（七日）反於范陽，乙丑（八日）至太原，庚午（十三日）玄宗聞禄山定反。注言「十一月初作」，即明言作於禄山反前。

〔一〕奉先縣：見本卷《橋陵詩三十韻因呈縣内諸官三十韻》（0037）注。《元和郡縣圖志》卷一京兆府：「奉先縣，次赤。西南至府二百四十里。」甫以中夜出發，凌晨過驪山，行約六十里，旅途匆促，蓋欲當日趕到奉先。

〔二〕杜陵二句：杜陵，見本卷《醉時歌》（0019）注。轉，蔣紹愚釋爲益，更加、愈發。

〔三〕許身二句：許身，猶言身許。《史記·刺客列傳》：「亦未必敢以身許嚴仲子也。」《晉書·周札傳》：「札與臣等便以身許國，死而後已。」《論語·述而》：「子曰：『述而不作，信而好古，竊比於我老彭。』」揚雄《解嘲》：「家家自以爲稷契，人人自以爲皐陶。」《書·舜典》：「禹拜稽首，讓於稷、契與皐陶。」傳：「居稷官者弃也。契、皐陶，二臣名。」釋文：「契，息列反。」

〔四〕居然二句：居然，竟然。《世説新語·言語》：「江山遼落，居然有萬里之勢。」宋之問《剪綵》：「駐想持金錯，居然作管灰。」濩落，同瓠落。《莊子·逍遥游》：「惠子謂莊子曰：『魏王貽我大瓠之種，我樹之成而實五石。……剖之以爲瓢，則瓠落無所容。』」集解：「簡文云：瓠落猶廓落也。成云：平淺不容多物。」陸倕《還吏部郎啓》：「臣器均濩落，材同擁腫。」崔曙《瓢賦》：「生也綿綿，長非濩落。」《詩·邶風·擊鼓》：「死生契闊，與子成説。」傳：「契闊，勤苦也。」

〔五〕蓋棺二句：《韓詩外傳》卷八：「孔子曰：……故學而不已，闔棺乃止。」《魏書·鄭羲傳》：「蓋棺定謚，先典成式。」盧諶《贈劉琨》：「無覬狐趙，有與五臣。」《文選》李善注：「賈逵《國語注》曰：覬，望也。」《廣韻》：「豁，豁達。」庾信《擬詠懷》：「有情何可豁，忘懷固難遣。」

〔六〕窮年二句：《荀子·榮辱》：「然而窮年累世，不知不足，是人之情也。」《漢書·谷永傳》：「使天下黎元，咸安家樂業。」腸内熱，猶言腹内熱。此借用醫家、道教之説。《雲笈七籤》卷一三三洞經教部《太清中黄真經》：「夫人腹内有五行之正氣，順之即無疾，逆之即爲害。」《黄帝内經素問》卷一七：「胃氣熱，熱氣熏胸中，故内熱。」

〔七〕取笑二句：陸機《君子有所思行》：「無以肉食資，取笑葵與藿。」《楚辭·九歌·少司命》：「望美人兮未來，臨風怳兮浩歌。」《文選》蘇武詩：「長歌正激烈，中心愴以摧。」

〔八〕非無二句：《莊子·刻意》：「就藪澤，處閑曠，釣魚閑處，無爲而已矣，此江海之士，避世之人，閑暇者之所好也。」沈約《學省愁卧》：「纓珮空爲忝，江海事多違。」支遁《詠利城山居》：「長嘯歸林嶺，瀟洒任陶鈞。」張説《同劉給事城南宴集》：「雍容乘暇日，瀟洒出囂塵。」

〔九〕生逢二句：《晉書·董京傳》：「（孫）楚乃貽之書，勸以今堯舜之世，胡爲懷道迷邦。」《北史·薛孝通傳》孝通等聯句：「既逢堯舜君，願上萬年壽。」江淹《別賦》：「誰能摹暫離之狀，寫永訣之情者乎。」

〔一〇〕當今二句：《史記·貨殖列傳》：「賢人深謀於廊廟，論議朝廷。」潘岳《在懷縣作》：「器非廊廟姿，屢出固其宜。」《書·大誥》：「若考作室，既厎法，厥子乃弗肯堂，矧肯構。」傳：「以作室喻治政也。」劉楨詩：「大廈雲構。」

〔一一〕葵藿二句：曹植《求通親親表》：「若葵藿之傾葉，太陽雖不爲之回光，然終向之者，誠也。」《大般涅槃經》卷三二：「譬如葵藿隨日轉，而是葵藿亦無敬心，無識無業，異法性故，而自回轉。」物性，猶言自性、本性。陸賈《新語·道基》：「不違天時，不奪物性。」

〔一二〕顧惟二句：《韓非子·喻老》：「千丈之堤，以螻蟻之穴潰。」《史記·伍子胥列傳》：「向令伍子胥從奢俱死，何異螻蟻。」《後漢書·馬融傳》：「小臣螻蟻，不勝區區。」此數句向存異解。《九家》趙注：「螻蟻輩，以言不安分之人，此指言藩鎮敢自强大之徒。」《草堂》夢弼注：「螻蟻，物之微者，甫自喻。」仇注：「居廊廟者，如螻蟻擬鯨，公深恥而不屑干。」浦起龍云：「顧惟四句，揣分引退之詞。」「注家以螻蟻輩指居廊廟者，大乖口吻。」按，殷孟倫等考「顧惟」乃自念、自謂之義。蕭統《和武帝游鍾山大愛敬寺》：「顧惟實庸菲，沖薄竟奚施。」本書卷四《寄題江外草堂》(0203)：「顧惟魯鈍姿，豈識悔吝先。」元結《舂陵行》：「顧惟孱弱者，正直當不虧。」故此二句亦甫自歎微賤之意。趙注、仇注不確。

〔一三〕胡爲二句：木華《海賦》：「魚則横海之鯨，突扤孤游，戛岩嶅，偃高濤。」鮑照《代君子有所思》：「築山擬蓬壺，穿池類溟渤。」《文選》李善注：「溟、渤，二海名。」

〔一四〕以兹二句：嵇康《養生論》：「悟生理之易失，知一過之害生。」陸機《園葵詩》：「庇足周一智，生理各萬端。」《魏書·酈約傳》：「性多造請，好以榮利干謁，乞丐不已，多爲人所笑弄。」楊綰《條奏貢舉疏》：「投刺干謁，驅馳於要津；露才揚己，喧勝於當代。古之賢良方正，豈有如此者乎！」

〔一五〕兀兀二句：兀兀，昏昧貌。《王梵志詩校注》三一三首：「衆生頭兀兀，常住無明窟。」《寒山詩注》二三四首：「兀兀過朝夕，都不别賢良。」《楚辭·漁父》：「安能以皓皓之白，而蒙世俗之塵埃乎。」敦煌本《壇經》神秀偈：「時時勤拂拭，莫使有塵埃。」

〔一六〕終愧二句：《高士傳》卷上：「巢父者，堯時隱人也。山居不營世利，年老以樹爲巢，而寢其上，故時人號曰巢父。堯之讓許由也，由以告巢父，巢父曰：『汝何不隱汝形，藏汝光，若非吾友也。』擊其膺而下之。由悵然不自得，乃過清泠之水，洗其耳，拭其目，曰：『向聞貪言，負吾之友矣。』遂去，終身不相見。」阮籍《詠懷》：「巢由抗高節，從此適河濱。」

〔一七〕沉飲二句：張九齡《臨泛東湖》：「罷興還江城，閉關聊自遣。」王維《重酬苑郎中》：「揚子解嘲徒自遣，馮唐已老復何論。」頗，仇注改「破」，引甫「愁破崖寺古」（本書卷三《法鏡寺》0145）等詩。按，愁絶，愁甚之義。李白《灞陵行送别》：「正當今夕斷腸處，黄鸝愁絶不忍聽。」高適《薊門不遇王之涣郭密之因以留贈》：「行矣勿重陳，懷君但愁絶。」其上修飾以副詞，此杜詩句法。如本書卷一〇《寄彭州高三十五使君適虢州岑二十七長史參三十韻》（0610）：「何太龍鍾極。」

〔一八〕百草零：石崇《思歸歎》：「落葉飄兮枯枝竦，百草零兮覆畦壟。」

〔一九〕天衢二句：張衡《西京賦》：「豈伊不虔思於天衢。」《文選》李善注：「言此時豈唯不敬思居天氣四交之處邪。謂東京也。」此指長安。班固《西都賦》：「金石崢嶸。」《文選》李善注引郭璞《方言》：「崢嶸，高峻也。」仇注謂杜詩常用崢嶸，此句言「陰盛也」。鮑照《東門行》：「居人掩閨閣，行子夜中飯。野風吹秋木，行子心腸斷。」

〔二〇〕霜嚴：《楚辭·九辯》：「秋既先戒以白露兮，冬又申之以嚴霜。」《文選》蘇武詩：「寒冬十二月，晨起踐嚴霜。」

〔二一〕凌晨二句：驪山，見本卷《奉同郭給事湯東靈湫作》（0035）注。《北齊書·趙彦深傳》：「每有引見，或升御榻。」張衡《西京賦》：「託喬基於山岡，直嵽嵲以高居。」《文選》薛綜注：「嵽嵲，高貌也。」《類篇》：「嵲、峴、岿，倪結切。嵽嵲，山高，或書作『峴』，又書作『岿』。」

〔二二〕蚩尤：《九家》趙注：「蚩尤，前導之旗也。」揚雄《羽獵賦》：「蚩尤並轂，蒙公先驅。」《文選》李善注：「《韓子》曰：黄帝駕象車，異方並轂，蚩尤居前。」吕延濟注：「謂乘革車，使蚩尤挾車轂，旄頭爲先驅也。」又張衡《羽獵賦》：「蚩尤先驅，雨師清路。」錢箋引《皇覽》「蚩尤冢……民常十月祀之，有赤氣出，如匹絳帛，民名爲蚩尤旗」，謂：「余按，此正十一月初，借蚩尤以喻兵象也。」浦起龍引《甘泉賦》「蚩尤之倫，帶干將，秉玉戚」，謂「蚩尤」以下四句狀旌旗衛士之盛。高步瀛《唐宋詩舉要》引吴北江説，引《古今注》黄帝與蚩尤戰於涿鹿之野、蚩尤作大霧説，謂此句以蚩尤代指霧。按，錢箋以蚩尤喻兵象説，乃謂甫詩暗涉禄山反書至長安而玄宗初未信事。甫詩實作於亂前，其説不足據。以蚩尤代霧，則未見其他書證。杜甫《朝獻太清宫賦》（本書卷一九1457）：「虚閶闔，逗蚩尤。」《天狗賦》（1464）：「蚩尤之倫，已脚渭戟涇。」皆以蚩尤爲扈蹕羽衛，則此句義亦同。

〔二三〕蹴踏：本書卷四《韋諷録事宅觀曹將軍畫馬圖》（0195）：「霜蹄蹴踏長楸間。」《冬狩行》（0194）：「仿佛蹴踏寒山空。」高適《畫馬篇》：「權奇蹴踏無塵埃。」皆言馬之行走。此句詩人言己驅馳於山谷。

〔二四〕瑶池二句：瑶池，見本卷《同諸公登慈恩寺塔》（0023）注。此指驪山温泉。郭璞《江賦》：「氣滃渤以霧杳，時鬱律其如烟。」《文選》李善注：「鬱律，烟上貌。」《漢書·百官公卿表》：「羽林掌送從，次期門，武帝太初元年初置，名曰建章營騎，後更名羽林騎。」《唐六典》卷二五諸衛府：「皇朝名武威所領兵爲羽林，又别置左右屯營，各有大將軍、將軍等員，龍朔二年爲左右羽林軍，其名則歷代之羽林也。」摩戛，摩擦撞擊。參本卷《渼陂行》（0031）「船舷暝戛雲際寺」句注。

〔二五〕樂動句：《詩·召南·殷其雷》：「殷其雷，在南山之陽。」傳：「殷，雷聲也。」釋文：「殷音隱。」

張衡《南都賦》：「其山則崆峣嶱嵑。」《玉篇》：「嶱同嵑。」《集韻》：「嶱嶱，山貌。」又本作：「嶱嵑，山貌。」仇注引司馬相如《上林賦》：「張樂乎膠葛之宇。」《文選》引郭璞注：「言曠遠深貌也。」則言天。

〔二六〕賜浴二句：《安禄山事迹》卷上：「（天寶九載）是秋，禄山將入朝，乃令於温泉爲禄山造宅。……至温泉賜浴，玄宗計日幸望春宫以待。」鄭嵎《津陽門詩》注：「宫内除供奉兩湯池内外，更有湯十六所，長湯每賜諸嬪御，其修廣與諸湯不侔，甃以文瑶寶石，中央有玉蓮捧湯泉，噴以成池。又縫綴綺繡爲鳧雁於水中。上時於其間泛鈒鏤小舟以嬉游焉。」《韓非子·外儲説左上》：「鄒君好服長纓，左右皆服長纓，纓甚貴。」陸機《吴王郎中時從梁陳作》：「輕劍拂鞶厲，長纓麗且鮮。」短褐，見本卷《橋陵詩三十韻因呈縣内諸官》(0037)注。

〔二七〕彤廷句：班固《西都賦》：「玄墀扣砌，玉階彤庭。」《文選》李善注：「《漢書》曰：昭陽舍中庭彤朱。」宋之問《桂州三月三日》：「賜金分帛奉恩輝，風舉雲摇入紫微。」李憕《同望幸新亭賜錢公宴》：「賜錢開漢府，分帛醉堯人。」

〔二八〕聚斂句：《論語·先進》：「季氏富於周公，而求也爲之聚斂而附益之。」集解：「孔曰：冉求爲季氏宰，爲之急賦税。」城闕，指京城。曹植《贈白馬王彪》：「顧瞻戀城闕，引領情内傷。」

〔二九〕聖人二句：《資治通鑑》肅宗上元二年：「朝義泣曰：『諸君善爲之，勿驚聖人。』」胡三省注：「當時臣子謂其君父爲聖人。」《詩·小雅·鹿鳴》序：「《鹿鳴》，燕群臣嘉賓也。既飲食之，又實幣帛筐篚，以將其厚意，然後忠臣嘉賓得盡其心矣。」《吕氏春秋·開春論》：「禹於是疏河決江，爲彭蠡之障，乾東土，所活者千八百國。」玄宗《置十道勸農判官制》：「救人活國，其利博哉。」

〔三〇〕臣如二句：豈，蔣紹愚釋爲豈不、豈非。此二句意爲如群臣不爲邦國效力，君主豈非虛擲此物？仇注：「此不敢斥言君，故託臣以諷。」

〔三一〕多士二句：《詩・大雅・文王》：「濟濟多士，文王以寧。」《晋書・樂志》四廂樂歌：「多士盈朝，莫匪俊德。」《韓非子・初見秦》：「戰戰慄慄，日慎一日。苟慎其道，天下可有。」

〔三二〕況聞二句：《魏書・食貨志》：「和平二年秋，詔中尚方作黄金合盤十二具，徑二尺二寸，鏤以白銀，鈿以玫瑰。」《開元天寶遺事》卷二：「宫中每至端午節，造粉團、角黍，貯於金盤中。」衛霍：謂衛青、霍去病。曹植《與吴季重書》：「謂蕭曹不足儔，衛霍不足侔也。」駱賓王《帝京篇》：「始見田竇相移奪，俄聞衛霍有功勳。」朱鶴齡注：「衛、霍皆漢内戚，以比楊國忠。」

〔三三〕中堂二句：劉楨《贈五官中郎將》：「清歌制妙聲，萬舞在中堂。」顧野王《艷歌行》：「齊倡趙女盡妖妍，珠簾玉砌並神仙。」仇注：「神仙玉質，指貴妃諸姨。」蕭滌非謂指女樂，唐人多謂美女爲神仙。按，「舞神仙」則指女樂。然「舞」一作「有」。胡元範《奉和太子納妃太平公主出降》：「列席詔親賢，式宴坐神仙。」沈佺期《侍宴安樂公主新宅應制》：「皇家貴主好神仙，别業初開雲漢邊。」則唐人亦以神仙指貴族。烟霧，朱鶴齡謂指堂上香烟。

〔三四〕暖客二句：《後漢書・鮮卑傳》：「又有貂、豽、鼲子，皮毛柔蠕，故天下以爲名裘。」《説文》：「貂，鼠屬，大而黄黑，出胡丁零國。」潘岳《金谷集作》：「揚桴撫靈鼓，簫管清且悲。」何承天《遠期篇》：「簫管激悲音，羽毛揚華文。」王暕《觀樂應詔詩》：「趙瑟含清音，秦箏凝逸響。」

〔三五〕勸客二句：《山堂肆考》卷一九「四駝羹」：「陳思王製駝蹄爲羹，一甌千金，號七寶羹。」傅玄《西長安行》：「何用存問妾，香橙雙珠環。」虞羲《橘詩》：「獨有凌霜橘，榮麗在中州。」

〔三六〕朱門二句：張華《輕薄篇》：「甲第面長街，朱門赫嵯峨。」《分門》洙曰引《孟子》：「庖有肥肉，厩有肥馬，民有飢色，野有餓殍。」黄庭堅《杜詩箋》：「孫子《新書》云：『楚莊攻宋，厨有臭肉，尊有敗酒，而三軍有飢色也。』注引《孟子》殊非是。」孫子《新書》語，見《藝文類聚》卷二四、卷七二。趙翼《甌北詩話》卷二：「此語本有所自。《孟子》：『狗彘食人食而不知檢，塗有餓莩而不知發。』《史記·平原君傳》：『君之後宫婢妾，被綺縠，餘粱肉，而民衣褐不完，糟糠不厭。』《淮南子·主術訓》：『貧民糟糠不接於口，而虎狼饜芻豢；百姓短褐不完，而宫室衣錦繡。』此皆古人久已説過，而一入少陵手，便覺驚心動魄，似從古未經人道者。」楊倫謂此句：「拍到路上無痕。」

〔三七〕榮枯二句：張正見《置酒高殿上》：「風雲更代序，人事有榮枯。」《楚辭·九辯》：「廓落兮羈旅而無友生，惆悵兮而私自憐。」浦起龍云：「榮枯咫尺，亦正與己相對。」

〔三八〕北轅二句：馬融《廣成頌》：「北轅反旆，至自新城。」涇渭，見本卷《同諸公登慈恩寺塔》(0023)注。曹植《贈白馬王彪》：「中逵絶無軌，改轍登高岡。」仇注：「涇渭二水交會於昭應之北，故云北轅就涇渭。其官渡改轍，在唐時亦遷徙無常，大抵在昭應之間。」

〔三九〕羣冰二句：仇注謂作「羣冰」非，此時正冬，冰凌未解。按，其時正河水未完全凍結之時，恐是上游結冰處又被衝開。詩人所涉爲一川，若稱羣水終覺未安，且無以引出下句崆峒觸柱之意。崒兀，高峻貌。李白《游溧陽北湖亭望瓦屋山懷古贈同旅》：「高墳五六墩，崒兀栖猛虎。」張祜《題蘇州思益寺》：「兩峰高崒屼，一水下淫滲。」

〔四〇〕疑是二句：《九家》趙注引《寰宇記》「禹跡之内，名崆峒者三」，謂：「此主安定崆峒言之。」朱鶴齡注：「涇渭諸水，皆自隴西而下，故疑來自崆峒。」《元和郡縣圖志》卷三原州平高縣：「笄頭山，一名崆峒山，在縣西一百里，即黄帝謁廣成子學道之處。《史記》曰『黄帝東至於海，西至崆峒，登笄頭』是也。《漢書》曰：『笄頭山，在涇陽西。』《禹貢》涇水所出。《莊子》云廣成子學道崆峒之山。」《淮南子·天文訓》：「昔者共工與顓頊爭爲帝，怒而觸不周之山，天柱折，地維絶。」

〔四一〕河梁二句：拆即坼。《説文》：「坼，裂也。」又：「柝，判也。」段注：「土裂曰坼，木判曰柝，二字今可用。今人從手作拆，甚無謂也。」此言橋梁未被沖毁。朱鶴齡謂禄山反書至，帝雖未信，一時人情恇擾，議斷河橋。此説不足信。窸窣，象聲詞。李賀《神弦》：「海神山鬼來座中，紙錢窸窣鳴旋風。」宋齊丘《陪游鳳凰臺獻詩》：「夜半鼠窸窣，天陰鬼敲啄。」

〔四二〕川廣句：鮑照《還都道中》：「久宦迷遠川，川廣每多懼。」李充《七月七日》：「河廣尚可越，怨此漢無梁。」

〔四三〕吾寧句：《禮記·檀弓上》：「孔子之衛，遇舊館人之喪，入而哭之哀。……夫子曰：『予鄉者入而哭之，遇於一哀而出涕。』」寧，蕭滌非釋爲豈能。按，仍當作寧肯解。《儀禮·喪服》鄭玄

注：「不滿八歲以下皆爲無服之殤。……故子生三月則父名之，死則哭之，未名則不哭也。」潘岳《西征賦》：「夭赤子於新安，坎路側而瘞之。亭有千秋之號，子無七旬之期。雖勉勵於延吴，實潛慟乎余慈。」楊萬里《庸言》卷四：「哭子而不慟，禮也。」蓋古有此禮，而甫亦襲潘岳賦之意，示其深慟。

〔四四〕豈知二句：陶淵明《有會而作》序：「舊穀既没，新穀未登。頗爲老農，而值年災。」王嗣奭《杜臆》謂當作「秋禾登」：「杜非農家，秋禾雖登，何救於貧？」按，杜家有農莊，當不誤。下句云「生常免租税」，即言務農而免課役。《後漢書・桓榮傳》：「貧窶無資，常客傭以自給。」

〔四五〕生常句：《唐律疏議》卷一二《户婚》：「依《賦役令》，文武職事官三品以上、若郡王期親及同居大功親，五品以上及國公同居期親，並免課役。」《通典》卷七《食貨・丁中》：「開元二十五年《户令》云：……諸視流内九品以上官及男年二十以上、老男、廢疾、妻妾、部曲、客女、奴婢，皆爲不課户。」杜甫《唐故范陽太君盧氏墓志》（本書卷二〇1483）：「薛氏所生子，適曰某，故朝議大夫、兖州司馬。」此甫父杜閑終官。朝議大夫爲散官正五品下，上都督府司馬爲從四品下。甫以杜閑官蔭而得免課役。

〔四六〕撫迹二句：《宋書・武帝紀》：「撫迹懷人，慨然永歎。」平人，平民。劉向《九歎・思古》：「風騷屑以摇木兮，雲吸吸以湫戾。」王逸注：「騷屑，風聲貌。」仇注以爲紛擾之貌。本書卷四《喜雨》（0182）：「農事都已休，兵戈況騷屑。」義同。

〔四七〕憂端二句：謝靈運《長歌行》：「覽物起悲緒，顧已識憂端。」憂端即憂。端，詞義虛化。其例如宋之問《鄧國太夫人挽歌》：「悲端若能減，渭水亦應窮。」澒洞，彌漫無際。《淮南子·精神訓》：「古未有天地之時，惟像無形，窈窈冥冥，芒芠漠閔，澒濛鴻洞，莫知其門。」注：「皆無形之象。」東方虬《蟾蜍賦》：「澒洞雷殷，混萬籟而爲一。」曹操《短歌行》：「明明如月，何時可掇。」

葉夢得《石林詩話》卷上：「長篇最難，晉魏以前，詩無過十韻者。蓋常使人以意逆志，初不以叙事傾盡爲工。至老杜《述懷》、《北征》諸篇，窮極筆力，如太史公紀傳，此固古今絶唱。」按，所謂「述懷」，即指本篇。

張戒《歲寒堂詩話》卷上：「少陵在布衣中，慨然有致君堯舜之志，而世無知者，雖同學翁亦頗笑之，故『浩歌彌激烈』、『沈飲聊自遣』也。此與諸葛孔明抱膝長嘯無異，讀其詩可以想其胸臆矣。嗟夫，子美豈詩人而已哉！……方幼子餓死之時，尚以常免租税、不隸征伐爲幸，而思失業徒，念遠戍卒，至於『憂端齊終南』，此豈嘲風詠月者哉？蓋深於經術者也。與王吉、貢禹之流等矣。」

黄徹《䂬溪詩話》卷一〇：「觀《赴奉先詠懷五百言》，乃聲律中老杜心跡論一篇也。……而『默思失業徒，因念遠戍卒』，所謂憂在天下，而不爲一己失得也，禹、稷、顔子不害爲同道。少陵之跡江湖而心稷契，豈爲過哉！《孟子》曰：『窮則獨善其身，達則兼善天下。』其窮也未嘗無志於國與民，其達也未嘗不抗其易退之節，早謀先定，出處一致矣。是詩先後周復，正合乎此。昔人目《元和賀雨》詩爲諫書，余特目此詩爲心跡論也。」

# 白水縣崔少府十九翁高齋三十韻〔一〕天寶十五載五月作。

客從南縣來，浩蕩無與適〔二〕。旅食白日長，況當朱炎赫〔三〕。高齋坐林杪，信宿游衍閴〔四〕。清晨陪躋攀，傲睨俯峭壁〔五〕。崇岡相枕帶，曠野懷咫尺①〔六〕。始知賢主人②，贈此遣愁寂。危堦根青冥，曾冰生淅瀝〔七〕。上有無心雲，下有欲落石〔八〕。泉聲聞復息③，動静隨所擊④。鳥呼藏其身，有似懼彈射〔九〕。吏隱道情性⑤，兹焉其窟宅〔一〇〕。白水見舅氏，諸公乃仙伯⑥〔一一〕。杖藜長松陰，作尉窮谷僻〔一二〕。爲我炊雕胡，逍遥展良覿〔一三〕。坐久風頗愁⑦，晚來山更碧。相對十丈蛟，欻翻盤渦拆⑧〔一四〕。何得空裏雷，殷殷尋地脈〔一五〕。烟氛藹崷崒⑨，魍魎森慘戚〔一六〕。崑崙崆峒顛〔一七〕，回首如不隔⑩。前軒頽反照⑪，巉絶華岳赤〔一八〕。兵氣漲林巒，川光雜鋒鏑〔一九〕。知是相公軍，鐵馬雲霧積⑫〔二〇〕。玉觴淡無味，胡羯豈强敵〔二一〕？長歌激屋梁，淚下流衽席〔二二〕。人生半哀樂，天地有順逆〔二三〕。慨彼萬國夫，休明備征狄⑬〔二四〕。猛將紛填委，廟謀蓄長策〔二五〕。東郊何時開，帶甲且未釋⑭〔二六〕。欲告清宴罷⑮，難拒幽明迫〔二七〕。三歎酒食傍⑯，何由似平昔〔二八〕？

（0042）

【校】

①懷，錢箋校：「一作回。一作迴。」

②賢主人，《草堂》作「主人賢」。

③息，錢箋、《草堂》作「急」，校：「一作息。」

④擊，《九家》、《草堂》作「激」。錢箋校：「陳作激。」

⑤道，錢箋校：「陳作適。一作通。」《九家》作「適」，校：「一作通。」

⑥公，錢箋、《草堂》作「翁」。

⑦愁，錢箋、《草堂》校：「一作怒。」

⑧拆，錢箋作「坼」。

⑨氛，錢箋、《九家》校：「一作氣。」

⑩如，錢箋、《草堂》校：「一云知。」

⑪頹，錢箋、《草堂》校：「一作摧。」

⑫霧，錢箋、《九家》、《草堂》校：「一作烟。」

⑬狄，錢箋、《九家》校：「一作敵。」
⑭末，錢箋作「來」，校：「荆作末。」
⑮罷，錢箋、《草堂》校：「一作疲。」
⑯傍，錢箋作「旁」。

## 【注】

黃鶴注：公以天寶十五載（七五六）夏，自奉先來依舅氏崔十九，此詩當在是年五月。仇注同。

〔一〕白水縣：《元和郡縣圖志》卷二同州：「白水縣，望。東南至州一白二十里。本漢粟邑之地，屬左馮翊。……春秋時秦、晋戰於彭衙是也。後魏文成帝分澄城郡，於此置白水縣及白水郡，郡南臨白水，因以爲名。隋開皇三年罷郡，縣屬同州。」崔少府十九翁：崔頊。杜甫舅氏。《新唐書·宰相世系表二下》博陵崔氏第二房：武邑令紹睿子：「頂，白水尉。」「頂」當作頊。權德輿《唐故給事郎使持節房州刺史賜緋魚袋崔公墓志銘》：「公諱述，字元明，博陵安平人。……公曾祖皇朝散大夫冀州武邑縣令諱紹，大父同州白水縣尉諱頊。」少府，縣尉。洪邁《容齋隨筆》卷一：「唐人呼縣令爲明府，丞爲贊府，尉爲少府。」高齋：謝朓有《郡内高齋閑望答吕法曹》詩。

〔二〕客從二句：南縣，指奉先。《太平寰宇記》卷二八同州蒲城縣：「後魏太和十一年，分白水縣于此置南白縣，以在白水之南爲名。……唐開元四年十月，改爲奉先縣。」錢箋：「公從奉先而來，循其舊名，故稱南縣也。」《相和歌辭·飲馬長城窟行》：「客從遠方來，遺我雙鯉魚。」謝朓

《和王著作融八公山》：「浩蕩别親知，連翩戒征軸。」《九家》趙注：「浩蕩，悠遠不定止之貌。」《論語·子罕》：「可與共學，未可與適道。」集解：「適，之也。」本書卷三《兩當縣吴十侍御江上宅》（0139）：「行邁心多違，出門無與適。」均謂無所之。

〔三〕旅食二句：旅食，見本卷《奉贈韋左丞丈二十二韻》（0001）注。何晏《景福殿賦》：「開建陽，則朱炎艷。」《文選》李善注引《白虎通》：「炎者太陽。」

〔四〕高齋二句：崔顥《游天竺寺》：「花龕瀑布側，青壁石林杪。」張華《輕薄篇》：「留連彌信宿，此歡難可過。」《左傳》莊公三年：「凡師，一宿爲舍，再宿爲信。」游衍，見本卷《夜聽許十誦詩愛而有作》（0036）注。阮籍《詠懷》：「王子十五年，游衍伊洛濱。」《易·豐·象》：「闃其無人。」

〔五〕清晨二句：李白《與南陵常贊府游五松山》：「我來五松下，置酒窮躋攀。」江淹《雜體詩·郭弘農璞游仙》：「傲睨摘木芝，陵波采水碧。」

〔六〕崇岡二句：嵇康《琴賦》：「惟椅梧之所生兮，託峻岳之崇岡。」謝靈運《山居賦》：「東北枕壑，下則清川如鏡，傾柯盤石，被嶼映渚。西岩帶林，去潭可二十丈許，葺基構宇。」王褒《故陝州刺史馮章碑》：「岩險襟帶，山河枕倚。」《周書·韋敻傳》：「所居之宅，枕帶林泉。」晋元帝《報劉琨勸進令》：「萬里之外，心存咫尺。」江淹《空青賦》：「皆咫尺八極，鏡見四荒。」

〔七〕危堦二句：仇注謂青冥言樹色。按，青冥謂天。此言危階之高，横於空中。曾冰，見本卷李邕《登歷下古城員外孫新亭》注。謝惠連《雪賦》：「霰淅瀝而先集，雪紛糅而遂多。」《文選》劉良注：「淅瀝，細下貌。」此言泉水淅瀝而生冰涼。

〔八〕上有二句：陶淵明《歸去來兮辭》：「雲無心以出岫，鳥倦飛而知還。」張載《叙行賦》：「石壁立以切天，岌嵔隗其欲落。」

〔九〕鳥呼二句：王褒《贈周處士》：「巢禽疑上幕，驚羽畏虛彈。」

〔一〇〕吏隱二句：宋之問《藍田山莊》：「宦游非吏隱，心事好幽偏。」《白氏六帖事類集》卷二二「吏隱」注：「王喬鄴令，老聃柱史。」《九家》趙注引《汝南先賢傳》「鄭欽吏隱」，「吏」上誤奪「去」字。《禮記・樂記》：「是故先王本之情性，稽之度數，制之禮義，合生氣之和，道五常之行。」《周禮・春官・大宗伯》鄭玄注：「樂所以滌蕩邪穢，道人之正性者也。」道通導。此言以吏隱導其情性。孫綽《游天台山賦》：「天台山者……皆玄聖之所游化，靈仙之所窟宅。」

〔一一〕白水二句：《分門》洙曰引《左傳》僖公二十四年「所不與舅氏同心者，有如白水」，仇注謂此借用。《漢書・梅福傳》：「梅福字子真……補南昌尉。……至元始中，王莽顓政，福一朝弃妻子，去九江，至今傳以爲仙。其後人有見福於會稽者，變名姓，爲吴市門卒云。」錢箋：「舊注：梅福作尉，人謂之仙尉。故呼少府爲仙伯。」

〔一二〕杖藜二句：劉琨《扶風歌》：「繫馬長松下，廢鞍高岳頭。」陸機《苦寒行》：「俯入窮谷底，仰陟高山盤。」

〔一三〕爲我二句：宋玉《諷賦》：「爲臣炊雕胡之飯，烹露葵之羹。」司馬相如《子虛賦》：「東薔雕胡。」《文選》李善注：「張揖曰：雕胡，菰米也。」謝靈運《南樓中望所遲客》：「搔首訪行人，引領冀良覿。」

〔一四〕相對二句：木華《海賦》：「盤渦谷轉，凌濤山頹。」《文選》李善注：「渦，水旋流也。」拆同坼，見本卷《自京赴奉先縣詠懷五百字》(0041)注。

〔一五〕何得二句：空裏雷，猶言晴日響雷。《佛本行集經》卷八：「無諸雲翳，但聞雷聲。」司馬相如《長門賦》：「雷殷殷而響起兮，聲象君之車音。」《史記·蒙恬列傳》：「城塹萬里，此其中不能無絶地脈哉。」

〔一六〕烟氛二句：嵽嵲，見本卷《渼陂西南臺》(0032)注。《左傳》宣公三年：「螭魅罔兩，莫能逢之。」杜預注：「罔兩，水神。」《説文》：「蝄蜽，山川之精物也。」《古文苑》蘇武詩：「憂心常慘戚，晨風爲我悲。」

〔一七〕崑崙句：《史記·秦本紀》正義：「《括地志》云：崑崙山在肅州酒泉縣南八十里。《十六國春秋》云：前涼張駿酒泉守馬岌上言，酒泉南山即崑崙之丘也，周穆王見西王母，樂而忘歸，即謂此山。……按，肅州在京西北二千九百六十里，即小崑崙也，非河源出處者。」崆峒，見本卷《自京赴奉先縣詠懷五百字》(0041)注。

〔一八〕前軒二句：阮籍《詠懷》：「白日頹林中，翩翩零路側。」《初學記》卷一引《纂要》：「日西落，光反照於東，謂之反景。」蕭詧《游七山寺賦》：「途險峭而巉絶，路登陟而如梯。」華岳，華山。《元和郡縣圖志》卷二華州華陰縣：「太華山，在縣南八里。」

〔一九〕兵氣二句：《漢書·燕刺王旦傳》：「妖祥數見，兵氣且至。」賈誼《過秦論》：「收天下之兵，聚之咸陽，銷鋒鏑。」

〔二〇〕知是二句：《九家》趙注：「相公指言哥舒翰。」《舊唐書·玄宗紀》：「(天寶十四載)十二月丙戌朔，禄山於靈昌郡渡河。……丙午，斬封常清、高仙芝於潼關，以哥舒翰爲太子先鋒兵馬元帥，領河隴兵募守潼關以拒之。……（十五載正月）甲子，哥舒翰進位尚書左僕射、同中書門下平章事。乙丑，賊將安慶緒犯潼關，哥舒翰擊退之。……（六月）庚寅，哥舒翰將兵八萬與賊將崔乾祐戰於靈寶西原，官軍大敗，死者十六七。」此詩作於五月，在哥舒翰戰敗前。顧炎武《日知録》卷二四：「前代拜相者必封公，故稱之曰相公，若封王則稱相王。」陸倕《石闕銘》：「鐵馬千群，朱旗萬里。」《文選》李善注：「鐵馬，鐵甲之馬。」

〔二一〕玉觴二句：《老子》三十五章：「道出言，淡無味。」王嗣奭《杜臆》謂此句言「上方旰食」，過鑿。此即言崔十九之清宴，因時亂而飲者無味。《晋書·張祚傳》：「昔金行失馭，戎狄亂華，胡羯、氐、羌，咸懷竊璽。」羯本爲匈奴別部。《晋書·石勒載記》：「上黨武鄉羯人也，其先匈奴別部羌渠之冑。」安禄山爲雜種胡人，史思明爲突厥雜種胡人，其下屬有契丹、突厥、奚、同羅等。唐王朝稱其爲羯胡。肅宗《即位大赦文》：「乃者羯胡亂常，京闕失守。」《御丹鳳樓大赦制》：「安禄山夷羯賤類，頑兇殘愎。」

〔二二〕長歌二句：長歌，見本卷《曲江三章章五句》（0028）注。《列子·湯問》：「昔韓娥東之齊，匱糧，過雍門，鬻歌假食，既去而餘音繞梁欐，三日不絶。」嵇康《聲無哀樂論》：「不爲觸地而生哀，當席而淚出也。」

〔二三〕人生二句：《隋書·樂志》太廟歌辭：「人衹分，哀樂半。」《孟子·離婁上》：「順天者存，逆天者亡。」《莊子·天運》：「天有六極五常，帝王順之則治，逆之則凶。」

〔二四〕休明句：《左傳》宣公三年：「德之休明。」《後漢書・楊震傳》：「國家休明，則鑒其德。」《九家》趙注：「言禄山之禍起於不測，方天下休明之際，而乃備征狄也。」

〔二五〕猛將二句：填委，紛忙多務。劉楨《雜詩》：「職事相填委，文墨紛消散。」李德林《霸朝雜集序》：「軍國多務，朝夕填委。」《後漢書・光武紀贊》：「明明廟謀，赳赳雄斷。」《文選》李善注：「廟謀，廟算也。」《史記・平津侯主父列傳》：「靡弊中國，快心匈奴，非長策也。」

〔二六〕東郊二句：《書・費誓》：「魯侯伯禽宅曲阜，徐、夷並興，東郊不開。」疏：「於時徐州之戎、淮浦之夷並起，爲寇於魯，東郊之門不敢開闢。」《戰國策・齊策一》：「齊地方二千里，帶甲數十萬。」《左傳》襄公二十七年：「固請釋甲。」

〔二七〕幽明：《易・繫辭上》：「是故知幽明之故。」注：「幽明者，有形無形之象。」鮑照《贈故人馬子喬》：「一爲天地別，豈直限幽明。」仇注：「不曰晝夜而曰幽明，亦愁慘中語。」

〔二八〕三歎二句：《左傳》昭公二十八年：「魏子曰：『吾聞諸伯叔，諺曰：唯食忘憂。吾子置食之間三歎，何也？』」《九家》趙注：「今公所歎，歎其不若往昔太平之時也。」

王嗣奭《杜臆》：「公方避亂，故有『浩蕩無與適』、『旅食白日長』之語，情甚可憐。故雖高齋景致佳勝，而忽云『鳥呼藏其身，有似懼彈射』，借鳥自喻也。須溪云：『蛟坼地，亦實事。』是也。至雷尋地脈，以爲『用此起興，説到時事』，誤矣。蓋陰晴明晦，倏忽變幻，蛟騰渦坼，時或有之。前云『危階根青冥』，所處極高，而山下有雷，似碾於地底，但造語過奇耳。至於烟氛魍魎，亦一時晦冥光景，但以亂離心事寫出，詞亦慘悽，蓋發自性情者。久之晴霽，返照前軒，林兵川鏑，是真實語，豈有前面作寓言耶？」

盧元昌曰：「國忠恐翰圖己，以守潼關爲不足恃，將相不和，潼關危矣。公曰『知是相公軍，鐵馬雲霧積』，謂翰守潼關之足恃也。『玉觴淡無味，胡羯豈強敵』，謂至尊宵旰，有翰守潼關，賊自斃也。『猛將紛填委，廟謀蓄長策』，謂翰守潼關，非乏戰將，但當將相協謀，此在廟算得策也。『東郊何時開，帶甲且未釋』，謂朝廷於陝右且緩圖，但當固守潼關，枕戈衽甲，勿懈於防也。終曰『三歎酒食傍，何由似平昔』，已知閫任不專，廟謀失策，潼關必潰也。」

按，王説大致平實可據。盧説似謂甫事事洞悉，且能逆知戰局，曲解詩意，説杜入魔。此詩後半插入鐵馬鋒鏑，與前半鋪寫高齋清宴色調未盡一致。言及時局除長歌三歎之外，「休明備征狄」亦頗顯疑惑不解，「廟謀蓄長策」則僥幸於禍亂早平乎？蓋詩人方避亂不暇，又詩筆初涉此，於時局多懵懂，於詩作亦未臻熟慮。

## 三川觀水漲二十韻〔一〕天寶十五年七月中避寇時作①。

我經華原來〔二〕，不復見平陸。北上唯土山，連天走窮谷②〔三〕。火雲無時出③，飛電常在目〔四〕。自多窮岫雨，行潦相豗蹙〔五〕。蓊匌川氣黄，羣流會空曲〔六〕。清晨望高浪，忽謂陰崖踣〔七〕。恐泥竄蛟龍，登危聚麋鹿〔八〕。枯查卷拔樹，礧磈共充塞〔九〕。聲吹鬼神下，勢閲人代速〔一〇〕。不有萬穴歸，何以尊四瀆〔一一〕？及觀泉源漲，反懼江海覆〔一二〕。漂沙坼岸去④，漱壑松柏秃〔一三〕。乘陵破山門⑤，回斡裂地軸⑥〔一四〕。交洛赴洪河，及關豈信宿〔一五〕。應沈數州没，如聽萬室哭〔一六〕。穢濁殊未清，風濤怒猶蓄〔一七〕。何時通舟車，陰氣不黲黷⑦〔一八〕？浮生有蕩汩，吾道正羈束〔一九〕。人寰難容身，石壁滑側足〔二〇〕。雲雷此不已⑧，艱險路更跼〔二一〕。普天無川梁，欲濟願水縮〔二二〕。因悲中林士，未脱衆魚腹⑨〔二三〕。舉頭向蒼天，安得騎鴻鵠〔二四〕？（0043）

【校】

① 年，錢箋作「載」。

② 窮，錢箋校：「一作穹。」

③ 無時出，宋本、錢箋、《九家》校：「一云出無時。」

④ 坼，《草堂》作「拆」，《九家》、仇注作「圻」。　岸去，錢箋校：「一作去岸。」

⑤ 陵，錢箋校：「陳作凌。」

⑥裂，錢箋、《草堂》校：「一作倒。」
⑦不，錢箋校：「一云亦。」
⑧此，錢箋校：「一作屯。」
⑨皋，《草堂》作「葬」。

**【注】**

黄鶴注：天寶十五載（七五六）六月又自白水往鄜州，有《三川觀水漲》詩。按，據題注，詩乃七月作。

〔一〕三川：《元和郡縣圖志》卷三鄜州：「三川縣，中。東北至州六十里。本漢翟道縣地，古三水郡，以華池水、黑源水及洛水三川同會，因名。」

〔二〕華原：《元和郡縣圖志》卷二京兆府：「華原縣，畿。西南至府一百六十里。本漢祋祤縣地，屬左馮翊。魏晋皆於其地置北地郡。」黄鶴注：「其曰華原者，謂華原郡。北至坊州百八十里，坊北至鄜百十里耳。馮翊在華原東百八十里，豈非公自白水西北至華原，又自華原北至坊，復自坊北至鄜也。」華原即今耀縣。甫自白水西至華原，又北上至坊州，又北至三川。

〔三〕連天：汪師韓《詩學纂聞》：「俗以一日爲一天，杜詩有之。連天，正謂連日也。」

〔四〕火雲二句：蕭統《錦帶書十二月啓》：「凍雨洗梅樹之中，火雲燒桂林之上。」《孟子・告子上》：「出入無時，莫知其鄉。」傅玄《晋宣武舞歌》：「疾逾飛電，回旋應規。」

〔五〕自多二句：左思《魏都賦》：「窮岫泄雲，日月恒翳。」行潦，見本卷《苦雨奉寄隴西公兼呈王徵士》（0022）注。木華《海賦》：「潤泊柏而迆颺，磊匌匌而相豗。」《文選》李善注：「豗，相擊也。」《廣韻》：「蹙，迫也，促也。」

〔六〕蓊匌二句：蓊匌當作匒匌。木華《海賦》：「潤泊柏而迆颺，磊匒匌而相豗。」《文選》李善注：「匒匌，重疊也。」蓊則蓊鬱，蓊蔚，蓊茸，皆草木茂盛狀。王勃《采蓮賦》：「藻河渭之空曲，被沮漳之淪漣。」

〔七〕陰崖：繁欽《詠蕙詩》：「植根陰崖側，夙夜懼危頹。」鮑照《擬古》：「陰崖積夏雪，陽谷散秋榮。」

〔八〕恐泥二句：《論語·子張》：「致遠恐泥。」集解：「包曰：泥難不通。」仇注：「此借用其字。」王延壽《王孫賦》：「尋柯條以宛轉，或捉腐而登危。」

〔九〕枯查二句：查通槎。蕭綱《送别》：「石菌生懸葉，江槎流卧枝。」庾信《和李司録喜雨》：「崩沙雜水去，卧樹擁槎來。」何遜《和劉咨議守風》：「蕭條疾帆流，魄礧衝波白。」《類篇》：「礧魄，山貌。」

〔一〇〕聲吹二句：《莊子·外物》：「白波若山，海水震盪，聲侔鬼神，憚赫千里。」陸機《歎逝賦》：「川閲水以成川，水滔滔而日度。世閲人而爲世，人冉冉而行暮。」

〔一一〕不有二句：木華《海賦》：「江河既導，萬穴俱流。」《爾雅·釋詁》：「江、河、淮、濟爲四瀆。」《漢書·溝洫志》贊：「中國川原以百數，莫著於四瀆，而河爲宗。」

〔一二〕江海覆：仇注：「江海覆，有似倒流也。」

〔一三〕漂沙二句：木華《海賦》：「漂沙礐石，蕩颾島濱。」劉孝綽《上虞鄉亭觀濤津渚學潘安仁河陽縣詩》：「漂沙黄沫聚，礐石素波揚。」坼岸，《九家》趙注引謝靈運《入彭蠡湖口》「圻岸屢崩奔」。仇注謂圻與垠同，岸也。按，杜詩多用「坼」字，無有用「圻」字。「漂沙坼岸」，則當句爲對。郭璞《江賦》：「漱壑生浦，區别作湖。」《文選》李善注引《周禮》鄭玄注：「漱，齧也。」

〔一四〕乘陵二句：宋玉《風賦》：「乘凌高城，入於深宫。」山門，朱鶴齡謂即土門山。《元和郡縣圖志》卷二美原縣：「後魏别立土門縣，以頻山有二土阜，狀似門，故曰土門。」同卷華原縣：「土門山，在縣東南四里。」謝惠連《七月七日夜詠牛女》：「傾河易回斡，款情難久悰。」《初學記》卷五引《河圖括地象》：「地下有八柱，柱廣十萬里。有三千六百軸，互相牽制，名山大川，孔穴相通。」木華《海賦》：「狀如天輪膠戾而激轉，又似地軸挺拔而争回。」

〔一五〕交洛二句：《元和郡縣圖志》卷三鄜州：「洛交縣，緊，本漢雕陰地，屬上郡。……隋開皇十六年，分三川、洛川二縣置洛交縣，屬鄜州，洛水之交，故曰洛交。」洪河，黄河。及關，錢箋謂關指潼關。信宿，見本卷《白水縣崔少府十九翁高齋三十韻》(0042)注。

〔一六〕應沈二句：朱鶴齡注：「洛水發源鄜州白於山，合漆沮水，至同州朝邑縣入河，其勢最大而疾，故有數州沉没之懼焉。」《漢書·鄒陽傳》：「列郡不相親，萬室不相救也。」

〔一七〕穢濁二句：蔡邕《琴歌》：「練余心兮浸太清，滌穢濁兮存正靈。」崔瑗《草書勢》：「蓄怒怫鬱，放逸生奇。」

〔一八〕黲黷：「黲」仇注：「朱云當作墋，楚錦切。」陸機《漢高祖功臣頌》：「芒芒宇宙，上墋下黷。」《文選》李善注：「墋，不清澄之貌也。」「賈逵曰：黷，媟也。」庾信《哀江南賦》：「潰潰沸騰，茫茫墋黷。」

〔一九〕浮生二句：《莊子・刻意》：「其生若浮，其死若休。」鮑照《答客詩》：「浮生急馳電，物道險弦絲。」本書卷一九《朝享太廟賦》(1458)：「遭鯨鯢之蕩汩。」《九家》趙注：「《選》有瀄汩，又有淢汩。今言水之蕩汩，當從越律之音。」《文選》左思《吴都賦》劉逵注：「汩，急疾無所不至。」《左傳》哀公十四年：「孔子曰：『吾道窮矣。』」張協《雜詩》：「述職投邊城，羈束戎旅間。」

〔二〇〕人寰二句：鮑照《舞鶴賦》：「去帝鄉之岑寂，歸人寰之喧卑。」《莊子・盜跖》：「(孔子)窮于齊，圍于陳蔡，不容身于天下。」《後漢書・杜喬傳》：「先是李固見廢，内外喪氣，群臣側足而立。」

〔二一〕艱險：《詩・小雅・正月》：「謂天蓋高，不敢不局。」傳：「局，曲也。」釋文：「局，本又作跼。」顔延之《北使洛詩》：「改服飭徒旅，首路跼險艱。」

〔二二〕普天二句：曹植《贈白馬王彪》：「伊洛廣且深，欲濟川無梁。」《魏書・爾朱兆傳》：「兆輕兵倍道從河梁西涉渡，掩襲京邑。先是，河邊人夢神謂己曰：『爾朱家欲渡河，用爾作灅波津令，爲之縮水脈。』月餘，夢者死。及兆至，有行人自言知水淺處，以草往往表插而導焉。忽失其所在，兆遂策馬涉渡。」蕭綱《箏賦》：「睹獨雁之寒飛，望交河之水縮。」

〔二三〕因悲二句：王康琚《反招隱詩》：「今雖盛明世，能無中林士。」《左傳》昭公元年：「微禹，吾其魚乎！」《楚辭·漁父》：「寧赴湘流，葬于江魚之腹中。」

〔二四〕鴻鵠：《史記·留侯世家》：「鴻鵠高飛，一舉千里。」陸機《爲顧彦先贈婦》：「願假歸鴻翼，翻飛浙江汜。」

王嗣奭《杜臆》：「遵岩極取此詩。余謂三川水漲，謂之賦可，謂之比亦可。本賦水漲，而忽云『不有萬穴歸，何以尊四瀆』，分明謂率土來王，如萬水朝宗，而狂胡僭號，天子播遷，似泉源漲而江海覆也。描寫水勢之横，不減虎頭之畫。而『聲吹』、『勢閲』二語，似不可解，而光景宛然。故前輩賞之，真驚人語也。」

趙翼《甌北詩話》卷二：「一題必盡題中之義，沉著至十分者。……《三川觀水漲》之『聲吹鬼神下，勢閲人代速』……皆題中本無此義，而竭意摹寫，寧過無不及，遂成此意外奇險之句，所謂十二三分者也。」

## 大雲寺贊公房〔一〕同作四首，其二在别卷①。

燈影照無睡，心清聞妙香〔二〕。夜深殿突兀，風動金琅璫〔三〕。天黑閉春院，地清栖暗芳。玉繩回斷絶，鐵鳳森翱翔〔四〕。梵放時出寺，鐘殘仍殷床〔五〕。明朝在沃野〔六〕，苦見塵沙黄。時西郊逆賊拒官軍未已。（0044）

【校】

①同作四首其二在别卷，《九家》注：「二首見别卷。」另二首見本書卷九（0493、0494）。錢箋移至本卷。

【注】

黄鶴注：至德二載（七五七）陷賊中時作。

〔一〕大雲寺：《舊唐書·則天皇后紀》：「載初元年春正月……有沙門十人僞撰《大雲經》，表上之，盛言神皇受命之事。制頒於天下，令諸州各置大雲寺，總度僧千人。」《長安志》卷一〇懷遠坊：「大雲經寺，本名光明寺……武太后初幸此寺，法門宣政進《大雲經》，經中有女王之符，因改爲大雲經寺。遂令天下每州置一大雲經寺。此寺當中寶閣崇百尺，時人謂之七寶臺。」贊公：本書卷一〇有《宿贊公房》（0570），注：「京中大雲寺主，謫此安置。」

〔二〕妙香：《維摩經·香積佛品》：「爾時維摩詰問衆香菩薩：『香積如來，以何説法？』彼菩薩曰：『我土如來，無文字説。但以衆香，令諸天人得入律行。菩薩各各坐香樹下，聞斯妙香，得獲一切德藏三昧。』」

〔三〕夜深二句：曹毗《涉江賦》：「狂飆蕭瑟以洞駭，洪濤突兀而横峙。」金琅璫，《草堂》夢弼注：

「乃殿角懸金鈴，以驚鳥雀。」《漢書・西域傳》：「陰末赴鎖琅當德。」注：「師古曰：琅當，長鎖也。若今之禁繫人鎖矣。」錢箋：「今殿塔皆有之，舊注以爲殿角懸鈴，非是。」浦起龍云：「錢箋泥定長鎖，不必。」

〔四〕玉繩二句：《太平御覽》卷五引《春秋元命苞》：「玉衡北兩星爲玉繩。」謝朓《暫使下都夜發新林至京邑贈西府同僚》：「金波麗鳷鵲，玉繩低建章。」張衡《西京賦》：「鳳騫翥於甍標，咸泝風而欲翔。」《文選》薛綜注：「謂作鐵鳳凰，令張兩翼，舉頭敷尾，以函屋上，當棟中央，下有轉樞，常向風如將飛者焉。」李乂《人日重宴大明宮恩賜彩縷人勝應制》：「鐵鳳曾騫摇瑞雪，銅烏細轉入祥風。」

〔五〕梵放二句：王融《法樂辭》：「騰芳清漢裏，響梵古雲中。」《九家》趙注：「佛事至梵音，必唱而誦之，其聲高放，故寺外可聞也。殷，上聲，殷其雷之殷。」

〔六〕明朝句：《舊唐書・肅宗紀》：「（至德二載）二月戊子，幸鳳翔郡。……上議大舉收復兩京，盡括公私馬以助軍。」《資治通鑑》至德二年二月：「關内節度使王思禮軍武功，兵馬使郭英乂軍東原，王難得軍西原。丁酉，安守忠等寇武功，郭英乂戰不利，矢貫其頤而走。王難得望之不救，亦走。思禮退軍扶風。賊游兵至大和關，去鳳翔五十里，鳳翔大駭，戒嚴。」

童兒汲井華①〔一〕，慣捷瓶上手②。霑洒不濡地，掃除似無箒〔二〕。明霞爛複閣③，霽霧搴高牖〔三〕。側塞被徑花〔四〕，飄飄委墀柳④。艱難世事迫，隱遁佳期後〔五〕。晤語契深心，那能總鉗口〔六〕。奉辭還杖策，暫別終回首。泱泱泥污人⑤，听听國多狗〔七〕。既未免羈絆⑥，時來憩奔走。近公如白雪，執熱煩何有〔八〕？（0045）

【校】

①童兒，《草堂》作「兒童」。

②慣捷，錢箋校：「《海録》作慣健。」　上，《草堂》作「在」。錢箋校：「一作在。」

③明，錢箋、《九家》、《草堂》校：「一作晨。」

④墀，錢箋、《九家》、《草堂》校：「一作堦。」

⑤泱泱，錢箋、《草堂》校：「一作浹浹。」

⑥絆，錢箋、《九家》、《草堂》校：「一作寓。」

【注】

〔一〕井華：清晨初汲之井水。《宋書·劉懷慎傳》：「平旦開城門取井華水服，至食鼓後，心動如刺，中間便絶。」

〔二〕霑洒二句：《大般若波羅蜜多經》卷五六七：「諸聽法者，唯覺香潤，不見霑濡。」《法苑珠林》卷二五引《分別功德論》：「所以稱般陀比丘暗鈍然能變形第一者，良由佛教使誦掃箒，得箒忘掃，得掃忘筭。六年之中，專心誦此，意遂解悟。」
〔三〕明霞二句：陸機《擬今日良宴會》：「高談一何綺，蔚若朝霞爛。」複閣，謂寺中寶閣。見前首注引《長安志》。鮑照《月下登樓連句》：「露入覺牖高，螢蜚測苑深。」
〔四〕側塞句：側塞，蔣紹愚引《一切經音義》：「叜塞，人稠也。」謂側塞即叜塞，爲花繁盛之義。蕭綱《吴郡石像碑》：「道俗側塞，人祇協慶。」本書卷六《阻雨不得歸瀼西甘林》(0296)：「虚徐五株態，側塞煩胸襟。」側塞爲稠多、繁茂之義。《楚辭·招魂》：「皐蘭被徑兮斯路漸。」
〔五〕隱遁句：謝靈運《登上戍石鼓山》：「佳期緬無像，騁望誰云愜。」仇注：「謂遁跡已遲。」
〔六〕晤語二句：《詩·陳風·東門之池》：「彼美淑姬，可與晤語。」慧遠《大智論抄序》：「積誠曩代，契心在兹。」《淮南子·精神訓》：「鉗口而不以言，委心而不以慮。」《九家》師注：「言方道契，故未能忘言也。」仇注：「每談及時事也。」
〔七〕泱泱二句：《詩·小雅·瞻彼洛矣》：「瞻彼洛矣，維水泱泱。」傳：「泱泱，深廣貌。」听听，《草堂》夢弼注：「字當作犻。犻，犬吠聲也。犻與狺通。」《楚辭·九辯》：「猛犬狺狺而迎吠兮，關梁閉而不通。」《韓非子·外儲説右上》：「夫國亦有狗，有道之士懷其術而欲以明萬乘之主，大臣爲猛狗迎而齕之，此人主之所以蔽脅，而有道之士所以不用也。」
〔八〕近公二句：《大方廣佛華嚴經》卷四八：「能以清涼教法光明，除衆熱惱，善知識者如夏雪山。」《詩·大雅·桑柔》：「誰能執熱，逝不以濯。」

## 哀江頭〔一〕

少陵野老吞聲哭，春日潛行曲江曲〔二〕。江頭宮殿鎖千門，細柳新蒲爲誰緑？憶昔霓旌下南苑〔三〕，苑中萬物生顔色。昭陽殿裏第一人，同輦隨君侍君側〔四〕。輦前才人帶弓箭①，白馬嚼齧黄金勒②〔五〕。翻身向天仰射雲③，一箭正墜雙飛翼④〔六〕。明眸皓齒今何在，血污游魂歸不得〔七〕。清渭東流劍閣深〔八〕，去住彼此無消息。人生有情淚沾臆，江水江花豈終極⑤〔九〕？黄昏胡騎塵滿城，欲往城南忘南北⑥〔一〇〕。（0046）

【校】

①才，錢箋、《九家》、《草堂》校：「一作詞。」

②嚼，錢箋、《九家》、《草堂》校：「一作噍。」

③天，錢箋、《草堂》校：「一作空。」

④箭，宋本、《九家》校：「一云笑。」錢箋、《草堂》校：「《正異》作笑。蔡君謨作發。」

⑤水，宋本、錢箋、《九家》、《草堂》校：「一作草。」

⑥忘南北，錢箋、《九家》、《草堂》校：「一云望城北。」

**【注】**

黃鶴注：至德二載（七五七）春陷賊時作。

〔一〕哀江頭：《舊唐書·玄宗紀》：「（天寶十五載六月）甲午，將謀幸蜀，乃下詔親征。仗下後，士庶恐駭，奔走于路。乙未，凌晨自延秋門出，微雨沾濕，扈從惟宰相楊國忠、韋見素、内侍高力士及太子、親王，妃主、皇孫已下多從之不及。……丙辰，次馬嵬驛，諸衛頓軍不進。龍武大將軍陳玄禮奏曰：『逆胡指闕，以誅國忠爲名，然中外群情，不無嫌怨。今國步艱阻，乘輿震盪，陛下宜徇群情，爲社稷大計，國忠之徒，可置之於法。』會吐蕃使二十一人遮國忠告訴於驛門，衆呼曰：『楊國忠連蕃人謀逆！』兵士圍驛四合，及誅楊國忠、魏方進一族，兵猶未解。上令高力士詰之，回奏曰：『諸將既誅國忠，以貴妃在宫，人情恐懼。』上即命力士賜貴妃自盡。玄禮等見上請罪，命釋之。」《后妃傳·楊貴妃》：「及潼關失守，從幸至馬嵬，禁軍大將陳玄禮密啓太子，誅國忠父子。既而四軍不散，玄宗遣力士宣問，對曰『賊本尚在』，蓋指貴妃也。力士復奏，帝不獲已，與妃詔，遂縊死於佛室。時年三十八，瘞於驛西道側。」黃生曰：「詩意本哀貴妃，不敢斥言，故借江頭行幸處標爲題目耳。」

〔二〕少陵二句：《雍録》卷七：「少陵原，在長安縣南四十里。漢宣帝陵在杜陵縣，許后葬杜陵南園。師古曰：『即今謂小陵者也，去杜陵十八里。』它書皆作少陵。杜甫家焉，故自稱杜陵老，亦曰少陵也。」鮑照《擬行路難》：「心非木石豈無感，吞聲躑躅不敢言。」曲江，見本卷《九日寄岑參》(0025)注。

〔三〕憶昔句：司馬相如《上林賦》：「拖霓旌，靡雲旗。」《文選》郭璞注：「張揖曰：析羽毛染以五彩，綴以縷，爲旌，有似虹霓之氣也。」南苑，芙蓉苑在曲江南。

〔四〕昭陽二句：《漢書·外戚傳·趙飛燕》：「(趙)皇后既立，後寵少衰，而弟絶幸，爲昭儀，居昭陽舍，其中庭彤朱，而殿上髹漆。」又同卷《班婕妤》：「成帝游於後庭，嘗欲與婕妤同輦載。」《分門》洙曰引李白《宫中行樂詞》「宫中誰第一，飛燕在昭陽」，亦「謂貴妃也」。

〔五〕輦前二句：《舊唐書·職官志》内官：「(玄宗)乃改定三妃之位……下有六儀、美人、才人四等。……才人七人，掌叙宴寢，理絲枲，以獻歲功。」喬知之《羸駿篇》：「摇珂齧勒金羈盡，争鋒足頓鐵菱傷。」

〔六〕一箭句：曹植《名都篇》：「左挽因右發，一縱兩禽連。」潘尼《三月三日洛水作》：「沈鈎出比目，舉弋落雙飛。」黄庭堅《杜詩箋》謂此句「箭一作笑，蓋用賈大夫射雉事」。潘岳《射雉賦》：「昔賈氏之如皋，始解顔於一箭。」《左傳》昭公二十八年：「昔賈大夫惡，娶妻而美，三年不言不笑，御以如皋，射雉，獲之，其妻始笑而言。」

〔七〕明眸二句：曹植《洛神賦》：「丹脣外朗，皓齒内鮮。明眸善睞，靨輔承權。」《易·繫辭上》：「精氣爲物，游魂爲變。」陶淵明《擬古》：「頽基無遺主，游魂在何方。」

〔八〕劍閣：《水經注》白水：「又東南逕小劍戍北，西去大劍三十里，連山絶險，飛閣通衢，故謂之劍閣也。張載銘曰：『一人守險，萬夫趑趄。』信然。」《元和郡縣圖志》卷二二利州益昌縣：「小劍城去大劍戍四十里，連山絶險，飛閣通衢，故謂之劍閣道。自縣西南逾小山入大劍口，即秦使張儀、司馬錯伐蜀所由路也，亦謂之石牛道。」鄭棨《開天傳信記》：「上幸蜀，車駕次劍門，門左右岩壁峭絶，上謂侍臣曰：『劍門天險若此，自古及今，敗亡相繼，豈非在德不在險耶！』因駐蹕題詩。」

〔九〕人生二句：沈約《夢見美人》：「那知神傷者，潺湲淚沾臆。」《雜曲歌辭・楊白花》：「含情出户脚無力，拾得楊花淚沾臆。」《鼓吹曲辭・君馬黄》：「駕車馳馬，佳人安終極。」王粲《七哀詩》：「羈旅無終極，憂思壯難任。」

〔一〇〕黄昏二句：《苕溪漁隱叢話》前集卷三五引《遁齋閑覽》：「按杜詩《哀江頭》云：『黄昏胡騎塵滿城，欲往城南忘南北。』荆公兩用，皆以『忘南北』爲『望城北』，始疑杜詩誤，其後數善本皆作『忘南北』，或云荆公故易此兩字，以合己一篇之意。然荆公平生集句詩，未嘗改古人字，觀者更宜詳考。」苕溪漁隱曰：「余聞洪慶善云：老杜『欲往城南忘南北』之句，《楚詞》云：中心瞀亂兮迷惑。王逸注：『思念煩惑忘南北也。』子美蓋用此語也。」陸游《老學庵筆記》卷一：「老杜《哀江頭》『黄昏胡騎塵滿城，欲往城南忘城北』，言方皇惑避死之際，欲往城南，乃不能記孰爲南北也。然荆公集句，兩篇皆作『欲往城南望城北』。或以爲舛誤，或以爲改定，皆非也。蓋所傳本偶不同，而意則一也。北人謂向爲望，謂欲往城南，乃向城北，亦皇惑避死，不能記南北之意。」按，《老學庵筆記》「忘城北」顯爲誤字，「望城北」異文則出自荆公集句。洪慶善之説較善，其他異説皆據誤文，不足取。

蘇轍《詩病五事》：「蓋附離不以鑿枘，此最爲文之高致耳。老杜陷賊時有詩曰『少陵野老吞聲哭……』，予愛其詞氣如百金戰馬，注坡驀澗，如履平地，得詩人之遺法。如白樂天詩詞甚工，然拙於紀事，寸步不遺，猶恐失之，此所以望老杜之藩垣而不及也。」《九家》趙注：「頃者蘇黄門嘗謂其侄在庭曰：《哀江頭》即《長恨歌》也。《長恨》費數百言而後成歌，杜公言太真之被寵，則『昭陽殿裏第一人』足矣。言富貴，則『輦前才人帶弓箭，白馬嚼齧黄金勒』足矣。言馬嵬之死，則『血污游魂歸不得』足矣。觀《常武》與《桓》二詩，言用兵而煩簡異，則可見此。聞之石耆公云。」

張戒《歲寒堂詩話》卷上：「楊太真事，唐人吟詠至多，然類皆無禮。太真配至尊，豈可以兒女語黷之耶？惟杜子美不然。《哀江頭》云：『昭陽殿裏第一人，同輦隨君侍君側。』不待云『嬌侍夜』、『醉和春』，而太真之專寵可知。不待云『玉容』、『梨花』，而太真之絶色可想也。至於言一時行樂事，不斥言太真，而但言輦前才人，此意尤不可及。……其詞婉而雅，其意微而有禮，真可謂得詩人之旨者。《長恨歌》在樂天詩中爲最下，《連昌宫詞》在元微之詩中乃最得意者，二詩工拙雖殊，皆不若子美詩微而婉也。元白數十百言，竭力摹寫，不若子美一句，人才高下乃如此。」

# 哀王孫〔一〕

長安城頭頭白烏①，夜飛延秋門上呼〔二〕。又向人家啄大屋②〔三〕，屋底達官走避胡。金鞭斷折九馬死〔四〕，骨肉不待同馳驅③。腰下寶玦青珊瑚，可憐王孫泣路隅〔五〕。問之不肯道姓名，但道困苦乞爲奴。已經百日竄荆棘，身上無有完肌膚〔六〕。高帝子孫盡高準④，龍種自與常人殊〔七〕。豺狼在邑龍在野，王孫善保千金軀〔八〕。不敢長語臨交衢，且爲王孫立斯須⑤〔九〕。昨夜東風吹血腥⑥，東來橐駝滿舊都⑦〔一〇〕。朔方健兒好身手〔一一〕，昔何勇鋭今何愚。竊聞天子已傳位⑧，聖德北服南單于〔一二〕。花門剺面請雪恥，慎勿出口他人狙⑨〔一三〕。哀哉王孫慎勿疏，五陵佳氣無時無〔一四〕。（0047）

【校】

① 頭白烏，錢箋校：「樊作多白烏。一作頸白烏。」

② 向，錢箋、《草堂》校：「一作來。」

③待，錢箋、《草堂》校：「一作得。」
④高準，錢箋、《草堂》「高」作「隆」，校：「一作高。」
⑤立，《草堂》校：「一作泣。」
⑥東，錢箋、《九家》、《草堂》校：「一作春。」
⑦橐，錢箋、《草堂》校：「一作駱。」
⑧天，錢箋校：「一作太。」《九家》、《草堂》作「太」，校：「一作天。」
⑨狙，《九家》作「徂」。錢箋、《草堂》校：「一作徂。」

**【注】**

黄鶴注：詩云「竊聞太子已傳位」，當在至德元載（七五六）七月作。仇注：詩云「已經百日竄荊棘」，蓋在九月間也。按，詩云「聖德北服南單于」，則在回紇引軍助順後。

〔一〕哀王孫：《唐鑑》卷一〇：「楊國忠首倡幸蜀之策，帝然之。甲午，移仗北内。既夕，命陳玄禮整比六軍，厚賜錢帛，選閑厩馬九百餘匹，外人皆莫之知。乙未黎明，帝獨與貴妃姊妹、皇子、妃主、皇孫、楊國忠、韋見素、魏方進、陳玄禮及親近宦官宮人出延秋門。妃主皇孫之在外者，皆委之而去。」《舊唐書·肅宗紀》：「（至德元載七月）丁卯，逆胡害霍國長公主、永王妃侯莫陳氏、義王妃閻氏、陳王妃韋氏、信王妃任氏、駙馬楊朏等八十餘人於崇仁之街。」《安禄山事迹》卷下：「至德元年九月，賊黨孫孝哲害霍國長公主、永王妃及駙馬楊馹等八十餘人，又害皇孫等二十餘人，並刳其心，以祭安慶宗。」《史記・淮陰侯列傳》：「吾哀王孫而進食，豈望報乎。」此用其語。

〔二〕長安二句：《初學記》卷三〇引《通俗文》：「白頭烏謂之鵯鶋。」《苕溪漁隱叢話》前集卷一四：「『頭』字當作『頸』字，蓋烏無頭白者。」楊慎《丹鉛餘録》卷二一引《三國典略》：「侯景篡位，令飾朱雀門，其日有白頭烏萬計集於門樓。童謡曰：『白頭烏，集朱雀，還與吴』。」謂此詩蓋用其事，以侯景比禄山也。《長安志》卷六：「禁苑在宮城之北……西面二門，南曰延秋門，北曰玄武門。」《雍録》卷五：「玄宗幸蜀自苑西門出，在唐爲苑之延秋門，在漢爲都城直門也。既出，即由便橋渡渭，自咸陽望馬嵬而西。」

〔三〕又向句：《詩・小雅・正月》：「哀我人斯，於何從禄。瞻烏爰止，於誰之屋。」傳：「富人之屋，烏所集也。」

〔四〕金鞭句：沈炯《長安少年行》：「陳王裝腦勒，晋后鑄金鞭。」此指帝王所用。《西京雜記》卷二：「文帝自代還，有良馬九匹，皆天下之駿馬也。」劉子翬有《明皇九馬圖》詩，則後代亦衍爲故實。

〔五〕腰下二句：《西京雜記》卷一載趙飛燕女弟上襚三十五條，有珊瑚玦。張衡《西京賦》：「睚眥蠆芥，屍僵路隅。」《晋書・鄭袤傳》：「百姓戀慕，涕泣路隅。」

〔六〕已經二句：劉楨《贈五官中郎將》：「余嬰沈痼疾，竄身清漳濱。」庾信《哀江南賦》序：「余乃竄身荒谷，公私塗炭。」《陳書・沈洙傳》：「榜笞刺爇，身無完者。」

〔七〕高帝二句：《史記・高祖本紀》：「高祖爲人，隆準而龍顏。」集解：「應劭曰：隆，高也。準，頰權準也。文穎曰：準，鼻也。」蕭綱《大同哀辭》：「終無逐流鳧船反，何時復聞龍種歸。」《隋書·文四子傳》：「天生龍種，所以因雲而出。」

〔八〕豺狼二句：盧諶《理劉司空表》：「荆棘茂於街里，豺狼居於府舍。」《易·坤》：「龍戰於野，其血玄黄。」《後漢書·光武帝紀》：「四夷雲集龍鬭野。」此指玄宗出奔。《史記·袁盎晁錯列傳》：「千金之子，坐不垂堂。」陶淵明《飲酒》：「客養千金軀，臨化消其寶。」

〔九〕不敢二句：潘岳《關中詩》：「肝腦塗地，白骨交衢。」《禮記·祭義》：「禮樂不可斯須去身。」注：「斯須，猶須臾也。」

〔一〇〕東來句：《九家》鮑注：「東來槖駞，謂賊自東都進也。舊都，謂長安。」《舊唐書·史思明傳》：「自禄山陷兩京，常以駱駝運兩京御府珍寶於范陽，不知紀極。」槖駞，亦作馲駝，即駱駝。郭璞《山海經圖贊·槖駝》：「駝惟奇畜，肉鞍是被。迅騖流沙，顯功絶地。潛識泉源，微乎其智。」

〔一一〕朔方句：《草堂》夢弼注：「哥舒翰領朔方兵守潼關，一日爲賊所敗，如入無人之境。」引《邠志》：「邠軍始鎮靈州，謂之朔方軍。有命則征伐，無命則入守。天寶以前，衆號十萬，實六萬。」《舊唐書·地理志》：「朔方節度使，捍禦北狄，統經略、豐安、定遠、西受降城、東受降城、安北都護、振武等七軍府。朔方節度使治靈州，管兵六萬四千七百人。」《唐會要》卷七八《諸使雜録上》大曆十二年中書門下狀奏：「兵士量險隘召募，謂之健兒，給春冬衣，並家口糧。當上百姓，名曰團練，春秋歸，冬夏追集。」

〔一二〕竊聞二句：《舊唐書·玄宗紀》：「（天寶十五載六月）丁酉，將發馬嵬驛……及行，百姓遮路乞留皇太子，願戮力破賊，收復京城，因留太子。……八月癸未朔，御蜀都府衙。……癸巳，靈武使至，始知皇太子即位。……己亥，上皇臨軒册肅宗，命宰臣韋見素、房琯使靈武。」《肅宗紀》：「（至德元載）七月辛酉，上至靈武……（裴）冕等凡六上箋，辭情激切，上不獲已，乃從。是月甲子，上即皇帝位於靈武。……（八月）丁酉，上皇遜位稱誥，遣左相韋見素、文部尚書房琯、門下侍郎崔渙等奉册書赴靈武。」《後漢書・光武帝紀》：「匈奴薁鞬日逐王比，自立爲南單于，於是分南北匈奴。」《草堂》夢弼注：「南單于即回紇也。」時回紇舉兵助肅宗收復兩京，以雪其恥。」《舊唐書・肅宗紀》：「（至德元載八月壬午）回紇、吐蕃遣使繼至，請和親，願助國討賊。……（九月戊辰）封故邠王守禮男承寀爲敦煌王，令使回紇和親。……（十一月）戊子，回紇引軍來赴難，與郭子儀同破賊黨同羅部三千餘衆於河上。」

〔一三〕花門二句：《草堂》夢弼注：「花門，乃回紇地名。回紇以花門自號。剺面，謂剥其面皮示誠悃而來助順。」《新唐書・地理志》甘州張掖郡寧寇軍：「軍東北有居延海，又北三百里有花門山堡，又東北千里至回鶻衙帳。」《舊唐書・回紇傳》：「虜使曰：『前咸安公主來時，去花門數百里即先去，今何獨拒我？』」《周書・侯斤傳》：「死者，停屍於帳，子孫及諸親屬男女，各殺羊馬，陳於帳前，祭之。繞帳走馬七匝，一詣帳門，以刀剺面，且哭，血淚俱流，如此者七度，乃止。」《舊唐書・酷吏傳》：「諸蕃長詣闕割耳剺面訟冤者數十人。」《回紇傳》：「（寧國）公主亦依回紇法，剺面大哭，竟以無子得歸。」《史記・留侯世家》：「秦皇帝東游，良與客狙。」集解：「應劭曰：狙，伺也。」

〔一四〕五陵句：《漢書·游俠傳》注：「師古曰：五陵謂長陵、安陵、陽陵、茂陵、平陵也。」仇注引唐注：「此借漢以比唐也。」《舊唐書·禮儀志》：「（天寶）十三載，改獻、昭、乾、定、橋五陵署爲臺。」唐高祖葬獻陵，太宗葬昭陵，高宗葬乾陵，中宗葬定陵，睿宗葬橋陵，是當時所稱五陵。《後漢書·光武帝紀》：「望氣者蘇伯阿爲王莽使至南陽，遥望見舂陵郭，唶曰：『氣佳哉，鬱鬱葱葱然。』」

張戒《歲寒堂詩話》卷上：「觀子美此詩，可謂心存社稷矣。……『竊聞太子已傳位』，必云太子者，以言神器所歸，吾君之子也。言『聖德北服南單于』，又言花門助順，所以慰王孫也。其哀王孫如此，心存社稷而已。而王深父序反以爲譏刺明皇，失子美詩意矣。」

葉燮《原詩》外篇下：「七古終篇一韻，唐初絶少，盛唐間有之，杜則十有二三，韓則十居八九。……蓋七古直叙，則無生動波瀾，如平蕪一望。縱横則錯亂無條貫，如一屋散錢。有意作起伏照應，仍失之板。無意信手出之，又苦無章法矣。此七古之難，難尤在轉韻也。若終篇一韻，全在筆力能舉之。藏直叙於縱横中，既不患錯亂，又不覺其平蕪，似較轉韻差易。韓之才無所不可，而爲此者，避虚而走實，任力而不任巧，實啓其易也。至如杜之《哀王孫》，終篇一韻，變化波瀾，層層掉换，竟似逐段换韻者。七古能事，至斯已極，非學者所易步趨耳。」

## 悲陳陶〔一〕

孟冬十郡良家子〔二〕，血作陳陶澤中水。野曠天清無戰聲①，四萬義軍同日死②。羣胡歸來血洗箭③〔三〕，仍唱胡歌飲都市④。都人回面向北啼，日夜更望官軍至⑤〔四〕。（0048）

**【校】**

①曠，錢箋、《九家》、《草堂》校：「一作廣。」　清，錢箋、《九家》、《草堂》校：「一作晴。」

②軍，《草堂》校：「一作兵。」

③血，宋本、錢箋、《九家》、《草堂》校：「一作雪。」

④仍唱，宋本、錢箋、《九家》、《草堂》校：「一作撚箭。」

⑤日夜更望官軍至，宋本、錢箋、《九家》、《草堂》校：「一云『前後官軍苦如此』。」

**【注】**

黄鶴注：天寶十五載（七五六）十月辛丑房琯陳陶戰敗後作。

〔一〕悲陳陶：陳陶，地名，亦作陳陶斜。《唐書》作陳濤斜。《舊唐書·肅宗紀》：「(至德元載十月)上素知房琯名，至是琯請爲兵馬元帥收復兩京，許之，仍令兵部尚書王思禮爲副。分兵爲三軍，楊希文、劉貴哲、李光進等各將一軍，其衆五萬。辛丑，琯與賊將安守忠戰於陳濤斜，官軍敗績，楊希文、劉貴哲等降於賊，琯亦奔還。」《房琯傳》：「琯分爲三軍：遣楊希文將南軍，自宜壽入；劉悊將中軍，自武功入；李光進將北軍，自奉天入。琯自將中軍，爲前鋒。十月庚子，師次便橋。辛丑，二軍先遇賊於咸陽縣之陳濤斜，接戰，官軍敗績。時琯用春秋車戰之法，以車二千乘，馬步夾之。既戰，賊順風揚塵鼓噪，牛皆震駭，因縛芻縱火焚之，人畜撓敗，爲所傷殺者四萬餘人，存者數千而已。癸卯，琯又率南軍即戰，復敗，希文、劉悊並降於賊。琯等奔赴行在，肉袒請罪，上並宥之。……琯既自無廟勝，又以虚名擇將吏，以至於敗。琯之出師，戎務一委於李揖、劉秩，秩等亦儒家子，未嘗習軍旅之事。……及與賊對壘，琯欲持重以伺之，爲中使邢延恩等督戰，蒼黄失據，遂及於敗。」《雍録》卷七：「案陳濤斜在咸陽也。李晟自東渭橋移軍西上，與李懷光會於咸陽陳濤斜者是也。未戰陳濤斜時，琯已先至便橋據要，既敗，又爲中人所促，並與南軍而敗者，人事失之也。」

〔二〕孟冬句：《漢書·地理志》：「天水、隴西，山多林木，民以板爲室屋。及安定、北地、上郡、西河，皆迫近戎狄，修習戰備，高上氣力，以射獵爲先。……漢興，六郡良家子選給羽林、期門，以材力爲官，名將多出焉。」唐郡即州，天寶初改州爲郡，凡郡府三百二十有八。此言「十郡」，蓋泛言。

〔三〕羣胡句：《九家》趙注：「血洗箭……蓋言洗箭上之血也。」「蔡伯世取一作云『雪洗箭』，非是。」王嗣奭《杜臆》：「胡人且以血洗箭，自是妙語。而趙解謂洗箭上之血，以倒語爲句法好處，此小兒解事者。」

〔四〕都人二句：《安禄山事迹》卷下：「（禄山）自後安忍，殺不附己者，王侯將相扈從入蜀者，子孫兄弟，雖在嬰孩之中，皆不免於刑戮。遂深居高拱，殘虐自恣，其大將等亦不可得而見之，皆因嚴莊以白事。其酷如狼虎，雖曰腹心，齊爲寇讎矣。先是百姓因亂爲盜，忽入倉庫。禄山既收西京，大怒之，大索長安三日而後止，雖私財必皆取之。又令府縣推按，株連引證，日以勾録徵剥搜捕爲事。錐刀之末，無不徵之。百姓騷然，所在叛矣。間諜日至，士庶潛議亡歸，知肅宗至靈武，皆企望官軍，相傳曰：『皇太子從西來也。』人皆奔走，市肆爲空，如是者百餘日。京畿豪傑、没賊官吏歸者，相繼不絶，誅而復起，總莫能制。其初，自京畿、鄜坊至於岐隴，悉附之。至是，城西之外爲勍敵。」

王應麟《困學紀聞》卷一八：「少陵善房次律，而《悲陳陶》一詩不爲之隱。昌黎善柳子厚，而《永貞行》一詩不爲之諱。公議之不可掩也如是。」

## 悲青坂〔一〕

我軍青坂在東門，天寒飲馬太白窟〔二〕。黄頭奚兒日向西，數騎彎弓敢馳突〔三〕。山雪河冰野蕭飋①，青是烽烟白人骨②。焉得附書與我軍，忍待明年莫倉卒。（0049）

【校】

①野，錢箋校：「樊作晚。《樂府》作已。」　飋，錢箋校：「一作颼。一作颯。」《草堂》校：「一作颯。」

②烽，《九家》作「風」，《草堂》作「人」。錢箋校：「一作人。」　人，《草堂》作「是」。

【注】

黄鶴注：此《唐紀》所謂癸卯又以南軍戰，敗績。乃天寶十五載（七五六）十月二十三日。

〔一〕青坂：其地未詳。錢箋謂去陳濤、便橋當不遠。按，詩言「在東門」，陳濤、便橋皆在長安西，此疑不能明者。蘇軾《東坡題跋》卷二《雜書子美詩》：「《悲陳陶》云『四萬義軍同日死』，此房琯之敗也。《唐書》作陳濤斜，不知孰是。時琯臨敗，猶欲持重有所伺，而中人邢延德促戰，遂大敗。故次篇《悲青坂》云：『焉得附書與我軍，留待明年莫倉卒。』」諸家皆謂二詩同時作。

〔二〕天寒句：《長安志》卷一五武功縣：「《三秦記》曰：太白山在縣南，去長安二百里，不知高幾許。俗云：武功、太白，去天三百。」錢箋：「琯先分三軍，劉悊將中軍，自武功入，故曰『飲馬太白窟』。」

〔三〕黄頭二句：《舊唐書・北狄傳》奚：「奚國，蓋匈奴之別種也，所居亦鮮卑故地，即東胡之界也。」室韋：「又云室韋，我唐有九部焉。所謂嶺西室韋、山北室韋、黄頭室韋、大如者室韋、小如者室韋、婆萵室韋、訥北室韋、駱駝室韋，並在柳城郡之東北。」《新唐書・李多祚傳》：「其先靺鞨酋長，號黄頭都督。」《宋史・于闐傳》又載有「黄頭回紇」。「黄頭」之義，或釋爲黄髮，或釋爲黄衣，或釋爲「正宗」或「高貴」。鍾進文發揮耿世民之説，研究裕固族族稱中的 sarəɣ（「黄」），認爲草原阿爾泰語系民族以黄代表南方，「黄頭」指該部族位於南方。參鍾進文《再釋裕固族族稱中的 sarəɣ》（《西北民族大學學報》二〇一二年第五期）。《安禄山事迹》卷中：「禄山起兵反，以同羅、契丹、室韋曳落河兼范陽、平盧、河東、幽薊之衆，號爲父子軍。」《資治通鑑》天寶十四年：「禄山發所部兵及同羅、奚、契丹、室韋凡十五萬衆，號二十萬，反於范陽。」又《舊唐書・李寶臣傳》，故姓張，名忠志，范陽城旁奚族人，禄山録爲假子，姓安，「領驍騎八千人入太原，劫太原尹楊光翽。忠志挾光翽出太原，萬兵追之不敢近」。

# 杜工部集卷第二

## 古詩四十三首 避賊至鳳翔行在及歸鄜州還京師出華州作

### 述懷一首 此已下自賊中竄歸鳳翔作。

去年潼關破，妻子隔絶久〔一〕。今夏草木長〔二〕，脱身得西走。麻鞋見天子〔三〕，衣袖露兩肘。朝廷愍生還，親故傷老醜。涕淚授拾遺①，流離主恩厚〔四〕。柴門雖得去，未忍即開口。寄書問三川〔五〕，不知家在否。比聞同罹禍，殺戮到雞狗〔六〕。山中漏茅屋，誰復依户牖？摧頹蒼松根，地冷骨未朽〔七〕。幾人全性命，盡室豈相偶〔八〕？嶔岑猛虎場②，鬱結回我首〔九〕。自寄一封書，今已十月後。反畏消息來，寸心亦何有？漢運初中興，平生老耽酒③〔一〇〕。沈思歡會處，恐作窮獨叟④。（0050）

【校】

①授,《草堂》作「受」。

②岑,《草堂》作「岺」。錢箋校:「一作岺。」

③平生,錢箋、《九家》作「生平」。

④獨,錢箋、《草堂》校:「一作塗。」

【注】

黄鶴注:當是至德二年(七五七)夏拜拾遺後作。

〔一〕去年二句:見卷一《白水縣崔少府十九翁高齋三十韻》(0042)注。時甫妻子在鄜州。

〔二〕今夏句:陶淵明《讀山海經》:「孟夏草木長,繞屋樹扶疏。」

〔三〕麻鞋句:王琪《杜工部集後記》:「子美之詩,詞有近質者,如『麻鞋見天子』、『垢膩脚不襪』之句。所謂轉石於千仞之山,勢也。學者尤效之而過甚,豈遠大者難窺乎!」《苕溪漁隱叢話》後集卷五引《復齋漫録》:「王叡《炙轂子》云:『夏商以草爲屩,左氏曰:扉屨也。至周以麻爲之,謂之麻鞋。貴賤通著。晋永嘉中,以絲爲之,宫中妃嬪皆著。』故《述懷》云:『麻鞋見天子,衣袖露兩肘。』」按,麻鞋乃庶人所服,凶禮亦服,引《炙轂子》釋此殊無謂。《唐語林》卷一:「璋惶恐,衣公服求見。公曰:『何事公服? 請十郎袴衫麻鞋相見。』」《資暇集》卷中「出城儀」:「唐禮凡參辭,並是公服。故松柏非遠之家,每新改授皆見,所以示仕禄朱紫之榮。釋褐結綬,抑亦如之。其四時之享，布素，暫去襴板即可矣。若悉白衫麻鞋，何以表軒冕乎？」

〔四〕涕淚二句：《舊唐書·杜甫傳》：「十五載，禄山陷京師，肅宗徵兵靈武。甫自京師宵遁赴河西，謁肅宗於彭原郡，拜右拾遺。」元稹《唐檢校工部員外郎杜君墓係銘》作「拜左拾遺」。錢箋：「唐《授左拾遺誥》：『襄陽杜甫，爾之才德，朕深知之。今特命爲宣義郎、行在左拾遺。授職之後，宜勤是職，毋怠。命中書侍郎張鎬齎符告諭。至德二載五月十六日行。』右勑用黄紙，高廣皆可四尺，字大二寸許，年月有御寶，寶方五寸許。今藏湖廣岳州府平江縣裔孫杜富家。」

〔五〕三川：見卷一《三川觀水漲二十韻》(0043)注。

〔六〕比聞二句：甫以至德元年八月北投蘆子關，欲往靈武，而途中被叛軍擄往長安。三川罹禍，或亦在此期間。《資治通鑑》至德元年八月：「京畿豪傑往往殺賊官吏，遥應官軍，誅而復起，相繼不絶，賊不能制。其始自京畿、鄜坊至於岐隴皆附之，至是西門之外率爲敵壘。賊兵力所及者，南不出武關，北不過雲陽，西不過武功。」此陳濤斜兵敗前形勢。「十一月戊午，回紇至帶汗谷，與郭子儀軍合。辛酉，與同羅及叛胡戰於榆林河北，大破之，斬首三萬，捕虜一萬，河曲皆平。子儀還軍洛交」。洛交即鄜州。至二年二月，子儀自洛交分兵取馮翊，擊潼關。

〔七〕摧頹二句：應瑒《侍五官中郎將建章臺集詩》：「遠行蒙霜雪，毛羽日摧頹。」《九家》趙注：「茅屋摧頹於松傍。」仇注：「摧頹，骨冷，死者久矣。」仇説爲長。

〔八〕幾人二句：諸葛亮《出師表》：「苟全性命於亂世。」《左傳》成公二年：「巫臣盡室以行。」杜預注：「室家盡去。」《列子·黄帝》：「牝牡相偶，母子相親。」

〔九〕嶔岑二句：木華《海賦》：「若乃岩坻之隈，沙石之嶔。」《文選》李善注：「嶔，沙石嶔岑也。」《説文》：「厰，崟也。」段注：「崟者，山之岑崟也。『嶔』蓋即『厰』字。」陸機《猛虎行》：「飢食猛虎窟，寒栖野雀林。」猛虎場，言猛虎出没之所。《楚辭・遠游》：「遭沈濁而污穢兮，獨鬱結其誰語。」王逸注：「思慮煩冤，無告陳也。」

〔一〇〕漢運二句：揚雄《趙充國頌》：「在漢中興，充國作武。」《後漢書・律曆志》：「光武皇帝著《紀》，以景帝後高祖九世孫受命中興復漢。」《三國志・魏書・滿寵傳》裴注引《世語》：「王淩表：寵年邁耽酒，不可居方任。」

施補華《峴傭説詩》：「《述懷》詩：『自寄一封書，今已十月後。反畏消息來，寸心亦何有。』亂離光景如繪，真至極矣，沈痛極矣。」

沈德潛《説詩晬語》卷上：「又有反接法。……若云『不見消息來』，平平語耳。此云『反畏消息來，寸心亦何有』，斗覺驚心動魄矣。」

## 偪仄行 贈畢曜①〔一〕。

偪仄何偪仄〔二〕，我居巷南子巷北。可恨鄰里間，十日不一見顔色。自從官馬送還官〔三〕，行路難行澀如棘。我貧無乘非無足，昔者相過今不得②。實不是愛微軀③，又非關足無力〔四〕。徒步翻愁官長怒，此心炯炯君應識〔五〕。曉來急雨春風顛〔六〕，睡美不聞鍾鼓傳。東家蹇驢許借我，泥滑不敢騎朝天〔七〕。已令請急會通籍④，男兒性命絶可憐⑤〔八〕。焉能終日心拳拳⑥，憶君誦詩神懍然〔九〕。辛夷始花亦已落⑦〔一〇〕，況我與子非壯年。街頭酒價常苦貴，方外酒徒稀醉眠〔一一〕。速宜相就飲一斗⑧，恰有三百青銅錢〔一二〕。（0051）

**【校】**

①偪仄行，「贈畢曜」三字錢箋大字連題。《草堂》校：「一云偪偪行。篇中字亦作偪偪。」錢箋校同，又校：「《英華》作『贈畢四曜』。」 曜，宋本作「耀」，據錢箋等酌改。

②過，《草堂》作「遇」。

③不是，錢箋校：「一作未敢。」 愛微軀，錢箋、《九家》校：「一云『慵相訪』。」

④已令請急會通籍，錢箋、《九家》校：「一云『已令把牒還請假』。」

⑤性，錢箋、《文苑英華》作「信」，校：「一作性。」

⑥心，《九家》校：「一作神。」

⑦亦，錢箋校：「一作又。」

⑧速宜，錢箋校：「一作徑須。」

**【注】**

黄鶴注：當是乾元元年（七五八）爲拾遺時在京師作。

〔一〕畢曜：曜又作「燿」、「耀」。《舊唐書·酷吏傳·敬羽》：「上元中，擢爲御史中丞。……羽與毛若虛在臺五六年間，臺中囚繫不絶。又有裴升、畢曜同爲御史，皆酷毒。人之陷刑，當時有毛、敬、裴、畢之稱。裴、畢尋又流黔中。」《喬琳傳》：「同院御史畢燿初與琳嘲誚往復，因成釁隙，遂以公事互相告訴，坐貶巴州員外司户。」事在代宗時。

〔二〕偪仄：司馬相如《上林賦》：「湢弗宓汩，偪側泌瀄。」《文選》注：「司馬彪曰：偪側，相迫也。『偪』字與『逼』同。」張衡《西京賦》：「麀鹿麌麌，駢田偪仄。」韓愈《城南聯句》：「馳門填偪仄，競墅輾砯砰。」《九家》趙注：「言巷之隘陋也。」

〔三〕自從句：《舊唐書·肅宗紀》：「（至德二載二月）上議大舉收復兩京，盡括公私馬以助軍。給事中李廙署云『無馬』，大夫崔光遠劾之。」此甫授拾遺前事。《代宗紀》：「（永泰元年九月）庚戌，下詔親征。內官魚朝恩上言，請括私馬。」《吐蕃傳》：「（永泰元年）上又下詔親征，括朝官馬。」此送還官馬，亦因缺馬之故。

〔四〕實不二句：陸機《塘上行》：「不惜微軀退，但懼蒼蠅前。」何遜《賦詠聯句》：「直是悲別離，非關念通塞。」宋之問《燕巢軍幕》：「非關憐翠幕，不是厭朱樓。」

〔五〕徒步二句：翻愁，更愁。翻表示更進一層。江總《攝山栖霞寺山房夜坐簡徐祭酒周尚書並同游群彦》：「翻愁夜鐘盡，同志不盤桓。」柳宗元《詔追赴都回寄零陵親故》：「每憶纖鱗游尺澤，翻愁弱羽上丹霄。」王粲《閑邪賦》：「目炯炯而不寐，心忉怛而惕驚。」

〔六〕曉來句：賀知章詩：「落花真好些，一醉一回顛。」高適《醉後贈張九旭》：「興來書自聖，醉後語尤顛。」顛，狂也。

〔七〕東家二句：賈誼《弔屈原文》：「騰駕罷牛，驂蹇驢兮。」李白《玉壺吟》：「朝天數换飛龍馬，敕賜珊瑚白玉鞭。」

〔八〕已令二句：請急，請假。《宋書・謝靈運傳》：「既無表聞，又不請急。」顔真卿《廣平文貞公宋公神道碑銘》：「三思慚懼而退，請急累月。」黄庭堅《杜詩箋》：「晋《令》：給假者五日一急，一歲以六十日爲限。書記所稱急、取急、請急，皆謂假也。車武子於早急出詣子敬，盡急而還，是也。」《漢書・元帝紀》：「令從官給事官司馬中者，得爲大父母父母兄弟通籍。」注：「應劭曰：籍者爲二尺竹牒，記其年紀名字物色，縣之宫門，案省相應，用得入也。」宋之問《祭杜學士審言文》：「通籍於八舍禁門，摇筆於萬年芳樹。」可憐，可哀。《梁鼓角横吹曲・企喻歌》：「男兒可憐蟲，出門懷死憂。」吴均《從軍行》：「男兒亦可憐，立功在北邊。」

〔九〕焉能二句：《漢書・貢禹傳》：「臣禹不勝拳拳，不敢不盡愚心。」仇注：「言焉能終日懸想。」《史記・禮書》：「時臣下懔然，莫必其命。」

〔一〇〕辛夷：《楚辭・九歌・湘夫人》：「桂棟兮蘭橑，辛夷楣兮藥房。」王逸注：「辛夷，香草。」《全芳備祖》前集卷一九「辛夷花」：「正二月開花，既落無子，夏秋再著花。即《離騷》所謂辛夷者。一名候桃，人家園庭多種，本高數丈，葉似柿而長，初出如筆，故北人呼爲木筆花，其子如相思子。」

〔一一〕方外句：《淮南子・本經訓》：「德澤施于方外。」《史記・酈生陸賈列傳》：「吾高陽酒徒也，非儒人也。」

〔一二〕速宜二句：青銅錢蓋指無惡濫之銅錢。《獨異志》卷下：「張子之文如青錢，萬揀萬中。」《通典》卷九《食貨・錢幣大唐》：「（武太后長安中）俄又簡擇艱難，交易留滯，又降敕，非鐵錫銅蕩穿穴者，並許行用。其熟銅、排斗、沙澀厚大者，皆不許簡。」「（天寶初）京城錢日加碎惡，鵝眼、鐵錫、古文、綖環之類，每貫重不過三四斤。」

劉攽《中山詩話》：「真宗問近臣：『唐酒價幾何？』莫能對。丁晉公獨曰：『斗直三百。』上問何以知之，曰：『臣觀杜甫詩：速須相就飲一斗，恰有三百青銅錢。』亦一時之善對。」黄鶴注：「按《唐・食貨志》，乾元元年，京師酒貴。肅宗以粟食方屈，乃禁民酤酒，期以麥熟如初。二年饑，復禁酤。廣德二年，禁天下酤，以月收稅。建中元年罷之。三年，復禁酤，置肆釀酒，斛收值三千。今以公此詩言之，斛收三千，非特起於建中。然則丁晉公知杜詩，而不知史也。」

王嗣奭《杜臆》：「北齊盧思道嘗云：『長安酒賤，斗價三百。』此詩『速宜相就飲一斗』云云，正用其語。雖上云『街頭酒價常苦貴』，而此云酒賤，詩家不拘也。注不引盧，而引丁謂對真宗語，誤矣。丁不過取辦口給，以當戲噱，豈實價乎？乃又有引李白『金陵美酒斗十千』之句，疑李、杜同時，酒價頓異。不知李亦用曹植『君王宴平樂，美酒斗十千』之語，乃相援以評酒價，所謂癡人前不得説夢也。且酒有美惡，價亦隨之，而錢亦隨時貴賤，豈有定準乎？」

## 北征

歸至鳳翔，墨制放往鄜州作〔一〕。

皇帝二載秋，閏八月初吉〔二〕。杜子將北征，蒼茫問家室〔三〕。維時遭艱虞①，朝野少暇日〔四〕。顧慚恩私被，詔許歸蓬蓽〔五〕。拜辭詣闕下②，怵惕久未出〔六〕。雖乏諫諍姿，恐君有遺失〔七〕。君誠中興主，經緯固密勿〔八〕。東胡反未已，臣甫憤所切〔九〕。揮涕戀行在，道途猶恍惚③〔一〇〕。乾坤含瘡痍④，憂虞何時畢〔一一〕？靡靡踰阡陌，人烟眇蕭瑟⑤〔一二〕。所遇多被傷，呻吟更流血〔一三〕。回首鳳翔縣，旌旗晚明滅〔一四〕。前登寒山重，屢得飲馬窟〔一五〕。邠郊入地底，涇水中蕩潏〔一六〕。猛虎立我前〔一七〕，蒼崖吼時裂。菊垂今秋花，石戴古車轍⑥。青雲動高興，幽事亦可悦〔一八〕。山果多瑣細，羅生雜橡栗〔一九〕。或紅如丹砂，或黑如點漆〔二〇〕。雨露之所濡〔二一〕，甘苦齊結實⑦。緬思桃源内，益歎身世拙〔二二〕。坡陀望鄜時，岩谷互出没⑧〔二三〕。我行已水濱，我僕猶木末〔二四〕。鴟鳥鳴黄桑⑨，野鼠拱亂穴〔二五〕。夜深經戰場⑩，寒月照白骨〔二六〕。潼關百萬師，往者散何卒⑪。遂令半秦民，殘害爲異物〔二七〕。況我墮胡塵⑫，及歸盡華髮。經年至茆屋，妻子衣百結〔二八〕。慟哭松聲回⑬，悲泉共幽咽⑭。平生所嬌兒，顔色白勝雪〔二九〕。見耶背面啼，垢膩脚不襪〔三〇〕。床前兩小女，補綻纔過膝⑮〔三一〕。海圖拆波濤，舊繡移曲折。天吴及紫鳳，顛倒在裋褐⑯〔三二〕。老夫情懷惡，嘔泄卧數日⑰〔三三〕。那無囊中帛⑱，救汝寒凛慄〔三四〕。粉黛亦解苞，衾裯稍羅列〔三五〕。瘦妻面復光，癡女頭自櫛。學母無不爲，曉粧隨手抹。移時施朱鉛，狼藉畫眉闊〔三六〕。生還對童稚，似欲忘飢渴。問事競挽鬚，誰能即嗔喝？翻思在賊愁，甘受雜亂聒〔三七〕。新歸且慰意，生理焉得説⑲？至尊尚蒙塵，幾日休練卒〔三八〕？仰看天色改⑳，旁覺妖氣豁㉑〔三九〕。陰風西北來，慘澹隨回鶻㉒〔四〇〕。其王願助順，其俗善馳突㉓。送兵五千人，驅馬一萬匹〔四一〕。此輩少爲貴，四方服勇決。所用皆鷹騰，破敵過箭疾㉔。聖心頗虚佇，時議氣欲奪〔四二〕。伊洛指掌收〔四三〕，西京不足拔。官軍請深入，蓄鋭何俱發㉕〔四四〕。

此舉開青徐，旋瞻略恒碣〔四五〕。昊天積霜露，正氣有肅殺〔四六〕。禍轉亡胡歲，勢成擒胡月〔四七〕。胡命其能久，皇綱未宜絶〔四八〕。憶昨狼狽初〔四九〕，事與古先别。姦臣竟菹醢，同惡隨蕩析〔五〇〕。不聞夏殷衰，中自誅褒妲〔五一〕。周漢獲再興，宣光果明哲〔五二〕。桓桓陳將軍，仗鉞奮忠烈〔五三〕。微爾人盡非〔五四〕，于今國猶活。淒涼大同殿，寂寞白獸闥〔五五〕。都人望翠華，佳氣向金闕〔五六〕。園陵固有神，掃灑數不缺〔五七〕。煌煌太宗業，樹立甚宏達〔五八〕。（0052）

【校】

① 虞，錢箋、《草堂》校：「一作危。」

② 拜，錢箋、《九家》校：「一作奉。」闕下，錢箋、《九家》校：「一云閤門。」

③ 途，錢箋、《草堂》校：「一作路。」惚，宋本作「忽」，據錢箋等改。

④ 含，錢箋校：「陳浩然本作合。」

⑤ 瑟，錢箋校：「一作索。」

⑥ 戴，《九家》、《草堂》校：「一作帶。」錢箋校：「一作帶。一作載。」

⑦ 苦，錢箋、《草堂》校：「一作酸。」

⑧ 岩谷，錢箋校：「一作谷岩。」《草堂》作「谷岩」。

⑨鳥，錢箋、《九家》、《草堂》校：「一作梟。」

⑩深，錢箋、《草堂》校：「一作中。」

⑪散，錢箋校：「一作敗。」

⑫墮，錢箋、《九家》校：「一作隨。」

⑬回，錢箋校：「一作迴。」

⑭幽，錢箋、《草堂》校：「一作嗚。」

⑮纔，錢箋作「才」，校：「一作纔。」

⑯裋，錢箋校：「一作短。」《九家》、《草堂》作「短」，校：「一作裋。」

⑰嘔泄卧數日，宋本、錢箋、《九家》、《草堂》校：「一云『數日卧嘔泄』。」　泄，錢箋、《草堂》校：「一作咽。」

⑱那，《草堂》校：「一作能。」《九家》、錢箋此校在「無」字下，疑誤。

⑲説，錢箋校：「一作脱。」《草堂》校：「魯作脱。」

⑳看，錢箋作「觀」，校：「一作看。」

㉑旁，錢箋作「坐」，校：「一作旁。」　氣，錢箋、《九家》、《草堂》校：「一作氛。」

㉒回鶻，宋本校：「一作胡紇。」錢箋校：「一作□紇。」缺字亦當爲「胡」。《草堂》作「回紇」，校：「一作相紇。或作回鶻，非也。後方請易回紇。」

㉓善，錢箋校：「一作喜。」《九家》、《草堂》作「喜」。

㉔過，錢箋、《九家》、《草堂》校：「一作如。」

㉕何，錢箋校：「一作可。陳浩然本作伺。」《草堂》校：「一作可。」《九家》作「伺」。

**【注】**

黄鶴注：詩述在路及到家之事，當在《羌村》後。至德二載（七五七）九月作。

〔一〕北征：《舊唐書·杜甫傳》：「明年春，（房）琯罷相，甫上疏言琯有才，不宜罷免。肅宗怒，貶琯爲刺史，出甫爲華州司功參軍。」《新唐書·杜甫傳》：「時所在寇奪，甫家寓鄜，彌年艱窶，孺弱至餓死，因許甫自往省視。」《草堂》夢弼注：「後漢班彪更始時避地涼州，發長安，作《北征賦》。故公因之作《北征》詩。」仇注：「鄜州在鳳翔東北，故以『北征』命篇。」皇帝親下制敕稱墨制、墨敕。《舊唐書·睿宗紀》：「中宗時官爵逾濫，因依妃主墨敕而授官者，謂之斜封。」李肇《翰林志》：「貞元三年（陸）贄上疏曰：伏詳令式及國朝典故，凡有詔令，合由於中書。如或墨制施行，所司不須承受。」《鑒誡録》卷八：「遂御札墨制，除島爲遂州長江主簿。……敕曰：……是用顯我特恩，賜爾墨制，宜從短簿，別俟殊科。」蓋未鈐中書、門下印。

〔二〕皇帝二句：《舊唐書·肅宗紀》至德二載閏八月。《詩·小雅·小明》：「二月初吉。」傳：「初吉，朔日也。」

〔三〕蒼茫：《九家》趙注：「荒寂之貌。」仇注：「急遽之意。」蔣紹愚謂有迷茫、悵惘之義。庾信《擬詠懷》：「倏忽市朝變，蒼茫人事非。」本書卷九《上韋左相二十韻》（0413）：「感激時將晚，蒼茫興有神。」皆以言人事。

〔四〕維時二句：任昉《王文憲集序》：「宋末艱虞，百王澆季。」《孟子・梁惠王上》：「壯者以暇日修其孝悌忠信。」

〔五〕顧慚二句：顧慚，自慚。陶淵明《命子詩》：「顧慚華鬢，負影隻立。」到洽《贈任昉詩》：「顧慚菲薄，徒招好仁。」《漢書・元后傳》：「天下知臣被恩見哀。」《後漢書・孝桓紀》：「於是舊故恩私，多受封爵。」傅咸《贈何劭王濟詩》：「歸身蓬蓽廬，樂道以忘飢。」

〔六〕拜辭二句：班固《詠史》：「上書詣闕下，思古歌雞鳴。」《書・冏命》：「怵惕惟厲，中夜以興。」傳：「言常悚懼惟危。」曹植《責躬》：「皇恩過隆，祇承怵惕。」

〔七〕雖乏二句：《白虎通義》卷四：「明王所以立諫諍者，皆爲重民而求己失也。」《後漢書・銚期傳》：「及在朝廷，憂國愛主，其有不得於心，必犯顏諫諍。」《後漢書・朱穆傳》：「古之明君，必有輔德之臣，規諫之官，下至器物，銘書成敗，以防遺失。」《唐六典》卷八左拾遺：「皇朝所置。言國家有遺事，拾而論之，故以名官焉。」

〔八〕君誠二句：《後漢書・吴蓋陳臧傳》論：「中興之業，誠艱難也。」《左傳》昭公二十九年：「以經緯其民。」《漢書・劉向傳》：「故其《詩》曰：密勿從事，不敢告勞。」注：「密勿，猶黽勉也。」《説文》：「愐，勉也。」段注：「按《毛詩》『黽勉』亦作『僶俛』，《韓詩》作『密勿』，《爾雅》作『蠠没』。……《韓詩》正作『蠠勿』，轉寫誤作『密耳』。」傅亮《爲宋公求加贈劉前軍表》：「密勿軍國，心力俱盡。」

〔九〕東胡二句：《漢書·匈奴傳》：「燕北有東胡、山戎。」注：「服虔曰：烏桓之先也。後爲鮮卑。」唐稱契丹等族爲東胡，以其居東胡故地。此指安史叛軍。徐陵《册陳公九錫文》：「眷言桑梓，公私憤切。」

〔一〇〕揮涕二句：王粲《七哀詩》：「顧聞號泣聲，揮涕獨不還。」阮籍《詠懷》：「揮涕懷哀傷，辛酸誰語哉。」《史記·衛將軍驃騎列傳》：「遂因建詣行在所。」集解：「蔡邕曰：天子自謂所居曰行在所。言今雖在京師，行所至耳。」蔡琰《悲憤詩》：「見此崩五内，恍惚生狂癡。」

〔一一〕乾坤二句：《鹽鐵論·國疾》：「然其禍累世不復，瘡痍至今未息。」《易·繫辭上》：「悔吝者，憂虞之象也。」

〔一二〕靡靡二句：《詩·王風·黍離》：「行邁靡靡，中心搖搖。」傳：「靡靡，猶遲遲也。」《楚辭·九辯》：「悲哉秋之爲氣也，蕭瑟兮草木摇落而變衰。」

〔一三〕所遇二句：《後漢書·逸民傳》「逢萌」：「吏被傷流血，奔而還。」《舊唐書·肅宗紀》：「（至德二載）五月癸丑，郭子儀與賊將安守忠戰於清渠，官軍敗績，子儀退保武功。」「閏八月辛未，賊將遽寇鳳翔，崔光遠行軍司馬王伯倫、判官李椿率衆捍賊。賊退，乘勝至中渭橋，殺賊守橋衆千人，追擊入苑中。時賊大軍屯武功，聞之燒營而去。伯倫與賊血戰而死，李椿力窮被執，然自是賊不敢西侵。」此戰在杜甫離鳳翔後，然可見此前叛軍嘗自武功西寇。

〔一四〕回首二句：《舊唐書·肅宗紀》：「（至德二載）二月戊子，幸鳳翔郡。」「（八月）丁酉，改雍縣爲鳳翔縣。」《地理志》關内道：「鳳翔府，隋扶風郡。……至德二年，肅宗自順化郡幸扶風郡，置天興縣，改雍縣爲鳳翔縣，並治郭下。初以陳倉爲鳳翔縣，乃改爲寶雞縣。」沈約《奉和竟陵王藥名詩》：「玉泉亟迴流，雲華乍明滅。」

〔一五〕飲馬窟：陳琳《飲馬長城窟行》：「飲馬長城窟，水寒傷馬骨。」

〔一六〕邠郊二句：《元和郡縣圖志》卷二鳳翔府：「東北至邠州二百三十里。」卷三：「邠州，新平。……武德元年復爲豳州。開元十三年，以『豳』與『幽』字相涉，詔曰：魚魯變文，荆并誤聽，欲求辨惑，必也正名，改爲『邠』字。天寶元年，改爲新平郡。乾元元年，復爲邠州。」「新平縣，望，郭下。……涇水，西北自宜禄縣界流入。」張融《海賦》：「東西蕩潏，如滿於天。」《説文》：「潏，涌也。」

〔一七〕猛虎：吴瞻泰《杜詩提要》：「猛虎，狀蒼崖之蹲踞。」一説言山行中猛虎出没。

〔一八〕青雲二句：江統《函谷關賦》：「下杳冥而幽暖，上穹崇而高興。」殷仲文《南州桓公九井作》：「獨有清秋日，能使高興盡。」本書卷一〇《秦州雜詩二十首》（0557）：「稠疊多幽事，喧呼閲使星。」杜詩喜用「幽事」二字。

〔一九〕山果二句：宋玉《高唐賦》：「箕踵漫衍，芳草羅生。」《莊子・盜跖》：「民皆巢居以避之，晝拾橡栗。」

〔二〇〕或紅二句：范堅《安石榴賦》：「頳如丹砂，粲若銀礫。」《宋書・謝晦傳》：「眉目分明，鬢髮如點漆。」

〔二一〕雨露句：《禮記・祭義》：「雨露既濡。」

〔二二〕緬思二句：陶淵明《桃花源記》：「晉太元中，武陵人捕魚爲業，緣溪行，忘路之遠近，忽逢桃花林夾岸……林盡水源，便得一山，山有小口，仿佛若有光，便捨船從口入。……村中人聞有此人，咸來問訊。自云先世避秦時亂，率妻子邑人來此絶境，不復出焉，遂與外人間隔。問今是何世，乃不知有漢，無論魏晉。」嵇康《述志詩》：「恨自用身拙，任意多永思。」孫萬壽《遠戍江南寄京邑親友》：「粤余非巧宦，少小拙謀身。」

〔二三〕坡陀二句：坡陀，見卷一《奉同郭給事湯東靈湫作》(0035)注。鄜畤，鄜州。《史記·秦本紀》：「(文公)十年，初爲鄜畤。」索隱：「於鄜地作畤，曰鄜畤。」《元和郡縣圖志》卷三邠州：「東至坊州三百一十里。」鄜州：「南至坊州一百二十五里。」杜甫蓋自邠州至坊州，再至鄜州。謝朓《和王著作融八公山詩》：「出没眺樓雉，遠近送春目。」

〔二四〕我行二句：《詩·鄘風·載馳》：「我行其野，芃芃其麥。」《詩·周南·卷耳》：「我僕痡矣，云何吁矣。」《左傳》僖公四年：「君其問諸水濱。」《楚辭·九歌·湘君》：「采薜荔兮水中，搴芙蓉兮木末。」仇注引《杜臆》：「公先至水濱，望家切，而行步速也。」

〔二五〕鴟鳥二句：《爾雅·釋鳥》：「鴟鴞，鸋鴂。」疏：「陸機《疏》云：鴟鴞似黄雀而小，其喙尖如錐，取茅秀爲窠，以麻紩之，如刺襪然。縣著樹枝，或一房，或二房。幽州人謂之鸋鴂，或曰巧婦，或曰女匠。關東謂之工雀，或謂之過蠃。關西謂之桑飛，或謂之襪雀，或曰巧女。先儒皆以爲今之巧婦。郭注此云鴟類……非此小雀明矣。是與先儒意異也。」王褒《僮約》：「驅逐鴟鳥，持梢牧猪。」此鴟鳥亦爲小雀。《關尹子·三極》：「師拱鼠制禮。」《異苑》卷三：「拱鼠形如常鼠，行田野中，見人即拱手而立，人近欲搏之，跳躍而去。秦川有之。」

〔二六〕夜深二句：按叙事順序，此戰場當在坊、鄜之間。本卷《述懷一首》（0050）亦稱：「寄書問三川，不知家在否。比聞同罹禍，殺戮到雞狗。」然史料未載叛軍曾至鄜、坊一帶，不能確知此戰役何時發生。甫以朔日徒步離鳳翔，在途已數日，故夜可見月。

〔二七〕潼關四句：《舊唐書·哥舒翰傳》：「及安禄山反，上以封常清、高仙芝喪敗，召翰入……河隴、朔方兵及蕃兵與高仙芝舊卒共二十萬，拒賊於潼關。……六月四日，次於靈寶縣之西原。八日，與賊交戰。官軍南迫險峭，北臨黄河。崔乾祐以數千人先據險要……午後，東風急，乾祐以草車數十乘縱火焚之，烟焰亘天。將士掩面，開目不得，因爲凶徒所乘，王師自相排擠，墜於河。其後者見前軍陷敗，悉潰，填委於河，死者數萬人，號叫之聲振天地，縛器械，以槍爲楫，投北岸，十不存一二。軍既敗，翰與數百騎馳而西歸，爲火拔歸仁執降於賊。」賈誼《鵩鳥賦》：「化爲異物兮，又何足患。」

〔二八〕況我四句：甫以至德元年七、八月離家，被擄往長安，至此已逾一年。《藝文類聚》卷六七引王隱《晉書》：「董威輦每得殘碎繒，輒結以爲衣，號曰百結。」

〔二九〕平生二句：王嗣奭《杜臆》：「顔色白勝雪，乃飢色也。」金聖歎謂：「平生嬌兒，其顔如雪。下若云今日還看其黑如鐵，便是張打油惡詩。看他只用『背面』二字，輕避過今昔黑白不同醜語。」

〔三〇〕見耶二句：耶，見卷一《兵車行》（0011）注。《朝野僉載》卷四：「駕部郎中朱前疑粗黑肥短，身體垢膩。」《敦煌變文集·降魔變》：「下山欲久衆生苦，洗濯垢膩在熙蓮。」

〔三一〕補綻：《相和歌辭·艷歌行》：「故衣誰當補，新衣誰當綻。」

〔三二〕海圖四句：王嗣奭《杜臆》：「寫故家窮狀如畫。」胡小石云：「唐代衣物文飾，喜采珍禽怪獸形象色彩，極恢奇之觀。……此等遺物，日本正倉院猶藏有之，其風與波斯薩珊朝藝術有關。天吳短褐，正以兩者不倫相聚爲奇。」蕭滌非謂：「海圖是繡着海景的圖障。天吳和紫鳳都是障上所繡。」按，圖障材質似不宜縫補衣裳。唐旗幟有繪海圖者。《唐摭言》卷八：「沈光始貢於有司……謝恩之際昇階，忽爾回飈吹一海圖，拂光之面，正當一巨舶。」《山海經·海外東經》：「朝陽之谷，神曰天吳，是爲水伯。……其爲獸也，八首人面，八足八尾，皆青黄。」裋褐，見卷一《橋陵詩三十韻因呈縣内諸官》(0037)注。

〔三三〕嘔泄：上吐下泄。柳宗元《愚溪對》：「閩有水，生毒霧厲氣，中之者温屯嘔泄。」《酉陽雜俎》前集卷一五：「里有沽其油者……食者悉病嘔泄。」

〔三四〕那無二句：那無，張相釋爲奈無，程千帆釋爲豈無，信應舉釋爲怎無。當釋爲怎無、豈無。本書卷一〇《送許八拾遺歸江寧覲省》(0538)：「内帛擎偏重，宫衣著更香。」此囊中帛當亦朝廷所賜。凛慄，同凛厲，凛冽。曹毗《詠冬詩》：「綿邈冬夕永，凛厲寒氣升。」李白《游溧陽北湖亭望瓦屋山懷古贈同旅》：「凛冽天地間，聞名若懷霜。」

〔三五〕粉黛二句：《西曲歌·采桑度》：「姿容應春媚，粉黛不加飾。」王筠《向曉閨情詩》：「衾裯徒有設，信誓果相違。」

〔三六〕畫眉闊：張謂《岐王席上詠美人》：「半額畫雙蛾，盈盈燭下歌。」此爲闊眉。張籍《倡女詞》：「輕鬢叢梳闊掃眉，爲嫌風日下樓稀。」錢箋引劉績《霏雪録》：「唐時婦女，畫眉尚闊。」引《北征》及張籍詩。唐人《簪花仕女圖》等可見其樣式。

〔三七〕聒：《左傳》襄公二十六年：「聒而與之語。」杜預注：「聒，讙也。」疏：「聲亂耳謂之聒。」

〔三八〕至尊二句：《左傳》僖公二十四年：「天子蒙塵於外。」《通典》卷一五九引孫子《兵法》：「簡兵練卒，或出或守。」

〔三九〕妖氣：《晉書·天文志》雜星氣：「有瑞氣，有妖氣。……妖氣：一曰虹蜺，日旁氣也，斗之亂精。主惑心，主内淫，主臣謀君，天子詘，后妃顓，妻不一。二曰牂雲，如狗，赤色，長尾，爲亂君，爲兵喪。」。

〔四〇〕慘澹句：慘澹，昏暗貌。王維《闕題》：「相看不忍發，慘澹暮潮平。」岑參《白雪歌送武判官歸京》：「瀚海闌干百丈冰，愁雲黲淡萬里凝。」杜詩多作「慘澹」。《舊唐書·肅宗紀》：「(至德二載九月丁丑)敦煌王承寀自回紇使還，拜宗正卿。納回紇公主爲妃，回紇封爲葉護，持四節，與回紇葉護太子率兵四千助國討賊。葉護入見，宴賜加等。丁亥，元帥廣平王統朔方、安西、回紇、南蠻、大食之衆二十萬，東向討賊。」《回紇傳》：「(至德二載九月戊寅)回紇遣其太子葉護領其將帝德等兵馬四千餘衆，助國討逆，肅宗宴賜甚厚。又命廣平王見葉護，約爲兄弟，接之頗有恩義。葉護大喜，謂王爲兄。戊子，回紇大首領達干等一十三人先至扶風，與朔方將士見僕射郭子儀，留之，宴設三日。葉護太子曰：『國家有難，遠來相助，何暇食爲！』子儀固留之，宴畢便發。其軍每日給羊二百口、牛二十頭、米四十石。及元帥廣平王率郭子儀等至香積寺東二十里，西臨灃水。賊埋精騎於大營東，將襲我軍之背。朔方左廂兵馬使僕固懷恩指回紇馳救之，匹馬不歸，因收西京。」同卷：「元和四年，藹曷里禄没弭施合密毗迦可汗遣使改爲回鶻，義取回旋輕捷如鶻也。」此作回鶻，當爲後人所改。

〔四一〕其王四句：《舊唐書·回紇傳》：「回紇，其先匈奴之裔也。在後魏時，號鐵勒部落。其衆微小，其俗驍强，依託高車，臣屬突厥，近謂之特勒。無君長，居無恒所，隨水草流移，人性凶忍，善騎射，貪婪尤甚，以寇抄爲生。自突厥有國，東西征討，皆資其用，以制北荒。……開元中，回鶻漸盛，殺涼州都督王君㚟，斷安西諸國入長安路，玄宗命郭知運等討逐，退保烏德健山。」

〔四二〕此輩六句：《世説新語·假譎》：「桓悵然失望，向之虚佇，一時都盡。」玄宗詔敕多用「虚佇」二字。《賜朝集使敕》：「宜以實言，用慰虚佇。」《三國志·魏書·張遼傳》：「吴人奪氣，還修守備。」同書《明帝紀》注引《魏略》：「王師方振，膽破氣奪。」《九家》趙注：「時議恐（回紇）畢竟爲害，所以氣欲奪也。」王嗣奭《杜臆》：「公深以借回紇兵爲非計，後回紇果爲唐患。」楊倫引邵滄來云：「極寫回紇助順，而接以『少爲貴』句……不極斥言者，以天子正賴之耳。」《舊唐書·郭子儀傳》：「（至德二載）十月，安慶緒遣嚴莊悉其衆十萬來赴陝州，與張通儒同抗官軍。賊聞官軍至，悉其衆屯於陝西，負山爲陣。子儀以大軍擊其前，回紇登山乘其背，遇賊潛師於山中，與鬬過期，大軍稍却。賊分兵三千人，絶我歸路，衆心大摇。子儀麾回紇令進，盡殺之。師馳至其後，於黄埃中發十餘箭，賊驚顧曰：『回紇來。』即時大敗，僵屍遍山澤。」此所謂「四方服勇決」者。回紇入東京曾剽掠三日，然謂回紇果爲唐患，則屬過言。

〔四三〕伊洛句：伊洛，指東京。《禮記·仲尼燕居》：「治國其如指諸掌而已乎。」

〔四四〕官軍二句：《南齊書·氐羌傳》：「蓄鋭積威，除難剿寇。」《九家》趙注：「官軍深入，自足破賊，不必專用回紇兵也。」朱鶴齡注：「當時李泌之議，欲令建寧並塞北出，與光弼犄角，以取范陽，所見正與公同。」按，李泌建議命建寧王倓與光弼並塞北出，《資治通鑑》繫於至德元年十一月。此爲唐軍既定戰略，然至此已歷十月，戰局改觀，西京亦將收復，甫詩不過言朔方等軍當與回紇等外援俱發並進。

〔四五〕此舉二句：青徐，青州、徐州，屬河南道。二地更在東京以東。恒碣，恒山在河北道恒州，碣石在河北道盧龍，爲安史叛軍巢穴所在。

〔四六〕昊天二句：《禮記·月令》：「孟秋之月……白露降，寒蟬鳴，鷹乃祭鳥，用始行戮。……天子乃命將帥，選士厲兵，簡練桀俊，專任有功，以征不義，詰誅暴慢。」《漢書·禮樂志》郊祀歌：「西顥沆碭，秋氣肅殺。」

〔四七〕禍轉二句：《酉陽雜俎》前集卷一二：「李白名播海内……及禄山反，制《胡無人》，言：『太白入月敵可摧。』及禄山死，太白蝕月。」錢箋引此。按，詩乃歲、月互文，非日月之月。劉向《新序》卷四：「語曰：轉敗而爲功，因禍而爲福。」

〔四八〕胡命二句：《左傳》桓公二年：「本既弱矣，其能久乎？」《宋書·明帝紀》：「皇綱絶而復紐，天緯缺而更張。」

〔四九〕憶昨句：《後漢書·李固傳》：「至令聖躬狼狽，親遇其艱。」此指玄宗出奔。

〔五〇〕姦臣二句：《史記·吴王濞列傳》：「敢請菹醢之罪。」《左傳》昭公十三年：「同惡相求，如市賈焉。」《書·盤庚下》：「今我民用蕩析離居。」王融《永明十一年策秀才文》：「自晋氏不綱，關河蕩析。」

〔五一〕不聞二句：《苕溪漁隱叢話》前集卷一二：「褒姒，周幽王后也。疑『夏』字爲誤，當云『商周』可也。」浦起龍云：「本應作妹妲，夏妹喜、殷妲己也。痛快疾書，涉筆成誤。」葉燮《原詩》外篇上：「詩聖推杜甫，若索其瑕疵而文致之，政自不少。……『不聞夏殷衰，中自誅褒妲。』俗儒必曰：褒、妲是殷、周，與夏無涉，遺却周，錯誤甚。」顧炎武《日知録》卷二七：「『不聞夏殷衰，中自誅褒妲』，不言周，不言妹喜，此古人互文之妙。自八股學興，無人解此文法矣。」蕭滌非引李因篤説同。

〔五二〕周漢二句：宣光，周宣王、漢光武帝。《漢書·宣帝紀》贊：「功光祖宗，業垂後世，可謂中興，侔德殷宗、周宣矣。」《晋書·慕容德載記》：「是以宣王龍飛於危周，光武鳳起於絶漢。」

〔五三〕桓桓二句：《詩·周頌·桓》：「天命匪解，桓桓武王。」箋：「桓桓有威武之武王。」陳將軍，龍武大將軍陳玄禮。參卷一《哀江頭》(0046)注。《書·牧誓》：「王左杖黄鉞，右秉白旄以麾。」傳：「鉞，以黄金飾斧。左手杖鉞，示無事於誅。」

〔五四〕微：《左傳》昭公元年：「微禹，吾其魚乎。」《論語·憲問》：「微管仲，吾其被髮左衽矣。」

〔五五〕淒凉二句：《長安志》卷九南内興慶宫：「勤政樓之北曰大同門，其内大同殿。」漢未央宫有白虎闕。《三輔黃圖》卷三未央宮：「蒼龍、白虎、朱雀、玄武，天之四靈，以正四方，王者制宮闕殿閣取法焉。」《雍録》卷二：「至《廟記》則曰未央有白虎闕、屬車闕。按《漢書》蒼龍、玄武既爲東、北闕名，則夫白虎也者，當爲西闕矣。」唐宮城亦有白獸門。《資治通鑑》睿宗景雲元年：「使福順將左萬騎攻玄德門，仙鳧將右萬騎攻白獸門，約會於凌烟閣前。」胡三省注：「玄德、白獸皆通内之門。」徐松《唐兩京城坊考》卷一：「按白獸門即杜詩所謂『寂寞白獸闥』也。」

〔五六〕都人二句：司馬相如《上林賦》：「建翠華之旗，樹靈鼉之鼓。」《文選》李善注：「張揖曰：以翠羽爲葆也。」沈約《從齊武帝琅琊講武應詔詩》：「方待翠華舉，遠適瑶池宴。」佳氣，見卷一《哀王孫》(0047)注。金闕，指帝闕。周捨《上雲樂》：「伏拜金闕，仰瞻玉堂。」杜審言《蓬萊三殿侍宴奉敕詠終南山應制》：「雲標金闕迥，樹杪玉堂懸。」

〔五七〕園陵二句：參卷一《橋陵詩三十韻因呈縣内諸官》(0037)注。

〔五八〕煌煌二句：《詩·大雅·假樂》：「穆穆皇皇，宜君宜王。」班固《東都賦》明堂詩：「聖皇宗祀，穆穆煌煌。」班固《西都賦》：「又有承明金馬，著作之庭，大雅宏達，於兹爲群。」

范温《潛溪詩眼》：「孫莘老嘗謂老杜《北征》詩勝退之《南山》詩，王平甫以謂《南山》勝《北征》，終不能相服。時山谷尚少，乃曰：『若論工巧，則《北征》不及《南山》；若書一代之事，以與國風雅頌相表裏，則《北征》不可無，而《南山》雖不作，未害也。』二公之論遂定。」

惠洪《冷齋夜話》卷二：「老杜《北征》詩曰：『唯昔艱難初，事與前世別。不聞夏商衰，終自誅褒妲。』意者明皇鑒夏商之敗，畏天悔過，賜妃子死也。而劉禹錫《馬嵬》詩曰：『官軍誅佞幸，天子舍夭姬。羣吏伏門屏，貴人牽帝衣。』白樂天《長恨詞》曰：『六軍不發争奈何，宛轉蛾眉馬前死。』乃是官軍迫使殺妃子，歌詠禄山叛逆耳，孰謂劉、白能詩哉？其去老杜何啻九牛毛耶！《北征》識君臣之大體，忠義之氣與秋色争高，可貴也。」

葛立方《韻語陽秋》卷一九：「老杜《北征》詩云：『憶昨狼狽初，事與古先別。不聞夏商衰，中自誅褒妲。』其意謂明皇英斷，自誅妃子，與夏商之誅褒妲不同。老杜此語，出於愛君而曲文其過，非至公之論也。」

施補華《峴傭説詩》：「《奉先詠懷》及《北征》是兩篇有韻古文，從文姬《悲憤詩》擴而大之者也。後人無此才氣，無此學問，無此境遇，無此襟抱，斷斷不能作。然細繹其中，陽開陰合，波瀾頓挫，殊足增長筆力。百回讀之，隨有所得。」

## 得舍弟消息

風吹紫荆樹，色與春庭暮〔一〕。花落辭故枝，風回返無處。骨肉恩書重，漂泊

難相遇。猶有淚成河，經天復東注〔二〕。（0053）

【注】

黃鶴注：當是乾元元年（七五八）在華州作。

〔一〕風吹二句：《全芳備祖》後集卷一九引《廣志》：「荆，楚荆也，杜荆、蔓荆也。青莖大實者名牡荆，又有山荆。」又引《郡志》：「寧浦有三種，金荆可以作枕，紫荆可以作床，白荆可以作履。」《藝文類聚》卷八九引周景式《孝子傳》：「古有兄弟，忽欲分異，出門見三荆同株，接葉連陰，歎曰：『木猶欣聚，況我而殊哉！』還爲雍和。」《續齊諧記》：「京兆田真兄弟三人，共議分財，生資皆平均，惟堂前一株紫荆樹，共議欲破三片。明日就截之，其樹即枯死，狀如火然。真往見之，大驚，謂諸弟曰：『樹本同株，聞將分斫，所以憔悴。是人不如木也。』因悲不自勝，不復解樹，樹應聲榮茂。兄弟相感，合財寶，遂爲孝門。」《九家》趙注：「此言初别之時當暮春也……因荆以興焉。」

〔二〕猶有二句：《世説新語·言語》：「顧長康拜桓宣武墓……人問之曰：『卿憑重桓乃爾，哭之狀可見乎？』顧曰：『鼻如廣莫長風，眼如懸河決溜。』或曰：『聲如震雷破山，淚如傾河注海。』」黃鶴注：「其弟在河南而公西去，故云『猶有淚成河，經天復東注』。」

## 徒步歸行贈李特進。自鳳翔赴鄜州途經邠州作①〔一〕。

明公壯年值時危，經濟實藉英雄姿〔二〕。國之社稷今若是，武定禍亂非公誰〔三〕？鳳翔千官且飽飯，衣馬不復能輕肥〔四〕。青袍朝士最困者〔五〕，白頭拾遺徒步歸。人生交契無老少，論交何必先同調②〔六〕。妻子山中哭向天，須公櫪上追風驃〔七〕。（0054）

【校】

①贈李特進自鳳翔赴鄜州途經邠州作，《草堂》連題大字。《九家》無「途」字。

②論交，宋本、錢箋、《草堂》校：「一作論心。」《文苑英華》作「論心」，校：「集作交。」

【注】

黄鶴注：至德二載（七五七）作。

〔一〕李特進：黄鶴注：「意是李嗣業。」《舊唐書·李嗣業傳》：「李嗣業，京兆高陵人也。身長七尺，壯勇絶倫。天寶初，隨募至安西，頻經戰鬭。……天寶七載，安西都知兵馬使高仙芝奉詔總軍，專征勃律，選嗣業與郎將田珍爲左右陌刀將。于時吐蕃聚十萬衆於娑勒城……嗣業獨引一旗於絶險處先登……由此拜右衛威將軍。十載，又從平石國，及破九國胡並背叛突騎施，以跳蕩加特進，兼本官。……加驃騎左金吾衛大將軍。及禄山反，兩京陷，上在靈武，詔嗣業赴行在。嗣業自安西統衆萬里，威令肅然，所過郡縣，秋毫不犯，至鳳翔謁見……遂與郭子儀、僕固懷恩等常掎角爲先鋒將。……至德二年九月，嗣業從廣平王收復京城，與賊大戰於香積寺北。」杜甫閏八月離鳳翔經邠州，嗣業蓋駐軍邠州。

〔二〕明公二句：鮑照《代出自薊北門行》：「時危見臣節，世亂識忠良。」《晋書·石苞傳》：「夫貞廉之士，未必能經濟世務。」

〔三〕武定句：《左傳》宣公十二年：「夫武，禁暴、戢兵、保大、定功、安民、和衆、豐財者也。」《周書·張軌傳》：「宇文公文足經國，武可定亂。」《漢書·王莽傳》：「非公莫克此禍。」

〔四〕鳳翔二句：《論語·雍也》：「子曰：『赤之適齊也，乘肥馬，衣輕裘。』」范雲《贈張徐州謖》：「儐從皆珠玳，裘馬悉輕肥。」《九家》趙注：「歎諸公之不如意也。」錢箋：「時當肅宗括馬之後，故曰不復能輕肥也。」王嗣奭《杜臆》：「『且』字宜玩，謂國之禍亂若是，百官宜何如努力，而且只飽飯。」按，《資治通鑑》至德二年二月：「上至鳳翔旬日，隴右、河西、安西、西域之兵皆會，江淮庸調亦至洋川、漢中，上自散關通表成都，信使駱驛。長安人聞車駕至，從賊中自拔而來者日夜不絶。」此即「且飽飯」之意。王説穿鑿。

〔五〕青袍：《舊唐書·輿服志》：「六品、七品服緑，八品、九品服以青。」時甫授左拾遺，散官宣義郎，爲從七品。然唐人稱卑品官多用青袍。高適《留别鄭三韋九兼洛下諸公》：「此時亦得辭漁樵，青袍裹身荷聖朝。」本書卷一三《遣悶奉呈嚴鄭公二十韻》(0883)：「黄卷真如律，青袍也自公。」時爲郎官，亦稱青袍。

〔六〕人生二句：魏收《月下秋宴》：「良交契金水，上客慰萱蘇。」王勃《與契苾將軍書》：「僕與此公，早投交契。」謝靈運《七里瀨》：「誰謂古今殊，異世可同調。」

〔七〕須公句：劉劭《七華》：「追風之馬，出自遐裔，狀若逸虬，莫能羈制。」《説文》：「驃，黄馬發白色。一曰白髦尾也。」段注：「發白色者，起白點斑駁也。」《九家》趙注：「此借馬詩。」

## 玉華宫〔一〕

溪回松風長①〔二〕，蒼鼠竄古瓦。不知何王殿〔三〕，遺構絶壁下。陰房鬼火青〔四〕，壞道哀湍瀉。萬籟真笙竽②，秋色正蕭灑③〔五〕。美人爲黄土，況乃粉黛假〔六〕。當時侍金輿，故物獨石馬〔七〕。憂來藉草坐，浩歌淚盈把〔八〕。冉冉征途間，誰是長年者〔九〕？(0055)

【校】

① 回，錢箋校：「一作迴。」《草堂》校：「晉作迴。」

② 笙竽，錢箋校：「一作竽瑟。」《文苑英華》作「竽瑟」。

③ 色，錢箋、《草堂》校：「一作氣。一作光。」　正，錢箋校：「一作極。」　色正，《文苑英華》作「光極」。

【注】

黄鶴注：至德二載（七五七）往鄜時作。

〔一〕玉華宫：《舊唐書·太宗紀》：「（貞元二十一年）秋七月庚子，建玉華宫於宜君縣之鳳凰谷。」《元和郡縣圖志》卷四坊州宜君縣：「（貞觀）二十年置玉華宫，仍於宫所置宜君縣，屬雍州。永徽二年，與宫同廢。」「玉華宫，在縣北四里。貞觀二十年奉敕營造。其地本縣人秦小龍宅。太宗云：『小龍出，大龍入。』當時以爲清涼勝於九成宫。永徽二年，有詔廢宫爲寺，便以玉華爲名。寺内有肅成殿，永徽中奉敕令玄奘法師於此院譯經，每言此寺即閻浮之兜率天也。」王嗣奭《杜臆》：「必非唐之宫殿，觀『不知何王』語自見。恐即苻堅所造。」按，詩題作「玉華宫」，則詩人非不知，詩作疑詞者乃謂殿而非言宫。

〔二〕溪回句：《分門》梅（聖俞）曰：「苻堅墓在此宫前，有溪曰醽醁溪。蓋取溪色如酒色之碧也。」

〔三〕不知句：《九家》趙注：「太宗創業之主，貞觀習治之世，勞人費財於營建，廢時逸豫於離宫。故詩人諱之，曰不知何王殿也。」仇注：「意久廢爲寺，與九成之置官居守者不同，故人皆不知何王之殿耳。」浦起龍云：「正以先世卑宫遺意，子孫有愧敬承。若明言貞觀之儉，則顯形天寶之奢矣。而況本朝舊物，一旦荒涼，又有不忍言者也。」楊倫謂：「只極言荒涼之意，他解深求反失之。」按，《唐會要》卷三〇《玉華宫》：「正門曰南風門，殿名玉華殿，皇太子所居。南風門東，正門曰嘉禮門，殿名暉和殿。正殿瓦覆，餘皆葺之以茅，意在清涼，務從儉約。」則玉華諸殿原爲皇太子等所居，今荒殿則不知何王所居。

〔四〕陰房句：《楚辭·九思》：「神光兮熲熲，鬼火兮熒熒。」

〔五〕萬籟二句：謝朓《答王世子詩》：「蒼雲暗九重，北風吹萬籟。」曹丕《孟津詩》：「清歌發妙曲，樂正奏笙竽。」宗炳《登半山詩》：「清晨陟阻崖，氣志洞蕭洒。」

〔六〕美人二句：江淹《雜體詩·潘黄門岳述哀》：「美人歸重泉，悽愴無終畢。」《九家》趙注：「有隨輦而死葬者矣。」仇注引邵二泉注：「粉黛假，謂殉葬木偶人也。」

〔七〕當時二句：庾肩吾《暮游山水應令賦得磧字》：「入逕轉金輿，開橋通畫鷁。」石馬，謂墓前所立。庾信《周車騎大將軍賀婁公神道碑》：「碑枕金龜，松横石馬。」

〔八〕憂來二句：袁宏《采菊》：「披榛即澗，藉草依陰。」王微《雜詩》：「桑妾獨何懷，傾筐未盈把。」

〔九〕長年：老年，享年長久。陸機《歎逝賦》：「嗟人生之短期，孰長年之能執。」

洪邁《容齋隨筆》卷一五：「此老杜《玉華宫》詩也。張文潛暮年在宛丘，何大圭方弱冠，往謁之，凡三日，見其吟哦此詩不絶口。大圭請其故，曰：『此章乃風雅鼓吹，未易爲子言。』

大圭曰：『先生所賦，何必減此？』曰：『平生極力模寫，僅有一篇稍似之，然未可同日語。』遂誦其《離黄州》詩，偶同此韻。」

喬億《劍谿説詩》卷下：「才人喜事，輒竄易往哲詩文。……本朝王阮亭先生之於老杜，《醉時歌》删『相如』二句，《玉華宫》删『美人』一聯及末二句，皆不爲無見。然細按之，似緊實促，無原本渾闊氣象。」

## 九成宫〔一〕

蒼山入百里，崖斷如杵臼。曾宫憑風迴①，岌嶪土囊口〔二〕。立神扶棟梁②，鑿翠開户牖〔三〕。其陽産靈芝，其陰宿牛斗③〔四〕。紛披長松倒，揭巕怪石走〔五〕。哀猿啼一聲，客淚迸林藪〔六〕。荒哉隋家帝，製此今頹朽〔七〕。向使國不亡，焉爲巨唐有〔八〕？雖無新增修，尚置官居守〔九〕。巡非瑶水遠，跡是雕牆後〔一〇〕。我行屬時危④，仰望嗟歎久。天王守太白⑤〔一一〕，駐馬更搔首⑥。（0056）

【校】

① 迴，錢箋校：「一作迥。」《九家》作「迥」，校：「一作迴。」

②梁，錢箋校：「一作宇。」《草堂》作「宇」。

③牛，《草堂》作「北」。

④行，錢箋校：「一作來。」《草堂》校：「陳作來。」《九家》作「來」。

⑤守，錢箋、《草堂》校：「晋、晁並作狩。」《文苑英華》校：「一作狩。」

⑥搔，錢箋校：「一作回。」

**【注】**

黄鶴注：當是至德二載（七五七）往鄜州作。

〔一〕九成宮：《元和郡縣圖志》卷二鳳翔府麟游縣：「九成宮，在縣西五里。即隋文帝所置仁壽宮，每歲避暑，春往冬還。義寧元年廢宮，置立郡縣。貞觀五年復修舊宮，以爲避暑之所，改名九成宮。」

〔二〕曾宮二句：司馬相如《哀秦二世賦》：「登陂陁之長坂兮，坌入曾宮之嵯峨。」「曾」同「層」。沈約《郊居賦》：「值龍顔之鬱起，乃憑風而矯翼。」張衡《西京賦》：「疏龍首以抗殿，狀巍峨以岌嶪。」《文選》張銑注：「巍峨、岌嶪，高壯貌。」宋玉《風賦》：「夫風生於地，起於青蘋之末，侵淫谿谷，盛怒於土囊之口。」《文選》李善注：「土囊，大穴也。」劉良注：「谷口也。」

〔三〕立神二句：王延壽《魯靈光殿賦》：「神靈扶其棟宇，歷千載而彌堅。」按，九成宮有祭神祠享之儀。《唐代墓志彙編續集》乾封〇〇六《大唐故兼司衛正卿田君墓志銘》：「蒙授九成宮副監，任遇爲重。交門夜祠，獻享無闕。」宋張舜民《畫墁録》：「古昷鳳翔府麟游縣，每令長上事必作招祓舞，其節奏與諸處不同。乃曰：『此唐九成宫本。』山縣無妓子，但止以手分書耳。」《老子》十一章：「鑿户牖以爲室。」

〔四〕其陽二句：班固《西都賦》：「其陽則崇山隱天……其陰則冠以九嵕。」此仿其句法。《抱朴子·仙藥》：「欲求芝草，入名山，必以三月九月。」曹植《鼙舞歌·靈芝篇》：「靈芝生王地，朱草被洛濱。」孫逖《宿雲門寺閣》：「畫壁餘鴻雁，紗窗宿斗牛。」《爾雅·釋天》：「星紀，斗、牽牛也。」

〔五〕紛披二句：紛披，見卷一《九日寄岑參》(0025)注。王延壽《魯靈光殿賦》：「飛陛揭巕，緣雲上征。」《文選》李善注：「揭巕，高貌。」

〔六〕哀猿二句：謝靈運《登臨海嶠初發彊中作》：「秋泉鳴北澗，哀猿響南巒。」《登石門最高頂》：「活活夕流駛，噭噭夜猿啼。」潘岳《寡婦賦》：「口嗚咽以失聲兮，淚橫迸而沾衣。」

〔七〕荒哉二句：《隋書·食貨志》：「(開皇)十三年，帝命楊素出，於岐州北造仁壽宫。素遂夷山堙谷，營構觀宇，崇臺累榭，宛轉相屬。役使嚴急，丁夫多死，疲敝顛仆者，推填坑坎，覆以土石，因而築爲平地。死者以萬數。宫成，帝行幸焉，時方暑月，而死人相次於道。素乃一切焚除之。帝頗知其事，甚不悦。及入新宫游觀，乃喜，又謂素爲忠。」

〔八〕向使二句：木華《海賦》：「昔在帝嬀，巨唐之代。」謂唐堯。蘇頲《封東岳朝覲頌》：「昊穹之命，再集巨唐。」《左傳》昭公二十年：晏子對齊景公：「昔爽鳩氏始居此地，季萴因之，有逢伯陵因之，蒲姑氏因之，而後大公因之。古者無死，爽鳩氏之樂，非君所願也。」

〔九〕官居守：《唐六典》卷一九：「九成宫總監，監一人，副監一人，丞一人，主簿一人，録事一人，府三人，史五人。」「九成宫監掌檢校宫苑，供進合練藥餌之事。」

〔一〇〕巡非二句：王融《三月三日曲水詩序》：「穆滿八駿，如舞瑶水之陰。」謂西王母瑶池。《書·五子之歌》：「甘酒嗜音，峻宇雕牆。有一於此，未或不亡。」

〔一一〕天王句：《春秋》僖公二十八年：「天王狩於河陽。」《穀梁傳》「狩」作「守」。《九家》趙注：「太白，山名。守之爲義，正言肅宗在鳳翔也。」

沈德潛《説詩晬語》卷下：「詩貴寄意，有言在此而意在彼者。……杜少陵《玉華宫》云：『不知何王殿，遺構絶壁下。』傷唐亂也。《九成宫》云：『巡非瑶水遠，跡是雕牆後。』垂夏殷鑒也。他若諷貴妃之釀亂，則憶王母於宫中；刺花驚定之僭竊，則想新曲於天上。凡斯託旨，往往有之，但不如《三百篇》有小序可稽，在讀者以意逆之耳。」

## 羌村〔一〕三首①

峥嶸赤雲西〔二〕，日脚下平地。柴門鳥雀噪，歸客千里至②〔三〕。妻孥怪我在，

驚定還拭淚③。世亂遭飄蕩，生還偶然遂④。鄰人滿牆頭，感歎亦歔欷〔四〕。夜闌更秉燭，相對如夢寐〔五〕。（0057）

**【校】**

①羌村三首，《文苑英華》作「荒村三首」。

②歸客，宋本、錢箋、《九家》校：「一云客子。」《文苑英華》作「客子」。

③定，錢箋校：「一作走。」《九家》作「走」。

④還，《文苑英華》作「歸」。

**【注】**

黃鶴注：至德二載（七五七）秋至鄜時作。

〔一〕羌村：《九家》趙注：「羌村豈在鄜州，乃公寄家之地耶？」《草堂》夢弼注：「《鄜州圖經》：州治洛交縣。羌村，洛交村墟。」

〔二〕崢嶸：班固《西都賦》：「岩峻崷崒，金石崢嶸。」《文選》注引郭璞《方言》：「崢嶸，高峻也。」

〔三〕柴門二句：《西京雜記》卷三陸賈語：「乾鵲噪而行人至。」

〔四〕鄰人二句：蔡琰《悲憤詩》：「觀者皆歔欷，行路亦嗚咽。」

〔五〕夜闌二句：李白《送竇司馬貶宜春》：「堂上羅中貴，歌鐘清夜闌。」《古詩十九首》：「晝短苦夜長，何不秉燭游。」江淹《雜體詩・潘黄門岳述哀》：「夢寐復冥冥，何由覿爾形。」惠洪《冷齋夜話》卷四：「『夜闌更秉燭，相對如夢寐』，更互秉燭照之，恐尚是夢也。作更側聲字讀，則失其意甚矣。」陸游《老學庵筆記》卷一：「杜詩『夜闌更秉燭』，意謂夜已深矣，宜睡而復秉燭，以見久客喜歸之意。僧德洪妄云更當平聲讀，烏有是哉！」

晚歲迫偷生〔一〕，還家少歡趣。嬌兒不離膝，畏我復却去〔二〕。憶昔好追涼①〔三〕，故繞池邊樹。蕭蕭北風勁，撫事煎百慮〔四〕。賴知禾黍收②，已覺糟床注〔五〕。如今足斟酌，且用慰遲暮〔六〕。（0058）

**【校】**

①好，錢箋校：「一作多。」《文苑英華》作「多」。

②禾黍，宋本校：「一作禾林。」「林」字誤。《九家》校：「一作禾秫。」錢箋校：「一作禾秫。一作黍稌。」《文苑英華》作「禾秫」。

**【注】**

〔一〕偷生：《荀子・榮辱》：「以偷生反側於亂世之間。」虞綽《于婺州被囚詩》：「背恩已偷生，臨危未能死。」

〔二〕嬌兒二句：仇注：「不離膝，乍見而喜。復却去，久視而畏。」謂「復却去」者嬌兒。金聖歎謂：「嬌兒……于是繞膝慰留，畏我復去。」蕭滌非云：「當在『畏』字讀斷，『却去』猶即去或便去。」按，張九齡《敕突厥可汗書》：「其馬今並勒令却去，至彼之日，以理告示也。」岑參《陪使君早春西亭送王賛府赴選》：「到來逢歲酒，却去換春衣。」劉言史《送婆羅門歸本國》：「馬死經留却去時，往來應盡一生期。」項斯《憶朝陽峰前居》：「何時無一事，却去養疏慵。」薛能《留題汾上舊居》：「難説累牽還却去，可憐榆柳尚依依。」「却去」均應釋爲退去、回去。韋莊《含香》：「却去金鑾爲近侍，便辭鷗鳥不歸來。」可作便去解，然此義前不可用復字。當以仇説爲是。

〔三〕追涼：庾肩吾《和晉安王薄晚逐涼北樓回望應教》：「向夕紛喧屏，追涼飛觀中。」

〔四〕蕭蕭二句：傅亮《爲宋公修張良廟教》：「撫事懷人，永歎實深。」《楚辭·九思》：「我心兮煎熬，惟是兮用憂。」《古詩爲焦仲卿妻作》：「恐不任我意，逆以煎我懷。」江淹《雜體詩·張黄門協苦雨》：「歲暮百慮交，無以慰延佇。」

〔五〕賴知二句：《九家》趙注：「一作『黍秫收』」，極是。蓋黍與秫所以造酒。」《晉書·陶潛傳》：「公田悉令種秫穀，曰：『令吾常醉於酒足矣。』」《分門》魯曰：「糟床即酒醡也。」鮑溶《山中冬思》：「幽人毛褐暖，笑就糟床醉。」皮日休《奉和添酒中六詠》：「移來近麴室，倒處臨糟床。」

〔六〕且用句：張率《對酒》：「誰能共遲暮，對酒惜芳辰。」

群雞正亂叫①，客至雞鬬争②。驅雞上樹木，始聞扣柴荆。父老四五人，問我久遠行〔一〕。手中各有携，傾榼濁復清〔二〕。苦辭酒味薄③〔三〕，黍地無人耕。兵革既未息，兒童盡東征④。請爲父老歌，艱難愧深情⑤。歌罷仰天歎，四座淚縱横〔四〕。

（0059）

【校】

①正，錢箋、《九家》、《草堂》校：「一作忽。」《文苑英華》作「忽」。

②鬬争，錢箋校：「一作正生。」《文苑英華》作「正生」。

③苦，錢箋校：「一作莫。」《文苑英華》作「莫」。

④童，錢箋、《草堂》校：「一作郎。」《文苑英華》作「郎」。

⑤深，錢箋、《草堂》、《文苑英華》校：「一作餘。」

【注】

〔一〕問：問候。《論語·雍也》：「伯牛有疾，子問之。」

〔二〕榼：劉伶《酒德頌》：「止則操卮執觚，動則挈榼提壺。」《説文》：「榼，酒器也。」

〔三〕苦辭：一再推辭。智愷《大乘起信論序》：「法師苦辭不免，便就泛舟。」《祖堂集》卷二：「和尚分付衣鉢，某甲苦辭不受。」

〔四〕四座句：《相和歌辭·艷歌何嘗行》：「踟躕顧群侶，淚落縱横垂。」

《苕溪漁隱叢話》前集卷六引《幕府燕閑録》：「盛文肅夢朝上帝，見殿上執扇，有題詩云：『夜闌更秉燭，相對如夢寐。』意其天人詩，識之。既寤，以語客，乃杜甫詩也。」又引《三山老人語録》：「《羌村》詩：『夜闌更秉燭，相對如夢寐。』一小説謂有人過驪山，夢明皇稱美此二句。然子美詩云：『世亂遭飄蕩，生還豈偶然。』遂乃有『秉燭』之語。則致世之亂者誰邪？明皇得不慚乎？猶誦其語而譽之，可謂無恥矣。此小説之無稽也。」其事見《詩話總龜》前集卷四八引《洞微志》。

《古今詞論》劉公勇詞論：「『夜闌更秉燭，相對如夢寐。』叔原則云：『今宵賸把銀釭照，猶恐相逢是夢中。』此詩與詞之分疆也。」

楊萬里《誠齋詩話》：「五言古詩，句雅淡而味深長者，陶淵明、柳子厚也。如少陵《羌村》、後山《送内》，皆是一唱三歎之聲。」

施補華《峴傭説詩》：「《羌村三首》驚心動魄，真至極矣。陶公真至，寓於平澹；少陵真至，結爲沈痛。此境遇之分，亦情性之分。」

張謙宜《絸齋詩談》卷四：「《羌村》只是一真，遂兼衆妙。」

## 新安吏〔一〕收京後作。雖收兩京，賊猶充斥。

客行新安道，喧呼聞點兵〔二〕。借問新安吏，縣小更無丁〔三〕。府帖昨夜下①，次選中男行〔四〕。中男絶短小，何以守王城〔五〕？肥男有母送，瘦男獨伶俜〔六〕。白水暮東流，青山猶哭聲②。莫自使眼枯〔七〕，收汝淚縱横。眼枯即見骨③，天地終無情。我軍取相州④〔八〕，日夕望其平⑤。豈意賊難料，歸軍星散營。就糧近故壘，練卒依舊京〔九〕。掘壕不到水，牧馬役亦輕⑥。況乃王師順，撫養甚分明。送行勿泣血⑦，僕射如父兄。郭子儀也⑧〔一〇〕。（0060）

【校】

①帖，錢箋、《九家》、《草堂》校：「一作符。」　夜，錢箋、《九家》校：「一作日。」《草堂》校：「一作月。」

②猶，宋本、錢箋、《九家》、《草堂》校：「一作聞。」

③即，錢箋、《草堂》校：「一作却。」《九家》作「却」。

④取，錢箋、《草堂》校：「一作至。」

⑤夕，《草堂》作「夜」。

⑥牧，錢箋、《草堂》校：「一作看。」

⑦泣血，錢箋、《草堂》校：「一作垂泣。」

⑧郭子儀也，四字諸本無。

【注】

黄鶴注：《新安吏》至《無家别》當是乾元二年（七五九）作。仇注：乾元二年自東都回華州時，經歷道途，有感而作。錢氏以爲自華州之東都時，誤矣。

〔一〕新安吏：《舊唐書·肅宗紀》：「（乾元二年三月）壬申，相州行營郭子儀等與賊史思明戰，王師不利，九節度兵潰，子儀斷河陽橋，以餘衆保東京。」《郭子儀傳》：「子儀與河東節度使李光弼、關内節度使王思禮、北庭行營節度李嗣業、襄鄧節度使魯炅、荆南節度季廣琛、河南節度使崔光遠、滑濮節度許叔冀、平盧兵馬使董秦等九節度之師討安慶緒。帝以子儀、光弼俱是元勳，難相統屬，故不立元帥，唯以中官魚朝恩爲觀軍容宣慰使。……二年正月，史思明自率范陽精卒復陷魏州，乃僞稱燕王。王師雖衆，軍無統帥，進退無所承禀，自冬徂春，竟未破賊。但引漳水灌其城，城中食盡，易子而食。二月，思明率衆自魏州來，李光弼、王思禮、許叔冀、魯炅前軍遇賊於鄴南，與之接戰，夷傷相半。魯炅中流矢。子儀爲後陣，未及合戰，大風遽起，吹沙拔木，天地晦暝，跬步不辨物色。我師潰而南，賊軍潰而北，委弃兵仗輜重累積於路。諸軍各還本鎮。子儀以朔方軍保河陽，斷浮橋，有詔令留守東都。」《元和郡縣圖志》卷五河南府：「新安縣，畿。東至府七十里。……貞觀元年省穀州，新安屬河南府。穀水，在縣南二里。」

〔二〕點兵：見卷一《兵車行》（〇〇一一）「點行」注。

〔三〕借問二句：仇注引《杜臆》：「借問二句，公問詞。更無丁，言豈無餘丁可遣乎。」施鴻保謂：

「借問句，則公問辭。下三句，皆吏答詞也。」「更」訓豈，見張相《詩詞曲語辭彙釋》。蕭滌非以《杜臆》爲是。蔣紹愚謂上句問詞，下句答詞。

〔四〕府帖二句：《唐六典》卷五尚書兵部：「凡衛士各立名簿，具三年已來征防若差遣，仍定優劣爲三等。每年正月十日送本府印訖，仍録一通送本衛，若有差行上番，折衝府據簿而發之。」《舊唐書·食貨志》：「男女始生者爲黄，四歲爲小，十六爲中，二十一爲丁，六十爲老。……至天寶三年，又降優制，以十八爲中男，二十二爲丁。」

〔五〕王城：指洛陽。《史記·周本紀》：「營周居於雒邑而後去。」正義引《括地志》：「故王城一名河南城，本郟鄏，周公新築，在洛州河南縣北九里苑内東北隅。自平王以下十二王皆都此城，至敬王乃遷都成周，至赧王又居王城也。」

〔六〕伶俜：潘岳《寡婦賦》：「少伶俜而偏孤兮，痛忉怛以摧心。」《文選》李善注：「伶俜，單子貌。」

〔七〕眼枯：仇注：「眼枯，淚竭也。」《王梵志詩校注》〇七五首：「父母眼乾枯，良由我憶你。」白居易《秦吉了》：「鳶捎乳燕一窠覆，烏啄母雞雙眼枯。」眼枯猶言眼瞎。

〔八〕相州：《元和郡縣圖志》卷一六河北道：「相州，鄴郡，望。……隋大業三年，改相州爲魏郡。武德元年，復爲相州。後或爲總管，或爲都督。……西南至東都五百八十里。……東至魏州二百一十里。」

〔九〕舊京：指洛陽。《晉書·桓温傳》：「廓清中畿，光復舊京。」

〔一〇〕送行二句：《易·屯》：「泣血漣如。」《詩·小雅·雨無正》：「鼠思泣血，無言不疾。」傳：「無聲曰泣血。」疏：「無聲謂之泣矣。連言血者，以淚出於目，猶血出於體，故以淚比血。」僕射，謂郭子儀。《舊唐書·肅宗紀》：「（至德二載十二月戊午朔）左僕射、朔方節度使郭子儀加司徒，進封代國公……（乾元元年八月甲辰）加子儀中書令。」王應麟《困學紀聞》卷一八：「《新安吏》『僕射如父兄』，《汝墳》之詩曰：『雖則如燬，父母孔邇。』此詩近之。山谷所謂『論詩未覺國風遠』。」

王嗣奭《杜臆》：「此詩爐錘之妙，五首之最。……蓋吏聽官，縣聽府，府聽朝廷，朝廷方急，勢難寬縱，非真無情。不言朝廷言天地，諱之也，且無令歸咎君上也。……不言軍潰，諱之也，亦慮明言而軍士愈增其恐也。又慰之云故壘尚在，舊京可依。本於故壘戍守，而云就糧，見不憂無食。不云討賊，而云練卒，見去戰期尚遠。守須掘壕，不須到水，閑則牧馬，其役甚輕。……據注謂郭子儀時已進中書令，而稱其舊官，蓋功著于僕射時，且御士卒寬。郭僕射熟於人口，就其易曉者言之，俾無所懼而勇往收功，報效朝廷，非止寬慰士卒而已。」

仇注引張綖曰：「凡公此等詩，不專是刺。蓋兵者兇器，不得已而用之。故可已而不已者，則刺之；不得已而用者，則慰之哀之。若《兵車行》、前後《出塞》之類，皆刺也，此可已而不已者也。若夫《新安吏》之類，則慰也。《石壕吏》之類，則哀也。此不得已而用之者也。然天子有道，守在四夷。則所以慰哀之者，是亦刺也。」

## 潼關吏〔一〕

士卒何草草，築城潼關道〔二〕。大城鐵不如，小城萬丈餘〔三〕。借問潼關吏，修關還備胡①〔四〕。要我下馬行，爲我指山隅。連雲列戰格〔五〕，飛鳥不能踰。胡來但自守，豈復憂西都。丈人視要處②，窄狹容單車③〔六〕。艱難奮長戟，千古用一夫④〔七〕。哀哉桃林戰，百萬化爲魚。請囑防關將，慎勿學哥舒⑤〔八〕。（0061）

【校】

①修關，宋本、錢箋、《九家》校：「一作築城。」

②丈，錢箋、《草堂》校：「一作大。」

③窄，錢箋校：「一作穿。」《草堂》作「穿」。

④千，錢箋、《草堂》作「萬」，錢箋校：「吴本作千。」

⑤勿，錢箋校：「一作莫。」

【注】

〔一〕潼關：《元和郡縣圖志》卷二華州華陰縣：「潼關，在縣東北三十九里，古桃林塞也，春秋時晉侯使詹嘉處瑕以守桃林之塞是也。關西一里有潼水，因以名關。又云河在關內，南流衝激關山，因謂之衝關。……今歷二處而至河潼，上躋高隅，俯視洪流，盤紆峻極，實謂天險。河之北岸則風陵津，北至蒲關六十餘里。河山之險，邐迤相接。自此西望，川途曠然。蓋神明之奥區，帝宅之户牖。百二之固，信非虚言也。」

〔二〕士卒二句：《詩·小雅·巷伯》：「驕人好好，勞人草草。」傳：「草草，勞心也。」此即勞苦匆遽意。李白《南奔書懷》：「草草出近關，行行昧前算。」皇甫曾《遇風雨作》：「草草理夜裝，涉江又登陸。」仇注：「此因相州大敗，故修潼關以備寇。」

〔三〕大城二句：《世説新語·文學》：「殷中軍雖思慮通長，然於才性偏精。忽言及四本，便若湯池鐵城，無可攻之勢。」《焦氏易林·大畜之乾》：「金柱鐵關，堅固衛災。君子居之，安無憂危。」小城，《九家》趙注謂指睥睨，萬丈餘「蓋言其長亘耳」。仇注：「小城跨山，故尤見其高也。」《文選》班彪《北征賦》李善注引《蒼頡篇》：「障，小城也。」《唐文續拾》卷九《承天軍城記》：「其繚崇墉於岩半，百雉雲矗；冠小城於峰巔，萬仞天削。」此蓋指依山所修障堡。

〔四〕借問二句：仇注：「修關一句，公問詞。連雲以下，吏答詞。」吴見思《杜詩論文》：「公借問何爲，吏告以備邊也。」

〔五〕戰格：仇注：「戰格，即戰栅。」《通典》卷一五二《兵·守拒法》：「笓籬戰格，於女牆上跳出椽，去牆三尺，著横檢，椽端安鎋，以荆柳編爲之，長一丈，闊五尺，縣安椽端，用遮矢石。」蓋指此。

〔六〕窄狹句：《史記·蘇秦列傳》：「徑乎亢父之險，車不得方軌，騎不得比行，百人守險，千人不敢過也。」正義：「言不得兩車並行。」

〔七〕艱難二句：《漢書·晁錯傳》：「平陵相遠，川谷居間，仰高臨下，此弓弩之地也，短兵百不接一。兩陳相近，平地淺草，可前可後，此長戟之地也，劍楯三不當一。」張載《劍閣銘》：「一人荷戟，萬夫趑趄。」

〔八〕哀哉四句：《元和郡縣圖志》卷二華州靈寶縣：「桃林塞，自縣以西至潼關，皆是也。……《三秦記》曰：桃林塞在長安東四百里。若有軍馬經過，好行則牧華山休息林下，惡行則決河漫延，人馬不得過。」此指哥舒翰潼關之敗。見本卷《北征》(0052)「潼關百萬師」注。

## 石壕吏〔一〕

暮投石壕村，有吏夜捉人〔二〕。老翁踰牆走，老婦出門看①〔三〕。吏呼一何怒，婦啼一何苦。聽婦前致詞，三男鄴城戍。一男附書至②，二男新戰死。存者且偷生③，死者長已矣〔四〕。室中更無人，惟有乳下孫④。有孫母未去⑤，出入無完裙⑥〔五〕。老嫗力雖衰，請從吏夜歸。急應河陽役〔六〕，猶得備晨炊。夜久語聲絕，如聞泣幽咽⑦。天明登前途，獨與老翁别〔七〕。(0062)

【校】

①老婦出門看，錢箋校：「蘇潤公本作『老婦出看門』。」

②至，錢箋、《九家》、《草堂》校：「一作到。」

③存，錢箋校：「一作在。」　且，錢箋校：「一作是。」

④惟，錢箋校：「《文粹》作所。」

⑤有孫，《九家》、《草堂》作「孫有」。　錢箋校：「陳浩然本作『孫有母未去』。」

⑥入，錢箋校：「一作更。」　有孫母未去出入無完裙，宋本、錢箋、《九家》校：「一云『孫母未便出，見吏無完裙』。」《草堂》校「孫母」作「其母」。

⑦泣，《草堂》作「淚」。

【注】

〔一〕石壕吏：王應麟《困學紀聞》卷一八：「蓋陜州陜縣石壕鎮也。見《九域志》、《輿地廣記》。本崤縣，唐改爲硤石，熙寧六年省爲鎮。」《元和郡縣圖志》卷六陜州：「硤石縣，望。西至州五十里。」《太平寰宇記》卷六硤石縣：「神雀臺在縣北四十五里石壕鎮東路北。」《清一統志》卷一七五陜州：「石壕鎮，在州東南七十里。」

〔二〕有吏句：《華陽國志·巴志》國人刺巴郡守：「狗吠何喧喧，有吏來在門。披衣出門應，府記欲得錢。語窮乞請期，吏怒反見尤。旋步顧家中，家中無可與。思往從鄰貸，鄰人以言遺。錢錢何難得，令我獨憔悴。」

〔三〕老婦句：應門稱看。《敦煌變文集·韓朋賦》：「使者下車，打門而唤。朋母出看，心中驚怕。」「朋言在外，新婦出看。」此句仇注引海鹽劉氏本、施閏章《蠖齋詩話》引舊刻本，作「老婦出門首」，則走、首叶韻。仇注作「出看門」，則村、人、門叶韻。又謂看讀丘虔切，則人、看叶韻，「村」字未合。施鴻保謂《彭衙行》及此詩皆叶古韻，元、真、寒、删、文五韻雜用。

〔四〕死者句：《胡笳十八拍》：「生仍冀得兮歸桑梓，死當埋骨兮長已矣。」宋之問《秋蓮賦》：「乘化無窮兮千萬年，越人望兮長已矣。」

〔五〕出入句：張望《貧士詩》：「炎夏無完絺，玄冬無暖褐。」

〔六〕河陽：《元和郡縣圖志》卷五河南府：「河陽縣，畿。西南至州八十里。……南城，在縣西，四面臨河，即孟津之地，亦謂之富平津。……中潬城，東魏孝静帝元象元年築之，仍置河陽關。天寶已前，亦於其上置關。……故自乾元以後，常置重兵，貞元後加置節度，爲都城之巨防。造浮橋，架黄河爲之，以船爲脚，竹笮亙之。」時郭子儀退保河陽。

〔七〕天明二句：王嗣奭《杜臆》：「至晨行而獨與翁别，則婦夜去矣。翁亦自知可免，故敢出而别客也。」

王嗣奭《杜臆》：「此首易解，而言外意人未盡解。此老婦蓋女中丈夫，至今無人識得。吏夜捉人，老翁走，此婦出門，便見膽略，而胸中已有成算。老翁之逃，婦教之也。……此婦當倉卒之際，而智如鏃矢，勇如賁育，辯似儀秦，既全其夫，又安其孤幼，而公詳述之，已默會到此矣。」

## 新婚别

兔絲附蓬麻，引蔓故不長①〔一〕。嫁女與征夫，不如弃路傍。結髮爲妻子②，席不暖君床〔二〕。暮婚晨告别，無乃太忽忙。君行雖不遠③，守邊赴河陽④〔三〕。妾身未分明，何以拜姑嫜〔四〕？父母養我時，日夜令我藏⑤。生女有所歸，雞狗亦得將⑥〔五〕。君今往死地⑦，沉痛迫中腸〔六〕。誓欲隨君去⑧，形勢反蒼黄〔七〕。勿爲新婚念⑨，努力事戎行〔八〕。婦人在軍中，兵氣恐不揚〔九〕。自嗟貧家女，久致羅襦裳⑩〔一〇〕。羅襦不復施，對君洗紅粧〔一一〕。仰視百鳥飛，大小必雙翔〔一二〕。人事多錯迕⑪〔一三〕，與君永相望。（0063）

**【校】**

① 故，錢箋校：「一作固。」

②妻子，錢箋、《草堂》校：「樊作子妻。」

③雖，錢箋、《草堂》校：「一作既。」

④赴，錢箋、《九家》、《草堂》校：「一作戍。」

⑤日夜，錢箋校：「《草堂》本作月夜。」《草堂》作「月夜」，注：「月夜謂卧月也。」

⑥狗，錢箋、《九家》、《草堂》校：「一作犬。」　得，錢箋校：「一作相。」《草堂》校：「黄作相。」

⑦今，《草堂》作「生」，校：「一作今。晋作『君今死生地』。」錢箋校：「陳浩然本：『君今死生地。』《草堂》本：『君生往死地。』」

⑧去，錢箋、《草堂》校：「一作往。」

⑨爲，錢箋校：「一作改。」《草堂》校：「一作以。」

⑩久致，《九家》、《草堂》校：「一作致此。」

⑪事，錢箋、《九家》、《草堂》校：「一作生。」

## 【注】

〔一〕兔絲二句：《古詩十九首》：「與君爲新婚，兔絲附女蘿。」《詩·小雅·頍弁》：「蔦與女蘿，施于松柏。」傳：「蔦，寄生也。女蘿，菟絲、松蘿也。」陸璣疏：「今菟絲，蔓連草上生，黄赤如金，今合藥菟絲子是也。」《荀子·勸學》：「蓬生麻中，不扶而直。」《九家》趙注：「兔絲當附松柏，而乃附蓬麻，爲不得其所矣。」

〔二〕結髮二句：《文選》蘇武詩：「結髮爲夫妻，恩愛兩不疑。」李善注：「結髮，始成人也。謂男年二十，女年十五時，取笄冠爲義也。」《淮南子・修務訓》：「孔子無黔突，墨子無暖席。」任孝恭《謝裙襦啓》：「床無暖席，桁靡懸衣。」

〔三〕河陽：見《石壕吏》(0062)注。

〔四〕妾身二句：《禮記・昏義》：「夙興，婦沐浴以俟見。質明，贊見婦於舅姑。」《草堂》夢弼注：「婦人嫁三月，已告廟上墳，始謂之成婚。婚禮既明白，然後稱謂姑嫜之名正也。」據《儀禮・士昏禮》鄭注，舅姑亡，乃三月廟見始成昏。據賈、服義，無問舅姑在否，皆三月見祖廟之後始成昏。參《禮記・曾子問》正義。此詩言暮婚晨別，則質明見舅姑之禮亦未完成。趙與時《賓退録》卷三：「《玉篇》云：『凡夫之父母曰嫜。』老杜云姑嫜，何耶？」《漢書・廣川王傳》：「背尊章。」注：「師古曰：尊章猶言舅姑也。」周祈《名義考》卷五：「姑章，姑也。《廣川王傳》『背尊章』，師古曰：『尊章猶言尊姑也。』或曰舅姑爲尊章。『章』本作『嫜』。杜詩：『何以拜姑嫜。』又《釋名》：『兄公亦曰兄章，舅公亦曰舅章。』」黄生《義府》卷下：「陳琳《飲馬長城窟行》云：『善待新姑章。』俗作『嫜』。初未悉其義。因閲《淮南子・覽冥篇》云：『君公知其盜也，逐而去之。』乃悟『章』即君公二字合語。古音公如光。如世母爲嬸，舅母爲妗之類。」則姑嫜之義，或釋爲姑，或釋爲舅姑。據詩意，拜姑嫜當指拜舅姑。

〔五〕生女二句：《禮記・禮運》：「男有分，女有歸。」《穀梁傳》隱公二年：「禮，婦人謂嫁曰歸，反曰來歸。」楊倫謂二句用諺語。《埤雅》卷一八：「語曰：嫁雞與之飛，嫁狗與之走。」歐陽修《代鳩婦言》：「人言嫁雞逐雞飛，安知嫁鳩被鳩逐。」將，蕭滌非釋爲隨也，與也。徐仁甫謂「得將」當作「相將」，即相與、相隨。《九家》趙注：「微而雞犬，皆嫁時所携物也。」説誤。

〔六〕君今二句：《老子》五十章：「人之生，動之死地，十有三。」《孫子·九地》：「疾戰則存，不疾戰則亡者，爲死地。」曹丕《雜詩》：「向風長歎息，斷絶我中腸。」

〔七〕蒼黄：孔稚圭《北山移文》：「豈期終始參差，蒼黄翻覆。」《文選》李善注：「蒼黄翻覆，素絲也。」謂反覆變化。

〔八〕戎行：《左傳》成公二年：「下臣不幸，屬當戎行。」

〔九〕婦人二句：《漢書·李陵傳》：「陵曰：『吾士氣少衰而鼓不起者，何也？軍中豈有女子乎？』始軍出時，關東群盜妻子徙邊者隨軍爲卒妻婦，大匿車中。陵搜得，皆劍斬之。」

〔一〇〕羅襦：謝朓《贈王主簿》：「輕歌急綺帶，含笑解羅襦。」

〔一一〕羅襦二句：謝朓《和王主簿季哲怨情詩》：「徒使春帶賒，坐惜紅妝變。」《九家》趙注：「如《詩》云『自伯之東，首如飛蓬。豈無膏沐，誰適爲容』之義也。」

〔一二〕仰視二句：阮籍《詠懷》：「願爲雙飛鳥，比翼共翺翔。」曹攄《答趙景猷詩》：「韓凡丹青，化爲鴛鴦。止必交頸，飛必雙翔。」

〔一三〕人事句：《關尹子·一宇》：「天物怒流，人事錯錯然。」宋玉《風賦》：「耾耾雷聲，回穴錯迕。」《文選》李善注：「錯迕，雜亂交迕也。」

王嗣奭《杜臆》：「起來四句，是真樂府，是《三百篇》興起法。『暮婚晨告别』，是詩柄。一篇都是婦人語，而公揣摩以發之。有極細心語，如『妾身未分明』二句、『婦人在軍中』二句是也。有極大綱常語，如『勿爲新婚念』、『羅襦不復施』二句是也。真無愧於《三百篇》者。」

沈德潛《説詩晬語》卷上：「少陵《新婚别》云：『嫁女與征夫，不如弃路傍。』近於怨矣。而『君今往死地』以下，層層轉换，勉以努力戎行，發乎情止乎禮義也。」

## 垂老别

四郊未寧静①，垂老不得安②〔一〕。子孫陣亡盡，焉用身獨完？投杖出門去，同行爲辛酸③。幸有牙齒存④，所悲骨髓乾⑤〔二〕。男兒既介胄，長揖别上官〔三〕。老妻卧路啼，歲暮衣裳單。孰知是死别〔四〕，且復傷其寒。此去必不歸，還聞勸加餐〔五〕。土門壁甚堅，杏園度亦難〔六〕。勢異鄴城下，縱死時猶寬⑥。人生有離合〔七〕，豈擇衰老端⑦？憶昔少壯日，遲回竟長歎。萬國盡征戍⑧，烽火被岡巒。積屍草木腥，流血川原丹。何鄉爲樂土，安敢尚盤桓〔八〕？弃絶蓬室居，塌然摧肺肝〔九〕。（0064）

【校】

①郊，《九家》校：「一作方。」
②老，錢箋校：「一作死。」
③同，《草堂》校：「一作聞。」
④存，錢箋校：「一作好。」《草堂》作「好」，校：「一作存。」
⑤髓，錢箋校：「一作肉。」《草堂》校：「一作體。」
⑥猶，錢箋、《草堂》校：「晋作獨。」
⑦老，錢箋校：「一作盛。」《九家》作「盛」。　衰老，《草堂》作「盛衰」，校：「盛一作甚。」
⑧征戍，錢箋、《九家》、《草堂》校：「一云東征。」

【注】

〔一〕四郊二句：《禮記・曲禮上》：「四郊多壘，此卿大夫之辱也。」蔡邕《司空房楨碑》：「享年垂老，至於積世。」
〔二〕骨髓：《魏書・蕭衍傳》：「刳剔黔首，骨髓俱罄。」
〔三〕男兒二句：《史記・絳侯周勃世家》：「將軍亞夫持兵揖曰：『介胄之士不拜，請以軍禮見。』」《酈生陸賈列傳》：「酈生入，則長揖不拜。」《漢書・高帝紀》注：「師古曰：長揖者，手自上而極下。」

〔四〕孰知：《史記·禮書》：「孰知夫出死要節之所以養生也。」正義：「孰知猶審知也。」施鴻保謂此句孰知當作熟知。

〔五〕勸加餐：《古詩十九首》：「弃捐勿復道，努力加餐飯。」

〔六〕土門二句：土門，即井陘。《元和郡縣圖志》卷一七河北道恒州獲鹿縣：「井陘口，今名土門口，縣西南十里，即太行八陘之第五陘也。四面高，中央下，似井，故名之。韓信擊趙，欲下井陘。成安君陳餘聚兵井陘口，號二十萬。」《舊唐書·李寶臣傳》：「禄山使董精甲扼井陘路，軍於土門。安慶緒僞署爲恒州刺史。九節度之師圍慶緒於相州，忠志懼，獻章歸國，肅宗因授恒州刺史。及史思明復渡河，僞授忠志工部尚書、恒州刺史、恒趙節度使，統衆三萬守常山。及思明敗，不受朝義之命，乃開土門路以内王師。」是此時土門實由歸降之李忠志（寶臣）扼守。郭子儀時受命爲東畿、山東、河東諸道元帥，權知東京留守，則名義上李忠志應聽命於子儀。杏園，在衛州。《元豐九域志》卷二衛州汲郡：「中汲，五鄉，杏園、新鄉、淇門三鎮。」《清一統志》卷一五八衛輝府汲縣：「杏園鎮，在汲縣東南。舊爲黄河津渡處。」引杜詩及《舊唐書·李忠臣傳》等。《舊唐書·郭子儀傳》：「（乾元元年）十月，子儀自杏園渡河，圍衛州。」《李忠臣傳》：「與郭子儀等九節度使圍安慶緒於相州。明年二月，諸軍潰歸，忠臣亦退。……尋拜濮州刺史、緣河守捉使，移鎮杏園渡。及史思明陷汴州，節度使許叔冀與忠臣並力屈降賊。」則其時杏園當由滑、汴等州節度使許叔冀防守。至此年十月，史思明再陷洛陽，兩地皆失守。

〔七〕離合：李充《送許從詩》：「離合理之常，聚散安足驚。」

〔八〕何鄉二句：《詩·魏風·碩鼠》：「逝將去女，適彼樂土。」《易·屯》：「磐桓，利居貞。」疏：「磐桓，不進之貌。」

〔九〕弃絶二句：塌然，頹倒貌。白居易《秋池二首》：「天旱水暗消，塌然委空地。」《有感三首》：「不如兀然坐，不如塌然卧。」《琴曲歌辭·履霜操》：「考不明其心兮聽讒言，孤恩別離兮摧肺肝。」

施閏章《蠖齋詩話》：「杜不擬古樂府，用新題紀時事，自是創識。就中《潼關吏》、《新安》、《石壕》、《新婚》、《垂老》、《無家》等篇，妙在痛快，亦傷太盡。《垂老别》云：『老妻卧路啼，歲莫衣裳單。孰知是死别，且復傷其寒。』曲折已明。又云：『此去必不歸，還聞勸加餐。』觀王粲《七哀》：『路逢飢婦人，抱子弃草間。未知身死處，焉能兩相完。驅馬弃之去，不忍聽此言。南登灞陵道，回首望長安。』醖藉差别。至子建『明月照高樓』，更不可思議，無處著人間别離語。」

## 無家别

寂寞天寶後〔一〕，園廬但蒿藜。我里百餘家①，世亂各東西。存者無消息，死者爲塵泥②〔二〕。賤子因陣敗〔三〕，歸來尋舊蹊③。久行見空巷④，日瘦氣慘悽。但對狐與狸，豎毛怒我啼〔四〕。四鄰何所有，一二老寡妻。宿鳥戀本枝〔五〕，安辭且窮栖⑤。方春獨荷鋤，日暮還灌畦。縣吏知我至，召令習鼓鞞〔六〕。雖從本州役，内顧無所携〔七〕。近行止一身，遠去終轉迷〔八〕。家鄉既盪盡，遠近理亦齊。永痛長病母，五年委溝谿〔九〕。生我不得力，終身兩酸嘶〔一〇〕。人生無家别，何以爲蒸黎〔一一〕？（0065）

**【校】**

①百，錢箋、《九家》、《草堂》校：「一作萬。」

②爲，錢箋、《九家》、《草堂》校：「一作委。」

③舊，錢箋、《九家》、《草堂》校：「一作故。」

④巷，錢箋校：「一作室。」《草堂》作「室。」

⑤安，《九家》、《草堂》校：「一作敢。」

**【注】**

〔一〕天寶後：施鴻保謂：「天寶後，是言至德、乾元之時。……故不曰天寶末。」

〔二〕存者二句：曹植《贈白馬王彪》：「存者忽復過，亡没身自衰。」《莊子·田子方》：「得其所一而同焉，則四支百體將爲塵垢。」
〔三〕賤子：應璩《百一詩》：「避席跪自陳，賤子實空虚。」
〔四〕但對二句：《淮南子·繆稱訓》：「今謂狐狸，則必不知狐，又不知狸。非未嘗見狐者，必未嘗見狸也。狐、狸非異，同類也。」《説文》：「貍，伏獸，似貙。」段注：「伏獸，謂善伏之獸。……言二物相似，即俗所謂野貓。」古人將狐、狸視爲同類。曹操《苦寒行》：「熊羆對我蹲，虎豹夾路啼。」
〔五〕宿鳥句：《吴聲歌曲·讀曲歌》：「日光没已盡，宿鳥縱横飛。」《古詩十九首》：「胡馬依北風，越鳥巢南枝。」潘岳《在懷縣作》：「徒懷越鳥志，眷戀想南枝。」
〔六〕鼓鞞：《禮記·樂記》：「君子聽鼓鼙之聲，則思將帥之臣。」《周禮·春官·小師》注：「應，鼙也。應與輔及朔，皆小鼓也。」鼙通鞞。
〔七〕携：蕭滌非謂：「携，離也。」本書卷二〇《唐故萬年縣君京兆杜氏墓志》(1482)：「遇暴客於郊，抱其所携，弃其所抱。」携仍當釋作提携、携帶。
〔八〕轉：更加、愈。參卷一《自京赴奉先縣詠懷五百字》(0041)「老大意轉拙」注。
〔九〕五年句：仇注：「自天寶十四載至乾元元年，亂經五年矣。」
〔一〇〕酸嘶：釋寶月《行路難》：「君不見孤雁關外發，酸嘶度揚越。」
〔一一〕蒸黎：蔡邕《東留太守胡碩碑》：「悠悠蒸黎，惆悵喪氣。」裴秀《大蜡詩》：「穆穆我后，矜兹蒸黎。」《詩·大雅·烝民》箋：「烝，衆。」《小雅·天保》「羣黎」箋：「黎，衆也。」

仇注引胡夏客曰：「《新安》、《石壕》、《新婚》、《垂老》諸詩，述軍興之調發，寫民情之怨哀，詳矣。然作者之意，又不止此。國家不幸多事，猶幸有繕兵中興之主，上能用其民，下能應其命，至殺身弃家不顧，以成一時恢復之功。故娓娓言之，義合風雅，不爲誹謗耳。若勢極危亡，一人束手，四海離心，則不可道已。」

潘德輿《養一齋李杜詩話》卷二：「蔡氏絛曰：『齊梁以來，文士喜爲樂府辭，往往失其命題本意。《烏生八九子》但詠烏，《雉朝飛》但詠雉。甚有並其題而失之者，如《相府蓮》訛爲《想夫憐》，《楊婆兒》訛爲《楊叛兒》之類。惟老杜《兵車行》、《悲青坂》、《無家别》等篇，皆因時事，自出己意立題，略不更蹈前人陳跡，真豪傑也。』按蔡氏此論，最得樂府真處。詩爲樂心，本以言志，若樂府必作古人題目，摹古人聲調，是詩莫古於樂府，亦莫卑於樂府矣。王氏嗣奭謂：『杜公《曲江三章》學《三百》，《七歌》學《離騷》，《新安吏》諸作學古樂府，俱自開堂奧，不肯優孟衣冠。』張氏綖謂：『李杜二公齊名，李集中多古樂府之作，而杜公絶無樂府，惟前後《出塞》諸首耳。然又别出一格，用古體寫今事，大家機軸，不主故常。』胡氏應麟謂：『少陵不效四言，不仿《離騷》，不用樂府舊題，是此老胸中壁立處。』黄氏生謂：『六朝好擬古，往往無其事而假設其詞。杜詩詞不虚發，必因事而設，此即修詞立誠之旨。』王氏士禎謂：『《新婚》、

《無家》諸别，《石壕》、《新安》諸吏，《哀江頭》、《兵車行》諸篇，皆樂府之變也。滄溟詩名冠代，祇以樂府摹擬割裂，遂生後人詆毀，則樂府寧爲其變，不可以字句比擬也明矣。』諸説皆可與蔡氏之論相證合。總之，杜有樂府而無樂府，無樂府之樂府，乃樂府真處，而非後世所可及也。又沈氏德潛曰：『唐人達樂者已少，其樂府題不過借古人體制，寫自己胸臆耳，未必盡可被之管絃也。』據此則後世詩人本宜自創一題，詠歌時事。沿襲舊題，情理未篤。故余竊謂杜之樂府，非變也，真也。今之好沿樂府題者，非古也，似也。若于鱗之比擬字句，更不足笑矣。」

## 夏日歎〔一〕

夏日出東北，陵天經中街①〔二〕。朱光徹厚地，鬱蒸何由開〔三〕？上蒼久無雷，無乃號令乖〔四〕？雨降不濡物〔五〕，良田起黄埃。飛鳥苦熱死，池魚涸其泥②〔六〕。萬人尚流冗，舉目爲蒿萊〔七〕。至今大河北，化作虎與豺③〔八〕。浩蕩想幽薊〔九〕，王師安在哉？對食不能餐〔一〇〕，我心殊未諧。眇然貞觀初④，難與數子偕〔一一〕。

（0066）

【校】

① 陵天經，錢箋：「晋作經天陵。」

② 飛鳥苦熱死池魚涸其泥，《草堂》在「舉目唯蒿萊」後。

③ 化，錢箋校：「一作盡。」《草堂》作「盡」。

④ 貞，宋本諱作「正」，據錢箋等回改。下徑改不另出校。

【注】

黄鶴注：殆與乾元二年（七五九）事合。蔡興宗《年譜》却以乾元二年華州作。

〔一〕夏日歎：《舊唐書·肅宗紀》：「（乾元二年四月）癸亥，以久旱徙市，雩祈雨。」

〔二〕夏日二句：《晋書·天文志》：「故日稍北，以至於夏至……是日最北，去極最近，景最短，黄道井二十五度，出寅入戌，故日亦出寅入戌。」寅爲東北。《漢書·天文志》：「日有中道，月有九行。中道者，黄道，一曰光道。」《分門》洙曰：「中衢，黄道之所經也。」顔之推《神仙詩》：「崢嶸下無地，列缺上陵天。」

〔三〕朱光二句：陸機《贈尚書郎顧彦先》：「大火貞朱光，積陽熙自南。」厚地，見卷一《橋陵詩三十韻因呈縣内諸官》（0037）注。傅玄《雜詩》：「珠汗洽玉體，呼吸氣鬱蒸。」

〔四〕上蒼二句：長孫無忌《太宗皇帝配天議》：「道格上蒼，功清下黷。」《後漢書·郎顗傳》：「《易傳》曰：『當雷不雷，太陽弱也。』……雷者號令，其德生養。號令殆廢，當生而殺，則雷反作，其時無歲。」《初學記》卷二二引《詩推度災》：「上出號令而化天下，震雷起而驚蟄。」
〔五〕雨降句：李顒《經涡路作》：「勁焱不興潤，零雨莫能濡。」
〔六〕池魚句：李顒《經涡路作》：「肇允相忘鱗，翻爲涸池魚。」
〔七〕萬人二句：《漢書·成帝紀》：「關東流冗者衆。」《谷永傳》：「流散冗食，餧死於道，以百萬數。」阮瑀《七哀詩》：「出壙望故鄉，但見蒿與萊。」
〔八〕化作句：《太平御覽》卷三一七引《江表傳》：「郭君圍塹，董將不許。幾令狐狸，化爲豺虎。」
〔九〕幽薊：《舊唐書·地理志》：「范陽節度使，理幽州。……經略軍，在幽州城内。……静塞軍，在薊州城内。」又幽州：「薊，州所治。古之燕國都。漢爲薊縣，屬廣陽國。……自晉至隋，幽州刺史皆以薊爲治所。」安禄山爲范陽節度使，自幽州反。
〔一〇〕對食句：鮑照《擬行路難》：「對案不能食，拔劍擊柱長歎息。」
〔一一〕眇然二句：陸機《壯哉行》：「眇然游宦子，悟言來未並。」劉琨《重贈盧諶》：「中夜撫枕歎，相與數子游。」貞觀，唐太宗年號。《分門》師古曰：「房、杜、王、魏之徒，皆當時名臣。君臣之間，諫行言聽。……故甫傷今思古，而欲與數子偕，不可得也。」
黄徹《䂬溪詩話》卷九：「永叔嘗謁執政，坐中賦《雪詩》，有云：『主人與國共休戚，豈唯喜悦將豐登。須憐鐵甲冷徹骨，四十餘萬屯邊兵。』當時乃謂韓退之亦能道言語，其豫裴晋公宴會，但云：『林園窮勝事，鐘鼓樂清時。』不曾如此作鬧。殊不知老杜一言一詠，未嘗不在於憂國恤人，物我之際，則淡然無著。《夏日歎》曰：『浩蕩想幽薊，王師安在哉。』《夏夜歎》曰：『念我荷戈士，窮年守邊疆。』此仁人君子之用心，終食不可忘也。邊兵之語，豈爲過哉？如退之『始知神官未聖賢，護短憑愚要我敬』，『雪徑抵樵叟，風廊折譚僧』，真作鬧詩也。」

盧元昌曰：「時輔國專掌禁兵，事無大小，輔國爲制勅。公曰：『上天久無雷，無乃號令乖。』朝廷所相者李峴、李揆、吕諲、第五琦等，李峴具陳輔國專權亂政狀，輔國忌之，以他事出。至李揆執子弟禮於輔國，呼爲五父。吕諲、第五琦率皆碌碌庸臣。相之賢者不終任，其庸碌者但知阿比。公曰：『眇然貞觀初，難與數子偕。』」

## 夏夜歎

永日不可暮，炎蒸毒我腸①〔一〕。安得萬里風，飄飖吹我裳〔二〕？昊天出華月，茂林延疏光〔三〕。仲夏苦夜短，開軒納微凉〔四〕。虚明見纖毫，羽蟲亦飛揚〔五〕。物情無巨細，自適固其常〔六〕。念彼荷戈士，窮年守邊疆。何由一洗濯，執熱互相望〔七〕。竟夕擊刁斗〔八〕，喧聲連萬方。青紫雖被體〔九〕，不如早還鄉。北城悲笳發，

鸛鶴號且翔〔一〇〕。況復煩促倦②，激烈思時康〔一一〕。(0067)

【校】

①我，宋本、錢箋、《九家》、《草堂》校：「一作中。」

②復，錢箋校：「一作懷。」

【注】

黄鶴注：同上年，乾元二年（七五九）作。

〔一〕永日二句：《詩·唐風·山有樞》：「且以喜樂，且以永日。」庾信《奉和夏日應令》：「五月炎蒸氣，三時刻漏長。」司馬相如《琴歌》：「室邇人遐毒我腸，何緣交頸爲鴛鴦。」

〔二〕安得二句：陸機《前緩聲歌》：「長風萬里舉，慶雲鬱嵯峨。」繁欽《定情詩》：「日旰兮不來，飄風吹我裳。逍遥莫誰睹，望君愁我腸。」

〔三〕昊天二句：《爾雅·釋天》：「春爲蒼天，夏爲昊天。」江淹《雜體詩·劉文學楨感懷》：「華月照芳池，列坐金殿側。」曹攄《感舊詩》：「晨風集茂林，栖鳥去枯枝。」

〔四〕開軒句：阮籍《詠懷》：「開軒臨四野，登高望所思。」曹植《贈白馬王彪》：「秋風發微涼，寒蟬鳴我側。」

〔五〕虚明二句：陶淵明《辛丑歲七月赴假還江陵夜行塗口》：「涼風起將夕，夜景湛虚明。」嵇康《聲無哀樂論》：「夫纖毫自有形可察。」《曾子·天員》：「毛蟲之精者曰麟，羽蟲之精者曰鳳。」《九家》注：「《詩》：『熠燿宵行。』羽蟲也。山谷嘗宿招提，月夜見薨薨而游者，曰：老杜所謂云云，信不虚語。《詩·雞鳴》云：『月出之光，蟲飛薨薨。』」按，羽蟲謂鳥。《詩·東山》「熠燿宵行」則謂螢火。《雞鳴》「蟲飛薨薨」，孔疏謂未必唯小蟲，乃强爲之説。杜詩稱「見纖毫」，則當指小蟲。羽蟲錯用。《九家》注得其意。

〔六〕物情二句：《文心雕龍·明詩》：「巨細或殊，情理同致。」《莊子·駢拇》：「夫適人之適而不自適其適，雖盜跖與伯夷，是同爲淫僻也。」

〔七〕何由二句：《詩·大雅·桑柔》：「誰能執熱，逝不以濯。」傳：「濯，所以救熱也。」箋：「其爲之當如手持熱物之用濯，謂治國之道，當用賢者。」仇注引鍾惺説，謂執熱猶云熱不可解。其説昧於出典，不可據。

〔八〕竟夕句：《漢書·李廣傳》：「程不識正部曲行伍營陣，擊刁斗，吏治軍簿至明。」注：「孟康曰：刁斗，以銅作鐎，受一斗，晝炊飯食，夜擊持行，故名曰刁斗。」

〔九〕青紫：《漢書·夏侯勝傳》：「始，勝每講授，常謂諸生曰：『士病不明經術，經術苟明，其取青紫如俯拾地芥耳。』」黄鶴注：「《通鑑》云：至德二載五月，子儀與王思禮合軍，於潏西與安守忠戰敗後，府庫無積蓄，專以官爵賞功。及清渠之敗，專以官爵收散卒。由是應募入軍者，一切衣金紫。」按，杜詩乃自謂。注引《通鑑》未達。

〔一〇〕北城二句：蕭綱《雁門太守行》：「悲笳動胡塞，高旗出漢墉。」王粲《從軍詩》：「哀彼東山人，喟然感鸛鳴。」

〔一一〕況復二句：張華《答何劭》：「恬曠苦不足，煩促每有餘。」《文選》蘇武詩：「長歌正激烈，中心愴以摧。」王粲《無射鐘銘》：「休徵時序，人説時康。」

## 留花門〔一〕

北門天驕子①〔二〕，飽肉氣勇決。高秋馬肥健，挾矢射漢月〔三〕。自古以爲患，詩人厭薄伐〔四〕。修德使其來，羈縻固不絶〔五〕。胡爲傾國至，出入暗金闕？中原有驅除，隱忍用此物〔六〕。公主歌黄鵠，君王指白日〔七〕。連營屯左輔②，百里見積雪〔八〕。長戟鳥休飛，哀笳曙幽咽③〔九〕。田家最恐懼，麥倒桑枝折。沙苑臨清渭〔一〇〕，泉香草豐潔。渡河不用船，千騎常撇烈④〔一一〕。胡塵踰太行，雜種抵京室〔一二〕。花門既須留，原野轉蕭瑟。（0068）

【校】

① 北門，錢箋校：「一作北方。一作花門。」門，宋本、《九家》校：「一作方。」

② 營，錢箋、《草堂》作「雲」。

③ 曙，錢箋校：「一作曉。」《九家》、《草堂》作「曉」。

④ 撇烈，宋本、《九家》、《草堂》校：「一云滅没。」錢箋校：「一云滅没。《正異》作撇捩。」

【注】

黄鶴注：葉護請留兵沙苑在至德二載（七五七）十月，此詩作於是年。仇注：此當是乾元二年（七五九）秋適秦州後作。浦起龍云：此當是乾元元年（七五八）秋寧國公主出塞後作。川《譜》繫於乾元元年。

〔一〕花門：見卷一《哀王孫》（0047）注。《舊唐書·回紇傳》：「初收西京，回紇欲入長安劫掠，廣平王固止之。及收東京，回紇遂入府庫收財帛，於市井村坊剽掠三日而止，財物不可勝計。廣平王又賚之以錦罽寶貝，葉護大喜。及肅宗還西京，（至德二載）十一月癸酉，葉護自東京至……及辭歸蕃，上謂曰：『能爲國家就大事成義勇者，卿等力也。』葉護奏曰：『回紇戰兵，留在沙苑，今且須歸靈夏取馬，更收范陽，討除殘賊。』己丑，詔曰：『……（回紇葉護）可司空，仍封忠義王，每載送絹二萬匹至朔方軍，宜差使受領。』」

〔二〕北門句：《漢書·匈奴傳》：「單于遣使遺漢書云：『南有大漢，北有强胡。胡者，天之驕子也。』」北門，謂北方邊鎮。《舊唐書·郭子儀傳》：「朔方，國之北門，西禦犬戎，北虞獫狁。」

〔三〕高秋二句：《漢書·李陵傳》：「方秋匈奴馬肥，未可與戰。」《匈奴傳》：「舉事常隨月盛壯以攻戰，月虧則退兵。」《史記·匈奴列傳》：「其俗寬則隨畜，因射獵禽獸爲生業，急則人習戰攻以侵伐。」

〔四〕自古二句：《漢書·匈奴傳》嚴尤諫：「臣聞匈奴爲害，所從來久矣，未聞上世有必征之者也。」《詩·小雅·六月》：「薄伐玁狁，以奏膚公。」

〔五〕修德二句：《論語·季氏》：「孔子曰：……遠人不服，則修文德以來之。既來之，則安之。」《史記·司馬相如列傳》：「蓋聞天子之於夷狄也，其義羈縻勿絶而已。」索隱：「羈，馬絡頭。縻，牛韁也。言制四夷如牛馬之受羈縻也。」

〔六〕中原二句：《漢書·王莽傳》贊：「餘分閏位，聖王之驅除云爾。」注：「蘇林曰：聖王，光武也。爲光武驅除也。師古曰：言驅逐蠲除，以待聖人也。」此指安禄山立燕國及史思明復稱大燕。《漢書·甘延壽傳》元帝詔：「所以優游而不征者，重協師衆，勞將帥，故隱忍而未有云也。」

〔七〕公主二句：《漢書·西域傳·烏孫》：「漢元封中，遣江都王建女細君爲公主，以妻焉。……昆莫年老，言語不通，公主悲愁，自爲作歌曰：『吾家嫁我兮天一方，遠託異國兮烏孫王。穹廬爲室兮旃爲牆，以肉爲食兮酪爲漿。居常土思兮心内傷，願爲黄鵠兮歸故鄉。』天子聞而憐之。」《舊唐書·回紇傳》：「（乾元元年）秋七月丁亥，詔以幼女封爲寧國公主出降。其降蕃日，仍以堂弟漢中郡王瑀爲特進、試太常卿、攝御史大夫，充册命英武威遠毗伽可汗使。……甲午，肅宗送寧國公主至咸陽磁門驛，公主泣而言曰：『國家事重，死且無恨。』上流涕而還。……册公主爲可敦。……八月，回紇使王子骨啜特勤及宰相帝德等驍將三千人助國討逆。肅宗嘉其遠至，賜宴，命隨朔方行營使僕固懷恩押之。」乾元二年八月，毗伽闕可汗死，寧國公主以無子得歸。指白日，《九家》注：「以爲信誓盟約。」《舊唐書·回紇傳》至德二載十一月己丑詔：「回紇葉護……力拔山岳，精貫風雲，蒙犯不以辭其勞，急難無以逾其分。固可懸之日月，傳之子孫，豈唯裂土之封，誓河之賞而已矣！」

〔八〕連營二句：左輔謂同州，沙苑在同州。參卷一《沙苑行》(0033)注。積雪，樓鑰《答杜仲高書》：「鑰嘗考回鶻之俗，衣冠皆白，故連屯左輔而百里如積雪然，不既多乎？以此意讀之，方覺語意精彩頓別。」錢箋謂指沙苑白沙。朱鶴齡注：「回紇曳白旗。」按，樓、朱説似長。《舊唐書・回紇傳》：「回紇望見，逾山西嶺上曳白旗而趨擊之。」

〔九〕哀笳句：庾肩吾《登城北望》：「霜戈曜壟日，哀笳斷塞風。」

〔一〇〕沙苑：見卷一《沙苑行》(0038)注。回紇戰兵留在沙苑，見前注。浦起龍謂：「寧國入塞後，回紇復遣騎入助，仍屯沙苑，公憂其繹騷無已，乃作是詩。」按，據《回紇傳》，骨啜特勤王子乃隨朔方行營使僕固懷恩，言沙苑者蓋混前事。

〔一一〕撇烈：本書卷七《荆南兵馬使太常卿趙公大食刀歌》(0310)：「鋩鍔已瑩虚秋濤，鬼物撇捩辭坑壕。」盧綸《陳翃郎中北亭送侯釗侍御賦得帶冰流歌》：「撇捩寒魚上復沉，羣鵜鼓舞揚清音。」《詩話總龜》後集卷一八引《杜詩正異》：「撇捩，疾貌。《大食刀歌》云：『鬼物撇捩辭坑壕。』字意皆同。舊集作『撇烈』，非也。」按，烈、捩音同。撇捩與撥剌、潑剌等音近義通，撥剌形容魚、鳥等聳躍貌，此則形容馬之騰躍。錢箋引《上林賦》「轉騰潎洌」，恐非一詞。

〔一二〕胡塵二句：胡塵、雜種皆指叛軍，或謂指回紇新來驍騎者，誤。《舊唐書・安禄山傳》：「營州柳城，雜種胡人也。」《史思明傳》：「營州寧夷州突厥，雜種胡人也。」陳寅恪《以杜詩證唐史所謂雜種胡之義》：「雜種胡即中亞昭武九姓胡。唐人當日習稱九姓胡爲雜種胡。雜種之目非僅混雜之通義，實專指某一類種族而言也。」黄永年《羯胡柘羯雜種胡考辨》謂「雜胡」、「雜种」、「雜類」、「雜夷」、「雜人」、「雜户」等名詞，只是若干少數民族的統稱，并引樊衡《爲幽州長史薛楚玉破契丹露布》「東胡雜種君長之郡」，所指爲奚、契丹、室韋之類，謂杜詩「雜種」應指安史主力奚、契丹、同羅等。黄説較妥。錢箋謂此二句指乾元二年正月史思明於魏州僭稱燕王，至八月南下，九月收大梁，陷洛陽。仇注：「此必回紇敗歸，思明猖獗之後，追記前事耳。」鄭文《杜詩檠詁》謂指乾元二年三月相州敗後郭子儀退保河陽，史思明遣兵取懷州。按，相州敗後回紇王子骨啜特勤奔於西京，其後辭還行營。四月，回紇毗伽闕可汗死，長子葉護先被殺，立少子登里可汗。骨啜特勤或於此時返國。此期間史料不再有回紇兵助唐之記載。至上元元年九月，回紇九姓可汗使入朝奉表起居。寶應元年，復遣中使劉清潭徵兵於回紇，清潭被辱。相州敗後諸軍退保，千騎渡河固無可能。洛陽再陷，回紇恐更無留兵。此二句乃追述此前叛軍攻占兩京事，以見徵兵回紇爲不得已。

## 塞蘆子〔一〕

五城何迢迢〔二〕，迢迢隔河水。邊兵盡東征，城内空荆杞〔三〕。思明割懷衛，秀岩西未已〔四〕。回略大荒來①，崤函蓋虛爾〔五〕。延州秦北户〔六〕，關防猶可倚。焉得一萬人，疾驅塞蘆子〔七〕？岐有薛大夫②，旁制山賊起〔八〕。近聞昆戎徒，爲退三百里〔九〕。蘆關扼兩寇③〔一〇〕，深意實在此。誰能叫帝閽④，胡行速如鬼〔一一〕。（0069）

**【校】**

①回，錢箋校：「一作迴。」來，錢箋校：「一作東。」《草堂》作「東」。

②岐，宋本、《九家》、《草堂》校：「一作須。」錢箋校：「一作頃。」

③扼，《草堂》作「振」，校：「一作扼。」

④能，錢箋校：「晋作敢。」《草堂》作「敢」，校：「一作能。」閽，錢箋校：「陳作門。」

**【注】**

黄鶴注：至德二載（七五七）作。仇注：至德間陷賊中作。按，詩言賊首而稱「思明」，蓋在禄山、慶緒死後，當乾元二年（七五九）作，詳注。

〔一〕塞蘆子：《元和郡縣圖志》卷三延州延昌縣：「塞門鎮，在縣西北二十里。鎮本在夏州寧朔縣界，開元二年移就蘆子關南金鎮所安置。蘆子關，屬夏州，北去鎮一十八里。」《武經總要》前集卷一八延州：「鹽夏路，自州北至塞門砦，度蘆子關，由屏風谷入夏州界石堡、烏延、馬嶺，入平夏，至鹽州約六百里。其路自塞門至石堡、烏延，並山谷中行，最爲險狹。……蘆子關、石堡、安遠、塞門四城北路山谷險峻，比諸路最甚。」

〔二〕五城：沈括《夢溪筆談》卷二四：「延州今有五城，説者以爲舊有東西二城，夾河對立。高萬典郡，始展南北東三關城。予因讀杜甫詩云『五城何迢迢，迢迢隔河水』、『延州秦北户，關防猶可倚』，乃知天寶中已有五城矣。」《分門》洙曰引此。《舊唐書·敬宗紀》：「（長慶四年三月）甲戌，夏州節度使李祐奏：于塞外築烏延、宥州、臨塞、陰河、陶子等五城，以備蕃寇。又以党項爲盜，于蘆子關北木瓜嶺築壘，以扼其衝。」《分門》鮑曰引此。《草堂》夢弼注：「五城，謂鄜、延、環、慶、耀五州。」《舊唐書·張説傳》：「又敕説爲朔方軍節度大使，往巡五城，處置兵馬。」又《地理志》：「朔方節度使，捍禦北狄，統經略、豐安、定遠、西受降城、東受降城、安北都護、振武等七軍府。」黄鶴注引此，謂五城指定遠城、西受降城、中受降城（安北都護府治）、東受降城及豐安軍。仇注襲之，謂「五城在黄河之北，故曰隔河水」。

〔三〕邊兵二句：《資治通鑑》廣德元年：「唐自武德以來，開拓邊境，地連西域，皆置都督府、州、縣。開元中，置朔方、隴右、河西、安西、北庭諸節度使以統之，歲發山東丁壯爲戍卒……及安禄山反，邊兵精鋭者皆徵發入援，謂之行營。所留兵單弱，胡虜稍蠶食之。數年間，西北數十州相繼淪没。」黄鶴注引此，謂「然則是詩之作，蓋先事而慮也」。

〔四〕思明二句：《資治通鑑》至德二年正月：「史思明自博陵，蔡希德自太行，高秀岩自大同，牛廷玠自范陽，引兵共十萬，寇太原。……思明以爲太原指掌可取，既得之，當遂長驅取朔方、河隴。太原諸將皆懼。……思明圍太原，月餘不下……會安禄山死，慶緒使思明歸守范陽，留蔡希德等圍太原。」錢箋引此，謂：「思明自博陵寇太原，舍河北而西，故曰『割懷衛』。秀岩自大同與思明合兵，故曰『西未已』。」按，割即割據、占據之義，非捨也。史思明自博陵（定州）寇太原，乃西南行，且不當經懷、衛。高秀岩自大同來，則爲南下。二句與圍太原事不合。《資治通鑑》乾元二年三月：九節度相州兵敗，史思明殺安慶緒，「思明勒兵入鄴城，收其士馬，以府庫賞將士，慶緒先所有州縣及兵皆歸於思明。遣安太清將兵五千取懷州，因留鎮之。思明欲西略，慮根本未固，乃留其子朝義守相州，引兵還范陽」。「割懷衛」當指此。高秀岩先爲安禄山大同軍使，史思明授其河東節度使，至德二載十二月來降，肅宗授雲中太守，乾元元年四月與思明復叛。蓋始終據大同軍，「西未已」謂其西進威脅朔方、河隴之意圖未變。

〔五〕回略二句：回略，謂迂回侵略。大荒，指西北邊塞。李嶠《奉使築朔方六州城率爾而作》：「驅車登崇墉，顧眄凌大荒。」王昌齡《從軍行》：「向夕臨大荒，朔風軫歸慮。」崤函，崤山、函谷關。賈誼《過秦論》：「秦孝公據殽函之固，擁雍州之地。」王嗣奭《杜臆》：「《廣志繹》云：『雍州山原皆從西北來。』西北最高，羌虜據之。故關中視中原，其勢俯；視羌虜，其勢仰。故殽函之險，對中原言耳。若賊從蘆關來，則殽函不足恃。」

〔六〕延州：《元和郡縣圖志》卷三關内道：「延州，延安。望。中都督府。……西南至上都六百七十四里。」

〔七〕焉得二句：錢箋謂：史思明、高秀岩重兵趨太原，崤函空虛，「得延州精兵萬人，塞蘆關而入，直搗長安，可以立奏收復之功也。……非壅塞之塞也」。朱鶴齡注：「高、史二寇合力攻太原，克太原則渡河而西，即延州界，北出即朔方五城。靈距延才六百里爾。靈武爲興復根本，公恐二寇乘虛襲之，故欲以萬人守蘆關牽制二寇，使不得北。」浦起龍云：「太原失則延州當其衝，脱或無備，賊且横貫而西，南北梗截，上而靈武危，下而長安益不可復矣。故須塞斷蘆子，預遏敵人西進之路。」按，此前天寶十四載十一月，安禄山遣高秀岩寇河曲，郭子儀擊敗之，即叛軍欲從北路奪取朔方軍，與南路主力襲兩京者形成夾擊之勢。當至德二載史思明寇太原，欲遂取朔方、河隴，亦應取北道，經嵐州渡合河津，趨銀州、夏州，可抵靈武。延州東北至黄河，雖有永和關渡，然此前後無論叛軍進攻關内或唐軍出河東，均無選擇此路綫者。蓋以其處河水湍急，蘆關路亦極險狹，不利進軍。錢箋知此非進軍之路，故不惜曲解「塞」字，創爲塞關搗長安之臆説。朱、浦不但不明此點，且不知其時鄜、延皆爲唐軍所有。郭子儀曾駐軍洛交（鄜州），參本卷《述懷》（0050）注。唐軍欲阻西進之敵，不待塞蘆關，即應於黄河西岸關口截擊。二説皆不可通。此詩乾元二年作，所慮者叛軍西略，高秀岩仍自北路攻取朔方，即詩所謂「回略大荒來」。又詩言「延州秦北户」，明謂防守關中之態勢。塞蘆子即防備叛軍迂回進攻長安之北户。

〔八〕岐有二句：岐，鳳翔府。《元和郡縣圖志》卷二關内道：「鳳翔府，岐州。扶風四輔。」薛大夫，薛景仙。《舊唐書・肅宗紀》：「（天寶十五載七月）以陳倉令薛景仙爲扶風太守。」「（乾元二年二月甲午）以太子賓客薛景仙爲鳳翔尹、本府防禦使。」錢箋引《資治通鑑》至德元年八月賊寇扶風，薛景仙擊退之。江淮奏請貢獻皆自襄陽抵扶風，道路無壅，皆景仙之功。按，此稱薛大夫，當以其帶御史大夫銜。景仙初以陳倉令授扶風太守，不得稱大夫。詩所叙非此時事。

〔九〕近聞二句：《漢書·楊惲傳》：「安定山谷之間，昆戎舊壤。」注：「文穎曰：昆夷之地也。」唐以昆戎、昆夷稱吐蕃。《舊唐書·李吉甫傳》憲宗詔：「天寶中宥州寄理於經略軍，寶應已來，因循遂廢。由是昆夷屢擾，党項靡依，蕃部之人，撫懷莫及。」《代宗紀》史臣曰：「内有李、郭之效忠，外有昆戎之幸利。」時吐蕃内侵。《舊唐書·吐蕃傳》：「及潼關失守，河洛阻兵，於是盡徵河隴、朔方之將鎮兵入靖國難，謂之行營。曩時軍營邊州無備預矣。乾元之後，吐蕃乘我間隙，日蹙邊城，或爲虜掠傷殺，或轉死溝壑。數年之後，鳳翔之西，邠州之北，盡蕃戎之境，淹没者數十州。」《新唐書·吐蕃傳》：「至德初，取巂州及威武等諸城，入屯石堡。其明年，使使來請討賊且修好。肅宗遣給事中南巨川報聘。然歲内侵，取廓、霸、岷等州及河源、莫門軍。」《資治通鑑》至德元年：「吐蕃陷威戎、神威、定戎、宣威、制勝、金天、天成等軍，石堡城、百谷城、雕窠城。」至德二年十月：「吐蕃陷西平。」乾元元年：「吐蕃陷河源軍。」此詩所云「爲退三百里」事，史無載。然至德間肅宗在靈武、鳳翔，吐蕃尚遠在鄯州。乾元以後，歲侵日蹙。詩所述亦當爲乾元間事。

〔一〇〕蘆關句：仇注：「兩寇，指思明、秀岩。」按，秀岩屬思明，不當稱兩寇。兩寇指史思明與吐蕃。

〔一一〕誰能二句：《楚辭·離騷》：「吾令帝閽開關兮，倚閶闔而望予。」王逸注：「閽，主門者也。」胡，亦指吐蕃與史思明。

王嗣奭《杜臆》：「明是條陳邊事，豈可以詩論？」

## 彭衙行〔一〕

憶昔避賊初，北走經險艱。夜深彭衙道①，月照白水山〔二〕。盡室久徒步，逢人多厚顔〔三〕。參差谷鳥吟②，不見游子還〔四〕。癡女飢咬我，啼畏虎狼聞③〔五〕。懷中掩其口，反側聲愈嗔〔六〕。小兒强解事〔七〕，故索苦李餐。一旬半雷雨，泥濘相牽攀〔八〕。既無禦雨備④，徑滑衣又寒。有時經契闊⑤，竟日數里間〔九〕。野果充糇糧〔一〇〕，卑枝成屋椽。早行石上水，暮宿天邊烟。少留周家窪⑥，欲出蘆子關〔一一〕。故人有孫宰，高義薄曾雲〔一二〕。延客已曛黑〔一三〕，張燈啓重門。暖湯濯我足，剪紙招我魂〔一四〕。從此出妻孥，相視涕闌干〔一五〕。衆雛爛漫睡，喚起沾盤飧⑦〔一六〕。誓將與夫子，永結爲弟昆〔一七〕。遂空所坐堂，安居奉我歡。誰肯艱難際，豁達露心肝〔一八〕？别來歲月周，胡羯仍構患〔一九〕。何當有翅翎，飛去墜爾前。

（0070）

【校】

①道，錢箋、《草堂》校：「一作門。」
②吟，宋本、錢箋、《九家》、《草堂》校：「一作鳴。」
③虎狼，錢箋校：「一作猛虎。」《草堂》校：「陳作猛虎。」
④雨，錢箋、《九家》校：「一作濕。」《草堂》作「濕」，校：「一作雨。」
⑤經，錢箋、《九家》、《草堂》校：「一作最。」
⑥周，錢箋校：「晋作固。一作同。」《九家》、《草堂》作「同」，《草堂》校：「或作周。」
⑦飧，宋本作「餐」，餐、飧、湌字淆，據錢箋等改。

【注】

黄鶴注：天寶十五載（七五六）適白水後，七月聞肅宗即位靈武，公赴行在時作。仇注：此云「別來歲月周」，知是至德二載（七五七）追憶避賊時事。

〔一〕彭衙：《元和郡縣圖志》卷二京兆府同州：「白水縣……又爲漢彭衙縣地。春秋時秦、晋戰於彭衙是也。」《太平寰宇記》卷二八同州白水縣：「彭衙城故地，在今縣東北六十里，有故城。」

〔二〕白水：見卷一《白水縣崔少府十九翁高齋三十韻》（0042）注。此句係憶携家自白水往鄜州逃難。

〔三〕盡室二句：《左傳》成公二年：「巫臣盡室以行。」《書·五子之歌》：「顔厚有忸怩。」《荀子·解蔽》：「厚顔而忍詬。」

〔四〕參差二句：阮籍《詠懷》：「鳳皇鳴參差，伶倫發其音。」《古詩十九首》：「浮雲蔽白日，游子不顧返。」

〔五〕癡女二句：蔣禮鴻《敦煌變文字義通釋》釋「咬齧」爲求懇之義。蔣紹愚謂此「咬」字亦作求懇解。《九家》注：「虎狼喻盜賊也。」時行山谷，恐真有虎狼。且叛軍尚未至此。

〔六〕反側句：《詩・周南・關雎》：「優哉游哉，展轉反側。」曹植《弃婦詩》：「反側不能寐，逍遥於前庭。」沈約《六憶詩》：「笑時應無比，嗔時更可憐。」

〔七〕小兒句：《南齊書・茹法亮傳》：「法亮便辟解事，善於承奉。」《游仙窟》：「他家解事在，未肯輒相嗔。」

〔八〕牽攀：曹操《秋胡行》：「去去不可追，長恨相牽攀。」

〔九〕有時二句：契闊，見卷一《自京赴奉先縣詠懷五百字》(0041)注。仇注：「謂連朝勤苦。」

〔一〇〕糇糧：《左傳》宣公十一年：「具糇糧。」杜預注：「糇，乾食也。」

〔一一〕小留二句：仇注：「據詩意，孫宰當在同家窪。遇孫之後，因寄妻子鄜州，遂欲從蘆子關以達靈武。」《草堂》夢弼注謂同家窪即同州同谷。「同」字與宋本不同，恐爲臆改。浦起龍云：「孫宰必白水人，同家窪當是白水鄉村之名，即孫宰所居也。公因取白水之古名，命題作歌，以表其人。」按，浦氏未明杜甫自白水出發往鄜州，説亦有誤。蘆子關，見前詩注。

〔一二〕故人二句：黄鶴注：「孫其山川之宰歟？」仇注：「玩詩意，人名爲近。」《宋書・謝靈運傳》論：「英辭潤金石，高義薄雲天。」曾雲，見卷一《望岳》(0005)注。

〔一三〕曛黑：謝靈運《擬魏太子鄴中集・陳琳》：「夜聽極星爛，朝游窮曛黑。」《楚辭・九章・思美人》：「與纁黄以爲期。」王逸注：「纁黄，蓋黄昏時也。」纁通曛。

〔一四〕暖湯二句：《酉陽雜俎》卷一五《諾臯記下》：「夜至一驛，方欲濯足。」《太平廣記》卷三七一《曹惠》（出《玄怪録》）：「時素壙中，方持湯與樂夫人濯足。」卷四七五《淳于棼》（出《異聞録》）：「二客濯足於榻。」可見此生活習慣自唐已然。剪紙，《草堂》夢弼注謂剪紙爲旐，以招其魂。恐未必。當剪爲紙人，以代人之魂。《太平廣記》卷三三二《唐晅》（出《通幽記》）：「别席飯其餘侍者，晅多不識，聞呼名字，乃是晅從京回日多剪紙人奴婢所題之名。問妻，妻曰：『皆君所與者。』乃知錢財奴婢，無不得也。」卷三四〇《盧頊》（出《通幽録》）：「久之，復命曰：『楊郎見傳語，切令不用也，急作紙人代之。』依言剪人，題其名字，焚之。」李調元《南越筆記》卷四：「南越人好巫……尋常有病，則以酒食置竹箕上，當門巷而祭，曰設鬼，亦曰抛撒。或作紙船、紙人燔之。紙人以代病者，是曰代人。人以鬼代，鬼以紙代。」古代死者入葬行招魂復魄之禮，病重或受驚嚇謂之喪魂，亦行招魂。《太平廣記》卷三三七《李咸》（出《通幽録》）：「見李生斃，七竅流血，猶心稍暖耳。方爲招魂將養，及明而蘇。」卷三三八《盧仲海》（出《通幽録》）：「半夜纘亡，仲海悲惶，伺其心尚暖，計無所出。忽思禮有招魂望反諸幽之旨，又先是有力士説招魂之驗，乃大呼纘名，連聲不息，數萬計。忽蘇而能言曰：『賴爾呼救我。』」

〔一五〕涕闌干：歐陽建《臨終詩》：「執紙五情塞，揮筆涕汍瀾。」《文選》李善注：「《漢書》息夫躬《絶命辭》曰：『涕泣流兮萑蘭。』瓚曰：『萑蘭，涕泣闌干。萑與汍同。』」

〔一六〕梟雛二句：禰衡《鸚鵡賦》：「匪餘年之足惜，慜梟雛之無知。」爛漫，此爲熟義。本書卷一八

《同豆盧峰貽主客李員外賢子棐知字韻》(1399)：「爛漫通經術，光芒刷羽儀。」沾，猶言沾醴、沾觴。謝瞻《九日從宋公戲馬臺集送孔令》：「四筵沾芳醴，中堂起絲桐。」王僧孺《侍宴景陽樓》：「沾觴均飲德，服道驗朝聞。」盤飧，見卷一《示從孫濟》(0024)注。《苕溪漁隱叢話》前集卷一七引《學林新編》：「《廣韻》上平聲二十三魂字韻中有『飧』字，二十五寒字韻中有『餐』字。子美《彭衙行》於兩韻中通押，蓋唐人詩文用韻如此。本朝始令禮部撮《廣韻》之要略者，使學者用之，而限以獨用之文。故如『餐』、『飧』二字，不得同韻而押矣。……此謂之唐人用韻之例也。凡上有『盤』字，則下當用『飧』字。」

〔一七〕誓將二句：王嗣奭《杜臆》謂二句乃述孫宰語，所謂「露心肝」也。《詩·王風·葛藟》：「終遠兄弟，謂他人昆。」傳：「昆，兄也。」

〔一八〕豁達二句：何晏《景福殿賦》：「爾乃開南端之豁達。」《文選》李善注：「豁達，門通之貌。」曹攄《答趙景猷》：「氣感異類，誠發心肝。」

〔一九〕胡羯：見卷一《白水縣崔少府十九翁高齋三十韻》(0042)注。

## 義鶻①〔一〕

陰崖有蒼鷹②，養子黑柏顛。白蛇登其巢，吞噬恣朝餐③〔二〕。雄飛遠求食，雌者鳴辛酸。力强不可制，黃口無半存④〔三〕。其父從西歸⑤，翻身入長烟。斯須領健鶻，痛憤寄所宣⑥〔四〕。斗上捩孤影，嗷哮來九天⑦〔五〕。修鱗脱遠枝，巨顙拆老拳〔六〕。高空得蹭蹬，短草辭蜿蜒⑧〔七〕。折尾能一掉⑨，飽腸皆已穿⑩〔八〕。生雖滅衆雛，死亦垂千年。物情有報復，快意貴目前〔九〕。兹實鷙鳥最，急難心炯然⑪〔一〇〕。功成失所往⑫，用捨何其賢〔一一〕。近經潏水湄〔一二〕，此事樵夫傳⑬。飄蕭覺素髮〔一三〕，凛欲衝儒冠⑭。人生許與分⑮，只在顧眄間⑯〔一四〕。聊爲義鶻行，用激壯士肝⑰〔一五〕。（0071）

【校】

① 義鶻，錢箋校：「宋刻諸本皆曰義鶻行。惟吴若本無『行』字。」《草堂》、《文苑英華》有「行」字。

② 蒼，錢箋校：「一作二。」《文苑英華》作「二」，校：「集作有蒼。又作有一。」

③ 噬，宋本、錢箋校：「一作之。」 恣，錢箋校：「一作資。」《文苑英華》作「資」，校：「集作恣朝餐。」

④ 無，錢箋校：「一作寧。」《文苑英華》作「寧」，校：「集作無。」

⑤ 歸，宋本、錢箋、《九家》、《草堂》校：「一作來。」《文苑英華》校：「集作來。」

⑥ 痛憤，錢箋校：「一云憤懣。一云冤憤。」《文苑英華》作「冤憤」，校：「集作痛憤。又作憤懣。」

⑦ 嗷哮，錢箋、《草堂》校：「一作無聲。」《文苑英華》作「無聲」，校：「集作嗷哮。」

⑧短，錢箋、《草堂》校：「一作茂。」
⑨掉，錢箋、《草堂》校：「一作擺。」
⑩皆，錢箋、《草堂》校：「一作今。」　已，錢箋校：「一作以。一云已皆。」《文苑英華》校：「集作已皆。」
⑪炯，錢箋校：「一作皎。」《草堂》校：「一作惘。」《文苑英華》校：「集作皎。」
⑫往，錢箋校：「一作在。」《草堂》作「在」，校：「一作往。」
⑬夫，錢箋校：「一作人。」《文苑英華》作「人」，校：「集作夫。」
⑭欲，宋本、《草堂》校：「一作烈。」《九家》校：「一作冽。」錢箋校：「一作烈。一作若。」《文苑英華》作「若」，校：「集作欲。」
⑮許與，錢箋、《文苑英華》校：「一云計有。」
⑯只在，錢箋校：「一云亦存。」《文苑英華》作「亦在」，校：「集作只在。又作亦存。」
⑰用，錢箋、《草堂》校：「一作永。」《文苑英華》作「永」，校：「集作用。」

## 【注】

黄鶴注：詩云「近經潏水湄」，當是乾元元年（七五八）在長安作。

〔一〕義鶻：《玉篇》：「鶻，乎忽切，鷹屬。又音骨，斑鳩也。」《埤雅》卷六：「《禽經》曰：鷹不擊伏，鶻不擊妊。蓋其義性如此。」又卷八：「鶻拳堅處大如彈丸，俯擊鳩鴿食之。鳩鴿中其拳，隨空中即側身自下承之，捷於鷹隼。……舊言鶻有義性，杜甫所賦《義鶻行》是也。冬撮鳥之盈握者，夜以燠其爪掌，左右易之。旦即縱之令去，其往東矣，則是日也不東嚮搏物。南北亦然。蓋其義性有擒有縱如此。」仇注：「老拳，鶻翼下勁骨。」

〔二〕白蛇二句：郭璞《山海經圖贊・長蛇》：「飛群走類，靡不吞噬。」

〔三〕黄口：《淮南子・天文訓》：「鷙鳥不搏黄口。」《説苑・敬慎》：「孔子見羅者，其所得者，皆黄口也。孔子曰：『黄口盡得，大爵獨不得，何也？』」

〔四〕痛憤句：陸機《長歌行》：「但恨功名薄，竹帛無所宣。」仇注：「謂痛憤之心寄於宣訴之語。」

〔五〕斗上二句：斗同陡，突然。庾信《和從駕登雲居寺塔》：「石關恒逆上，山梁乍斗回。」蘇頲《夜發三泉即事》：「天彭信方隅，地勢誠斗絶。」張謂《早春陪崔中丞浣花溪宴得暄字》：「旌節臨溪口，寒郊斗覺暄。」捩，扭轉。曹植《鷂雀賦》：「不早首服，捩頸大喚。」王維《登樓歌》：「亦幸有張伯英草聖兮龍騰虬躍，擺長雲兮捩回風。」《説文》：「噭，吼也。一曰噭，呼也。」俗體作「叫」。謝靈運《七里瀨》：「荒林紛沃若，哀禽相叫嘯。」

〔六〕修鱗二句：修鱗，謂蛇身。本書卷三《萬丈潭》(0138)：「閉藏修鱗蟄，出入巨石礙。」《方言》：「顔、頟，謂顙也。中夏謂之頟，東齊謂之顙，河潁淮泗之間謂之顔。」巨顙亦代指蛇。拆，裂也。此謂虵首被擊碎。《劉賓客嘉話録》：「爲詩用僻事，須有來處。……嘗訝杜員外『巨顙拆老拳』，疑老拳無據。及覽《晋書》《石勒傳》云『卿既遭孤老拳，孤亦飽卿毒手』，豈虚言哉。」

〔七〕高空二句：蹭蹬，見卷一《奉贈韋左丞丈二十二韻》(0001)注。鄭豐《答陸士龍》：「飛龍蜿蜒，山谷氣翳。」

〔八〕折尾二句：司馬相如《上林賦》：「揵鰭掉尾，振鱗奮翼。」《雜寶藏經》卷一〇：「梟便於夜，知烏眼闇，復啄群烏，開穿其腸，亦復啖食。」

〔九〕快意句：《無量壽經》卷下：「然含毒畜怒，結憤精神，自然克識，不得相離，皆當對生，更相報復。」李斯《諫逐客書》：「快意當前，適觀而已矣。」

〔一〇〕急難句：《詩·小雅·常棣》：「脊令在原，兄弟急難。」潘岳《河陽縣作》：「炯如槁石火，瞥若截道飆。」《法苑珠林》卷六五：「經一宿而見小光炯然，狀若熒火。」

〔一一〕功成二句：《老子》九章：「功成名遂身退，天之道。」《論語·述而》：「子謂顔淵曰：『用之則行，捨之則藏，唯我與爾有是夫。』」

〔一二〕潏水：《水經注》渭水：「泬水又北流注渭，亦謂是水爲潏水也。故吕忱曰：潏水出杜陵縣。《漢書音義》曰：潏，水聲，而非水也。亦曰高都水。」《長安志》卷一一萬年縣：「潏水，今名沈水。自南山皇子陂西北流入縣界。」

〔一三〕飄蕭：飄動貌。本書卷一七《大曆三年春白帝城放船出瞿塘峽久居夔府將適江陵漂泊有詩凡四十韻》(1308)：「飄蕭將素髮，汩没聽洪爐。」張籍《雨中寄元宗簡》：「竹影冷疏澀，榆葉暗飄蕭。」

〔一四〕人生二句：任昉《王文憲集序》：「弘奬風流，許與氣類。」曹植《美女篇》：「顧盼遺光采，長嘯氣若蘭。」又《雜詩》：「倘終顧盼恩，永副我中情。」

〔一五〕聊爲二句：《苕溪漁隱叢話》前集卷一三引《漫叟詩話》：「『叫怒索飯啼門東』，又云『用激壯士肝』，說者謂庖厨之門在東，肝主怒，非偶就韻也。可謂至論。」

王嗣奭《杜臆》：「是太史公一篇義俠客傳，筆力相敵，而叙鳥尤難。……鍾云：『發許大道理。』又云：『住此便有味有法，多下一段可恨。』余謂論他人詩應如是，杜又不然。『人情許與分，只在顧盼間』，道理更大，明是季札挂劍心事，其可少耶！」

施補華《峴傭說詩》：「《義鶻》、《杜鵑》、《鳳凰臺》諸詩，雖有寄託，而失之傖，學者不必則效。」

## 畫鶻行①

高堂見生鶻②，颯爽動秋骨〔一〕。初驚無拘攣③，何得立突兀〔二〕。乃知畫師妙，功刮造化窟④〔三〕。寫此神俊姿⑤，充君眼中物〔四〕。烏鵲滿樛枝，軒然恐其出〔五〕。側腦看青霄，寧爲衆禽没〔六〕。長翮如刀劍，人寰可超越〔七〕。乾坤空崢嶸，粉墨且蕭瑟〔八〕。緬思雲沙際⑥，自有烟霧質〔九〕。吾今意何傷，顧步獨紆鬱⑦〔一〇〕。

（0072）

【校】

①畫鶻行，錢箋校：「一作畫雕。」

②生，宋本、錢箋、《九家》、《草堂》校：「一作老。」

③攣，錢箋校：「一作卷。」《草堂》作「卷」。

④功，錢箋校：「一作巧。」《草堂》作「巧」。

⑤此，錢箋、《草堂》作「作」，錢箋校：「一作此。」

⑥思，錢箋、《九家》、《草堂》校：「一作想。」

⑦顧，《草堂》作「擧」。

【注】

黄鶴注：肅宗還京，公在扈從之列，以至德二年（七五七）十月入長安。今云「見之高堂」，是其年作。仇注：姑從舊編，附在乾元之初。

〔一〕颯爽：英武貌。本書卷四《丹青引》（0201）：「褒公鄂公毛髮動，英姿颯爽來酣戰。」李端《雜歌呈鄭錫司空文明》：「高冠長劍立石堂，鬢眉颯爽瞳子方。」

〔二〕初驚二句：潘岳《西征賦》：「陋吾人之拘攣，飄萍浮而蓬轉。」木華《海賦》：「魚則横海之鯨，突兀孤游。」

〔三〕功刮句：《列子·湯問》：「人之巧乃可與造化者同功乎？」《後漢書·張衡傳》論：「崔瑗之稱平子曰：『數術窮天地，製作侔造化。』」姚最《續畫品》：「學窮性表，心師造化。」

〔四〕寫此二句：《世説新語·賞譽》：「王右軍道謝萬石在風林中爲自遒上，歎林公器朗神俊。」陸雲《答張士然》：「感念桑梓城，仿佛眼中人。」《南史·王彧傳》：「有一客少時及見謝混，答曰：『景文方謝叔源，則爲野父矣。』(袁)粲惆悵良久，曰：『恨眼中不見此人。』」

〔五〕烏鵲二句：謝朓《游敬亭山》：「交藤荒且蔓，樛枝聳復低。」《淮南子·道應訓》：「軒軒然方迎風而舞。」

〔六〕側腦二句：郭璞《游仙詩》：「逸翮思拂霄，迅足羨遠游。」禰衡《鸚鵡賦》：「配鸞皇而等美，焉比德於衆禽。」

〔七〕人寰：鮑照《舞鶴賦》：「去帝鄉之岑寂，歸人寰之喧卑。」

〔八〕乾坤二句：峥嶸，見卷一《自京赴奉先縣詠懷五百字》(0041)注。張湲《白兔頌》：「點綴五采，漸染粉墨。」

〔九〕緬思二句：潘岳《寡婦賦》：「遥逝兮逾遠，緬邈兮長乖。」《文選》李善注引《國語》賈逵注：「緬，思貌也。」王昌齡《從軍行》：「萬里雲沙漲，平原冰霰澀。」鮑照《舞鶴賦》：「烟交霧凝，若無毛質。」《文選》李善注：「毛羽與烟霧同色，故云若無。」

〔一〇〕顧步句：阮侃《答嵇康詩》：「顧步懷想象，游目屢太行。」仇注：「行步自顧也。」《楚辭·九歎・憂苦》：「願假簧以舒憂兮，志紆鬱其難釋。」王逸注：「紆，屈也。鬱，愁也。」

《九家》趙注：「世有《西清詩話》者有云：王介甫、歐陽永叔、梅聖俞與一時聞人坐上分題賦《虎圖》，介甫先成，衆服其敏妙，永叔乃袖手。或以問余，余曰：『此體杜甫《畫鶻行》耳。』問者謂然。大抵前輩多模取古人意，以紓急解紛。此其一也。《西清》之説如此。然觀介甫虎詩，與此自不同。蓋此篇雖詠畫鶻，而終於真鶻以自況。」

張謙宜《絸齋詩談》卷四：「《畫鶻行》即作真鶻形容，已是贊畫入妙，與《畫鷹》同法。」

## 瘦馬行①

東郊瘦馬使我傷②，骨骼硉兀如堵牆③〔一〕。絆之欲動轉欹側，此豈有意仍騰驤〔二〕。細看六印帶官字④〔三〕，衆道三軍遺路傍⑤。皮乾剥落雜泥滓⑥〔四〕，毛暗蕭條連雪霜。去歲奔波逐餘寇，驊騮不慣不得將〔五〕。士卒多騎内厩馬，惆悵恐是病乘黄〔六〕。當時歷塊誤一蹶，委弃非汝能周防⑦〔七〕。見人慘澹若哀訴⑧，失主錯漠無晶光⑨〔八〕。天寒遠放雁爲伴⑩，日暮不收烏啄瘡⑪。誰家且養願終惠〔九〕，更試

明年春草長。（0073）

【校】

①瘦，《文苑英華》作「老」。

②瘦，錢箋校：「一作老。」《文苑英華》作「老」。

③骼，錢箋、《九家》、《草堂》校：「一作骸。」

④六，錢箋校：「一作火。非。」《草堂》校：「一作火。」

⑤三，錢箋、《草堂》校：「一作官。」

⑥雜，錢箋校：「一作盡。」

⑦能，錢箋、《草堂》校：「一作難。」

⑧若，《文苑英華》作「苦」，校：「集作若。」

⑨漠，錢箋、《九家》、《草堂》、《文苑英華》作「莫」。《文苑英華》校：「集作漠。」　晶，《文苑英華》作「精」，校：「集作晶。」

⑩伴，宋本、錢箋、《九家》、《草堂》校：「一作侶。」《文苑英華》校：「集作侶。」

⑪不收烏啄瘡，錢箋校：「一云『不衣烏作瘡』。」　不，錢箋、《九家》校：「一作未。」《文苑英華》作「未」。　收，《草堂》作「衣」。《九家》校：「一作衣。」　烏，錢箋、《九家》作「烏」。

【注】

黃鶴注：爲房琯作。當琯敗在至德元年十月，今云「去歲奔波逐餘寇」，則是二年（七五七）作明矣。仇注：此是乾元元年（七五八）謫官華州後追述其事。

〔一〕骨骼句：郭璞《江賦》：「碧沙瀢沲而往來，巨石硉矹以前却。」《文選》李善注：「瀢沲、硉矹，沙石隨水之貌。」呂向注：「石轉動貌。」慧琳《一切經音義》：「硉矹，大石貌也。」按，杜詩乃高聳突出義。本書卷三《鹿頭山》（0169）：「悠然想揚馬，繼起名硉兀。」卷一七《多病執熱奉懷李尚書》（1324）：「大水淼茫炎海接，奇峰硉兀火雲昇。」《禮記・射義》：「蓋觀者如堵牆。」

〔二〕絆之二句：欹側，傾斜。庾信《小園賦》：「猶得欹側八九丈，縱横數十步。」張衡《西京賦》：「負笴業而餘怒，乃奮翅而騰驤。」《文選》薛綜注：「騰，超也。驤，馳也。」

〔三〕細看句：《唐六典》卷一七太僕寺：「凡在牧之馬皆印。印右膊以小官字，右髀以年辰，尾側以監名，皆依左右廂。若形容端正，擬送尚乘，不用監名。二歲始春，則量其力，又以『飛』字印印其左髀、膊。細馬、次馬以龍印印其項左，送尚乘者尾側依左右閑印以三花。其餘雜馬送尚乘者，以『風』字印印左膊，以『飛』字印印左髀。……官馬賜人者，以『賜』字印；配諸軍及充傳送驛者，以『出』字印，並印左右頰也。」左髀、膊，右髀、膊，尾側，項，共六印。

〔四〕皮乾句：剥落，掉、落。《漢書・五行志》：「李梅當剥落，今反華實。」潘岳《西征賦》：「或被髮左衽，奮迅泥滓。」

〔五〕去歲二句：驊騮，見卷一《天育驃騎歌》(0013)注。《九家》趙注：「驊騮正以指言瘦馬。蓋太平之久，如驊騮輩止以游乘，非慣戰之物也。」將，將持、帶走。《太平廣記》卷三二三《王胡》：「止可此食，不得將遠也。」《法苑珠林》卷二三引《佛本行經》：「出家之人不得將持塗香、末香及諸香鬘。」

〔六〕士卒二句：《唐六典》卷一一殿中省尚乘局：「内乘奉御掌内外閑廄之馬，辨其粗良，而率其習馭。……今仗内有飛龍、祥麟、鳳苑、鵷鸞、吉良、六羣等六廄，奔星、内駒等兩閑。仗外有左飛、右飛、左萬、右萬等四閑，東南内、西南内等兩廄。」惆悵，失意傷感。《楚辭·九懷·通路》：「陰憂兮感余，惆悵兮自憐。」王逸注：「悵然失志，嗟厥命也。」《唐六典》卷一七太僕寺乘黄署：「乘黄，古神馬名，亦曰飛黄，背有角，日行萬里。……隋太僕寺統乘黄署，皇朝因之，領駕士、羊車小史等。……乘黄令掌天子車輅，辨其名數與馴馭之法。」此疑病馬原屬乘黄署所掌天子車輅。

〔七〕當時二句：王襃《聖主得賢臣頌》：「過都越國，蹶如歷塊。」《文選》吕延濟注：「蹶，疾也。言過都國疾如行歷一小塊之間。」杜詩用「蹶」字有異。《説文》：「蹶，僵也。一曰跳也。」《方言》：「跌，蹷也。」《禮記·曲禮》：「足毋蹶。」注：「蹶，行遽貌。」慧琳《一切經音義》：「《説文》：蹷，僵也。僵，却偃也。……《爾雅》：蹶，動也。案蹶，驚駭急疾之意也，蹶非此也。」是蹶有跌仆、行遽二義，前義又寫作「蹷」。杜詩用跌仆義，五臣注取行遽義，當與王襃原文更爲吻合。范傳正《贈左拾遺翰林學士李公新墓碑》：「歷塊一蹶，斃於空谷。」與杜詩同。郭震《古劍篇》：「正逢天下無風塵，幸得周防君子身。」高適《同諸公登慈恩寺浮圖》：「盛時慚阮步，末宦知周防。」

〔八〕見人二句：慘澹，見本卷《北征》(0052)注。錯漠，同錯莫。仇注：「猶云落寞。」蔣紹愚釋爲心煩意亂。鮑照《擬行路難》：「今日見我顔色衰，意中錯漠與先異。」沈滿願《晨風行》：「風彌葉落永難索，神往形返情錯漠。」

〔九〕誰家句：惠養，見卷一《高都護驄馬行》(0012)注。

《九家》趙注：「蔡伯世云：公出爲華州司功，以事之東都，有此詩。或曰此詩似言房琯之斥逐，又曰特公以自比，皆謂不然。蓋謂誰家惠養，則無所指名之義。若以房琯言之，則惠養之者必天子也，不應謂之誰家。若以公言之，則惠養之者必貴人也。公時困謫，有所望於顧拔之者，則猶有可言焉。其所喻不廣，故直以爲公因感瘦馬而託意於賢士之困。惟其所薦之，則其説廣。」按，趙次公釋「誰家」義，拘泥之甚。然謂此詩不過泛泛託意，非指言房琯，則通達可從。

## 送率府程録事還鄉程携酒饌相就取别〔一〕。

鄙夫行衰謝〔二〕，抱病昏妄集①。常時往還人，記一不識十〔三〕。程侯晚相遇，與語才傑立〔四〕。薰然耳目開，頗覺聰明入〔五〕。千載得鮑叔，末契有所及〔六〕。意鍾老柏青②，義動修蛇蟄〔七〕。若人可數見，慰我垂白泣〔八〕。告別無淹晷，百憂復相襲〔九〕。内愧突不黔，庶羞以賙給③〔一〇〕。素絲挈長魚，碧酒隨玉粒〔一一〕。途窮見交態，世梗悲路澀〔一二〕。東風吹春冰，泱莽后土濕〔一三〕。念君惜羽翮，既飽更思戢〔一四〕。莫作翻雲鶻〔一五〕，聞呼向禽急。（0074）

【校】

① 妄，錢箋校：「一作忘。」《草堂》作「忘」，校：「一作妄。非。」

② 鍾，錢箋、《九家》、《草堂》校：「一作中。」

③ 庶羞以，錢箋、《九家》、《草堂》校：「一云庶明似。」

【注】

黃鶴注：當是乾元元年（七五八）在諫省時作。仇注：當是天寶十五年（七五六）春在率府作。川《譜》同。

〔一〕率府程録事：名不詳。《唐六典》卷二八太子左右衛率府：「録事、參軍事各一人，從八品上。」

〔二〕鄙夫句：《論語·陽貨》：「子曰：『鄙夫可與事君也與哉？其未得之也，患得之；既得之，患失之。』」《梁書・陸雲公傳》：「但恐衰謝，無復前期。」

〔三〕記一句：《梁書・劉顯傳》：「（沈）約曰：『老夫昏忘，不可受策。雖然，聊試數事，不可至十也。』」

〔四〕才傑：沈約《傷謝朓》：「吏部信才傑，文鋒振奇響。」

〔五〕薰然二句：《莊子・天下》：「薰然慈仁，謂之君子。」獨孤及《夢遠游賦》：「真境沕穆以傍感，精誠薰然而來親。」《韓詩外傳》卷二：「昔者齊桓公得管仲、隰朋，南面而立，桓公曰：『吾得二子，吾目加明，吾耳加聰，不敢獨擅，進之先祖。』」

〔六〕千載二句：鮑叔，見卷一《貧交行》（0010）注。陸機《歎逝賦》：「託末契於後生，余將老而爲客。」

〔七〕意鍾二句：仇注：「意鍾松柏，言交情長久。義動蟄蛇，言豪氣激發。」

〔八〕垂白：《漢書・杜業傳》：「誠哀老姊垂白。」鮑照《擬古詩》：「結髮起躍馬，垂白對講書。」

〔九〕告別二句：王儉《春日家園詩》：「羲和遠停晷，壯士豈淹留。」徐彥伯《擬古》：「頹光無淹晷，逝水有迅流。」淹晷蓋指時光停滯。百憂，見卷一《同諸公登慈恩寺塔》（0023）注。

〔一〇〕内愧二句：《淮南子・修務訓》：「孔子無黔突，墨子無暖席。」《周禮・天官・膳夫》鄭注：「羞，出於牲及禽獸，以備滋味，謂之庶羞。」《魏書・高聰傳》：「族祖允視之若孫，大加賙給。」

〔一一〕碧酒句：薛曜《奉和聖制夏日游石淙山》：「此中碧酒恒參聖，浪道崑山別有仙。」《戰國策・楚策三》：「楚國之食貴於玉，薪貴於桂。」沈約《捨身願疏》：「玉粒晨炊，華燭夜炳。」

〔一二〕途窮二句：《史記·汲鄭列傳》：「始翟公爲廷尉，賓客闐門。及廢，門外可設雀羅。翟公復爲廷尉，賓客欲往，翟公乃大署其門曰：『一死一生，乃知交情；一貧一富，乃知交態。一貴一賤，交情乃見。』」《南齊書·高帝紀》：「國步斯梗，則棱威外發。」《魏書·臨淮王傳》：「天步未夷，國難猶梗。」此指安史之亂。潘尼《迎大駕詩》：「世故尚未夷，崤函方險澀。」蕭綱《隴西行》：「烏孫塗更阻，康居路猶澀。」

〔一三〕泱莽句：泱莽同泱漭。張衡《西京賦》：「山谷原隰，泱漭無疆。」《文選》薛綜注：「泱漭，無限域之貌。」宋玉《九辯》：「皇天淫溢而秋霖兮，后土何時而得乾。」

〔一四〕念君二句：應瑒《侍五官中郎將建章臺集詩》：「問子游何鄉，戢翼正徘徊。」劉琨《答盧諶》：「有鳥翻飛，不遑休息。匪桐不棲，匪竹不食。永戢東羽，翰撫西翼。」

〔一五〕莫作句：《北齊書·高思好傳》：「文宣悦其驍勇，謂曰：『爾擊賊如鶻入鴉群，宜思好事。』故改名焉。」

## 晦日尋崔戢李封〔一〕

朝光入甕牖，尸寢驚弊裘①〔二〕。起行視天宇，春氣漸和柔〔三〕。興來不暇懶②〔四〕，今晨梳我頭。出門無所待，徒步覺自由③〔五〕。杖藜復恣意，免值公與侯〔六〕。晚定崔李交，會心真罕儔〔七〕。每過得酒傾④，二宅可淹留。喜結仁里歡〔八〕，況因令節求。李生園欲荒，舊竹頗修修⑤〔九〕。引客看掃除，隨時成獻酬〔一〇〕。崔侯初筵色，已畏空樽愁〔一一〕。未知天下士，至性有此不⑥〔一二〕？草牙既青出，蜂聲亦暖游〔一三〕。思見農器陳，何當甲兵休〔一四〕？上古葛天氏⑦，不貽黄屋憂⑧〔一五〕。至今阮籍等，熟醉爲身謀〔一六〕。威鳳高其翔⑨，長鯨吞九州〔一七〕。地軸爲之翻，百川皆亂流〔一八〕。當歌欲一放，淚下恐莫收〔一九〕。濁醪有妙理，庶用慰沉浮⑩〔二〇〕。（0075）

【校】

① 尸，錢箋、《草堂》校：「一作方。一作宴。」《九家》校：「一作方。」

② 興來，錢箋校：「一云得興。一云乘興。」《九家》校：「一作得興。」《草堂》校：「一作乘興。」

③ 徒，錢箋、《九家》、《草堂》校：「一作徙。」

④ 傾，錢箋、《九家》、《草堂》校：「一作喫。」

⑤ 舊，錢箋、《九家》、《草堂》校：「一作有。」

⑥ 至，宋本、錢箋、《九家》、《草堂》校：「一作志。」

⑦ 氏，錢箋作「民」，《草堂》作「氏」，校：「或謂氏當作民，非。」

⑧屋，宋本、錢箋、《九家》、《草堂》校：「一作綺。」
⑨高其翔，錢箋、《九家》校：「一云自高翔。」
⑩用，錢箋校：「一云與。」

**【注】**

黄鶴注：當是乾元元年（七五八）歸京師時作。仇注：乾元元年春公方在諫垣，此時兩京復，禄山亡，詩中不得作長鯨吞、地軸翻等語。范氏編入至德二載春，此時身陷賊中，豈能爲令節之歡。斷是天寶十五載（七五六）作。

〔一〕晦日：見卷一《樂游園歌》（0030）注。崔戢：事迹未詳。李封：《新唐書·宰相世系表二上》趙郡李氏：雄飛子，「封，左補闕」。顧況《禮部員外郎陶氏集序》：「鮑、馬二京兆，中書謝舍人良弼、良輔，侍御史李封，殿中劉全誠，名自公出，名著公器。」即其人。《封氏聞見記》卷九：「李封爲延陵令，吏人有罪，不加杖罰，但令裹頭巾以辱之。……賦税常先諸縣，去官，竟不捶一人。」未知是否同人。

〔二〕朝光二句：《禮記·儒行》：「儒有一畝之宫，環堵之室，篳門圭窬，蓬户甕牖。」《論語·鄉黨》：「寢不尸，居不容。」集解包曰：「偃卧四體，布展手足，似死人。」《戰國策·秦策一》：「（蘇秦）黑貂之裘弊，黄金百斤盡。」楊倫引張上若云：「想披裘而卧，見日驚起耳。」

〔三〕起行二句：陶淵明《辛丑歲七月赴假還江陵夜行塗口》：「昭昭天宇闊，皛皛川上平。」《禮記·

樂記》：「其愛心感者，其聲和以柔。」王羲之《蘭亭詩》：「欣此暮春，和氣載柔。」

〔四〕興來句：嵇康《與山巨源絶交書》：「性復疏懶，筋駑肉緩，頭面常一月十五日不洗，不大悶癢，不能沐也。」

〔五〕出門二句：阮籍《詠懷》：「出門臨永路，不見行車馬。」《法苑珠林》卷四三引《雜阿含經》：「今唯此半阿摩勒果，我得自由。」敦煌本《壇經》：「内外不住，來去自由。」沈佺期《七夕曝衣篇》：「椒房金屋寵新流，意氣驕奢不自由。」本書卷一一《和裴迪登蜀州東亭送客逢早梅見寄》（0649）：「此時對雪遥相憶，送客逢春可自由。」唐人言「自由」者蓋與佛教影響有關，與專横自恣意有别。

〔六〕杖藜二句：《莊子·讓王》：「子貢乘大馬，中紺而表素，軒車不容巷，往見原憲。原憲華冠縰履，杖藜而應門。」《列子·楊朱》：「恣體之所欲安，恣意之所欲行。」

〔七〕會心句：《法苑珠林》卷五九引《生經》：「於是世尊見衆會心，欲爲決疑。」宗炳《畫山水序》：「夫以應目會心爲理者，類之成巧，則目亦同應，心亦俱會。」張衡《鴻賦序》：「鵷鸞已降，罕見其儔。」

〔八〕仁里：張衡《思玄賦》：「匪仁里其焉宅兮，匪義跡其焉追。」《文選》李善注引《論語》：「里仁爲美。」

〔九〕舊竹句：《雜曲歌辭·古歌》：「胡地多飆風，樹木何修修。」《楚辭·七諫》：「便娟之修竹兮，寄生乎江潭。」

〔一〇〕引客二句：《説苑・貴德》：「孔子再拜受，使弟子掃除。」《詩・小雅・楚茨》：「爲賓爲客，獻酬交錯。」箋：「始主人酌賓爲獻，賓既酌主人，主人又自飲酌賓曰酬。」

〔一一〕崔侯二句：《詩・小雅・賓之初筵》：「賓之初筵，左右秩秩。」《後漢書・孔融傳》：「及退閑職，賓客日盈其門，常歎曰：『坐上客恒滿，尊中酒不空，吾無憂矣。』」

〔一二〕至性：嵇康《與山巨源絶交書》：「阮嗣宗……至性過人，與物無傷，惟飲酒過差耳。」

〔一三〕草牙二句：沈約《有所思》：「關樹抽紫葉，塞草發青芽。」《説文》：「芽，萌也。」段注：「古多以牙爲芽。」謝朓《贈王主簿》：「蜻蛉草際飛，游蜂花上食。」

〔一四〕思見二句：《禮記・月令》：「孟春之月……王命布農事，命田舍東郊，皆修封疆，審端經術。善相丘陵阪險原隰，土地所宜，五穀所殖，以教道民，必躬親之。……是月也，不可以稱兵，稱兵必天殃。兵戎不起，不可從我始。」

〔一五〕上古二句：《吕氏春秋・仲夏紀》：「昔葛天氏之樂，三人操牛尾，投足以歌八闋。」《初學記》卷九引《帝王世紀》：「及女媧氏没，次有大庭氏……葛天氏、陰康氏、無懷氏，凡十五世，皆襲庖犧之號。」陶淵明《五柳先生傳》：「無懷氏之民歟？葛天氏之民歟？」《史記・項羽本紀》：「紀信乘黄屋車。」正義：「李斐云：天子車以黄繒爲蓋裏。」沈約《辨聖論》：「聖人遺情忘己，常以兼濟爲念，若不登九五之位，則其道不行，非以黄屋玉璽爲尊貴也。」

〔一六〕至今二句：《晉書・阮籍傳》：「籍本有濟世志，屬魏晉之際，天下多故，名士少有全者，籍由是不與世事，遂酣飲爲常。文帝初欲爲武帝求婚於籍，籍醉六十日，不得言而止。鍾會數以時事問之，欲因其可否而致之罪，皆以酣醉獲免。」《北史・來護兒傳》：「臣荷恩深重，不敢專爲身謀。」

〔一七〕威鳳二句：《漢書・宣帝紀》：「南郡獲白虎、威鳳爲寶。」注：「晋灼曰：鳳之有威儀者也。與《尚書》『鳳皇來儀』同義。」孫綽《望海賦》：「長鯨岳立以截浪，蚴蜡揚鬐以排流。」蕭繹《玄覽賦》：「戮滔天之封豕，斬横海之長鯨。」

〔一八〕地軸二句：地軸，見卷一《三川觀水漲二十韻》(0043)注。《詩・小雅・十月之交》：「百川沸騰，山冢崒崩。」

〔一九〕當歌：見卷一《陪李北海宴歷下亭》(0006)注。

〔二〇〕濁醪二句：濁醪，見卷一《夏日李公見訪》(0034)注。曹植《漢二祖優劣論》：「通黄中之妙理，韜亞聖之懿才。」曹攄《思友人》：「精義測神奥，清機發妙理。」伏義《與阮嗣宗書》：「又有滑稽之士糅於其間，浮沉不一，際畔相亂。」江淹《雜體詩・阮步兵籍詠懷》：「青鳥海上游，鸒斯蒿下飛。浮沉不相宜，羽翼各有歸。」

## 雨過蘇端 端置酒〔一〕。

雞鳴風雨交①〔二〕，久旱雨亦好②。杖藜入春泥，無食起我早〔三〕。諸家憶所歷，一飯跡便掃③〔四〕。蘇侯得數過，歡喜每傾倒〔五〕。也復可憐人④，呼兒具梨棗〔六〕。濁醪必在眼，盡醉攄懷抱〔七〕。紅稠屋角花，碧委墻隅草⑤〔八〕。親賓縱談謔⑥，喧鬧畏衰老⑦〔九〕。況蒙霈澤垂，糧粒或自保〔一〇〕。妻孥隔軍壘，撥弃不擬道⑧〔一一〕。

（0076）

【校】

① 雨，錢箋、《草堂》校：「一云雲。」

② 雨，錢箋作「雲」，校：「一作雨。」

③ 飯，錢箋、《九家》、《草堂》校：「一云飽。」　便，錢箋、《草堂》校：「一云更。」

④ 也復，錢箋、《草堂》校：「一作復也。」

⑤ 委，錢箋、《草堂》校：「一作秀。」

⑥ 縱，《九家》作「絶」，錢箋、《草堂》校：「一作絶。」

⑦ 畏，《九家》、《草堂》作「慰」，錢箋校：「一作慰。」

⑧ 不，《草堂》校：「一作未。」

【注】

黄鶴注：詩云「妻孥隔軍壘」，當是至德二年（七五七）作。

〔一〕蘇端：《草堂》卞圜曰：「端時白衣。《唐科名記》：端明春始及第。」徐松《登科記考》據此繫蘇端登第於乾元元年。《元和姓纂》卷三藍田蘇：刑部尚書蘇珦生晉、瞻，瞻「生端、平、寧、祀。端，比部郎中」。《舊唐書·楊綰傳》：綰卒，詔謚文簡，「比部郎中蘇端，性疏狂，嫉其賢，乃肆毁黷，異同其議。上怒，貶端爲廣州員外司馬」。《常衮傳》：「有司議謚綰文貞，衮微諷比部郎中蘇端令駁之，毁綰過甚，端坐黜官。」

〔二〕雞鳴句：《舊唐書·肅宗紀》：「（至德二載三月）癸亥大雨，至癸酉不止，詔疏理刑獄，甲戌方止。」《詩·鄭風·風雨》：「風雨凄凄，雞鳴喈喈。」

〔三〕無食句：陶淵明《乞食》：「飢來驅我去，不知竟何之。行行至斯里，叩門拙言辭。」

〔四〕一飯句：孔稚圭《北山移文》：「或飛柯以折輪，乍低枝而掃跡。」仇注：「跡便掃，絶足不再往也。」

〔五〕傾倒：《世説新語·賞譽》：「衛風韻雖不及卿諸人，傾倒處亦不近。」鮑照《答休上人菊詩》：「味貌復何奇，能令君傾倒。」

〔六〕也復二句：陶淵明《擬古》：「榮華誠足貴，亦復可憐傷。」《世説新語·言語》：「乃呼兒出，爲設果。」謝靈運《山居賦》：「桃李多品，梨棗殊所。」自注：「棗梨事出北河濟之間，淮潁諸處，故云殊所也。」《顔氏家訓·名實》：「鄴下有一少年，出爲襄國令，頗自勉篤。……凡遣兵役，握手送離，或賫梨棗餅餌，人人贈别。」按，此春季，乾棗或可見，梨則非其時，詩不過泛言趁韻。

〔七〕盡醉句：盧諶《贈劉琨詩序》：「抑不足以揄揚弘美，亦以攄其所抱而已。」

〔八〕紅稠二句：《金樓子》載蕭繹奉敕爲詩：「池平生已合，林花發稍稠。」謝脁《往敬亭路中》：「新條日向抽，落花紛已委。」

〔九〕親賓二句：《梁書・周捨傳》：「捨素辯給，與人泛論談謔，終日不絶口。」喧鬧畏衰老，即衰老畏喧鬧。

〔一〇〕況蒙二句：陸機《浮雲賦》：「玄陰觸石，甘澤滂霈。」顔延之《陶徵士誄》：「織絢緯蕭，以充糧粒之費。」阮籍《詠懷》：「一身不自保，何況戀妻子。」

〔一一〕妻孥二句：《相和歌辭・婦病行》：「行復爾耳，弃置勿復道。」《九家》趙注：「亦自淵明『撥置且莫念』之變也。」陶淵明《還舊居》：「撥置且莫念，一觴聊可揮。」按，前句用阮詩，此句用《婦病行》，皆扣合妻孥。

## 喜晴①

皇天久不雨，既雨晴亦佳。出郭眺四郊，肅肅春增華②〔一〕。青熒陵陂麥，窈窕桃李花③〔二〕。春夏各有實，我飢豈無涯？干戈雖横放，慘澹鬬龍蛇〔三〕。甘澤不猶愈，且耕今未賒〔四〕。丈夫則帶甲〔五〕，婦女終在家。力難及黍稷，得種菜與麻〔六〕。千載商山芝，往者東門瓜〔七〕。其人骨已朽④，此道誰疵瑕〔八〕？英賢遇轗軻，遠引蟠泥沙〔九〕。顧慚昧所適，回首白日斜〔一〇〕。漢陰有鹿門，滄海有靈查⑤〔一一〕。焉能學衆口，咄咄空咨嗟⑥〔一二〕。（0077）

【校】

① 喜晴，錢箋、《九家》校：「一云喜雨。」

② 四，錢箋、《草堂》作「西」。　肅肅，錢箋校：「一作蕭蕭。」《草堂》作「蕭蕭」，校：「一作肅肅。」

③ 李，錢箋、《九家》、《草堂》校：「一作杏。」

④ 朽，宋本、錢箋、《九家》、《草堂》校：「一作滅。」

⑤ 靈，錢箋、《草堂》校：「一作雲。」

⑥ 空，錢箋、《九家》校：「一作同。」《草堂》校：「一作日。」

【注】

黄鶴注：以前篇《雨過蘇端》詩考之，當是至德二年（七五七）作，此詩作於是年三月甲戌雨止之後。仇注：前篇云「久旱雨亦好」，此篇云「既雨晴亦佳」，兩篇爲同時作明矣。

〔一〕肅肅：風起貌。蔡琰《悲憤詩》：「處所多霜雪，胡風春夏起。翩翩吹我衣，肅肅入我耳。」

〔二〕青熒二句：揚雄《羽獵賦》：「玉石嶜崟，眩耀青熒。」《文選》李善注：「青熒，光明貌。」《莊子・外物》：「青青之麥，生於陵陂。」《詩・周南・關雎》：「窈窕淑女，君子好逑。」《召南・何彼襛矣》：「何彼襛矣，華如桃李。」此變言之。

〔三〕干戈二句：横放，猶言横行。張説《唐陳州龍興寺碑》：「倥侗顓蒙，情嗜横放。」本書卷二〇《前殿中侍御史柳公紫微仙閣畫太一天尊圖文》(1475)：「乖氣横放，淳風不返。」慘澹，見本卷《北征》(0052)注。仇注：「干戈、龍蛇，指禄山之亂。」按，蓋用漢高祖事。《史記·高祖本紀》：「高祖爲人，隆準而龍顔。……醉卧，武負、王媪見其上常有龍，怪之。……高祖被酒，夜徑澤中，令一人行前，行前者還報曰：『前有大蛇當徑，願還。』高祖醉，曰：『壯士行，何畏！』乃前，拔劍擊斬蛇。蛇遂分爲兩，徑開。……後人來至蛇所，有一老嫗夜哭。人問何哭，嫗曰：『人殺吾子，故哭之。……吾子，白帝子也，化爲蛇，當道，今爲赤帝子斬之，故哭。』」

〔四〕甘澤二句：賒，遲也。陶淵明《和胡西曹示顧賊曹》：「悠悠待秋稼，寥落將賒遲。」王僧孺《有所思》：「光陰復何極，望促反成賒。」以上四句爲一轉折，「雖横放」、「不猶愈」相關聯。

〔五〕丈夫句：則，雖然，即使。説見張相《詩詞曲語辭彙釋》。《國語·吴語》：「爲帶甲三萬。」

〔六〕力難二句：《詩·唐風·鴇羽》：「王事靡盬，不能蓺黍稷。」《史記·周本紀》：「弃爲兒時，屹如巨人之志，其游戲，好種樹麻菽，麻菽美。」

〔七〕千載二句：崔琦《四皓頌》：「昔南山四皓者，蓋角里先生、綺里季、夏黄公、東園公是也。秦之博士，遭世闇昧，道滅德消，坑黜儒術，詩書是焚，於是四公退而作歌曰：『莫莫高山，深谷逶迤。曄曄紫芝，可以療飢。唐虞世遠，吾將何歸。駟馬高蓋，其憂甚大。富貴之畏人兮，不若貧賤之肆志。』」《漢書·王貢兩龔鮑傳序》謂四人當秦之世，避而入商雒深山。《史記·蕭相國世家》：「召平者，秦故東陵侯。秦破，爲布衣，貧，種瓜于長安城東。瓜美，故世俗謂之東陵瓜。」《漢書·王莽傳》：「霸城門災，民間所謂青門也。」注：「師古曰：《三輔黄圖》云：長安城東出南頭名霸城門，俗以其色青，名曰青門。」阮籍《詠懷》：「昔聞東陵瓜，近在青門外。」

〔八〕其人二句：《史記·老子韓非列傳》：「其人與骨皆已朽矣，獨其言在耳。」《左傳》僖公七年：「女專利而不厭，予取予求，不女疵瑕也。」

〔九〕英賢二句：轗軻，見卷一《醉時歌》(0019)注。揚雄《法言》卷五：「龍蟠於泥，蚖其肆矣。蚖哉蚖哉，惡睹龍之志也與！」郭璞《江賦》：「或泛瀲於潮波，或混淪乎泥沙。」

〔一〇〕顧慚二句：顧慚，見本卷《北征》(0052)注。謝繹《蘭亭詩》：「縱觴任所適，回波縈游鱗。」王粲《七哀詩》：「南登霸陵岸，回首望長安。」賈誼《鵩鳥賦》：「庚子日斜兮，鵩集予舍。」

〔一一〕漢陰二句：《水經注》沔水：「襄陽城東有東白沙，白沙北有三洲……沔水中有魚梁洲，龐德公所居。士元居漢之陰，在南白沙，世故謂是地爲白沙曲矣。司馬德操宅洲之陽，望衡對宇，歡情自接，泛舟褰裳，率爾休暢。」《後漢書·逸民傳》：「龐公者，南郡襄陽人也。居峴山之南，未嘗入城府。……後遂携妻子登鹿門山，因采藥不反。」參卷三《遣興五首》(0109)注。黄希注：「鹿門在漢水之陰，地屬襄陽，非指漢陰郡。」查通槎。《太平御覽》卷八引《博物志》：「舊説天河與海通，近世有居海者，年年八月有浮查來，甚大，往反不失期，此人乃多齎糧，乘查去，忽忽不覺晝夜，奄至一處，有城郭屋舍，望室中多見織婦。見一丈夫牽牛渚次飲之，牽牛人驚問此人何由至此，此人即問爲何處，答曰：『君可詣蜀郡訪嚴君平，則知之。』此人還問嚴君平，君平曰：『此織女支機石也。某年某日有客星犯斗牛。』即此人到天河也。」

〔一二〕咄咄句：《世説新語・黜免》：「殷中軍被廢，在信安，終日恒書空作字。揚州吏民尋義逐之，竊視，唯作『咄咄怪事』四字而已。」阮籍《詠懷》：「求仁自得仁，豈復歎咨嗟。」

## 蘇端薛復筵簡薛華醉歌〔一〕

文章有神交有道〔二〕，端復得之名譽早。愛客滿堂盡豪翰①，開筵上日思芳草②〔三〕。安得健步移遠梅，亂插繁花向晴昊〔四〕。千里猶殘舊冰雪，百壺且試開懷抱〔五〕。垂老惡聞戰鼓悲，急觴爲緩憂心擣③〔六〕。少年努力縱談笑，看我形容已枯槁〔七〕。座中薛華善醉歌④，歌詞自作風格老⑤〔八〕。近來海内爲長句⑥，汝與山東李白好〔九〕。何劉沈謝力未工，才兼鮑昭愁絶倒⑦〔一〇〕。諸生頗盡新知樂〔一一〕，萬事終傷不自保。氣酣日落西風來，願吹野水添金杯⑧。如澠之酒常快意〔一二〕，亦知窮愁安在哉⑨！忽憶雨時秋井塌⑩，古人白骨生青苔〔一三〕，如何不飲令心哀？

（0078）

【校】

①翰，《九家》作「傑」。錢箋、《草堂》校：「一作傑。」

②日，宋本、錢箋、《九家》、《草堂》校：「一作月。」《文苑英華》作「月」，校：「集作日。」

③急，錢箋校：「一作羽。」

④座，錢箋作「坐」。兩字古通，下不另出校。　善，錢箋校：「一作能。」《文苑英華》作「能」，校：「集作善。」

⑤歌詞，錢箋校：「一云醉歌。」《文苑英華》作「醉歌」，校：「集作歌辭。」

⑥爲，錢箋校：「一作無。」《文苑英華》作「無」，校：「集作爲。」

⑦才，《文苑英華》作「甫」，校：「集作才。」　昭，《草堂》作「照」。　愁，《文苑英華》作「黎」，校：「集作愁。」

⑧添，錢箋校：「一作注。」《文苑英華》作「注」，校：「集作添。」

⑨亦知，宋本作「亦如」，據錢箋等改。錢箋校：「荆作不知。」　亦，《文苑英華》作「未」，校：「集作亦。」　愁，《文苑英華》作「達」，校：「集作愁。」

⑩塌，《文苑英華》校：「集作竭。」

【注】

黄鶴注：詩中無陷賊之意，似是天寶十五載（七五六）正月朔日作。是時方討禄山，所以只云「惡聞戰鼓悲」。川《譜》編在至德二載（七五七）。按，當與《雨過蘇端》、《喜晴》二詩作於同年。蓋此數年世事翻覆，諸人會聚亦僅爲一時之事。此三詩皆流露厭戰苟全之意，亦亂局之下人之常情。

〔一〕蘇端：見前《雨過蘇端》(0076)。薛復：事迹未詳。薛華：獨孤及《仲春裴胄先齋宴集聯句賦詩序》：「右金吾倉曹薛華陳嘉肴，釃清沽，會河東裴冀、滎陽鄭哀、河南獨孤及於署之公堂。」仇注引此。于良史有《閑居寄薛華》詩。

〔二〕文章句：文章有神，見卷一《奉贈韋左丞丈二十二韻》(0001)注。《後漢書·王丹傳》：「交道之難，未易言也。世稱管鮑，次則王貢。張陳凶其終，蕭朱隙其末，故知全之者鮮矣。」

〔三〕愛客二句：《宋書·王弘之傳》：「君家高世之節，有識歸重，豫染豪翰，所應載述。」《書·舜典》：「正月上日，受終於文祖。」傳：「上日，朔日也。」《楚辭·離騷》：「何所獨無芳草兮，爾何懷乎故宇。」

〔四〕安得二句：《太平御覽》卷一九引《荆州記》：「陸凱與范曄爲友，在江南寄梅花一枝，詣長安與曄，並贈詩云：『折花奉秦使，寄與隴頭人。江南無所有，聊寄一枝春。』」此想移江南之梅，暗用其事。謝朓《詠梅詩》：「用持插雲髻，翡翠比光輝。」晴昊，猶言晴空。

〔五〕千里二句：《楚辭·招魂》：「增冰峨峨，飛雪千里些。」蕭綱《昭明太子集序》：「雪號千里，冰重三尺。」《詩·大雅·韓奕》：「顯父餞之，清酒百壺。」

〔六〕急觴句：謝靈運《擬魏太子鄴中集·陳琳》：「哀哇動梁埃，急觴蕩幽默。」《詩·小雅·小弁》：「我心憂傷，惄焉如擣。」

〔七〕枯槁：《老子》七十六章：「萬物草木生之柔脆，其死枯槁。」

〔八〕風格：《太平御覽》卷四六五引袁山松《後漢書》：「李膺風格秀整，高自標尚。」《文心雕龍·議對》：「亦各有美，風格存焉。」

〔九〕近來二句：長句，七言詩。李紳《追昔游集序》：「或長句，或五言，或雜言，或歌或樂府、齊梁。」《北里志》：「光遠嘗以長句詩題萊兒室曰：魚鑰獸環斜掩門……」《南部新書》辛卷：「盧演爲長句，和而勖之，曰：桑扈交飛百舌忙……」元稹《唐檢校工部員外郎杜君墓係銘》：「時山東人李白，亦以奇文取稱。」《舊唐書·文苑傳》：「李白字太白，山東人。」曾鞏《李白詩集後序》：「蓋白，蜀郡人……《舊史》稱白山東人……皆不合白之自叙。蓋史誤也。」楊慎《升庵詩話》卷一：「杜子美詩：『近來海内爲長句，汝與東山李白好。』流俗本妄改作『山東李白』。按樂史序李白集云：『白客游天下，以聲妓自隨，效謝安石風流，自號東山，時人遂以「東山李白」稱之。』子美詩句，正因其自號而稱之耳。流俗不知而妄改。」錢箋：「蓋白隱於徂徠，時人皆以山東人稱之，故杜詩亦曰『山東李白』。……近世楊慎據李陽冰、魏顥序……顥云：『跡類謝康樂，世號爲李東山。』此亦偶然題目，豈可援據爲稱謂乎？楊好奇曲説，吾所不取。」

〔一〇〕何劉二句：《梁書·何遜傳》：「初，遜文章與劉孝綽並見重於世，世謂之何劉。世祖著論論之云：『詩多而能者沈約，少而能者謝朓、何遜。』」宋祁《宋景文公筆記》卷中：「今人多誤以鮑照爲昭，李商隱有詩云：『濃烹鮑照葵。』又金陵有人得地中石刻，作『鮑照』字。」王楙《野客叢書》卷九：「武后諱照，以詔書爲制書，鮑照爲鮑昭，懿德太子重照改曰重潤，劉思照改曰思昭。」

《世説新語・賞譽》：「不意永嘉之中，復聞正始之音。阿平若在，當復絶倒。」仇注：「愁絶倒，詩家愁爲不及也。」又引計東曰：「太白長句，其源出於鮑照，故言何劉沈謝但能五言……必若鮑照七言樂府，方爲絶妙耳。」楊倫云：「謂其言愁處足使人絶倒也。」汪師韓《詩學纂聞》：「絶倒説愁，要是湊韻，後人曲解不必。」按，絶倒乃嘆服之義，詩意謂才兼鮑照者亦愁絶倒，楊説不確，汪説亦誤。

〔一一〕新知樂：《楚辭・九歌・少司命》：「悲莫悲兮生別離，樂莫樂兮新相知。」

〔一二〕如澠之酒：《左傳》昭公十二年：「有酒如澠，有肉如陵。」

〔一三〕古人句：鮑照《代挽歌》：「玄鬢無復根，枯髑依青苔。」

施補華《峴傭説詩》：「『文章有神交有道』七字，總提筆力，以下便揮洒自如。『氣酣日落』一段與《贈鄭虔》『春夜沉沉』後半同一筆墨，所謂氣足神王處也。」

沈德潛《説詩晬語》卷上：「《簡薛華醉歌》突接『氣酣日落西風來』，上寫情欲未盡，忽入寫景，激壯蒼涼，神色俱王，皆此老獨開生面處。」

## 病後遇王倚飲贈歌①〔一〕

麟角鳳觜世莫識②，煎膠續弦奇自見〔二〕。尚看王生抱此懷，在於甫也何由羨。且遇王生慰疇昔〔三〕，素知賤子甘貧賤。酷見凍餒不足恥③，多病沉年苦無健④〔四〕。王生怪我顔色惡，答云伏枕艱難徧〔五〕。瘧癘三秋孰可忍，寒熱百日相交戰〔六〕。頭白眼暗坐有胝，肉黄皮皺命如綫〔七〕。惟生哀我未平復〔八〕，爲我力致美肴膳。遣人向市賒香粳〔九〕，唤婦出房親自饌。長安冬菹酸且緑，金城土酥静如練〔一〇〕。兼求富豪且割鮮⑤，密沽斗酒諧終宴〔一一〕。故人情義晚誰似⑥，令我手脚輕欲漩⑦〔一二〕。老馬爲駒信不虚⑧，當時得意況深眷〔一三〕。但使殘年飽喫飯，只願無事長相見。（0079）

【校】

①遇，《草堂》作「過」。錢箋校：「一作過。」

②麟角，錢箋校：「一作麟魚。」　識，錢箋、《草堂》校：「一作辨。」

③凍，錢箋、《草堂》校：「一作陳。」

④健，《草堂》作「恠」。

⑤富豪，宋本、錢箋校：「一作畜豪。又作畜豕。」《草堂》作「畜豕」，校：「一作富豪。」《九家》校：「一作畜豕。」

⑥義，《草堂》、《九家》作「味」，《草堂》校：「一作義。」錢箋校：「一作味。」

⑦漩，錢箋校：「一作旋。」《草堂》作「旋」，校：「或作漩。」
⑧信，《九家》作「總」。錢箋校：「一作總。」

## 【注】

黃鶴注：梁權道編在至德二年（七五七）自行在還長安時作。然詩中略不及遭亂而病之意，終云「但使殘年飽喫飯，只願無事常相見」，蓋傷爲時輩所忽，當是天寶十三年（七五四）作。川《譜》編在天寶十年（七五一）。按，詩云「瘧癘三秋」、「寒熱百日」，與天寶十年、十三年事皆不甚相合。

〔一〕王倚：事迹不詳。《詩話總龜》前集卷二九引《古今詩話》：「唐德州刺史王倚家有筆一管，粗於常筆，刻《從軍行》，人馬毛髮，無不精絶。」未知是否其人。

〔二〕麟角二句：《海内十洲記》：「鳳麟洲在西海之中央，地方一千五百里。……洲上多鳳麟……煮鳳喙及麟角，合煎爲膏，名之爲續絃膠，或名連金泥。此膠能續弓弩已斷之絃，刀劍斷折之金，更以膠連續之，使力士掣之，他處乃斷，所續之際終無斷也。」《九家》趙注：「公美王之有用於世當然，而公自以老故已矣而無羨也。」仇注謂指公與王生談情愫，留歡宴，不覺手足輕旋，沉疴頓起，真有似乎煎膠續弦者。按，仇説似巧，然與下文不連貫。

〔三〕且遇句：嵇康《與阮德如詩》：「疇昔恨不早，既面侔舊歡。」仇注：「慰疇昔，慰己宿願也。」

〔四〕酷見二句：酷見，仇注：「猶云慘逢。」按，酷有深、極義，如言酷好、酷似。酷見猶言深見、屢見。沉年，仇注：「終年也。」此僅見於杜詩，當作經年、多年解。苦無，無。苦表程度之甚。王維《贈從弟司庫員外絿》：「徒聞躍馬年，苦無出人智。」孟浩然《秦中感秋寄遠上人》：「一丘常欲卧，三徑苦無資。」

〔五〕答云句：《詩·陳風·澤陂》：「寤寐無爲，展轉伏枕。」《左傳》僖公二十八：「險阻艱難，備嘗之矣。」

〔六〕瘧癘二句：瘧癘，瘧疾。《黄帝内經素問·瘧論》：「黄帝問曰：夫痎瘧皆生於風，其蓄作有時者何也？岐伯對曰：瘧之始發也，先起於毫毛，伸欠乃作，寒栗鼓頷，腰脊俱痛。寒去則内外皆熱，頭痛如破，渴欲冷飲。」皮日休《祝瘧癘文》：「被之者始若處冰檻，復若落炎井，眩瞀熒惑，視之累形，聽者重聲，骨節殆重，如山已傾。始或醒時，奪人之情，喪人之精，兀如木偶，昏如宿酲。」此病多經年不愈。《太平廣記》卷二一〇《顧光寶》（出《八朝畫録》）：「建康有陸溉，患瘧經年，醫療皆無效。」卷三一八《邵公》（出《録異傳》）：「邵公者患瘧，經年不差。」

〔七〕頭白二句：《莊子·讓王》：「手足胼胝。」《類篇》：「胝，又張尼切。腄也。一曰繭也。」《廣韻》：「胝，丁尼切。皮厚也。」《漢書·韋賢傳》：「南夷與北夷交侵，中國不絶如綫。」

〔八〕平復：《漢書·王褒傳》：「疾平復，乃歸。」

〔九〕香粳：張衡《南都賦》：「若其厨膳，則有華薌重秬，滍皋香秔。」《文選》薛綜注：「《廣雅》曰：粳，秈也。」《説文》：「秔，稻屬。」段注：「稻有至粘者，稬是也。有次粘者，稉是也。有不粘者，稴是也。陸德明曰：『稉』與『粳』皆俗『秔』字。」

〔一〇〕長安二句：《齊民要術》卷九：「葵、菘、蕪菁、蜀芥鹹菹法：收菜時即擇取好者，菅蒲束之，作鹽水，令極鹹，於鹽水中洗菜，即内甕中。若先用淡水洗者，葅爛。其洗菜鹽水，澄取清者，瀉著甕中，令没菜把即止，不復調和。葅色仍青，以水洗去鹹汁，煮爲茹，與生菜不殊。」《洛陽伽藍記》卷三：「（李崇）性多儉吝，惡衣粗食，食常無肉，止有韭茹韭葅。」盧綸《首冬寄河東昭德里書事貽鄭損倉曹》：「寒葅供家食，腐葉宿厨烟。」《太平御覽》卷五〇引《涼州記》：「祁連山，張掖、酒泉二界之上，東西二百里，南北百餘里，山中冬温夏涼，宜牧，牛乳酪濃好，夏寫酪不用器物，刈草著其上不散，酥特好，酪一斛得升餘酥。」《元和郡縣圖志》卷三九隴右道：「蘭州，金城。……漢武帝降匈奴，以其地置武威、酒泉、張掖、敦煌四郡，又分隴西置天水郡。昭帝六年，分隴西、張掖以爲金城郡，今州即金城郡之舊地也。」錢箋：「金城塞在酒泉郡，故曰金城土酥。」仇注謂金城指京兆府金城縣，至德二年改名興平。《長安志》卷一京兆府土貢：「歲貢興平酥、咸陽梨，不列方物。」以土酥言之，仇説似有據。謝朓《晚登三山還望京邑》：「餘霞散成綺，澄江静如練。」此以静如練形容酥酪之白。

〔一一〕兼求二句：富豪，朱鶴齡謂當作「畜豪」，指豪猪。司馬相如《子虚賦》：「鶩於鹽浦，割鮮染輪。」密，當作頻密解。

〔一二〕漩：《説文》：「漩，回泉也。」此言手脚輕便如水漩。《大方廣佛華嚴經》卷四：「善巧漩復主水神，得普演諸佛甚深境界解脱門。」朱鶴齡取「旋」字，謂手足輕旋。

〔一三〕老馬二句：《詩·小雅·角弓》：「老馬反爲駒，不顧其後。」傳：「已老矣，而孩童慢之。」箋：「此喻幽王見老人反侮慢之，遇之如幼稚，不自顧念，後至年老，人之遇己亦將然。」仇注：「言衆皆輕己，況能深眷乎。」又引劉會孟所據朱熹《詩集傳》説，謂老馬僨矣而反自以爲駒，不顧其後將有不勝任之患。浦起龍謂杜詩兼兩意，當此時得意爲有加之深眷者也。按，杜詩不當用朱熹説，劉、浦説不足據。

## 奉先劉少府新畫山水障歌①〔一〕

堂上不合生楓樹②，怪底江山起烟霧③〔二〕。聞君掃却赤縣圖，乘興遣畫滄洲趣〔三〕。畫師亦無數，好手不可遇。對此融心神，知君重毫素〔四〕。豈但祁岳與鄭虔，筆迹遠過楊契丹〔五〕。得非玄圃裂④，無乃瀟湘翻〔六〕？悄然坐我天姥下〔七〕，耳邊已似聞清猿。反思前夜風雨急，乃是蒲城鬼神入⑤〔八〕。元氣淋漓障猶濕，真宰上訴天應泣〔九〕。野亭春還雜花遠，漁翁暝踏孤舟立⑥。滄浪水深青冥闊⑦，欹岸側島秋毫末⑧〔一〇〕。不見湘妃鼓瑟時，至今班竹臨江活〔一一〕。劉侯天機精，愛畫入骨髓〔一二〕。自有兩兒郎，揮洒亦莫比〔一三〕。大兒聰明到，能添老樹巔崖裏。小兒心孔開，貌得山僧及童子⑨〔一四〕。若耶溪，雲門寺，吾獨胡爲在泥滓？青鞵布襪從此始〔一五〕。（0080）

【校】

①奉先劉少府新畫山水障歌，《文苑英華》題作「新畫山水障歌」，注：「奉先尉劉單宅作。」

②上，錢箋、《文苑英華》校：「一作中。」

③江山，錢箋校：「一作山川。」

④裂，錢箋校：「一作坼。」《文苑英華》作「坼」，校：「集作裂。」

⑤乃，錢箋校：「一作恐。」　蒲，錢箋校：「一作滿。」

⑥踏，宋本作「路」，據錢箋等改。

⑦冥，錢箋、《九家》、《草堂》作「溟」。此句《文苑英華》作「滄浪之水深且闊」。

⑧岸，《文苑英華》作「峯」。　島，《文苑英華》校：「集作岸。」

⑨貌，錢箋、《文苑英華》注：「音邈。」

【注】

黄鶴注：當是赴奉先日作畫，天寶十四年（七五五）作。

〔一〕劉少府：據《文苑英華》題注，名單。《舊唐書·高仙芝傳》：「（天寶六載八月）還播密川，令劉單草告捷書。」《楊炎傳》：「元載自作相，常選擢朝士有文學才望者一人厚遇之，將以代己。初，引禮部郎中劉單。單卒，引吏部侍郎薛邕。」岑參有《武威送劉單判官赴安西行營便呈高開府》。《元和姓纂》卷五劉：「禮部侍郎劉單，岐山人。」《唐才子傳》卷二「丘爲」：「天寶初劉單榜進士。」徐松《登科記考》卷九以劉單爲天寶二年狀元。

〔二〕怪底：仇注釋底爲何，蕭滌非釋爲什麽。徐仁甫謂怪底猶怪得，皆驚疑之詞。按，蘇軾《周教授索枸杞因以詩贈》：「短檠照字細如毛，怪底昏花懸兩目。」晁説之《花開未幾忽已盡落戲作》：「怪底小憐渾不睡，夜深惆悵夢周師。」張綱《鳳栖梧》：「怪底烘堂添語笑，姮娥此夜來蓬島。」均應釋爲怪其爲何，如今語稱奇怪的是。底作爲何解，唐人多言作底。白居易《早出晚歸》：「若抛風景長閑坐，自問東京作底來。」徐凝《春寒》：「春寒能作底，已被柳條欺。」

〔三〕聞君二句：用筆稱掃，見卷一《醉歌行》（0020）注。却，表示動作完成。《九家》趙注謂赤縣指奉先：「劉少府善畫爲奉先之景物。」參卷一《橋陵詩三十韻因呈縣内諸官》（0037）注。謝朓《之宣城郡出新林浦向板橋》：「既歡懷禄情，復協滄洲趣。」《文選》李善注：「揚雄《檄靈賦》曰：世有黄公者，起於蒼州。精神養性，與道浮游。」蒼州亦作滄州。何焯謂：「掃却赤縣圖」，謂除去舊畫地理圖，而畫新山水也。按，畫作於障上，必不能以新覆舊，且「乘興」亦謂乘前作之餘興也。

〔四〕對此二句：王度《扇上銘》：「服絺啾雲露，體夷神自融。」謝朓《三日侍宴曲水代人應詔》：「神理内寂，機象外融。」陸機《文賦》：「紛葳蕤以馺遝，唯毫素之所擬。」

〔五〕豈但二句：錢箋引朱景玄《唐朝名畫録》：「李嗣真《畫録》云：空有其名，不見蹤跡，二十五人。祁岳在李國恒之下。」岑參《送祁樂歸河東》：「有時忽乘興，畫出江上峰。牀頭蒼梧雲，簾下天台松。忽如高堂上，颯颯生清風。」錢箋謂疑即其人。鄭虔，見卷一《醉時歌》（0019）注。

《唐朝名畫録》：「鄭虔號廣文，能畫魚水山石，時稱奇妙，人所降歎。」僧彥悰《後畫録》：「隋參軍楊契丹，六法頗該，殊豐骨氣。山東體制，允屬伊人。」張彥遠《歷代名畫記》卷八：「楊契丹，上品中。官至上儀同。……李云：田、楊聲侔董展。昔田、楊與鄭法士同於京師光明寺畫小塔，鄭圖東壁、北壁，田圖西壁、南壁，楊畫外邊四面，是稱三絶。楊以簟蔽畫處，鄭竊觀之，謂楊曰：『卿畫終不可學，何勞鄣蔽？』楊特託以婚姻，有對門之好。又求楊畫本，楊引鄭至朝堂，指宮闕衣冠車馬曰：『此是吾畫本也。』由是鄭深嘆服。」

〔六〕得非二句：《淮南子·墜形訓》：「崑崙之丘，或上倍之，是謂涼風之山，登之而不死。或上倍之，是謂懸圃，登之乃靈，能使風雨。」《穆天子傳》郭璞注作「玄圃」。《山海經·中山經》：「帝之二女居之，是常游於江淵。澧沅之風，交瀟湘之淵，是在九江之間，出入必飄風暴雨。」

〔七〕悄然句：悄然，黯然失神。《舊唐書·王毛仲傳》：「玄宗時或不見，則悄然如有所失。」本書卷一〇《題鄭十八著作主人》（0530）：「窮巷悄然車馬絶，案頭乾死讀書螢。」《太平寰宇記》卷九六越州剡縣：「天姥山在縣南八十里。《名山志》曰：山上有楓千餘丈，蕭蕭然。」謝靈運《登臨海嶠初發疆中作與從弟惠連可見羊何共和之》：「暝投剡中宿，明登天姥岑。高高入雲霓，還期那可尋。」本書卷六《壯游》（0295）：「剡溪蘊秀異，欲罷不能忘。歸帆拂天姥，中歲貢舊鄉。」錢箋：「蓋舊游之地，故云『悄然坐我天姥下』也。」

〔八〕蒲城：奉先縣。見卷一《橋陵詩三十韻因呈縣内諸官》（0037）注。

〔九〕元氣二句：《書·堯典》傳：「昊天，言元氣廣大。」《詩·王風·黍離》傳：「元氣廣大，則稱昊天。」范縝《擬招隱士》：「飛泉兮激沫，散漫兮淋漓。」《莊子·齊物論》：「若有真宰，而特不得其眹。」

〔一〇〕滄浪二句：《孟子·離婁上》：「有孺子歌曰：『滄浪之水清兮，可以濯我纓；滄浪之水濁兮，可以濯我足。』」張衡《南都賦》：「攢立叢駢，青冥盰瞑。」鮑照《從登香爐峯》：「青冥揺烟樹，穹跨負天石。」《莊子·齊物論》：「天下莫大於秋豪之末。」

〔一一〕不見二句：《楚辭·遠游》：「使湘靈鼓瑟兮，令海若舞馮夷。」《博物志》卷八：「堯之二女，舜之二妃，曰湘夫人。舜崩，二妃啼，以涕揮竹，竹盡斑。」

〔一二〕劉侯二句：《莊子·大宗師》：「其耆欲深者，其天機淺。」陸機《文賦》：「方天機之駿利，夫何紛而不理。」《史記·秦本紀》：「繆公之怨此三人，入於骨髓。」

〔一三〕揮洒：張説《石刻般若心經序》：「學有傳癖，書成草聖，乃揮洒手翰，鐫刻《心經》。」

〔一四〕小兒二句：《神農本草經·上經》：「開心孔，補五藏。」貌，寫貌。《歷代名畫記》卷九：「張燕公以畫人手雜，圖不甚精，乃奉追法明，令獨貌諸學士。」注音邈，字通。《祖堂集》卷五「雲岩」：「和尚百年後，有人還邈得師真也無？」

〔一五〕若耶四句：《水經注》浙江：「石帆山……西連會稽山，皆一山也。東帶若邪溪……溪水上承嶕峴麻溪，溪之下，孤潭週數畝，甚清深，有孤石臨潭。乘崖俯視，猨狖驚心，寒木被潭，森沈駭觀。上有一櫟樹，謝靈運與從弟惠連常游之，作連句，題刻樹側。麻潭下注若邪溪，水至清照，衆山倒影，窺之如畫。」若邪同若耶。又：「山陰縣……又有玉笥、竹林、雲門、天柱精舍，並疏山創基，架林裁宇，割澗延流，盡泉石之好，水流逕通。」《方輿勝覽》卷六：「雲門寺，在會稽南三十一里。今名雍熙，爲州之偉觀。昔王子敬居此，有五色祥雲，詔建寺，號雲門。」黄庭堅《杜詩箋》：「南朝何季山居若邪溪雲門寺，與二兄求、點並栖遁，世號三高，敕給白衣尚書禄，不受。故《山水障圖》末云……蓋有隱遁之興也。」何胤字子季，辭官隱於若邪山雲門寺，見《太平御覽》卷二一七引《梁書》。錢箋：「公方悲亂，思孔（巢父）、李（白）輩或在剡中，欲往從之而不可得。」

楊萬里《誠齋詩話》：「詩有驚人句。杜《山水障》：『堂上不合生楓樹，怪底江山起烟霧。』又：『斫却月中桂，清光應更多。』」

《九家》趙注：「此詩篇中使字云不合，云怪底，云得非，云無乃，云似聞，云乃是，皆以形容其所畫景物之逼真也。云玄圃，云瀟湘，云天姥，乃取仙山及人間奇境稱比之也。」

王嗣奭《杜臆》：「畫有六法：氣韻生動第一，骨法用筆次之。杜以畫法爲詩法，通篇字字跳躍，天機盎然，見其氣韻。乃『堂上不合生楓樹』，突然而起，從天而下。已而忽入『前夜風雨急』，已而忽入兩兒揮洒，突兀頓挫，不知所自來，見其骨法。至末因貌山僧，轉雲門若耶、青鞋布襪，闋然而止，總得畫法經營位置之妙。而篇中最得畫家三昧，尤在『元氣淋漓障猶濕』一語。試一想像，此畫至今在目，真是下筆有神。而詩中之畫，令顧、陸奔走筆端。」

施補華《峴傭説詩》：「起手用突兀之筆，中段用翻騰之筆，收處用逸宕之筆。突兀則氣勢壯，翻騰則波瀾闊，逸宕則神韻遠，諸法備矣。須細細揣摹。」

## 湖城東遇孟雲卿復歸劉顥宅宿宴飲散因爲醉歌①〔一〕

疾風吹塵暗河縣〔二〕，行子隔手不相見。湖城城南一開眼②，駐馬偶識雲卿面。況非劉顥爲地主③〔三〕，懶回鞭轡成高宴④。劉侯歎我携客來⑤，置酒張燈促華饌〔四〕。且將款曲終今夕⑥，休語艱難尚酣戰⑦〔五〕。照室紅爐促曙光⑧，縈窗素月垂文練⑨〔六〕。天開地裂長安陌⑩，寒盡春生洛陽殿⑪〔七〕。豈知驅車復同軌，可惜刻漏隨更箭〔八〕。人生會合不可常，庭樹雞鳴淚如綫⑫〔九〕。（0081）

【校】

① 湖城東遇孟雲卿復歸劉顥宅宿宴飲散因爲醉歌，《草堂》題前有「冬末以事之東都」七字，「湖城東」無「東」字。《文苑英華》題末有「行」字。

② 南，《草堂》作「北」。錢箋校：「一作東。」《文苑英華》作「東」，校：「集作南。」　眼，《草堂》作「顔」。

③ 況，錢箋、《文苑英華》作「向」。

④成高，錢箋、《草堂》校：「一作城南。」《文苑英華》校：「集作城南。」

⑤歎，錢箋校：「一作歡。」《草堂》作「歡」，校：「舊作歎。」《文苑英華》校：「集作歡。」

⑥終今夕，錢箋校：「一作經今冬。」　終，《草堂》作「經」。

⑦語，錢箋校：「一作話。」《文苑英華》作「話」，校：「集作語。」

⑧促曙光，《文苑英華》作「簇曙花」，校：「集作促曙光。」

⑨文，錢箋校：「一作秋。」《文苑英華》作「秋」，校：「集作文。」

⑩陌，錢箋校：「一作春。」《文苑英華》作「春」，校：「集作陌。」

⑪寒盡春生，錢箋校：「一作紫陌春寒。」　寒盡春，《文苑英華》校：「一作紫陌寒。」

⑫綫，錢箋、《草堂》校：「一作霰。」《文苑英華》作「霰」，校：「集作綫。」

## 【注】

黄鶴注：當是乾元元年（七五八）自華州游東都作。梁權道以爲至德二年（七五七）歸長安時作，非。

〔一〕湖城：《元和郡縣圖志》卷七河南道虢州：「湖城縣，望。東南至州五十二里。本漢湖縣，屬京兆尹。」孟雲卿：元結《送孟校書往南海》序：「平昌孟雲卿與元次山同州里，以詞學相友，幾二十年。次山今罷守舂陵，雲卿始典校芸閣。……雲卿少次山六七歲，雲卿聲名滿天下，知己在朝廷。」元結編《篋中集》、高仲武編《中興間氣集》録其詩。劉顥：《元和姓纂》卷五彭城劉：

「正，給事中。正生顥、顒。」或即其人。

〔二〕疾風句：鮑照《代出自薊北門行》：「疾風衝塞起，沙礫自飄揚。」《水經注》河水：「河水又東逕湖縣故城北，昔范叔入關，遇穰侯於此矣。」《九家》趙注：「湖城濱河，故謂河縣。」

〔三〕地主：《左傳》哀公十二年：「地主歸餼。」杜預注：「地主，所會主人也。」

〔四〕置酒句：《漢書·外戚傳》：「乃夜張燈燭，高帷帳，陳酒肉。」

〔五〕且將二句：《後漢書·光武帝紀》：「文叔少時謹信，與人不款曲，唯直柔耳。」秦嘉《贈婦詩》：「念當遠離別，思念叙款曲。」《韓非子·十過》：「酣戰之時，司馬子反渴而求飲。」

〔六〕縈窗句：阮籍《詠懷》：「皦日布炎精，素月垂景輝。」鮑令暉《古意贈今人》：「寒鄉無異服，衣氈代文練。」

〔七〕天開二句：《史記·天官書》：「天開縣物，地動坼絶。」集解：「孟康曰：謂天裂而見物象，天開示縣象。」《太平御覽》卷八七四引京氏《易妖占》：「天裂，陽不足，下害上之像。天裂見人，兵起國亡。天開檻㶉，流血滂滂。」《後漢書·五行志》：「趙國易陽地裂。京房《易傳》曰：地裂者，臣下分離，不肯相從也。」仇注：「天開地裂，傷長安昔陷；寒盡春生，比洛陽今復。」

〔八〕豈知二句：《禮記·中庸》：「今天下車同軌，書同文，行同倫。」《周禮·夏官·挈壺氏》鄭玄注：「漏之箭，晝夜共百刻。冬夏之間有長短焉。大史立成法，有四十八箭。」陸倕《新漏刻銘》：「銅史司刻，金徒抱箭。」

〔九〕人生二句：徐幹《於清河見挽船士新婚與妻别》：「歲月無窮極，會合安可知。」綫或作霰。江淹《雜體詩・李都尉陵從軍》：「日暮浮雲滋，握手淚如霰。」

## 閿鄉姜七少府設鱠戲贈長歌〔一〕

姜侯設鱠當嚴冬，昨日今日皆天風。河凍未漁不易得①，鑿冰恐侵河伯宮〔二〕。饔人受魚鮫人手〔三〕，洗魚磨刀魚眼紅。無聲細下飛碎雪②，有骨已剁觜平聲春葱③〔四〕。偏勸腹腴愧年少，軟炊香飯緣老翁④〔五〕。落砧何曾白紙濕，放筯未覺金盤空〔六〕。新歡便飽姜侯德〔七〕，清觴異味情屢極。東歸貪路自覺難⑤，欲別上馬身無力〔八〕。可憐爲人好心事〔九〕，於我見子真顔色。不恨我衰子貴時〔一〇〕，悵望且爲今相憶。（0082）

**【校】**

① 河凍未漁，宋本校：「一作黄河冰魚。」《九家》校：「一云黄河美漁。」錢箋、《草堂》校：「一云黄河美魚。一云黄河冰魚。一云黄河味魚。」《草堂》校：「一作河冰未魚。」　未漁，錢箋校：「一云取魚。」

② 碎，錢箋、《九家》、《草堂》校：「一作素。」

③ 平聲，錢箋同。他本無此注。

④飯，宋本、錢箋、《九家》、《草堂》校：「一作粳。」

⑤貪，宋本、錢箋、《九家》校：「一作貧。」

【注】

黄鶴注：乾元元年（七五八）冬自華州至東都作，故有「東歸貪路自覺難」。

〔一〕閿鄉：《元和郡縣圖志》卷七河南道虢州：「閿鄉縣，望。東南至州一百里。本漢湖縣地，屬京兆尹。……貞元八年，改屬虢州。……黄巷坂，在縣西北三十五里，即潼關路也。……黄河，在縣北三里。」姜七少府：名不詳。少府，縣尉。見卷一《白水縣崔少府十九翁高齋三十韻》（0042）注。鱠：《齊民要術》卷八：「膾魚，肉裏長一尺者第一好，大則皮厚肉硬不任食，止可作鮓魚耳。切膾人雖訖亦不得洗手，洗手則膾濕。要待食罷，然後洗也。」注：「洗手則膾濕，物有自然相壓，蓋亦燒穰殺瓠之流，其理難彰矣。」《酉陽雜俎》前集卷七：「鱠法：鯉一尺，鯽八寸，去排泥之羽。鯽員天肉，腮後鬐前，用腹腴拭刀，亦用魚腦，皆能令鱠縷不著刀。」《説郛》卷七六毛勝《水族加恩簿》「銀絲省饜德郎」：「以爾鮮于羹斫鱠精妙，見稱杜陵，宜授輕薄使銀絲省饜德郎。」注：「鮮于羹，鯽也。」

〔二〕河凍二句：《楚辭·九歌·河伯》：「魚鱗屋兮龍堂，紫貝闕兮朱宮。」「未漁」或作「味魚」。錢箋引《潘錞詩話》：「韓玉汝云：河中府三面是黄河，唯有味魚，似鯽而肥短，味亦美。杜詩味魚謂此。」

〔三〕饔人句：潘岳《西征賦》：「饔人縷切，鸞刀若飛。」《文選》李善注：「《周禮》曰：内饔，中士。鄭玄曰：饔者，割烹煎和之稱也。」左思《吴都賦》：「想萍實之復形，訪靈夔於鮫人。」《文選》李善注：「鮫人居水中，故訪之。」《九家》趙注：「今公言河凍而漁人未可以漁，則饔人之所受者乃鮫人授之，所以深言魚之難得而珍重之也。」

〔四〕無聲二句：《酉陽雜俎》前集卷四：「進士段碩常識南孝廉者，善斫鱠，縠薄絲縷，輕可吹起，操刀向捷，若合節奏。」《説文》：「觜，鴟舊頭上角觜也。」段注：「觜猶策，鋭詞也，毛角鋭。凡羽族之味鋭，故鳥之味曰觜，俗語因之凡口皆曰觜。」仇注引《杜臆》，謂觜音追，啄也，觜春葱謂啄鱠如葱之脆。又引胡夏客説，觜作嘴，言去骨留肉而雜以春葱。浦起龍云：「『觜』與『飛』字對，當屬虚用，借言斷骨芒露，如春葱之鋭也。」按，葱必實有，浦説不確。《禮記·内則》：「凡膾，春用葱，秋用芥。」仇注：「鱠在嚴冬，而云春葱，用成語耳。」

〔五〕偏勸二句：《禮記·少儀》：「羞濡魚者進尾，冬右腴。」注：「氣在下。腴，腹下也。」疏：「腴謂魚腹。冬時陽氣下在魚腹，故右腴。」《大般涅槃經》卷一：「汝可持此世界香飯，其飯美，食之安隱。」

〔六〕落碪二句：仇注引邵注：「凡作鱠，以灰去血水，用紙以隔之。」楊倫云：「放筯謂縱意食之。」

〔七〕新歡句：《詩·大雅·既醉》：「既醉以酒，既飽以德。」

〔八〕東歸二句：潘岳《上客舍議》：「行者貪路。」王嗣奭《杜臆》：「上馬無力者，以不忍相别故也。此有戲意。」

〔九〕好心事：好心。《隋書·列女傳》：「我事三代主，唯用一好心。」《太平廣記》卷二二〇《陶俊》（出《稽神録》）：「此人好心，宜爲療其疾。」《九家》趙注：「好心事，猶言好心腸也。」

〔一〇〕不恨句：《世説新語·識鑒》：「曹公少時見喬玄，玄謂曰：『……恨吾老矣，不見君富貴，當以子孫相累。』」

## 戲贈閿鄉秦少公短歌①〔一〕

去年行宫當太白②，朝回君是同舍客〔二〕。同心不減骨肉親，每語見許文章伯〔三〕。今日時清兩京道，相逢苦覺人情好〔四〕。昨夜邀歡樂更無，多才依舊能潦倒〔五〕。（0083）

【校】

①公，《九家》作「翁」，《草堂》作「府」。錢箋校：「陳浩然本作翁。《草堂》作少府。」

②當，錢箋、《草堂》校：「一作守。」

【注】

黄鶴注：當是乾元元年（七五八）歸京師時作。仇注：與上首同時之作。

〔一〕秦少公：名不詳。朱鶴齡注：「少公即少府。」《幽閑鼓吹》：「張長史釋褐爲蘇州常熟尉，上後旬日，有老父過狀……老父曰：『某實非論事，但睹少公筆跡奇妙，貴爲篋笥之珍耳。』」李白有《與賈少公書》，又《春於姑熟送趙四流炎方序》：「趙少公才貌瑰雅，志氣豪烈，以黄綬作尉。」

〔二〕去年二句：《九家》鮑曰：「謂肅宗駐鳳翔也。」《元和郡縣圖志》卷二鳳翔府郿縣：「太白山，在縣東南五十里。」參本卷《九成宫》(0056)注。《史記·萬石張叔列傳》：「(直不疑)爲郎，事文帝。其同舍有告歸，誤持同舍郎金去。」此指二人同在朝。

〔三〕同心二句：《易·繫辭上》：「二人同心，其利斷金。」《論衡·超奇》：「長生説文辭之伯，文人之所共宗。」陳琳《答張紘書》：「此間率少於文章，易爲雄伯。」陳子昂《臨邛縣令封君遺愛碑》：「文章之伯，而時所宗。」

〔四〕苦：甚詞。參卷一《渼陂西南臺》(0032)注。

〔五〕多才句：嵇康《與山巨源絶交書》：「足下舊知吾潦倒粗疏，不切事情。」此散漫衰頽義。《苕溪漁隱叢話》前集卷一〇山谷謂舊注淺陋，引《北史·崔贍傳》：「自天保以後，重吏事，謂容止醖藉者爲潦倒。」錢箋：「猶言其醖藉如故也。」

## 李鄠縣丈人胡馬行〔一〕

丈人胡馬名胡騮，前年避胡過金牛①〔二〕。回鞭却走見天子，朝飲漢水暮靈州〔三〕。自矜胡騮奇絶代，乘出千人萬人愛。一聞説盡急難材，轉益愁向駑駘輩〔四〕。頭上鋭耳批秋竹，脚下高蹄削寒玉〔五〕。始知神龍别有種，不比俗馬空多肉〔六〕。洛陽大道時再清，累日喜得俱東行。鳳臆龍鬐未易識②，側身注目長風生〔七〕。（0084）

【校】

①胡，錢箋校：「一作賊。」

②鳳臆龍鬐，《草堂》作「龍臆鳳鬐」。　龍鬐，宋本、《九家》、《草堂》校：「一作麟鬐。」錢箋校：「一作龍麟。一作麟鬐。一作麟鬐。」

【注】

黄鶴注：乾元元年（七五八）作。

〔一〕李鄠縣丈人：名不詳。《元和郡縣圖志》卷二京兆府：「鄠縣，畿。東北至府六十五里。」

〔二〕丈人二句：騮，赤馬。參卷一《天育驃騎歌》（0013）「驊騮」注。《元和郡縣圖志》卷二二山南道興元府：「金牛縣，次畿。東至府一百八十里。……武德二年，分綿谷縣通谷鎮置金牛縣，取秦五丁力士石牛出金爲名。」按，安史叛軍距漢中尚遠，江淮、襄陽亦取上津路抵扶風，唯往蜀中當經漢中。豈李自鄠縣避胡至漢中歟？

〔三〕朝飲句：《元和郡縣圖志》卷二二興元府南鄭縣：「漢水經縣南，去縣一百步。《禹貢》曰：『嶓冢導漾，東流爲漢。』」金牛縣：「嶓冢山，縣東二十八里，漢水所出。」靈州，靈武。肅宗至德元載即位靈武，參卷一《哀王孫》(0047)注。

〔四〕一聞二句：《詩·小雅·常棣》：「脊令在原，兄弟急難。」繁欽《述征賦》：「時三月之暮春，逼干戈之急難。」《九家》趙注：「急難材，如劉備之的顱一躍三丈，過檀溪以免劉表之追。劉牢之馬跳五丈澗，以脱慕容垂之逼也。」轉益，轉亦益義，更加、愈發。參卷一《自京赴奉先縣詠懷五百字》(0041)注。《楚辭·九辯》：「却騏驥而不乘兮，策駑駘而取路。」仇注：「自歎所乘者皆疲馬也。」

〔五〕頭上二句：《齊民要術》卷六：「馬耳欲得相近而前豎，小而厚……耳欲得小而促，狀如斬竹筒。耳方者千里，如斬筒七百里，如雞距者五百里。」「四蹄欲厚且大。」參卷一《高都護驄馬行》(0012)注。江淹《奏記詣南徐州新安王》：「削赤野之玉，翦燕山之金。」

〔六〕不比句：《齊民要術》卷八：「望之大，就之小，筋馬也；望之小，就之大，肉馬也。皆可乘致。致瘦欲得見其肉，謂前肩守肉。致肥欲得見其骨，骨謂頭顱。」

〔七〕鳳臆二句：《晉書·苻堅載記》：「大宛獻天馬千里駒，皆汗血，朱鬣五色，鳳膺麟身。」《説郛》卷一〇七徐成《相馬書·寶金篇》：「項長如鳳鬚彎曲，鬃毛茸細要如綿。鬐高膊闊搶風小，臆高胸闊脚前寬。」

## 送長孫九侍御赴武威判官〔一〕

驄馬新鑿蹄〔二〕，銀鞍被來好。繡衣黄白郎，騎向交河道〔三〕。問君適萬里，取別何草草〔四〕？天子憂涼州，嚴程到須早〔五〕。去秋羣胡反，不得無電掃〔六〕。此行收遺甿①，風俗方再造②〔七〕。族父領元戎，名聲國中老③〔八〕。奪我同官良，飄颻按城堡〔九〕。使我不能餐，令我惡懷抱〔一〇〕。若人才思闊，溟漲浸絶島④〔一一〕。樽前失詩流，塞上得國寶⑤〔一二〕。皇天悲送遠，雲雨白浩浩。東郊尚烽火，朝野色枯槁〔一三〕。西極柱亦傾，如何正穹昊〔一四〕？（0085）

【校】

①收，錢箋、《草堂》校：「陳作牧。」

②方，《草堂》作「還」。

③國，錢箋校：「晋作閣。」

④浸，錢箋校：「一作漫。」《草堂》作「漫」。

⑤得，宋本、錢箋、《九家》、《草堂》校：「一作多。」

【注】

黃鶴注：至德二載（七五七）公爲拾遺時作。

〔一〕長孫九侍御：名不詳。本書卷一〇有《哭長孫侍御》（0508），《中興間氣集》作杜誦詩。或即其人。武威：《元和郡縣圖志》卷四〇隴右道：「涼州，武威。中府。……武德二年，討平李軌，改爲涼州。置河西節度使……統赤水軍，在涼州城内……軍之大者，莫如赤水，幅員五千一百八十里，前拒吐蕃，北臨突厥者也。……天寶元年，改爲武威郡。乾元元年，復爲涼州。廣德二年陷於西蕃。」

〔二〕驄馬句：《後漢書·桓典傳》：「拜侍御史。……典執政無所回避，常乘驄馬，京師畏憚，爲之語曰：『行行且止，避驄馬御史。』」鑿蹄，宋朱申《周禮句解》卷八釋《夏官·校人》「頒馬攻特」：「牡馬蹄齧，不可乘用。故因夏頒馬而攻鑿其蹄也。」仇注引此。按，朱説與鄭玄注等不同，臆説不足據。鑿蹄疑指釘掌。《鹽鐵論》卷六有「掌蹄」説，未能肯定是否即後世之馬掌。曹唐《病馬五首呈鄭校書章三吴十五先輩》：「四蹄不鑿金礁裂，雙眼慵開玉筋斜。」《新五代史·四夷傳》「于闐」載高居誨《于闐行記》：「甘州人教晋使者作馬蹄木澀，木澀四竅，馬蹄亦鑿四竅而綴之，駝蹄則包以氂皮乃可行。」此乃木制或皮制保護馬蹄之具。明張憲《立仗馬》：「照夜玉狻猊，霜毛鐵鑿蹄。」則後世易以鐵。清高宗《野馬》：「懸峯恐穿釘鐵掌，攻駒可施斯誰把。」

〔三〕繡衣二句：《漢書·百官公卿表上》：「侍御史有繡衣直指，出討姦猾，治大獄，武帝所制，不常置。」朱鶴齡注：「或曰黄白即《漢書》銀黄。顔師古注：銀，銀印也。黄，金印也。」《隋書·音樂志》載北齊食舉樂辭：「懷黄綰白，鵷鷺成行。」仇注引此。按，黄謂金印，白疑指白簡或白筆。《初學記》卷一二御史大夫引沈約《宋書》：「何尚之與延之書曰：絳騶清路，白簡深劾。」同卷侍御史引《魏略》：「帝嘗大會，殿中侍御史簪白筆，側階而坐。」皇甫曾《送和西蕃使》：「白簡初分命，黄金已在腰。」交河，見卷一《高都護驄馬行》(0012)注。

〔四〕草草：見本卷《潼關吏》(0061)注。

〔五〕嚴程：宋之問《自洪府舟行直書其事》：「嚴程無休隙，日夜涉風水。」

〔六〕去秋二句：《九家》趙注：「羣胡反，指吐蕃也。」黄希注：「去秋當是指至德元年。」引《資治通鑑》至德元年：「吐蕃陷威戎、神威、定戎、宣威、制勝、金天、天成等軍，石堡城、百谷城、雕窠城。」朱鶴齡注：「此在隴右河鄯等州，而河西涼州未嘗陷。」引《資治通鑑》至德二年正月：「河西兵馬使蓋庭倫與武威九姓商胡安門物等，殺節度使周泌，聚衆六萬。武威大城之中，小城有七，胡據其五，二城堅守。支度判官崔稱與中使劉日新以二城兵攻之，旬有七日，平之。」朱謂：「曰去秋者，討平在正月，而發難則在去秋也。」《後漢書·吴蓋陳臧傳》贊：「電埽羣孽，風行巴梁。」

〔七〕此行二句：《左傳》襄公二十九年：「猶有先王之遺民焉。」唐諱「民」字，多言遺甿。《宋書·武帝紀》：「弘濟朕躬，再造王室。」

〔八〕族父二句：黄鶴注：「族父謂杜鴻漸。」《舊唐書·肅宗紀》：「（至德二載五月丁巳）以武部侍郎杜鴻漸爲河西節度。」《杜鴻漸傳》：「故相暹之族子。……至德二年，兼御史大夫，爲河西節度使、涼州都督。兩京平，遷荆州大都督府長史、荆南節度使。」杜暹爲濮陽杜氏。見《元和姓纂》卷六。《詩·小雅·六月》：「元戎十乘，以先啓行。」傳：「元，大也。」疏：「言大車之善者。」《左傳》僖公二十七年：「國老皆賀子文。」

〔九〕奪我二句：《左傳》文公七年：「同官爲寮，吾嘗同寮。」飄飄，見卷一《橋陵詩三十韻因呈縣内諸官》(0037)注。

〔一〇〕使我二句：蔡琰《悲憤詩》：「飢當食兮不能餐，常流涕兮眥不乾。」孫楚《征西官屬送於陟陽候作》：「乖離即長衢，惆悵盈懷抱。」

〔一一〕若人二句：鍾嶸《詩品》宋法曹參軍謝惠連：「小謝才思富捷，恨其蘭玉夙凋，故長轡未騁。」謝靈運《游赤石進帆海》：「溟漲無端倪，虚舟有超越。」

〔一二〕樽前二句：《梁書·陸雲公傳》：「秀也詩流。」《左傳》隱公六年：「親仁善鄰，國之寶也。」

〔一三〕東郊二句：《書·君陳》：「周公既没，命君陳分正東郊成周。」至德二載九月，廣平王統朔方軍等收西京。十月壬戌，入東京。黄鶴注謂此詩作於平兩京後，故止云「東郊尚烽火」。川《譜》繫此詩於至鳳翔授拾遺後，閏八月探家之前。《楚辭·漁父》：「顔色憔悴，形容枯槁。」

〔一四〕西極二句：《莊子·田子方》：「日出東方而入於西極。」《淮南子·天文訓》：「昔者共工與顓頊争爲帝，怒而觸不周之山，天柱折，地維絶，天傾西北，故日月星辰移焉。」《爾雅·釋天》：

「穹、蒼蒼，天也。春爲蒼天，夏爲昊天，秋爲旻天，冬爲上天。」

## 送樊二十三侍御赴漢中判官〔一〕

威弧不能弦，自爾無寧歲。川谷血横流，豺狼沸相噬〔二〕。天子從北來，長驅振凋敝。頓兵岐梁下，却跨沙漠裔〔三〕。二京陷未收，四極我得制〔四〕。蕭索漢水清①，緬通淮湖税〔五〕。使者紛星散，王綱尚旒綴〔六〕。南伯從事賢，君行立談際〔七〕。生知七曜曆②，手畫三軍勢〔八〕。冰雪浄聰明，雷霆走精鋭〔九〕。幕府輟諫官，朝廷無此例③〔一〇〕。至尊方旰食，仗爾布嘉惠〔一一〕。補闕暮徵入，柱史晨征憩④〔一二〕。正當艱難時，實藉長久計⑤。回風吹獨樹，白日照執袂〔一三〕。慟哭蒼烟根〔一四〕，山門萬重閉⑥。居人莽牢落，游子方迢遰〔一五〕。徘徊悲生離，局促老一世〔一六〕。陶唐歌遺民，後漢更列帝⑦〔一七〕。恨無匡復姿⑧，聊欲從此逝〔一八〕。（0086）

【校】

① 索，錢箋、《九家》、《草堂》校：「一作瑟。」

②生，錢箋校：「一作坐。」《草堂》作「坐」，校：「一作生。」
③此，錢箋、《九家》、《草堂》校：「一作比。」
④柱史晨征憩正當艱難時，錢箋校：「樊作『補闕入柱史，晨征固多憩』。」《草堂》校「柱史晨征憩」：「樊、晁皆作『補闕入柱史』。」
⑤久，《九家》、《草堂》校：「一作大。」
⑥重，錢箋校：「一作里。」《草堂》作「里」，校：「一作重。」
⑦列，宋本、錢箋、《九家》、《草堂》校：「一作別。」
⑧姿，宋本、錢箋、《九家》、《草堂》校：「一作資。」

**【注】**

黄鶴注：當是至德二載（七五七），肅宗在鳳翔。

〔一〕樊二十三：名不詳。岑參有《送樊侍御使丹陽便覲》，作年不詳。熊執易《武陵郡王馬公神道碑》：「夫人南陽樊氏，故侍御史衢州別駕晁之女。」潤州刺史樊晃撰《杜工部小集序》，晁與晃或同宗，樊二十三即晁乎？漢中判官：《元和郡縣圖志》卷二二山南道：「興元府，漢中。……武德元年，又改爲褒州。二十年，又爲梁州。興元元年，因德宗遷幸，改爲興元府。」據《舊唐書・地理志》，天寶元年改爲漢中郡。《舊唐書・睿宗諸子傳》：「瑀……天寶十五載，從玄宗幸蜀，至漢中，因封漢中王，仍加銀青光禄大夫、漢中郡太守。」樊即出爲漢中郡判官。

〔二〕威弧四句：張衡《思玄賦》：「彎威弧之撥刺兮，射嶓冢之封狼。」《文選》注：「威弧，星名也。」《史記·天官書》：「其東有大星曰狼，狼角變色，多盜賊。下有四星曰弧，直狼。」仇注引錢箋：「弧屬矢，擬射於狼，弧不直狼，則盗賊起，所謂『不能弦』也。下故有豺狼沸噬之句。」

〔三〕天子四句：《草堂》夢弼注：「謂肅宗即位靈武，長驅北來，理兵岐、梁二州。」仇注：「岐、梁二山，在鳳翔境内，王師在焉。」梁州即漢中，當以指岐、梁二山爲是。《九家》趙注：「自鳳翔極西即沙漠矣，故言跨其裔。」仇注：「回紇方許助兵也。」

〔四〕四極：《爾雅·釋地》：「東至於泰遠，西至於邠國，南至於濮鈆，北至於祝栗，謂之四極。」

〔五〕蕭索二句：漢水出漢中嶓冢山，參本卷《李鄠縣丈人胡馬行》(0084)注。《資治通鑑》至德元年八月：「北海太守賀蘭進明遣録事參軍第五琦入蜀奏事，琦言於上皇，以爲今方用兵，財賦爲急，財賦所産，江淮居多，乞假臣一職，可使軍無乏用。上皇悦，即以琦爲監察御史、江淮租庸使。」十月：「第五琦見上於彭原，請以江淮租庸市輕貨，泝江、漢而上至洋川，令漢中王瑀陸運至扶風以助軍，上從之。尋加琦山南等五道度支使。」《舊唐書·食貨志》：「肅宗初，第五琦始以錢穀得見，請於江、淮分置租庸使，市輕貨以救軍食，遂拜監察御史，爲之使。」

〔六〕使者二句：仇注：「使者星散，經營邊事也。」按，當承上指於江、淮分置租庸使。《詩·商頌·長發》：「受小球大球，爲下國綴旒。」箋：「綴，猶結也。旒，旌旗之垂者也。湯既爲天所命……執圭搢珽，以與諸侯會同，結定其心，如旌旗之旒縿著焉，擔負天之美譽，爲衆所歸鄉。」

〔七〕南伯二句：仇注：「南伯，指漢中王瑀。」參卷一《苦雨奉寄隴西公兼呈王徵士》(0022)注。從事，幕府文職僚佐。《九家》趙注：「指言樊爲判官。」揚雄《解嘲》：「或七十説而不遇，或立談間而封侯。」

〔八〕生知二句：《舊唐書·經籍志》、《新唐書·藝文志》均著録吴伯善《陳七曜曆》、《七曜曆算》等。《舊唐書·代宗紀》大曆二年正月癸酉詔：「其玄象器局、天文圖書、《七曜曆》、《太一雷公式》等，私家不合輒有。」《册府元龜》卷六一三《刑法部·定律令》周廣順三年九月敕：「市兒有解算《七曜曆經》者，每年算造供御及賜藩鎮曆日，而富民之室皆有之。」則「七曜曆」爲曆書之稱。《史記·李將軍列傳》：「與人居則畫地爲軍陳，射闊狹以飲。」《隋書·高祖紀》大定元年周帝授隋高祖策：「口授兵書，手畫行陣，量敵制勝，指日克期。」

〔九〕冰雪二句：《九家》趙注：「聰明如冰雪之浄。」江總《入攝山栖霞寺》：「浄心抱冰雪，暮齒逼桑榆。」《法苑珠林》卷二七引《智度論》頌：「志誠抱冰雪，暮齒迫桑榆。」《左傳》襄公十四年：「敬之如神明，畏之如雷霆。」王褒《四子講德論》：「各悉精鋭，以貢忠誠。」

〔一〇〕幕府二句：《唐會要》卷七九《諸使雜録下》：「大和二年六月，中書門下奏：『諸道觀察等使，奏請供奉官及見任郎官、御史充幕府，貞元、長慶已有敕文，近見因循，多不遵守。』」卷六〇《御史臺上》：「（長慶）二年正月，御史中丞牛僧孺奏：『諸道節度、觀察等使，請在臺御史充判官。臣伏見貞元二年敕：在中書、門下兩省供奉官，及尚書、御史臺見任郎官、御史，諸司諸使並不得奏請任使，仍永爲常式。近日諸道奏請，皆不守敕文……』制曰：可。時段文昌自宰相出鎮庸蜀，奏諫官、御史、南宫郎三人爲僚佐，以某職帶臺銜，上故可之。不逾年，又奏侍御史王申伯、監察蘇景裔，留中不下。中執法舉舊章，議者以爲當。」此皆貞元以後記事，然此前已限制諫官、御史等充任幕職。

〔一一〕至尊二句：《左傳》昭公二十年：「楚君、大夫其旰食乎！」杜預注：「將有吴憂，不得早食。」又昭公七年：「致君之嘉惠。」

〔一二〕補闕二句：柱史，指侍御史。《通典》卷二四《職官・侍御史》：「侍御史，於周爲柱下史，老聃嘗爲之。秦時張蒼爲御史，主柱下方書，亦其任也。」李頎《送崔侍御赴京》：「柱史謁承明，翩翩將有期。」據此二句，樊二十三原任補闕，以侍御史銜出任漢中判官。晨征憩，《九家》趙注：「以晨征行而因執别，則暫憩息也。」仇注：「征行不遑少憩也。」按，此杜詩造語，蓋用陶淵明《始作鎮軍參軍經曲阿》：「時來苟冥會，踠轡憩通衢。投策命晨裝，暫與園田疏。」

〔一三〕回風二句：《九家》趙注：「此言别時之景也。」《古詩十九首》：「回風動地起，秋草萋已緑。」王褒《送觀寧侯葬》：「平原看獨樹，皐亭望列村。」鮑照《擬行路難》：「執袂分别已三載，邇來寂淹無分音。」駱賓王《疇昔篇》：「解鞅欲言歸，執袂愴多違。」

〔一四〕蒼烟根：即蒼烟。佛教有塵根之説，此或仿其語。李紳《贈毛仙翁》：「我亦玄元千世孫，眼穿望斷蒼烟根。」蓋襲此語。

〔一五〕居人二句：阮籍《詠懷》：「緑水揚洪波，曠野莽茫茫。」司馬相如《上林賦》：「牢落陸離，爛漫遠遷。」《文選》李善注：「牢落，猶遼落也。」左思《吴都賦》：「曠瞻迢遞，迥眺冥蒙。」《文選》劉逵注：「迢遞，遠貌。」迢遰同迢遞。

〔一六〕徘徊二句：《琴曲歌辭・芑梁妻歌》：「樂莫樂兮新相知，悲莫悲兮生别離。」《史記・魏其武安侯列傳》：「局趣效轅下駒。」局促同局趣。

〔一七〕陶唐二句：《左傳》襄公二十九年：「請觀於周樂。……爲之歌《唐》，曰：『思深哉！其有陶唐氏之遺民乎？』」《九家》趙注：「光武中興而後，復有十二帝，以比肅宗中興也。」

〔一八〕恨無二句：孔融《與曹公書》：「惟公匡復漢室，宗社將絶，又能正之。」阮籍《詠懷》：「顧謝西王母，吾將從此逝。」

## 送從弟亞赴安西判官①〔一〕

南風作秋聲，殺氣薄炎熾〔二〕。盛夏鷹隼擊〔三〕，時危異人至。令弟草中來，蒼然請論事②〔四〕。詔書引上殿，奮舌動天意〔五〕。兵法五十家，爾腹爲篋笥〔六〕。應對如轉丸，疏通略文字〔七〕。經綸皆新語，足以正神器〔八〕。宗廟尚爲灰，君臣俱下淚③〔九〕。崆峒地無軸，青海天軒輊④〔一〇〕。西極最瘡痍，連山暗烽燧〔一一〕。帝曰大布衣，藉卿佐元帥〔一二〕。坐看清流沙〔一三〕，所以子奉使。歸當再前席，適遠非歷試⑤〔一四〕。須存武威郡，爲畫長久利〔一五〕。孤峯石戴驛〔一六〕，快馬金纏轡。黄羊飫不膻，蘆酒多還醉⑥〔一七〕。踴躍常人情，慘澹苦士志〔一八〕。安邊敵何有，反正計始遂〔一九〕。吾聞駕鼓車，不合用騏驥〔二〇〕。龍吟回其頭，夾輔待所致〔二一〕。（0087）

【校】

①安西，錢箋、《九家》、《草堂》校：「一云河西。」

②然，錢箋校：「一作茫。」《草堂》校：「鮑作茫。」

③俱，錢箋、《九家》、《草堂》校：「一作皆。」

④青海，錢箋校：「浩然本作清海。」　輊，錢箋校：「一作轅。未詳。」

⑤歷，錢箋校：「一作虛。」

⑥蘆，錢箋校：「一作魯。」

【注】

黄鶴注：梁權道編在至德二年（七五七）鳳翔作。詩云「宗廟尚成灰」，是時京師猶未復也。

〔一〕杜亞：《舊唐書·杜亞傳》：「杜亞，字次公，自云京兆人也。少頗涉學，善言物理及歷代成敗之事。至德初，於靈武獻封章，言政事，授校書郎。其年，杜鴻漸爲河西節度，辟爲從事，累授評事、御史。後入朝，歷工、户、兵、吏四員外郎。」《肅宗紀》：「（至德二載五月丁巳）以武部侍郎杜鴻漸爲河西節度。」詩亦云「須存武威郡」，則亞實赴河西判官。

（二）南風二句：《分門》師曰：「南風生養之風，今作秋聲，殺氣盛也。」《史記・樂書》：「故舜彈五絃之琴，歌『南風』之詩而天下治。……夫『南風』之詩者，生長之音也。」庾信《擬詠懷》：「摇落秋爲氣，凄涼多怨情。……楚歌饒恨曲，南風多死聲。」按，詩作於六月，作秋聲者謂秋氣漸奪暑熱。《禮記・月令》：「仲秋之月……殺氣浸盛，陽氣日衰。」劉楨《大暑賦》：「赫赫炎炎，烈烈暉暉，若熾燎之附體。」

（三）盛夏句：《禮記・月令》：「季夏之月……鷹乃學習。」「孟秋之月……鷹乃祭鳥，用始行戮。」《漢書・五行志》：「立秋而鷹隼擊，秋分而微霜降。」仇注：「鷹隼當夏而擊，此殺氣見於造物者。」

（四）蒼然：昏暗貌，亦形容鬢髮灰白。謝朓《郡内登望》：「寒城一以眺，平楚正蒼然。」岑參《秋夕聽羅山人彈三峽流泉》：「皤皤岷山老，抱瑟鬢蒼然。」此形容心情沉重。李白《古風》：「仰望不可及，蒼然五情熱。」

（五）奮舌句：揚雄《解嘲》：「是以士頗得信其舌而奮其筆。」

（六）兵法二句：《漢書・藝文志》：「凡兵書五十三家，七百九十篇，圖四十三卷。」《後漢書・邊韶傳》：「腹便便，五經笥。」

（七）應對二句：《淮南子・要略》：「若轉丸掌中，足以自樂也。」《文心雕龍・論説》：「轉丸騁其巧辭，飛鉗伏其精術。」「轉丸」乃《鬼谷子》篇名。《禮記・經解》：「疏通知遠，《書》教也。」僧睿《大智度論序》：「略其文而挹其玄也。」

〔八〕神器：《漢書·叙傳》：「神器有命，不可以智力求也。」注：「劉奉世曰：神器者聖人之大寶，曰位是也。」

〔九〕宗廟二句：曹冏《六代論》：「宗廟焚爲灰燼，宫室變爲榛藪。」《舊唐書·肅宗紀》：「九廟爲賊所焚，上素服哭於廟三日。」

〔一〇〕崆峒二句：《分門》洙曰：「言天地未安也。」崆峒，見卷一《送高三十五書記》(〇〇〇二)注。黄鶴注謂青海即哥舒翰築應龍城處，與崆峒皆河西節度統之。按，崆峒、青海皆以地域言。《詩·小雅·六月》：「戎車既安，如輊如軒。」《説文》：「輖，重也。」段注：「軒言車輕，輖言車重。引申爲凡物之輕重。」軒輖猶軒輊。何承天《重答顔光禄》：「唱言窮軒輊，立法無衡石。」

〔一一〕西極二句：西極，見本卷《送長孫九侍御赴武威判官》(〇〇八五)注。《漢書·季布傳》：「瘡痍未瘳。」司馬相如《喻巴蜀檄》：「夫邊郡之士，聞烽舉燧燔。」《唐六典》卷五職方郎中：「凡烽候所置，大率相去三十里，其逼邊境者築城以置之。每烽置帥一人、副一人。其放烽有一炬、二炬、三炬、四炬者，隨賊多少而爲差焉。」

〔一二〕帝曰二句：《左傳》閔公二年：「衛文公大布之衣，大帛之冠。」此用其字面。杜亞以布衣獻書言事。元帥謂杜鴻漸。

〔一三〕流沙：《書·禹貢》：「餘波入於流沙。」傳：「弱水餘波，西溢入流沙。」《水經》：「流沙地在張掖居延縣東北。」注：「居延澤在其縣故城東北，《尚書》所謂『流沙』者也。」

〔一四〕歸當二句：《史記·屈原賈生列傳》：「後歲餘，賈生徵見。孝文帝方受釐，坐宣室。上因感鬼神事，而問鬼神之本。賈生具道所以然之狀，至夜半，文帝前席。」《書・舜典》：「將使嗣位，歷試諸難。」傳：「試以治民之難事。」

〔一五〕須存二句：《元和郡縣圖志》卷四〇涼州：「涼州，武威……地勢西北邪出，在南山之間，隔斷西羌、西域，於時號爲斷匈奴右臂。」錢箋：「是時吐蕃乘間進擾河西。」朱鶴齡注：「河西有事，則隴右、朔方皆擾。是時有九姓商胡之叛，故曰『須存武威郡，爲畫長久利』。」參本卷《送長孫九侍御赴武威判官》(0085)注。

〔一六〕石戴驛：《爾雅・釋山》：「石戴土謂之崔嵬，土戴石爲砠。」仇注：「石戴驛，謂驛路在石岩之上。」

〔一七〕黄羊二句：《舊唐書・張説傳》：「時并州大同、横野等軍有九姓同羅、拔曳固等部落，皆懷震懼，説率輕騎二十人，持旌節直詣其部落……副使李憲以爲夷虜難信，不宜輕涉不測，馳狀以諫，説報書曰：『吾肉非黄羊，必不畏吃。血非野馬，必不畏刺。』」莊綽《雞肋編》卷中：「關右塞上有黄羊，無角，色類麞鹿，人取其皮以爲衾褥。又彼中造嗡酒，以荻管吸於瓶中。老杜《送從弟亞赴河西判官》詩……蓋謂此也。」《草堂》夢弼注：「大觀三年，郭隨使虜，嘗舉此詩以問虜使時立愛，立愛云：『黄羊野物，可以獵取，食之不膻。蘆酒，糜穀醖成，可撥醅取，不醉也。但力微，飲多即醉。二物皆北方所有。』信子美之言驗矣。」

〔一八〕慘澹句：慘澹，見本卷《北征》(0052)注。《孔叢子・記問》：「太公勤身苦志，八十而遇文王。」

〔一九〕安邊二句：《史記・秦始皇本紀》：「外攘四夷，以安邊境。」《漢書・禮樂志》：「漢興，撥亂反正。」

〔二〇〕吾聞二句：《後漢書·循吏傳》：「異國有獻名馬者，日行千里，又進寶劍，賈兼百金，詔以馬駕鼓車，劍賜騎士。」《楚辭·離騷》：「乘騏驥以馳騁兮，來吾導夫先路。」王逸注：「騏驥，駿馬也。」

〔二一〕龍吟二句：張衡《歸田賦》：「爾乃龍吟方澤，虎嘯山丘。」《左傳》僖公四年：「五侯九伯，女實征之，以夾輔周室。」

## 送韋十六評事充同谷郡防禦判官〔一〕

昔没賊中時，潛與子同游。今歸行在所，王事有去留。偪側兵馬間，主憂急良籌〔二〕。子雖軀幹小，老氣横九州①〔三〕。挺身艱難際，張目視寇讎〔四〕。朝廷壯其節，奉詔令參謀。鑾輿駐鳳翔，同谷爲咽喉〔五〕。西扼弱水道，南鎮枹罕陬②〔六〕。此邦承平日③，剽劫吏所羞。况乃胡未滅，控帶莽悠悠〔七〕。府中韋使君，道足示懷柔〔八〕。令侄才俊茂，二美又何求〔九〕。受詞太白脚，走馬仇池頭〔一〇〕。古色沙土裂④〔一一〕，積陰雪雲稠⑤。羌父豪猪靴⑥，羌兒青兕裘⑦〔一二〕。吹角向月窟〔一三〕，蒼山旌旆愁⑧。烏驚出死樹，龍怒拔老湫〔一四〕。古來無人境，今代横戈矛。傷哉文儒士，憤激馳林丘〔一五〕。中原正格鬭，後會何緣由？百年賦命定〔一六〕，豈料沉與浮。且復戀良友，握手步道周〔一七〕。論兵遠壑净，亦可縱冥搜〔一八〕。題詩得秀句，札翰時相投〔一九〕。（0088）

【校】

① 老，宋本、錢箋、《九家》校：「一作志。」《草堂》作「志」，校：「一作老。」

② 枹罕，宋本、錢箋、《九家》、《草堂》校：「一作氐羌。」

③ 承，《草堂》作「升」。

④ 色，宋本、錢箋、《九家》、《草堂》校：「一作邑。」

⑤ 積陰雪雲稠，宋本、錢箋、《九家》校：「一作『積雪陰雲稠』。」《草堂》作「積雪陰雲稠」。　雪雲，錢箋校：「一作霜雪。」

⑥ 靴，錢箋校：「一云帽。」

⑦ 羌兒青兕裘，錢箋、《草堂》校：「晋作『漢兵黑貂裘』。」

⑧ 蒼山，錢箋、《草堂》校：「一作山蒼。」

【注】

黄鶴注：至德二年（七五七）作，故詩云「今歸行在所」，又云「鑾輿駐鳳翔」。

〔一〕韋十六評事：名不詳。《唐六典》卷一八大理寺：「評事十二人，從八品下。」同谷郡：《元和郡縣圖志》卷二二山南道：「成州，同谷，下。……武德元年，復爲成州。本屬隴右道，貞元五年節度使嚴震奏割屬山南道。……東至上都一千里。……東至鳳州四百五十里。」《舊唐書·地理志》：「天寶元年，改爲同谷郡。乾元元年，復爲成州。」防禦判官：防禦使判官。《唐會要》卷七八《諸使雜録上》：「（天寶）十四載十一月安禄山叛命，諸州當賊衝者，始置防禦使。至實應元年五月十九日，停諸州防禦使。」卷六八《刺史上》：「乾元二年九月敕：比來刺史之任，皆先奏州縣官屬。今後除帶使次判官外，一切不得奏改。……其刺史非兼節度，但有防禦使者，副使、判官，委於本州官中推擇，亦不得別奏人。」

〔二〕偪側二句：偪側，見本卷《偪仄行》(0051)注。《史記·越王句踐世家》：「臣聞主憂臣勞，主辱臣死。」《留侯世家》：「張良曰：『臣請藉前箸爲大王籌之。』」

〔三〕子雖二句：《晋書·劉曜載紀》：「隴上歌之曰：『隴上壯士有陳安，軀幹雖小腹中寬，愛養將士同心肝。』」孔稚圭《北山移文》：「風情張日，霜氣横秋。」高適《還京次睢陽祭張巡許遠文》：「聲蓋天壤，氣横遼廓。」

〔四〕挺身二句：《後漢書·宗室城陽恭王祉傳》：「祉挺身還保棘陽。」《史記·廉頗藺相如列傳》：

「相如張目叱之。」

〔五〕鑾輿二句：班固《西都賦》：「於是乘鑾輿，備法駕。」《文選》李善注：「蔡邕《獨斷》曰：天子至尊，不敢渫瀆言之，故託於乘輿也。」李尤《函谷關銘》：「襟帶咽喉。」

〔六〕西扼二句：《書・禹貢》：「導弱水，至於合黎，餘波入於流沙。」《元和郡縣圖志》卷四〇隴右道甘州删丹縣：「弱水，在縣南山下。」卷三九隴右道：「河州，安樂，上。……漢昭帝分隴西、天水、張掖三郡立金城郡，今州即金城郡之枹罕縣也。……隋大業三年罷州，改爲枹罕郡。武德二年討平李軌，改置河州。」左思《吴都賦》：「荒陬譎詭。」《文選》劉逵注：「陬，四隅，謂邊遠也。」

〔七〕控帶句：《宋書・王景文傳》：「控帶三江，通接荆郢。」悠悠，長遠貌。《古詩十九首》：「回車駕言邁，悠悠涉長道。」

〔八〕府中二句：韋使君，當任同谷郡太守兼防禦使。韋十六之叔父，名不詳。使君，郡守。《陌上桑》：「使君從南來，五馬立踟躕。」王通《中説・周公》：「曰：『兼忘天下，不亦可乎？』曰：『道足乎？』曰：『足則吾不知也。』」《左傳》僖公二十四年：「其懷柔天下也，猶懼有外侮。」

〔九〕二美：潘岳《藉田賦》：「此一役也，而二美具焉。」此指叔侄二人。

〔一〇〕受詞二句：受詞，受命。本書卷七《八哀詩・嚴公武》(0332)：「受詞劍閣道，謁帝蕭關城。」竇常《奉賀太保岐公承恩致政》：「山泉遂性休稱疾，子弟能官各受詞。」太白，太白山。見本卷《九成宫》(0056)注。《元和郡縣圖志》卷二二成州：「有山曰仇池，地方百頃，其地險固，白馬氏據焉。秦逐西羌，置隴西郡。」上祿縣：「仇池山，在縣南八十里。壁立百仞，有自然樓櫓却敵，分置均調，有如人工。上有數萬人家，一人守道，萬夫莫向。其地良沃，有土可以煮鹽，楊氏故累世據焉。」

〔一一〕古色句：《史記·匈奴列傳》：「信教單于益北絶幕。」集解：「瓚曰：沙土曰幕。」《九家》趙注：「西邊近沙漠之地，故沙土裂。」

〔一二〕羌父二句：《魏書·氐傳》：「氐者，西夷之别種，號曰白馬。……漢建安中，有楊騰者，爲部落大帥。騰勇健多計略，始徙居仇池，仇池方百頃，因以爲號。……（楊）難當後自立爲大秦王，年號曰建義。」《通典》卷一七六《州郡·同谷郡》：「成州，古白馬氐國。二漢屬武都郡，晋置仇池郡，後没於楊茂搜等。」《太平御覽》卷七八九引《南夷志》：「尋傳蠻，俗無絲綿布帛，披婆羅籠，跣足，可以踐履榛棘。持弓挾矢，射豪猪，生食其肉，取其兩牙雙插頂傍爲飾，又條其皮以繫腰。」《説文》：「兕，如野牛，青色，其皮堅厚可製鎧。」

〔一三〕吹角句：《太平御覽》卷五八四引《宋樂志》：「角長五尺，形如竹筒，本細，末稍大，未詳所起。今鹵部及軍中用之，或以竹木，或以皮爲之，無定制。按古軍法有吹角也。此器俗名拔邏回，蓋胡虜驚軍之音，所以書傳無之。海内亂離，至侯景圍臺城，方用之也。」揚雄《長楊賦》：「西壓月蝟，東震日域。」《文選》李善注：「服虔曰：蝟音窟，月所生也。」指西方。顔延之《宋郊祀歌》：「月竁來賓，日際奉土。」

〔一四〕老湫：《漢書·郊祀志》：「自華以西，名山七，名川四。……湫淵，祠朝那。」《地理志》：「安定郡……又有湫淵祠。」《分門》洙曰引此。《元和郡縣圖志》卷三九隴右道芳州丹嶺縣：「湫池，在縣西八十里通彌山中，周回百餘里，蓋古之天池大澤，白水之源，蓋出此也。」按，此「老湫」固難確指，然移湫必爲湫潭之類，非名川之湫水。龍移湫傳説，見卷一《奉同郭給事湯東靈湫作》(0035)注。

〔一五〕傷哉二句：《論衡·書解》：「著作者爲文儒，説經者爲世儒。」李乂《故西臺侍郎上官公挽歌》：「宇内文儒重，朝端禮命優。」謝安《蘭亭詩》：「契茲言執，寄傲林丘。」

〔一六〕百年句：《列子·楊朱》：「百年，壽之大齊，得百年者千無一焉。」曹植《贈白馬王彪詩》：「變故在斯須，百年誰能待。」鮑照《代空城雀》：「賦命有厚薄，長歎欲如何。」

〔一七〕道周：《詩·唐風·有杕之杜》：「有杕之杜，生於道周。」

〔一八〕論兵二句：沈約《早發定山詩》：「夙齡愛遠壑，晚莅見奇山。」冥搜，見卷一《同諸公登慈恩寺塔》(0023)注。

〔一九〕題詩二句：獨孤及《安定皇甫公集序》：「曲水修禊，南浦愴别，新聲秀句，輒加於常時一等。」《舊唐書·文苑傳·元思敬》：「又撰《詩人秀句》兩卷，傳於世。」劉楨《公宴詩》：「投翰長歎息，綺麗不可忘。」

## 送李校書二十六韻〔一〕

代北有豪鷹，生子毛盡赤〔二〕。渥洼騏驥兒①，尤異是龍脊②〔三〕。李舟名父子，清峻流輩伯③〔四〕。人間好少年④，不必須白晳〔五〕。十五富文史，十八足賓客。十九授校書，二十聲輝赫⑤〔六〕。衆中每一見，使我潛動魄〔七〕。自恐二男兒〔八〕，辛勤養無益。乾元元年春⑥，萬姓始安宅〔九〕。舟也衣綵衣〔一〇〕，告我欲遠適。倚門固有望，斂衽就行役〔一一〕。南登吟白華，已見楚山碧〔一二〕。藹藹咸陽都，冠蓋日雲積⑦〔一三〕。何時太夫人〔一四〕，堂上會親戚？汝翁草明光，天子正前席〔一五〕。歸期豈爛漫⑧〔一六〕，别意終感激。顧我蓬屋姿，謬通金閨籍⑨〔一七〕。小來習性懶，晚節慵轉劇⑩〔一八〕。每愁悔吝作，如覺天地窄〔一九〕。羨君齒髮新，行己能夕惕〔二〇〕。臨歧意頗切，對酒不能喫〔二一〕。回身視綠野，慘澹如荒澤。老雁春忍飢⑪，哀號待枯麥。時哉高飛燕，絢練新羽翮〔二二〕。長雲濕褒斜，漢水饒巨石〔二三〕。無令軒車遲，衰疾悲宿昔⑫〔二四〕。（0089）

【校】

① 兒，錢箋、《草堂》校：「一作種。」

② 龍，錢箋、《草堂》校：「一作虎。」

③ 流，錢箋校：「樊作時。」

④少，《九家》作「妙」。錢箋、《草堂》校：「一作妙。」

⑤輝，《九家》、《草堂》校：「一作煇。」錢箋校：「一作煇。樊作烜。」

⑥元年，「元」錢箋、《九家》校：「一作二。」

⑦日雲，錢箋校：「一作已如。」

⑧期，《草堂》作「旗」。

⑨閏，錢箋、《草堂》校：「一作門。」

⑩節，錢箋、《九家》、《草堂》校：「一作歲。」

⑪春忍，錢箋校：「陳作忍春。」

⑫宿，錢箋作「夙」。

## 【注】

黄鶴注：乾元元年（七五八）在諫省時作。

〔一〕李校書：指李舟。梁肅《處州刺史李公墓志銘》：「公姓李氏，諱某，隴西成紀人也，字曰公受。……水部郎中眉州刺史某，以弘材廣化，實公之烈考。禮部尚書襄陽席豫，以大名謚文，實公之外祖。公生而聰邁，十六以黄老學一舉登第，十八典校弘文，二十餘以金吾掾假法冠，爲孟侯皞湖南從事。給事中賀若察宣慰南方，請公爲賓佐。其後宰東陽、宣城二縣，辟宣歙、浙東二府。……享年四十有八，以某年月日遘疾捐館。」此李舟墓志。《新唐書·宰相世系表二上》李氏姑臧大房：「岑，水部郎中、眉州刺史。」子「舟字公受，虔州刺史、隴西縣男」。《舊唐書·梁崇義傳》載其奉旨説崇義及劉文喜事：「四方反側者聞之，謂舟必能覆軍殺將。」岑參《送弘文李校書往漢南拜親》，亦送李舟，爲同時作。《唐六典》卷八門下省弘文館：「校書郎二人，從九品上。」

〔二〕代北二句：《太平御覽》卷九二六引《爾雅》「鷹，鶆鳩」郭璞注：「善擊，官於代郡捕之。」張華《鷦鷯賦》：「戀鍾岱之林野，慕隴坻之高松。」《文選》李善注：「鍾、岱二山，鷹之所産。《漢書》曰：趙地鍾岱，迫近胡寇。如淳曰：鍾，所在未聞。漢有代郡，故代國也。」魏彦深《鷹賦》：「亦有白如散花，赤如點血。」

〔三〕渥洼二句：渥洼，見卷一《沙苑行》(0038)注。《漢書·禮樂志》郊祀歌《天馬》：「虎脊兩，化若鬼。」本書卷一一《戲爲六絶句》(0693)：「龍文虎脊皆君馭，歷塊過都見爾曹。」此蓋混言。李賀《馬詩》：「龍脊貼連錢，銀蹄白踏烟。」則襲此。

〔四〕清峻句：《三國志·魏書·常林傳》：「時論以林節操清峻。」流輩伯，猶言流輩之雄。陳子昂《臨邛縣令封君遺愛碑》：「文章之伯，而時所宗。」

〔五〕不必句：《左傳》昭公二十六年：「有君子白皙，鬒鬚眉，甚口。」《陌上桑》：「爲人潔白皙，鬑鬑頗有鬚。」

〔六〕十五四句：《陌上桑》：「十五府小史，二十朝大夫。三十侍中郎，四十專城居。」仇注：「此四語所本。」按，《漢書·東方朔傳》：「年十三學書，三冬文史足用，十五學擊劍，十六學詩書，誦二十二萬言，十九學孫吴兵法，戰陣之具，鉦鼓之教，亦誦二十二萬言。」亦其所本。《後漢書・孔融傳》：「及退閑職，賓客日盈其門，常歎曰：『坐上客恒滿，尊中酒不空，吾無憂矣。』」

〔七〕動魄：江淹《雜體詩序》：「故蛾眉詎同貌，而俱動於魄。」鍾嶸《詩品》：「意悲而遠，驚心動魄。」

〔八〕二男兒：仇注：「二男，公子宗文、宗武也。」

〔九〕乾元二句：《舊唐書・肅宗紀》：「（乾元元年二月）丁未，御明鳳門，大赦天下，改至德三載爲乾元元年。」《易・剥・象》：「上以厚下安宅。」《孟子・公孫丑上》：「夫仁，天之尊爵也，人之安宅也。」

〔一〇〕衣綵衣：《藝文類聚》卷二〇引《列女傳》：「老萊子孝養二親，行年七十，嬰兒自娱，著五色綵衣，嘗取漿上堂，跌仆，因卧地爲小兒啼，或弄烏鳥於親側。」曹植《靈芝篇》：「伯瑜年七十，彩衣以娱親。慈母笞不痛，歔欷涕沾巾。」

〔一一〕倚門二句：《戰國策・齊策》：「王孫賈年十五，事閔王，王出走，失王之處。其母曰：『女朝出而晚來，則吾倚門而望。女暮出而不還，則吾倚閭而望。女今事王，王出走，女不知其處，女尚何歸？』」《史記・留侯世家》：「楚必斂衽而朝。」潘岳《秋興賦》：「且斂衽以歸來兮，忽投紱以高厲。」

〔一二〕南登二句：《詩・小雅・白華》序：「白華，孝子之絜白也。」《白華》篇亡，束皙《補亡詩六首》有其章。據岑參詩，李舟乃往漢南省親，故詩云「楚山」。朱鶴齡謂李舟道經漢中，爲楚北境，觀後「褒斜」、「漢水」語可見。仇注謂舟父向爲眉州刺史，天寶之亂必寓家於此，蜀漢本屬楚地，故云「楚山碧」。謬。

〔一三〕冠蓋句：班固《西都賦》：「冠蓋如雲，七相五公。」左思《詠史》：「濟濟京城内，赫赫王侯居。冠蓋蔭四術，朱輪竟長衢。」

〔一四〕太夫人：舟母席豫女，豫襄陽人。陶敏謂舟母當因安史之亂返襄陽依母家。按，《舊唐書·席豫傳》謂其徙家河南，則非居襄陽。此固因戰亂，衣冠避難南遷。

〔一五〕汝翁二句：舟父岑。賈至《授李岑工部員外郎制》：「京兆府兵曹參軍李岑，敏而好學，出言有章，累登甲乙之科，嘗居匡輔之任。」陶敏謂此制行於至德間，乾元初李岑當遷水部郎中知制誥。按，據《新唐書·百官志》「中書舍人」：「開元初，以它官掌詔敕策命，謂之兼知制誥。肅宗即位，又以它官知中書舍人事。……先是，知制誥率用前行正郎，宣宗時，選尚書郎爲之。」時未聞有以水部郎中知制誥者。然李岑此時在朝内無疑。班固《西都賦》：「自未央而連桂宫，北彌明光而亘長樂。」《文選》李善注：「《三輔舊事》：桂宫内有明光殿。」參卷六《石硯詩》(0270)注。前席，見本卷《送從弟亞赴安西判官》(0087)注。

〔一六〕歸期句：《莊子·在宥》：「大德不同，而性命爛漫矣。」疏：「爛漫，散亂也。」蔣紹愚釋此句爲無定止義。

〔一七〕謬通句：謝朓《始出尚書省》：「既通金閨籍，復酌瓊筵醴。」《文選》李善注：「金閨，即金門也。《解嘲》曰：歷金門，上玉堂。應劭《漢書注》曰：籍者，爲二尺竹牒，記其年紀、名字、物色，懸之宮門，案省相應，乃得入也。」參卷一《贈李白》(0003)注。

〔一八〕小來二句：小來，小，年幼。來爲語助詞。李頎《放歌行答從弟墨卿》：「小來好文恥學武，世上功名不解取。」岑參《送人赴安西》：「小來思報國，不是愛封侯。」《史記·魏其武安侯列傳》：「及孝景晚節。」索隱：「謂晚年也。」

〔一九〕每愁二句：《易·繫辭上》：「悔吝者，憂虞之象也。」嵇康《述志》：「轗軻丁悔吝，雅志不得施。」《詩·小雅·正月》：「謂天蓋高，不敢不局；謂地蓋厚，不敢不蹐。」

〔二〇〕行己句：《論語·公冶長》：「其行己也恭，其事上也敬。」《易·乾》：「君子終日乾乾，夕惕若厲。」疏：「夕惕者，謂終竟此日後，至向夕之時，猶懷憂惕。」

〔二一〕臨岐二句：吴均《發湘州贈親故别》：「何用叙離别，臨岐贈好音。」《文選》李陵《與蘇武詩》：「遠望悲風至，對酒不能酬。」黄徹《䂬溪詩話》卷七：「數物以個，謂食爲喫，甚近鄙俗，獨杜屢用。……《送李校書》云『臨岐意頗切，對酒不能喫』，『樓頭喫酒樓下卧』，『但使殘年喫飽飯』，『梅熟許同朱老喫』。蓋篇中大概奇特，可以映帶者也。」

〔二二〕時哉二句：《論語·鄉黨》：「山梁雌雉，時哉時哉！」顔延之《赭白馬賦》：「别輩越羣，絢練夐絶。」《文選》李善注：「絢練，疾貌也。」

〔二三〕長雲二句：《元和郡縣圖志》卷二二興元府褒城縣：「褒水，源出縣西衙嶺川。斜水與褒水同源而派分。褒水東流入漢中郡褒城縣，斜水北流入渭，經武功縣及鳳翔、扶風三縣者也。漢孝武帝時，人欲通褒斜道及漕，事下御史大夫張湯……發數萬人作褒斜道五百里。」「褒斜道，一名石牛道，張良令漢王燒絶棧道，示無還心，即此道也。」嚴耕望《唐代交通圖考》：「唐代文士取褒斜道者頗多，有確知其所指者，多爲鳳褒道。……以褒城至鳳州散關爲幹線，亦稱斜谷道，或逕稱之爲褒斜道。」《元和郡縣圖志》卷二一山南道均州鄖鄉縣：「漢水，西自豐利縣界流入，東有滂灘，冬即水淺，而下多大石。又東爲浄灘，夏水急迅，行旅苦之。歌曰：『冬滂夏浄，斷官使命。』」

〔二四〕無令二句：《古詩十九首》：「思君令人老，軒車來何遲。」謝朓《在郡卧病呈沈尚書》：「良辰竟何許，夙昔夢佳期。」

## 洗兵馬收京後作〔一〕。

中興諸將收山東，捷書日報清晝同①〔二〕。河廣傳聞一葦過，胡危命在破竹中〔三〕。祇殘鄴城不日得，獨任朔方無限功②〔四〕。京師皆騎汗血馬，回紇餧肉蒲萄宫〔五〕。已喜皇威清海岱，常思仙仗過崆峒〔六〕。三年笛裏關山月，萬國兵前草木風〔七〕。成王功大心轉小，郭相謀深古來少③〔八〕。司徒清鑒懸明鏡，尚書氣與秋天杳〔九〕。二三豪俊爲時出，整頓乾坤濟時了〔一〇〕。東走無復憶鱸魚，南飛覺有安巢鳥〔一一〕。青春復隨冠冕入，紫禁正耐烟花繞④〔一二〕。鶴駕通宵鳳輦備⑤，雞鳴問寢龍樓曉⑥〔一三〕。攀龍附鳳世莫當⑦，天下盡化爲侯王〔一四〕。汝等豈知蒙帝力⑧，時來不得誇身强〔一五〕。關中既留蕭丞相，幕下復用張子房〔一六〕。張公一生江海客，身長九尺鬚眉蒼。徵起適遇風雲會，扶顛始知籌策良〔一七〕。青袍白馬更何有，後漢今周喜再昌〔一八〕。寸地尺天皆入貢，奇祥異瑞争來送。不知何國致白環，復道諸山得銀甕〔一九〕。隱士休歌紫芝曲，詞人解撰清河頌⑨〔二〇〕。田家望望惜雨乾，布穀處處催春種〔二一〕。淇上健兒歸莫懶，城南思婦愁多夢〔二二〕。安得壯士挽天河〔二三〕，浄洗甲兵長不用！（0090）

【校】

① 日報，《草堂》作「夕奏」，校：「王荆公作夜報。」　日，錢箋校：「荆作夜。又作夕。」《九家》校：「趙作夕。」

② 任，宋本作「往」，據錢箋等改。

③ 謀深，錢箋校：「一作謀猷。一作深謀。」《草堂》校：「一作謀猷。」

④ 禁，錢箋校：「吴本作駕。」

⑤ 駕，錢箋作「禁」。《草堂》校：「或作過。或作來。」

⑥樓，錢箋、《草堂》校：「一作虵。」
⑦攀龍附鳳，《草堂》校：「一作攀鱗附翼。」世，錢箋、《九家》、《草堂》作「勢」。錢箋校：「一作世。」
⑧蒙，錢箋校：「一作象。」
⑨解，錢箋校：「《西溪叢語》：善本作角。」清河，錢箋、《九家》作「河清」。錢箋校：「一云清河。」

【注】

黄鶴注：此詩當是乾元二年春（七五九）作，末云「田家望望惜雨乾」，蓋二年春無雨也。梁權道編在元年，恐非。朱鶴齡、仇注、蕭滌非等説同。按，春旱之説無據，詳注。川《譜》編在乾元元年（七五八）。詹鍈《談杜甫的洗兵馬》（《杜甫研究論文集》第三集）、徐樹儀《洗兵馬繫年及解釋辨誤》（《草堂》一九八三年第一期）等，亦繫於乾元元年。

〔一〕洗兵馬：姚寬《西溪叢語》卷上：「左太沖《魏都賦》云：『洗兵海島，刷馬江州。』《六韜》：『武王問太公：雨輜車至軫，何也？曰：洗甲兵也。』魏武《兵要》曰：『大將將行，雨濡衣冠，是謂洗兵。』」吴曾《能改齋漫録》卷六：「案《説苑》：武王伐紂，風霽而乘以大雨。散宜生諫曰：『此非妖與？』王曰：『非也。天洗兵也。』」王楙《野客叢書》卷二九：「僕觀梁簡文帝詩：『洗兵逢驟雨，送陣出黄雲。』《裴行儉碑》曰：『洗兵諸真之水，刷馬草心之山。』此皆有『洗兵』之語。」

〔二〕中興二句：《舊唐書·肅宗紀》：「（至德二載九月）丁亥，元帥廣平王統朔方、安西、回紇、南鑾、大食之衆二十萬，東向討賊。……癸卯，廣平王收西京。……（十月）壬戌，廣平王入東京。……上大喜。丁卯，入長安。」「（乾元元年）二月癸卯朔，賊將僞淄青節度能元皓以其地請降，用爲河北招討使。……（九月）庚寅，大舉討安慶緒於相州。……十一月丁丑，郭子儀收魏州。……（十二月）時王師圍相州，慶緒食盡，求於史思明，率衆來援。丁卯，思明復陷魏州。」「（二年正月己巳朔）是日，史思明自稱燕王於魏州，僭立年號。……（三月）壬申，相州行營郭子儀等與賊史思明戰，王師不利，九節度兵潰。」仇注：「其作詩時兵尚未敗也。」《九家》趙注：「山東者，今之河北也。蓋謂之山東、山西，以太行山分之也。」《梁書·蔡道恭傳》：「奇謀間出，捷書日至。」《封氏聞見記》卷四：「露布，捷書之别名也。諸軍破城，則以帛書建諸竿上，謂之露布。蓋自漢已來有其名。所以名露布者，謂不封檢，露而宣布，欲四方速知。亦謂之露版。」《九家》趙注謂夕晚之報與晝同，言其好消息之真。按，「口報」者謂捷報連日，不煩改「夕」字。

〔三〕河廣二句：《詩·衛風·河廣》：「誰謂河廣，一葦杭之。」《晋書·杜預傳》：「今兵威已振，譬如破竹，數節之後，皆迎刃而解，無復著手處也。」

〔四〕秖殘二句：鄴城，相州。《舊唐書·地理志》河北道：「相州，漢魏郡也。……天寶元年，改爲鄴郡。乾元元年，復爲相州。」時安慶緒據相州。參本卷《新安吏》（0060）注。朔方，朔方軍。參卷一《哀王孫》（0047）注。時朔方節度使爲郭子儀。《舊唐書·郭子儀傳》：「至彭原郡，宰相房琯請兵萬人，自爲統帥以討賊。帝素重琯，許之。兵及陳濤，爲賊所敗，喪師殆盡。方事討除，而軍半殪，唯倚朔方軍爲根本。」

〔五〕京師二句：汗血馬，見卷一《醉歌行》(0020)注。《漢書·張耳陳餘傳》：「如以肉餧虎，何益。」《漢書·匈奴傳》：「元壽二年單于來朝，上以太歲厭勝所在，舍之上林苑蒲萄宫。」時回紇助兵收復兩京，參本卷《北征》(0052)、《留花門》(0068)注。

〔六〕已喜二句：《書·禹貢》：「海岱惟青州。」傳：「東北據海，西南距岱。」釋文：「岱音代，泰山也。」崔湜《幸白鹿觀應制》：「御旗探紫籙，仙仗辟丹丘。」岑參《奉和中書舍人賈至早朝大明宫》：「金闕曉鐘開萬户，玉階仙仗擁千官。」《元和郡縣圖志》卷三原州平高縣：「笄頭山，一名崆峒山，在縣西一百里，即黄帝謁廣成子學道之處。《史記》曰：『黄帝東至於海，西至崆峒，登笄頭。』是也。《漢書》曰：『笄頭山，在涇陽西。』《禹貢》涇水所出。《莊子》云廣成子學道崆峒之山。」朱鶴齡注：「肅宗自馬嵬經彭原、平涼至靈武，合兵興復，道必由崆峒。及南回也，亦自原州入，則崆峒乃鑾輿往來之地。」

〔七〕三年二句：《九家》趙注謂自天寶十四載安禄山反至至德二載復兩京，爲三年。蕭滌非謂自天寶十四載十一月至乾元二年二月，計三年零三個月。《樂府詩集》卷二三《横吹曲辭》引《樂府解題》：「《關山月》，傷離别也。古《木蘭詩》曰：『萬里赴戎機，關山度若飛。朔氣傳金柝，寒光照鐵衣。』按相和曲有《度關山》，亦類此也。」載梁元帝、陳後主等人作。楊倫云：「此言興師以來，笛咽關山，兵驚草木。」按，萬國兵指廣平王所統朔方、安西、回紇、南蠻、大食之軍。《論語·顔淵》：「草上之風，必偃。」此言叛軍如草木必偃。仇注引《晋書》苻堅望八公山草木皆疑以爲兵，不確。

〔八〕成王二句：《舊唐書·肅宗紀》：「（至德二載十二月戊午朔）廣平王俶封楚王。」「（乾元元年二月）甲戌，元帥楚王俶改封成王。」後即位爲代宗。《荀子·不苟》：「君子位尊而志恭，心小而道大。」《淮南子·主術訓》：「聖人之心小矣。《詩》云：『惟此文王，小心翼翼。』」《舊唐書·肅宗紀》：「（至德二載十二月戊午）左僕射、朔方節度郭子儀加司徒，進封代國公。」「（乾元元年八月甲辰）朔方節度使郭子儀……來朝，加子儀中書令。」

〔九〕司徒二句：司徒，李光弼。《舊唐書·肅宗紀》：「（至德二載四月戊寅朔）李光弼爲司徒。」「（乾元元年八月甲辰）加……光弼侍中。」《世説新語·賞譽》：「殷中軍道右軍：清鑒貴要。」又《言語》袁羊曰：「何嘗見明鏡疲於屢照，清流憚於惠風。」尚書，《分門》洙曰指僕固懷恩，劉曰指房琯。《九家》趙注謂指王思禮，是。《舊唐書·肅宗紀》：「（乾元元年八月甲辰）朔方節度使郭子儀、河東節度使李光弼、關内節度使王思禮來朝，加……思禮兵部尚書，餘如故。」三節度所率爲唐軍主力，故次成王而言之。傅毅《舞賦》：「氣若浮雲，志若秋霜。」陶淵明《己酉歲九月九日》：「清氣澄餘滓，杳然天界高。」

〔一〇〕二三二句：《三國志·吴書·朱治傳》注引《江表傳》：「器爲時生。」又《諸葛恪傳》注引《漢晋春秋》：「古人有言，聖人不爲時，時至亦不可失也。」又《魏書·袁紹傳》注引《續漢書》：「將軍宜整頓天下，爲海内除患。」《後漢書·延篤傳》：「於己則事寡，濟時則功多。」

〔一一〕東走二句：《世説新語·識鑒》：「張季鷹辟齊王東曹掾，在洛，見秋風起，因思吴中菰菜羹、鱸魚膾，曰：『人生貴得適意爾，何能羈宦數千里以要名爵？』遂命駕便歸。俄而齊王敗，時人皆謂見機。」《古詩十九首》：「胡馬依北風，越鳥巢南枝。」王績《燕賦》：「還將擇木之意，自覓安巢之所。」

〔一二〕青春二句：《楚辭・大招》：「青春受謝，白日昭只。」王逸注：「青，東方春位，其色青也。」謝希逸《宋孝武宣貴妃誄》：「掩采瑶光，收華紫禁。」《文選》李善注：「王者之宫，以象紫微，故謂宫中爲紫禁。」陳子昂《于長史山池三日曲水宴》：「烟花飛御道，蜀綺照昆明。」劉希夷《歸山》：「歸去嵩山道，烟花覆青草。」本書卷一四《傷春五首》（0974）：「關塞三千里，烟花一萬重。」言烟花者多謂蒙烟之花，如烟之花，而杜詩每偏言烟。

〔一三〕鶴駕二句：虞世基《元德太子哀册文》：「望鶴駕而不追，顧龍樓而日遠。」武則天《昇仙太子碑》：「鶴駕騰鑣，俄陟神仙之路。」《列仙傳》卷上：「王子喬者，周靈王太子晋也。……見桓良曰：『告我家，七月七日待我於緱氏山顛。』至時，果乘白鶴駐山頭。」《九家》杜《補遺》：「故後世稱太子之駕曰鶴駕。」隋煬帝《步虚詞》：「翠霞承鳳輦，碧霧翼龍輿。」宋之問《松山嶺應制》：「翼翼高旌轉，鏘鏘鳳輦飛。」《禮記・文王世子》：「文王之爲世子，朝於王季，日三。雞初鳴而衣服，至於寢門外，問内豎之御者曰：『今日安否何如？』内豎曰：『安。』文王乃喜。」《漢書・成帝紀》：「上嘗急召，太子出龍樓門，不敢絶馳道。」王融《三月三日曲水詩序》：「出龍樓而問豎，入虎闈而齒胄。」《文選》李善注引《漢書》、《禮記》。《舊唐書・肅宗紀》：「（至德二載）十二月丙午，上皇至自蜀，上至望賢宫奉迎。上皇御宫南樓，上望樓辟易，下馬趨進樓前，再拜蹈舞稱慶。……上請歸東宫，上皇遣高力士再三慰譬而止。」楊倫云：「備鳳輦以迎上皇……人主復修子道，皆將見之寇盡之餘，語亦以頌寓規。」

〔一四〕攀龍二句：《漢書·叙傳》：「攀龍附鳳，並乘天衢。」又：「雲起龍驤，化爲侯王。」《舊唐書·肅宗紀》：至德二載十二月戊午朔大赦，封右僕射裴冕冀國公、殿中監李輔國成國公等。

〔一五〕汝等二句：《漢書·張耳陳餘傳》：「秋毫皆帝力也。」《三國志·魏書·劉廙傳》：「遭乾坤之靈，值時來之運。」盧照鄰《釋疾文》：「時之來也，則屠夫餓隸作王侯而有餘。」

〔一六〕關中二句：《史記·蕭相國世家》鄂君議：「夫漢與楚相守滎陽數年，軍無見糧，蕭何轉漕關中，給食不乏。陛下雖數亡山東，蕭何常全關中以待陛下，此萬世之功也。」《九家》趙注：「謂郭子儀也。」《草堂》引舊注：「賊平，帝以蕭華留守，故比之蕭何也。」夢弼按語引《新唐書·杜鴻漸傳》：「會裴冕至自河西，亦勸之朔方，而鴻漸與（崔）漪至白草頓迎謁……太子喜曰：『靈武我之關中，卿乃吾蕭何也。』」但引文誤作「裴冕傳」，蓋以其事屬裴冕。錢箋：「指房琯也。琯自蜀郡奉册，留相肅宗，故曰既留。或以謂指杜鴻漸，非也。琯既罷，張鎬代琯爲相，故曰復用張子房。」蕭滌非云：「乾元元年六月，房琯由太子少師出爲邠州刺史，邠州屬關内道，故云『關中既留』。」按，當此喻者必嘗居相位。然房琯至德二載五月罷相位，乾元元年六月並從貶秩。錢箋有意反諸舊説，謂肅宗疑玄宗舊臣，琯、鎬皆用而不終，故以此句屬房琯。其實不無可議。本書卷一七《秋日荆南送石首薛明府辭滿告别奉寄薛尚書頌德叙懷斐然之作三十韻》（1339）：「勢愜宗蕭相。」注：「郭令公。」蓋甫自注。以彼證此，則此詩蕭丞相亦當指郭子儀。

雖前已云「郭相謀深」，然敘事不同，不嫌重複。《史記·留侯世家》：「高帝曰：『運籌策帷帳中，決勝千里外，子房功也。』」

〔一七〕張公四句：《舊唐書·張鎬傳》：「張鎬，博州人也。風儀魁岸，廓落有大志，涉獵經史，好談王霸大略。……天寶末，楊國忠以聲名自高，搜天下奇傑，聞鎬名，召見薦之，自褐衣拜左拾遺。……玄宗幸蜀，鎬自山谷徒步扈從。肅宗即位，玄宗遣鎬赴行在所。鎬至鳳翔，奏議多有弘益，拜諫議大夫，尋遷中書侍郎、同中書門下平章事。……時方興軍戎，帝注意將帥，以鎬有文武才，尋命兼河南節度使……及收復兩京，加鎬銀青光禄大夫，封南陽郡公，詔以本軍鎮汴州，招討殘孽。時賊帥史思明表請以范陽歸順，鎬揣知其僞，恐朝廷許之，手書密表奏……肅宗以鎬不切事機，遂罷相位，授荆州大都督府長史。後思明、叔冀之僞皆符鎬言。」《後漢書·趙壹傳》：「身長九尺，美鬚豪眉，望之甚偉。」班固《答賓戲》：「彼皆躡風雲之會，履顛沛之勢，據徼乘邪，以求一日之富貴。」《論語·季氏》：「危而不持，顛而不扶，則將焉用彼相矣？」《苕溪漁隱叢話》前集卷一四引《蔡寬夫詩話》：「鎬雖史稱有王霸大略，然當爲相收復兩京時，不聞别有奇功，但有策史思明欲以范陽歸順爲僞、知許叔冀臨難必變二事耳。然當時亦不果用也。豈史氏或有遺邪？《唐書·房琯傳》：上皇入蜀，琯建議請諸王分鎮天下。其後賀蘭進明以此讒之肅宗，琯坐是卒廢不用，世多憫之。予讀司空圖《房太尉漢中詩》云：『物望傾心久，凶渠破膽頻。』注謂：禄山初見分鎮詔書，拊膺歎曰：『吾不得天下矣，非琯無能畫此計者。』蓋以乘輿雖播遷，而諸子各分統天下兵柄，則人心固所繫，未可以强弱争也。今《唐史》乃不載此語。圖博學多聞，嘗位朝廷，且修史，其言必有自來。夫身以此廢，而功之在時乃若是，於其人之利害，豈不重哉！惜乎，史臣不能爲一白之也。」按，此詩譽張鎬亦有誇張處，不必過究。分鎮之策，不能僅憑傳聞之禄山語而斷其是非。況且有永王璘事在前，杜甫此時亦不可能以獻此策而譽房琯。葛立方《韻語陽秋》卷二〇又謂：「甫爲右拾遺，會琯罷相，上疏力救琯，肅宗大怒，詔三司推問，宰相張鎬救之，獲免。故《洗兵馬》云：『張公一生江海客，身長九尺鬚眉蒼。』蓋感其救己也。張無盡《孤憤吟》云：『房琯未相日，所談皆皋夔。一朝陳濤下，覆没十萬師。中原已紛潰，老杜尚嗟咨。』則老杜救琯之章，豈亦出於私情乎？」其論抗疏救琯事或然，而此詩則未可一概而言。

〔一八〕青袍二句：《梁書·侯景傳》：「自篡立後，時著白紗帽，而尚披青袍……普通中，童謡曰：『青絲白馬壽陽來。』後景果乘白馬，兵皆青衣。」庾信《哀江南賦》：「青袍如草，白馬如練。」《草堂》夢弼注：「喻禄山之亂已平矣。」「謂肅宗如漢光武、周宣王之中興也。」《宋書·樂志》：「今帝德再昌，大孝御宇。」

〔一九〕不知二句：《竹書紀年》帝舜有虞氏：「西王母來朝，獻白環玉玦。」劉孝綽《送瑞鼎詣相國梁公啓》：「白環銀甕之跡，素雉金船之瑞。」《太平御覽》卷八一二引《孝經援神契》：「神靈滋液，有銀甕，不汲自滿。」

〔二〇〕隱士二句：紫芝曲，見本卷《喜晴》(0077)「商山芝」注。錢箋：「隱士謂李泌。……公以四皓擬泌，不獨著其羽翼之功，蓋亦以正肅宗爲太子之名也。」按，此恐泛指，且詩云「休歌」，非稱道意。錢箋説鑿。《宋書·鮑照傳》：「元嘉中，河、濟俱清，當時以爲美瑞，照爲《河清頌》。」《九家》趙注引《舊唐書·五行志》：「乾元二年七月，嵐州合河關黄河水，四十里間，清如井水，經四日而後復。」錢箋：「是時文士争獻歌頌，如楊炎《靈武受命》、《鳳翔出師》之類是也。」

〔二一一〕田家二句：謝朓《同王主簿有所思》：「佳期期未歸，望望下鳴機。」蕭衍《臨高臺》：「高臺半行雲，望望高不極。」雨乾，雨停。本書卷三《寄贊上人》(0103)：「當期塞雨乾，宿昔齒疾瘳。」薛能《春日北歸舟中有懷》：「雨乾楊柳渡，山熱杏花村。」黄鶴注引《舊唐書·肅宗紀》乾元二年四月「癸亥，以久旱徙市，雩祈雨」。按，若此詩作於乾元二年三月壬申前，至癸亥已五十餘日，不可謂作詩之日必春旱也。又詩言「洗兵」，時必有降雨乃如此言。《爾雅·釋鳥》：「鳲鳩，鵠鵴。」郭璞注：「今之布穀也。江東呼爲獲穀。」陸以湉《冷廬雜識》卷六：「黄霽青觀察《禽言詩引》謂江南春夏之交，有鳥繞村飛鳴，其音若『家家看火』，又若『割麥插禾』，江以北則曰『淮上好過』，山左人名之曰『短募把鋤』，常山道中又稱之曰『沙糖麥裹』，實同一鳥也。余按此鳥即布穀，《爾雅》所謂『鳲鳩鵠鵴』者是也。《本草·釋名》又有『阿公阿婆』、『脱却布褲』等音。」

〔二一二〕淇上二句：《元和郡縣圖志》卷一六河北道衛州衛縣：「枋頭故城，在縣東一里。建安九年，魏武帝在淇水口下大枋木爲堰，遏淇水令入白溝。」共城縣：「淇水，源出縣西北沮洳山，至衛縣入河，謂之淇水口。」唐人言淇上指衛州、懷州一帶，亦可含相州。張説《相州山池作》：「鄴中秋麥秀，淇上春雲没。」王嗣奭《杜臆》：「思婦愁夢，從《東山》詩『婦歎於室』脱來。」

〔二一三〕安得句：《野客叢書》卷二九：「所謂『挽天河』語，子美之前罕聞。張説《奉和聖制觀拔河俗戲應制》)詩：『貫索挽河流。』」按，曹植《九詠》：「抗南箕兮簸瓊蕊，挹天河兮滌玉觴。」此蓋化用。

張戒《歲寒堂詩話》卷上：「觀此詩聞捷書之作，其喜氣乃可掬，真所謂情動於中而形於言，言之不足，不知手之舞之、足之蹈之也。……至於『鶴駕通宵鳳輦備，雞鳴問寢龍樓曉』，雖但叙一時喜慶事，而意乃諷肅宗，所謂『主文而譎諫』也。『攀龍附鳳勢莫當』，雖似憎惡武夫，而熟味其言，乃有深意。《易·師》之上六曰：『開國承家，小人勿用。』《三略》亦曰：『還師罷軍，存亡之階。』子美於克捷之初，而訓敕將士，俾知帝力，不得誇身强，其憂國不亦至乎？子美吐詞措意每如此，古今詩人所不及也。山谷晚作《大雅堂記》，謂子美好處正在無意而意已至。若此詩是已。」

錢箋：「《洗兵馬》，刺肅宗也。刺其不能盡子道，且不能信任父之賢臣以致太平也。首叙中興諸將之功，而繼之曰：『已喜皇威清海岱，常思仙仗過崆峒。』崆峒者，朔方回鑾之地，安不忘危，所謂願君無忘其在莒也。……整頓乾坤皆二三豪傑之力，於靈武諸人何與？諸人徼天之幸，攀龍附鳳，化爲侯王，又欲開猜阻之隙……斥之曰『汝等』，賤而惡之之辭也。當是時，内則張良娣、李輔國，外則崔圓、賀蘭進明輩，皆逢君之惡，忌疾蜀郡元從之臣。而玄宗舊臣遣赴行在，一時物望最重者，無如房琯、張鎬。琯既以進明之讒罷去，鎬雖繼相而旋出，亦不能久於其位，故章末諄復言之。『青袍白馬』以下，言能終用鎬，則扶顛籌策，太平之效可以坐致。如此望之也，亦憂之也，非尋常頌禱之詞也。……是時李鄴侯亦先去矣。泌亦琯、鎬一流人也……故曰『隱士休歌紫芝曲』也。兩京既復，諸將之能事畢矣，故曰『整頓乾坤濟時了』。收京之後，洗兵馬以致太平，此賢相之任也。而肅宗以讒猜之故，不能信用其父之臣，故曰『安得壯士挽天河』，蓋至是太平之望亦邈矣。嗚呼傷哉！」

朱鶴齡注：「使當時能專任子儀，終用張鎬，則洗兵不用，旦夕可期，而惜乎肅宗非其人也。王荆公選杜工部詩，以此詩壓卷，其大指不過如此。若玄肅父子之間，公爾時不應遽加譏切也。」

潘耒《遂初堂集》卷一一：「《洗兵馬》一詩，乃初聞恢復之報，不勝欣喜而作，寧有暗含譏刺之理？上皇初歸，肅宗未失子道，豈得預探後事以責之？詩人以忠厚爲本，少陵一飯不忘君，即貶謫後，終其身無一言怨懟。而錢氏乃謂其立朝之時即多隱刺之語，何浮薄至是？噫！此其所以爲牧齋歟？天子之孝，在乎安國家，保宗社。明皇既失天下，肅宗起兵朔方，收復兩京，再造唐室，其孝亦大矣。晚節牽於婦寺，省覲闊疏，子道誠有未盡。若謂其猜忌上皇，并忌其父之臣，有意剪鋤，則深文矣。移宮倉卒，上皇不樂，容或有之。幾爲兵鬼之言，出自《力士傳》稗官片語，乃摭以實肅宗之罪，至比之商臣、楊廣，論人當若是耶？房琯雖負重名，而鮮實效，喪師辱國，門客受賕，罷相亦不爲過。子美論救，固是爲國惜賢，雖蒙推問，旋即放免。踰年乃謫官，不知坐何事。今言其坐琯黨，亦臆度之辭耳。子美大節，在自拔賊中歸行在，不在救房琯也。錢氏直欲以此爲杜一生氣節，欲推高杜，則極贊房；因極贊房，遂痛貶帝。明末黨人多依傍一二大老，脱有失路，輒言坐某人故牽連貶謫。怨誹其君，無所不至。此自門户習氣。杜公心事，如青天白日，安有是哉！」

## 早秋苦熱堆案相仍 時任華州司功〔一〕。

七月六日苦炎蒸①，對食暫餐還不能。每愁夜中自足蝎②〔二〕，況乃秋後轉多蠅③。束帶發狂欲大叫，簿書何急來相仍〔三〕。南望青松架短壑④，安得赤脚踏層冰⑤〔四〕？（0091）

【校】

① 蒸，錢箋校：「一作熱。」

② 每，錢箋、《九家》、《草堂》校：「一作常。」 夜中，《草堂》作「中夜」。 中，錢箋、《九家》校：「一作來。」 自足，《九家》、《草堂》校：「一作皆是。」

③ 況，錢箋校：「一作仍。」 轉，錢箋、《文苑英華》校：「一作復。」

④短，錢箋、《九家》、《草堂》、《文苑英華》校：「一作絶。」

⑤得，錢箋校：「一作能。」

【注】

黄鶴注：公乾元元年（七五八）從左拾遺移華州掾，秋初在華州。詳「夜中自足蝎」、「秋後轉多蠅」之句，殆是指當是譖愬之人，必是元年初到華州時作。

〔一〕華州司功：《舊唐書·杜甫傳》：「其年十月，琯兵敗於陳濤斜。明年春，琯罷相。甫上疏言：琯有才，不宜罷免。肅宗怒，貶琯爲刺史，出甫爲華州司功參軍。」琯罷相在至德二載五月，據《房琯傳》，乾元元年六月詔貶房琯邠州刺史，又貶劉秩、嚴武等。錢箋：「至次年六月，（杜甫）復與琯俱貶也。然而詔書不及者，以官卑耳。」《舊唐書·地理志》京兆府：「華州上輔……天寶元年，改爲華陰郡。乾元元年，復爲華州。」《唐六典》卷三〇州縣官吏：「上州……司功參軍事一人，從七品下。」「功曹、司功參軍掌官吏考課、假使、選舉、祭祀、禎祥、道佛、學校、表疏、書啓、醫藥、陳設之事。」

〔二〕蝎：《説文》：「蠆，毒蟲也。」段注：「《左傳》曰：蜂蠆有毒。《詩》曰：卷髮如蠆。《通俗文》曰：蠆長尾謂之蝎，蝎毒傷人曰蛆。」《酉陽雜俎》卷一八《廣動植》：「江南舊無蝎，開元初，嘗有一主簿竹筒盛過江，至今江南往往亦有，俗呼爲主簿蟲。……蝎前謂之螫，後謂之蠆。」

〔三〕束帶二句：束帶，指服官服。《三國志·魏書·杜恕傳》：「況於束帶立朝，致位卿相。」簿書，公文案卷。《漢書·禮樂志》：「其務在於簿書、斷獄、聽訟而已。」相仍，相續。《三國志·魏書·管寧傳》：「徵命相仍。」

〔四〕層冰：見卷一李邕《登歷下古城員外孫新亭》注。

## 立秋後題

日月不相饒，節序昨夜隔〔一〕。玄蟬無停號，秋燕已如客〔二〕。平生獨往願，惆悵年半百〔三〕。罷官亦由人，何事拘形役〔四〕？（0092）

【注】

黄鶴注：以「罷官亦由人」，知是乾元二年（七五九）欲弃官時作。

〔一〕日月二句：鮑照《擬行路難》：「日月流邁不相饒，令我愁思怨恨多。」

〔二〕玄蟬二句：傅玄《蟬賦》：「潛玄昭於后土兮，雖在穢而逾馨。」駱賓王《在獄詠蟬》：「那堪玄鬢影，來對白頭吟。」潘岳《秋興賦》：「野有歸燕，隰有翔隼。」謝瞻《九日從宋公戲馬臺詩》：「巢幕無留燕，遵渚有來鴻。」

〔三〕平生二句：《莊子·在宥》：「獨往獨來，是謂獨有。」嵇康《四言贈兄秀才入軍》：「含道獨往，弃智遺身。」乾元二年杜甫年四十八，黄鶴注：「舉成數而言也。」

〔四〕何事句：陶淵明《歸去來兮辭》：「既自以心爲形役，奚惆悵而獨悲。」